वैदिक परिचय ग्रन्थमाला-2

अथर्ववेद का मधु

वैदिक परिचय ग्रन्थमाला-2

अथर्ववेद का मधु

अथर्ववेदकालीन समाज और संस्कृति

हृदयनारायण दीक्षित

वाणी प्रकाशन

वाणी प्रकाशन

4695, 21-ए, दरियागंज, नयी दिल्ली 110 002

फ़ोन : +911123273167 फ़ैक्स : +911123275710

शाखाएँ

अशोक राजपथ, पटना 800 004, बिहार

कॉफ़ी हाउस कैम्पस, महात्मा गांधी मार्ग, इलाहाबाद 211 001, उत्तर प्रदेश

महात्मा गांधी अन्तरराष्ट्रीय हिन्दी विश्वविद्यालय, वर्धा 442 001, महाराष्ट्र

सुल्तानिया रोड, मोतिया पार्क, भोपाल 462 001, मध्य प्रदेश

www.vaniprakashan.com

marketing@vaniprakashan.in

sales@vaniprakashan.in

ATHARVVED KA MADHU
by Hridaynarayan Dikshit

ISBN : 978-81-949398-4-9
Religion/Culture

पेपरबैक प्रथम संस्करण 2021

मूल्य : ₹ 399

शिव शक्ति प्रिंटर्स, दिल्ली-110 095 में मुद्रित

वाणी प्रकाशन का लोगो मक़बूल फ़िदा हुसेन की कूची से

प्रेरणा और प्रयोजन

सत्य को जानना विज्ञान है। विज्ञान ने भौतिक विश्व के अनेक रहस्यों का अनावरण किया है। लेकिन जगत् के सभी गोचर प्रपंचों में कार्यकारण शृंखला की खोज अभी शेष है। शिखर ब्रह्माण्ड विज्ञानी स्टीफेंस हाकिंग ने 'दि थ्योरी ऑफ़ एवरीथिंग' में सभी कार्यों के कारण जानने का कार्य भविष्य की वैज्ञानिक पीढ़ी पर छोड़ा है।

विज्ञान सत्य जानने का अनुशासन है। वेद सत्य जानकर सत्य में होने व रहने की अनुभूति है। विद्वान बताते हैं कि 'वेद' शब्द का अर्थ भी जानना है। यह संस्कृत की विद् धातु से बना है। विज्ञान और वेद दोनों का मूल जानना है लेकिन जानना पर्याप्त नहीं है, जानने के साथ होने जीने का आनन्द बड़ा है।

विज्ञान का सम्बन्ध तथ्यों से है। वेद का सम्बन्ध होने से है और दीर्घकाल तक होना, आनन्दित होकर रहना ही जीवन है। वेद जीवन अनुभूति हैं। अनुभूति की कविता। जीवन मधु का काव्य।

विज्ञान जीवन से दूर है इसलिए काव्य से भी दूर है, बहुत दूर। विज्ञान में प्राण स्पन्दन नहीं होते। वेद जीवन से अन्तःसम्बन्धित हैं। सो वेद प्राण स्पन्दन की कविता हैं। कविता का जन्म सप्रयास नहीं होता। यह संवेदन अतिरेक का मधु है।

अस्तित्व विराट है। वैदिक कवि ऋषि इसे पूर्ण इकाई जानते थे। वैदिक पूर्ण की प्रवृत्ति का नाम सम्पूर्णता है। इस सम्पूर्णता में पृथ्वी, अन्तरिक्ष, ज्ञात–अज्ञात अनेक सौरमण्डल और सब कुछ सम्मिलित है। मनुष्य जीवन इनसे पृथक् नहीं है। जीवन इसी विराट का भाग है। हमारी देह कुछ तत्त्वों व पदार्थों से बनती है, इसके भीतर चेतन है। देह मृण्मय है और चेतन चिन्मय। मृण्मय क्षणभंगुर और चिन्मय शाश्वत।

मृण्मय काया और जगत् का ज्ञान प्रयोग आधारित विज्ञान के विषय हैं और चिन्मय का बोध अन्तर्यात्रा की अन्तिम अनुभूति। दोनों का सहकार जीवन है। वैज्ञानिक निष्कर्ष सर्वमान्य हैं। वे प्रयोगसिद्ध हैं। लेकिन अन्तिम नहीं हैं। विज्ञान के नये प्रयोग पुराने निष्कर्षों को काट देते हैं। आध्यात्मिक मेटाफ़िजिकल निष्कर्ष प्रयोग आधारित नहीं है। इसलिए वे भी सहज स्वीकार्य नहीं हैं। जीवन में दोनों की भूमिका है और वेद में दोनों हैं।

भारत के राष्ट्रजीवन में वैदिक कथनों का आदर है। क्यों है? इसका उत्तर देना कठिन है। वेदों के बाद अनेक ग्रन्थ लिखे गये। महाभारत महाकाव्य है, इतिहास है। इसे पाँचवाँ वेद कहा। चार वेदों में दूसरा, तीसरा या चौथा वेद बताने का साहस नहीं किया गया। भरत मुनि के नाट्य शास्त्र को भी पाँचवाँ वेद कहा गया था लेकिन भरत ने इसे नाट्यवेद कहा। आयुर्विज्ञान मूल्यवान विज्ञान शाखा है। लेकिन इसे विज्ञान कहने में प्रतिष्ठा का भाव कम रहा होगा। इसलिए इस विज्ञान का नाम आयुर्वेद प्रचलित हुआ।

जीवन सत्य है। सुख–दुख, शोक, रोग, ईर्ष्या, द्वेष, राग, विराग आदि मनोभाव जीवन सत्य का अविभाज्य अंश हैं। काम, क्रोध, प्रीति, प्यार आदि मनोभाव भी जीवन की सच्चाई हैं। मुद, मोद, प्रमोद और उल्लास सबकी इच्छा हैं। लेकिन ऐसे सारे आत्मीय मनोभाव पदार्थ नहीं हैं। इसलिए वैज्ञानिक प्रयोगों की परिधि में नहीं हैं। विज्ञान का क्षेत्र पदार्थ है। वेदों का क्षेत्र पदार्थ के साथ जीवन की गहन जिजीविषा भी है।

वेद विज्ञान, दर्शन व उल्लास का काव्य है। इसीलिए वेदों के बाद का परवर्ती दर्शन भी वैदिक दर्शन का अनुवर्ती बना रहा। भारत के दोनों महाकाव्यों रामायण व महाभारत में भी वैदिक अनुभूति व ज्ञान की प्रशंसा है। प्राचीन इतिहास, सभ्यता व संस्कृति के अध्ययनकर्ता विद्वान भी भारत की वेद प्रीति पर आश्चर्यचकित हैं।

अथर्ववेद वेदों के संख्या क्रम में चौथा है। यह साधारणजन का वेद कहा जाता है। इसमें विज्ञान और प्राणवान जीवन व समाज का सार है। इसमें भरापूरा संसार है। यह जीवन का काव्य है। कविता में जीवन का स्पन्दन होता है। विज्ञान काव्य नहीं हो सकता। लेकिन जीवन को कभी न कभी किसी अमृत मुहूर्त में काव्य गीत होने का अवसर अवश्य मिलता है। तब जीवन और काव्य पर्याय हो जाते हैं।

अथर्ववेद के ऋषियों के चित्त में विज्ञान और काव्य साथ–साथ हैं। ऋषि सामान्य कवि नहीं हैं। वे विज्ञान को स्वच्छन्द नहीं छोड़ते।

वे उसे लोकमंगल के छन्द अनुशासन की डोर में बाँधे रहते हैं। वे विज्ञान के सत्य को जीवन के सत्य से जोड़ते हैं। अथर्ववेद का धर्म और दर्शन भी कविता है। अथर्ववेद का विज्ञान संसार में होने का यथार्थ धर्म है। इसमें जीवन के राग–द्वेष, ईर्ष्या–प्रीति साथ–साथ हैं।

अथर्ववेद के ऋषि असाधारण कवि हैं। वे साधारण कवियों की तरह बुद्धि के माध्यम से काव्य नहीं रचते। अस्तित्व स्वयं सरल, तरल मन्त्र काव्य होकर उनमें उतरता है। ऋक् व साम गान उनके पास आते हैं। अस्तित्व मधु सम्पन्न है। इसी अस्तित्व ने उन्हें मधु दृष्टि सम्पन्न बनाया है।

अथर्ववेद में जीवन के सत्य हैं। सत्य भी मधु है। अथर्ववेद के रचनाकारों में सर्वत्र मधु दृष्टि है। इसमें सामान्य विषयों के वर्णन में भी 'मधु' शब्द की आवृत्ति बार–बार होती है। यहाँ औषधियों के विवरण में मधु है। जल प्रवाहों में मधु है। सोम के स्वाद में मधु है। वर्षा में मधु है। दूध में मधु है। घर में रहना मधु है, घर से बाहर जाना मधु है। सभा समिति के भाषण में मधु है। वातायन में मधु है। नदी प्रवाहों में मधु है। दर्शन विज्ञान और जीवनशैली में भी मधुमयता है।

अथर्ववेद के ऋषियों ने मधुकर की तरह दशों दिशाओं से मधुसंचय किया है। अथर्ववेद मधुमय जीवन की कविता है।

आधुनिक विश्व वेदों से कम परिचित है। इसलिए वेदों के विषय रहस्यपूर्ण माने जाते हैं। वेदों में प्राणवान जीवन है। विज्ञान है, दर्शन है। मनुष्य स्वभाव का सहज स्वीकार है। प्राचीन मनुष्यता का दर्पण है वेद। विश्व सभ्यता का अध्ययन ऋग्वेद के अभाव में असम्भव है। ऋग्वेद विश्व मानवता की प्रथम ज्ञान अभिव्यक्ति है। प्राचीन मानव जीवन की समझ के लिए ऋग्वेद का कोई विकल्प नहीं है। मैंने ऋग्वेद के समय की सभ्यता व संस्कृति की अपनी समझ के लिए तद्विषयक अनेक पुस्तकें पढ़ीं। ऋग्वेद संहिता के अनुवाद भी पढ़े। मैंने ऋग्वेद पर दो पुस्तकें लिखी हैं। इनमें से एक वाणी प्रकाशन से छपी है। इसका बड़ा स्वागत हुआ है।

अथर्ववेद भी हमारा प्रिय है। जैसे दुनिया की सभ्यताओं, संस्कृति, दर्शन को समझने के लिए ऋग्वेद अपरिहार्य है वैसे ही वैज्ञानिक दृष्टिकोण, आयुर्विज्ञान, कालगणना और प्राचीन सांस्कृतिक, दार्शनिक इतिहास की समझ के लिए अथर्ववेद की समझ ज़रूरी है।

वाणी प्रकाशन के प्रमुख अरुण माहेश्वरी के आग्रह पर मैंने अथर्ववेद के प्रकाश में अनेक सामाजिक व सांस्कृतिक, वैज्ञानिक व राजनीतिक

अधिष्ठान वाले विषयों को समझने का प्रयास किया है। यह पुस्तक अथर्ववेद का भाष्य नहीं है। इस पुस्तक में 18 लोकोपयोगी विषयों को अथर्ववेद से समझने का प्रयास है। इसी प्रयास की उपलब्धि यह पुस्तक है –अथर्ववेद का मधु'। वेदों के प्रति लोकजीवन में श्रद्धा है। यह अकारण नहीं है। लेकिन इस श्रद्धा के प्रवाह में वेदों को वैज्ञानिक सिद्ध करने के प्रयास भी चलते हैं। वैदिक वचनों को वैज्ञानिक सिद्ध करने की कोई आवश्यकता नहीं।

मैं वेदों को वैज्ञानिक सिद्ध करने के प्रयास के विरुद्ध हूँ। विज्ञान हृदयहीन सत्य खोजी अनुशासन है। मैं विज्ञान की तमाम खोजों को वैदिक दृष्टिकोण से उपयोगी जाँचने को श्रेयस्कर मानता हूँ। विज्ञान को वैदिक प्रीति देने की आवश्यकता है।

मैंने इस पुस्तक में यही प्रयास किया है।

विश्व के सभी पूर्वजों, अग्रजों के विचार इस पुस्तक की प्रेरणा हैं। अथर्ववेद के मधुजगत् में सबको साझीदार बनाना इस लेखन का प्रयोजन है।

पूरी पुस्तक कोरोना महामारी के दौरान उपलब्ध 'विवश एकान्त समय' के दौरान लिखी गयी है। हमारे सहयोगी अजय प्रताप सिंह ने इस पुस्तक के विषय निर्धारण में निर्णायक परामर्श दिये हैं। उनका आभार। हमारे सहयोगी पंकज मिश्र ने हमारी अधिकांश पुस्तकों को कम्प्यूटर पर टाइप किया है। पुस्तक में अथर्ववेद के सैकड़ों उद्धरण हैं। प्रामाणिकता के लिए प्रत्येक उद्धरण के बाद सूक्त मन्त्रों की संख्या भी है। उनका परिश्रम उल्लेखनीय है। उन्हें धन्यवाद। दर्शनशास्त्र के आचार्य विपिन पाण्डेय ने कई पुस्तकें उपलब्ध कराई हैं और सुझाव भी दिये हैं। त्रिवेणी मिश्र ने वर्तनी की त्रुटियाँ ठीक की हैं। ऐसे सभी मित्रों को धन्यवाद।

इस अवसर पर मैं पत्नी माधुरी व तीनों पुत्रों अरुण, दिलीप, सुशील व तीनों बहुओं के प्रति स्नेह व्यक्त करता हूँ।

पुस्तक के लेखन में मैंने अनेक विद्वानों की पुस्तकों से सन्दर्भ लिए हैं। उनके नाम व ग्रन्थ पुस्तक के अन्त में सन्दर्भ सूची में हैं। उन सभी को नमन।

पुस्तक की सारी गलतियाँ मेरी। इसका सत्य, शिव, मधु अथर्ववेद के कवियों–ऋषियों का प्रसाद है। पुस्तक का प्रयोजन लोकमंगल है। स्वान्तः सुख है ही। विश्वास है कि इसके पाठक अथर्ववेद के मधु का आस्वाद पायेंगे।

5, माल एवेन्यू, लखनऊ, उ.प्र.

हृदयनारायण दीक्षित

अनुक्रम

अथर्ववेद का मधु

मधुमय जीवन सबकी इच्छा है। हमारे इन्द्रियबोध में मधु के आस्वाद आनन्द का केन्द्र जिह्वा (जीभ) है। जिह्वा की कोशिकाएँ मधु स्वाद की सूचना मस्तिष्क को देती हैं। मस्तिष्क यह मधु सूचना सम्पूर्ण शरीर को देता है। चित्त मधुआनन्द से भर जाता है। स्वाद की अनुभूति रस स्पर्श से होती है। मधु एक पदार्थ है। एक विशेष कीट मक्खी द्वारा भिन्न–भिन्न फूलों से संचित रस छत्ते में एकत्रित होता है। मक्खी विशेष द्वारा संचित यह रस अपनी विशेष मिठास के कारण मधु कहा जाता है। मधु संचयी होने के कारण इस मक्खी को मधुमक्खी कहा जाता है। मधु रस का आनन्द विरल है। हमारा बोधतन्त्र ऐसा ही मधुर स्वाद शब्दों में भी पाता है। शब्द पदार्थ नहीं हैं लेकिन शब्द प्रयोगकर्ता की तपकुशलता से शब्द भी मधुरस से भर जाते हैं।

मधु आनन्ददाता है। मधु और आनन्द पर्यायवाची हैं। शब्दों की मधुमयता श्रोता या पाठक को आनन्द से भरती है। मित्रों का मिलना भी मधुमय होता है। मिलन की उच्चतर दशा को मधुर मिलन कहा जाता है। संवाद भी मधुर हो सकते हैं। सुन्दर रूप भी मधु अनुभूति वाले संवेदन जगाते हैं। यह पृथ्वी मधुरस का अजर–अमर कोष है। यह माता हैं। पिता आकाश भी मधु ध्वनि से भरेपूरे हैं और वायु भी। वायु अपने मधु प्रवाह में मधुस्पर्श देते हैं। जल अपने मूल स्वाद में मधुर हैं। उनका स्पर्श भी मधुर है। प्रकृति मधुमती है। इसकी गति मधुमय है। यह एक कविता जैसी छन्दबद्ध है, मधुछन्दा है। वैदिक साहित्य मधुरस से आपूरित है।

मधु आनन्द वैदिक ऋषियों की सहज प्यास है। प्रकृति में रूप हैं, रूप का माधुर्य आनन्द देता है। प्रकृति में रस हैं, मधुरस के आस्वाद की बात ही दूसरी है। प्रकृति में मधु गन्ध भी है। मधुर ध्वनियाँ भी हैं। ऋग्वेद के ऋषि प्रकृति के सभी आनन्द स्रोतों से जुड़ते हैं, काव्य–मन्त्र गाते हैं।

सुख–आनन्द बाँटते हैं। वे दिग्‌दिगन्त 'मधु' कामना करते हैं, "मधु वाता ऋतायते मधु क्षरन्ति सिन्धवः/ माध्वीर्नः सन्त्वोषधीः/ मधु नक्तमुतोष सो मधुमत्पार्थिवं रजः/ मधु द्यौरस्तु नः पिता/ मधुमान्नो वनस्पतिर्म धुमां अस्तु सूर्यः/ माध्यवीर्गावो भवन्तु नः– वायु मधुमय हो, प्राकृतिक नियम मधुर हों। नदियों के जल मधुर हों। वनस्पतियाँ मधुर हों। सूर्य मधुर हों। गाएँ भी मधुर हों।" (ऋग्वेद, 1.90/6, 7, 8) ऋग्वैदिक परम्परा की मधु प्यास अथर्ववेद में भी है। अथर्ववेद के प्रत्येक भाग में मधुरता है। ऋषि अथर्वा ने भूमि सूक्त में कहा है, "हम जो उच्चारण करें वह हितकर और मधुर हो। जो देखे वह भी मधुर हो।" (अथर्व. भूमि सूक्त 58)।

अथर्ववेद के सभी प्रसंगों में लोकहित है। अथर्ववेद का लोक पृथ्वी से अन्तरिक्ष और उसके परे भी व्यापक है। इस व्यापकता में मधु की व्याप्ति है। अथर्ववेद वैदिक पूर्वजों की मधु अभिलाषा का विरल अनुभूति अभिलेख है। अथर्वा के रचे मधुविद्या सूक्त (काण्ड 9) में यह मधु अभिलाषा आनन्दवर्द्धन काव्य में प्रकट हुई है। कहते हैं, "हम मधुरता का सृजन करें। मधुरता का सम्पादन करें–मधुजनिषीय मधुवंशिषीय" (वही, 9.1.14) बिल्कुल सही बात कही गयी है। तनावग्रस्त विश्व को मधुर सम्बन्धों का सृजन चाहिए। सृजन हमेशा मधुमय होता है। मधुरसहीन काव्य, साहित्य सृजन नहीं होते। प्रकृति में मधुरता का प्रवाह है। इसका संचयन और सोद्‌देश्य वितरण संसार को मधुमय बना सकता है। कहते हैं, "जैसे मधुसंचयी मक्खियाँ मधुकणों को खोजकर मधुसंचय करती हैं, उसी प्रकार अश्विनी देवों की कृपा से हम भी तेजस्वी तपस्वी हों।" (वही, 16) अश्विनौ लोक मंगल के देवता हैं। वे जुड़वाँ हैं। वेदों के अनुसार उनका रथ भी मधु से भरापूरा है।

डॉ. सत्यकेतु के अनुसार, "आर्यों की ग्रीक शाखा में ज्योस या जीयस दो युगल कल्पित हैं। वे अपने घोड़ों पर बैठकर आकाश के छोर तक जाते हैं।" ऋग्वेद के अनुसार वे कुशल चिकित्सक हैं, भिषक हैं और मधु विद्या में पारंगत हैं। मधुविद्या अन्य ज्ञान अनुशासनों जैसा विज्ञान नहीं है। यह संसार को मधुप्रीति से भरने की असामान्य समझ है। ऋग्वेद के 5वें मण्डल के सूक्त 75 के सभी 9 मन्त्रों में अश्विनी देवों को मधु विद्या का जानकार कहा गया है। यह उनका मधुर मानवीकरण है। वे मधुप्रिय हैं, मधु युवा हैं (5.73.8)। उनका रथ भी मधुवाहक है (1.34.2)। सबसे बड़ी बात है कि वे भी मधुना मिमिक्षत्‌म–मधु इच्छा वाले हैं। (1.34.4)

वे जल को भी मधुर बनाते हैं, मध्वा माध्वी मधुवाँ (4.43.5) वामदेव गौतम के रचे एक सूक्त (4.45) में 'मधु' शब्द की बारम्बार आवृत्ति है "उनका रथ मधुर अन्न से युक्त है।" (वही, 2) उनका मुख "मधुपेमि आसमि"–मीठा रस पीने वाला है। ऋषि कहते हैं, "मधु की प्राप्ति के लिए घोड़े जोतो। पूरे रास्ते को मधु से भर दो।" यहाँ मधु प्राप्ति का प्रयास संसार यात्रा को मधुर बनाने का सन्देश है। अश्विनी देव का मुख मधुप है। वे 'मधुमत्तमश्विना' हैं। ऋषि कहते हैं, "मधु पियो।" (वही, 3) उनके अश्व भी मधुमन्त्र हैं। (वही, 4) ऋग्वेद के 10वें मण्डल में स्तुति है कि जिस तरह आप विद्वानों के यज्ञों में जाते हैं, उसी तरह हमारे यहाँ भी आयें और मधु पियें–आ यातं मधुपेयमश्विना। (10.41.3)

ऋग्वेद (1.116.12) के अनुसार अश्विनी देवों ने अथर्वा के वंशज दध्यंग से 'मधुविद्या' सीखी। यहाँ देवता भी मधुज्ञान के इच्छुक हैं। ऋग्वेद अथर्ववेद में अश्विनी देवों का मानवीकरण भी मधुमय है। वे ऋग्वेद से लेकर उत्तरवैदिक कालीन साहित्य और महाभारत में भी हैं। चरकसंहिता में भी उनका उल्लेख है। वेदों में वे बहुत बड़े वैद्य हैं। 'वृहदारण्यक उपनिषद' (अध्याय 2) के अनुसार भी अश्विनौ मधु विद्या के ज्ञाता थे।

ऋषियों ने प्राचीन दर्शन, मधुविद्या, मधु प्रीति और चिकित्सकीय ज्ञान को काव्यात्मक भाषा में प्रस्तुत किया है। अश्विनी देव अथर्वा के लिए भी विरल है। अथर्ववेद में कहते हैं, "जैसे मधुमक्खियाँ नया मधु लाती हैं। वे नये मधु को पूर्व संचित मधुकोष में ही एकत्रित करती हैं। इसी प्रकार अश्विनी देव हमारे अन्दर तेजस् वर्चस्, बल और तेज स्थापित करें।" (अथर्ववेद 9.1.17) यहाँ मधुमक्खियों द्वारा नये मधु को पूर्व संचित कोष में एकत्रित करने का तथ्य विचारणीय है। हमारी संस्कृति अथर्ववेद के रचनाकाल से बहुत प्राचीन है। इसमें ऋग्वैदिक काल व उसके भी बहुत पहले से ही सांस्कृतिक–मधु संचय की परम्परा है। नूतन की स्वतन्त्र सत्ता नहीं होती। नूतन मधु को पुरातन मधुकोष में ही रखने की बात विचारणीय है। नूतन और पुरातन भिन्न नहीं है। नूतन पुरातन का ही विकास व विस्तार है। पुरातन के आश्रय में नूतन का उद्भव होता है। नूतन को पुरातन कोष में ही रखना उचित है। आख़िरकार नूतन को भी एक दिन पुरातन होना है। इसी व्यवहार से राष्ट्र के ओज तेज और बल का संवर्द्धन सम्भव है।

प्रकृति को संस्कृति के मधुरस से आपूरित करते रहना राष्ट्रीय कर्त्तव्य है। प्रकृति में मधुरता के अनेक स्रोत हैं। प्रकृति मधुरस से भरीपूरी है। अथर्वा मधु के 7 स्रोत बताते हैं। पहला स्रोत मधु ही है। राजा या राजव्यवस्था के संचालक भी मधु स्रोत हैं। विद्वान इस मधु के मुख्य स्रोत हैं। प्रकृति में चावल, जौ और गौवंश भी माधुर्य के स्रोत हैं। (वही, 22)

अथर्ववेद भी स्वयंपूर्ण मधु स्रोत है। प्रकृति मधु आपूरित है। कहते हैं, "पर्वतों में मधुरता है, गाय और अश्व में मधुरता है। सिंचित की जाने वाली औषधियों में भी मधुरता है। वही मधुरता हमारे भीतर भी हो।" (वही, 18) अनेक मधु स्रोत बताने के बाद अथर्वा कहते हैं, "जो इन मधुर रसों के जानकार हैं वे मधुर माधुर्य युक्त होते हैं।" (वही, 22) आगे कहते हैं, "जो इस मधु रहस्य के ज्ञाता हैं, वे माधुर्य सम्पन्न हो जाते हैं। वे मधुरता सम्पन्न लोकों को अर्जित करते हैं—मधुमान भवति, मधुमदस्याहार्य भवति। मधुमतो लोकान् जयति य एवं वेद।" (वही, 23) यहाँ राजव्यवस्था को भी मधुर बनाने की अभिलाषा है। ज्ञानी जनों को भी मधु का स्रोत बताया गया है। इसी मधुमयता में राष्ट्र की सम्पूर्ण समृद्धि है।

अथर्ववेद की मधु अभीप्सा गहरी है। यह सम्पूर्ण विश्व को मधुमय बनाना चाहती है। सारी दुनिया में मधु अभिलाषा का ऐसा ग्रन्थ नहीं है। कवि अथर्वा वनस्पतियों में भी माधुर्य देखते हैं। कहते हैं, "हमारे सामने ऊपर चढ़ने वाली एकलता है। इसका नाम मधुक है। यह मधुरता के साथ पैदा हुई है। हम इसे मधुरता के साथ खोदते हैं। कहते हैं कि आप स्वभाव से ही मधुरता सम्पन्न हैं। हमें भी मधुर बनायें।" (1.34.1) स्वभाव की मधुरता वाणी में भी प्रकट होती है। प्रार्थना है कि हमारी जिह्वा के मूल व अग्र भाग में मधुरता रहे। आप हमारे मन, शरीर व कर्म में विद्यमान रहें। हम माधुर्य सम्पन्न बने रहें। (वही, 2) यहाँ तक प्रत्यक्ष स्वयं के लिए मधुप्यास है। आगे कहते हैं, "हमारा निकट जाना मधुर हो। दूर की यात्रा मधुर हो। वाणी में मधु हो। हमको सबकी प्रीति मिले।" (वही, 3) जीवन की प्रत्येक गतिविधि में मधुरता की कामना अथर्ववेद का सन्देश है।

मधुर वाणी के प्रभाव होते हैं। वाद—विवाद के प्रसंगों में मधुरता क्षीण होती है। शब्द अप्रिय हो जाते हैं। संवाद व्यर्थ हो जाते हैं। अथर्वा अश्विनी देवों से मधुर वाणी प्राप्ति की स्तुति करते हैं, "आप हमें सार संग्रही मधु से सम्पन्न करें। हम जनसाधारण के मध्य प्रभावशाली मधु वाणी बोलें।" (वही, 19) मधुर सुनने की इच्छा सामान्य है लेकिन शब्द—संयम कठिन तप साधना है।

मधु वचन ही बोलना और भी कठिन तप है। अथर्ववेद का ज़ोर मधुवाचा पर भी है। हर समय मधुर बोलना आसान नहीं। अन्तस् की मधुरता ज़रूरी है। अन्तर्मन मधुमय हो तो वाणी अपने आप मधुमय हो जाती है। भीतर मधु न हो तो वाक्संयम के माध्यम से योजनापूर्वक वाणी को मधुर बनाया जा सकता है। लेकिन ऐसा प्रयास स्वाभाविक नहीं होता। जब संयम टूटता है तब वाणी की मधुरता समाप्त हो जाती है।

अथर्ववेद के ऋषि जल को मधु आपूरित देखते हैं। स्तुति है "जल के अधिष्ठाता देव मधुर जल प्रदान करें–आपो मधुमदेरयन्तां मह्यं।" (6.61.1) अथर्वा की दृष्टि मधुमय है। वे स्तुति करते हैं, "हिमवान पर्वत में मधुरता है। रथारूढ़ वीरों के जयघोष में मधुरता है। पर्जन्य–मेघ धारा और अन्न के मधुर रस में मधुरता है, वही मधुरता हमें भी प्राप्त हो। हे अश्विनी कुमारो आप हमें मधु के मधुर तत्त्व से युक्त करें। हमारी वाणी मधुर हो।" (6.69.1–2) यहाँ सर्वत्र मधु दृष्टि है। वाणी की मधुरता इष्ट है। एक ऋषि यज्ञ के हवि अन्न में मधुरता की अनुभूति करते हैं। कहते हैं, "हमारा अन्न यज्ञ के योग्य हो, मधुर हो–मधुमदस्तु नो अन्नम।" (6.116.1) देवो से प्रार्थना है, "हवि अन्न के मधुर भाग से प्रसन्न हों, हमें मधुर अन्न प्रदान करें।" (वही, 2) मधुर अन्न यज्ञ के योग्य होता है। अन्न प्राकृतिक रूप से भी मधुर होता है। देव मधुप्रिय हैं ही। इन देवों के उपासक मनुष्य भी मधुप्रिय होने चाहिए। अथर्ववेद के मन्त्र गीत गाने वाला यह समाज स्वाभाविक ही मधुअभिलाषी है। इसके श्रम तप मधुमय हैं। मधुमय श्रम, तप का कर्मफल भी मधुमय हो तो आश्चर्य क्या है?

ऋषियों का ध्यान तमाम भिन्न प्रसंगों की चर्चा में भी मधु पर रहता है। अथर्ववेद के औषधि सूक्त (8.7) में तमाम औषधियों के विवरण हैं लेकिन इसके एक मन्त्र (12) में मधु शब्द की आवृत्ति बार–बार हुई है, "मधुमन्मूलं, मधुमदग्रभासां मधुमन्मध्यं, मधुमत पर्ण, मधुमत पुष्पमांसां मधेः संभक्तः अमृतस्य–औषधियों की जड़ें मधुर, मध्य मधुर, अग्र मधुर, पत्तियाँ मधुर, फूल मधुर, फल मधुर, इनको सींचने वाला रस मधुर अमृत।" यही मधुसिंचित भाव इसी सूक्त में अन्यत्र (मन्त्र 6) भी है। ऋषि औषधियों का आवाहन करते हैं, "जीवनदायिनी मधुमती–मधुमतीमिह औषधियों को स्वास्थ्य लाभ के लिए बुलाते हैं।" सर्वत्र मधुमयता की इच्छा अथर्ववेद का केन्द्रीय विचार है। दर्शन, विज्ञान, सामाजिक सम्बन्ध और अध्यात्म भी मधु प्यासे हैं। स्वस्थ जीवन मधुमयता है। अच्छे स्वास्थ्य में मधुमयता खिलती है।

अथर्ववेद के ऋषि निरोगी समाज के लिए प्रयासरत थे। उन्होंने व्यापक औषधि विज्ञान भी रचा था। लेकिन विचार के केन्द्र में सर्वत्र मधुमयता ही थी।

अथर्ववेद के दरश परस में जीवन का मधु है। ऐसी ही मधुर अभिव्यक्ति अथर्ववेद के रोगोपशमन सूक्त (5.15) में भी है। इस सूक्त में 11 मन्त्र हैं। इस सूक्त में देवता मधुलौषधि की स्तुति हैं। सभी मन्त्रों के अन्त में "मधु में मधुलाकरः –आप मधुरता उत्पन्न करें। हमारी वाणी को मधुर करे" की बात दोहराई गयी है। इस सूक्त में गुनगुनाने योग्य मधुरता है। कहते हैं, "हे ऋत से उत्पन्न औषधि! हमारे निन्दक एक हों या दस हों, आप मधुरता उत्पन्न करें। हमारी वाणी मधुर करें।" (वही, 1) आगे यही दोहराते हुए निन्दक संख्या दोगुनी करते हैं–निन्दक दो हों या बीस हों, आप मधुरता दें, वाणी मधुर करें।" (वही, 2) "इसी प्रकार निन्दक संख्या तीन या तीस हो, चार या चालीस हो, पाँच या पचास हो, छह या साठ हो, सात या सत्तर हो, आठ या अस्सी हो, नौ या नब्बे हो, दस या सौ हो, सौ या हज़ार हो, आप मधुरता उत्पन्न करें। वाणी मधुर बनायें।" (वही, 3 से 11) यह सूक्त गम्भीर है। निन्दक बढ़ते हैं तो वाणी की मधुरता कुप्रभावित होती है। ऋषि घोर निन्दा में भी वाणी में माधुर्य चाहते हैं। क्या वाणी मधुर करने वाली कोई औषधि आधुनिक विज्ञान के पास है? अथर्ववेद की सम्पूर्ण शब्द मन्त्र काया में मधु है। ऋषियों कवियों की मधु अभिलाषा गहरी है।

यज्ञ के लिए आहुतियाँ तैयार की जाती हैं। प्रसंग पितरों पूर्वजों के लिए आहुति देने का है। ऋषि पितरों से कहते है, "हमने आपके लिए मधुर घृत से युक्त–मधुना सभक्तः आहुतियाँ दी हैं। आप हमें सम्पन्न बनायें।" (18.3.14) इस मन्त्र में आहुतियाँ मधुर हैं। दूसरे मन्त्र (वही, 10) में आहुति के परिणाम मधुर हैं–"अज्जन्तु देवा मधुना घृतेन।" एक मन्त्र (18.2.2) में यम के लिए दी जानी वाली आहुतियाँ 'मधुमत्तमं' है। यहाँ मधु पदार्थ है लेकिन मधुमयता की व्याप्ति यत्र तत्र सर्वत्र है।

दूध और घी स्वादिष्ट पदार्थ हैं और पोषक भी। अथर्ववेद के ऋषि दूध, घी का बहुधा उल्लेख करते हैं। ये सर्वथा भौतिक पदार्थ हैं। ये प्रिय हैं लेकिन इनके साथ वे मधु का उल्लेख करना नहीं भूलते। कहते हैं, "जो देव स्वर्ग, अन्तरिक्ष और धरती पर निवास करते हैं–ये चेमे भूयामधि, उनके लिए हम दूध, घी और मधु का दोहन करें–क्षीरं सर्पिरथो मधु।" (10.9.12) यहाँ देवों का निवास पृथ्वी भी है। ये देव वस्तुतः लोकमंगलकामी सुयोग्य मनुष्य हैं।

इस सूक्त का नाम 'शतौदनगौ' है। शतऔदन का अर्थ सैकड़ों तरह की पुष्टि देने वाली गाय है। वे दूध, घृत और मधु देती है। उनसे स्तुति है "आपके सिर, मुख, कान आदि अंगदाता को दूध, दही, घी और मधु प्रदान करें–क्षीरं सर्पिरथो मधु। आपके आँख, नाक, सींग, दूध और मधुदाता हों। आपके सभी अंग–प्रत्यंग हमें दूध और मधु प्रदान करें।" (वही, 13–24) गाय दूध देती है। यह दूध मीठा है लेकिन यहाँ गाय से दूध के साथ मधु भी माँगा गया है। अथर्ववेद के रचनाकाल में गाय को महत्त्वपूर्ण स्थान प्राप्त था। गाय सभी जनों की प्रीति थी।

अथर्ववेद के ऋषियों ने मधु को अतिरिक्त महत्त्व दिया है। यह महत्त्व मधु–पदार्थ या शहद तक ही सीमित नहीं है। मधु पदार्थ का मधुरस उन्हें जीवन के सभी आयामों में मधुमयता की स्थापना के लिए प्रेरित करता है। वे सामाजिक संगठन में मधुप्रीति के लिए प्रेरित होते हैं, दूसरों को भी मधु प्रीति के लिए प्रेरित करते हैं। वे सभा और समिति जैसी अपनी लोकतान्त्रिक संस्थाओं में मधुवाचा बने रहने के लिए मधुरवाणी के लिए मधु–आचार शास्त्र का विकास करते हैं। उनके काव्य पृथ्वी के माधुर्य गुण से पैदा होते हैं। ये ऋषि लोकव्यवहार की मधुरता में ही मज़बूत सामाजिक संगठन का ताना–बाना बुनते हैं। मधुप्रियता उनका दार्शनिक यथार्थवाद है।

मनुष्य जाति के उद्भव का केन्द्र विवाद का विषय है। कुछ विद्वान अफ्रीकी भूखण्ड को आदि मानव का उद्भव क्षेत्र मानते हैं। कुछ विद्वान जम्बूद्वीप भरतखण्ड की ओर संकेत करते हैं। आदि मानव के उद्भव स्थल और मानव काया के जन्म व विकास का रहस्य काफ़ी जटिल है। लेकिन प्रकृति के गूढ़तम रहस्यों के प्रति जिज्ञासा व उनके उत्तर खोजने के प्रयास की भूमि भारत ही है। मनुष्य जटिल संरचना है। अथर्ववेद में इस जटिल संरचना के प्रति अतिरिक्त जिज्ञासा है। प्रकृति सृष्टि के उद्भव के प्रति जिज्ञासा का भाव ऋग्वेद के नासदीय सूक्त में है और मनुष्य शरीर की जटिल संरचना के प्रति आश्चर्यजनक जिज्ञासा का भाव अथर्ववेद के ब्रह्म प्रकाशन सूक्त में है। यहाँ जिज्ञासा में भी मधुमयता है। अथर्ववेद ऋग्वेद की मधुमयता का विस्तार है।

ऋग्वेद में राष्ट्र नाम की संस्था भूसांस्कृतिक धारणा है। यहाँ राजा व सभा समिति का विकास हो रहा है। अथर्ववेद में राजा की स्थिति सुदृढ़ हो चुकी है। ऋग्वेद की सभा समिति विचार–विमर्श की लोकतन्त्री संस्थाएँ हैं।

अथर्ववेद में वे लोकमान्य हो चुकी हैं। यहाँ दोनों को ब्रह्म की पुत्रियाँ कहा गया है। दोनों विचार–विमर्श के केन्द्र हैं। स्वाधीन हैं। इनमें तथ्य तर्क की सुविधा है। ऋषि की इच्छा है कि सभा–संसद में सभा सदस्य मधुवाणी बोले, यशस्वी हो, सफल हो, "अस्य सर्वस्याः संसदः मा भगिनं कृणु–संसद सदस्यों के मध्य हमें सफल बनाओ।" (7.12.3) अथर्ववेद में संसद का उल्लेख ध्यान देने योग्य है। संसदीय व्यवस्था की आदि भूमि भारत है। लोकमंगल के काम यश देते हैं। संसदीय ज्ञान भी यश देता है। यश और कीर्ति प्रत्यक्ष सामाजिक भौतिक उपलब्धि है। इन्हें आध्यात्मिक उपलब्धि के लिए त्यागने जैसी बातें अथर्ववेद में नहीं हैं। अथर्ववेद में इनका सहज स्वीकार है। ऋषि कहता है, "इन्द्र यशस्वी हैं। अग्नि यशस्वी हैं। विश्व के प्राणियों में मैं यशस्वी हूँ।" (6.39.3) यशस्वी होना श्रेष्ठ कर्मफल है।

मधुमयता का लोकमंगल तत्त्व ऋग्वेद से लेकर अथर्ववेद के रचनाकाल तक सतत विकासशील है। अथर्ववेद में जीवन का यथार्थ गहरा है। इसलिए इसमें मधुअभिलाषा की अतिरिक्त गहराई है। इसी परम्परा में उपनिषदों में ब्रह्म विद्या के साथ मधु विद्या भी है। छान्दोग्य उपनिषद् के तीसरे अध्याय के प्रथम खण्ड से लेकर पाँचवें खण्ड तक मधु विद्या का वर्णन है। ऋग्वेद, अथर्ववेद और छान्दोग्य उपनिषद् की मधु विद्या कोई तन्त्र विद्या नहीं है। यह जगत् को मधुमय देखने की विशेष जीवनदृष्टि है। यह जगत् को मधुमय देखने के साथ मधुमय बनाने की जीवन–शैली भी है। भारतीय परम्परा के ज्ञान और विद्या बुद्धि विलास नहीं है। यहाँ ज्ञान को भी मधुमय कर्म बनाने के चित्त रूपान्तरण भी हैं। कर्म का फल यहाँ मधु है।

छान्दोग्य उपनिषद् (3.1.1) में कहते हैं, "यह आदित्य निश्चित ही देवों का मधु है। द्युलोक उसका तिरछा बाँस है। अन्तरिक्ष उसका छत्ता है। उसकी किरणें मधुमक्खियों के बच्चे हैं।" यहाँ आदित्य–सूर्य में मधुदृष्टि है और सूर्य प्रत्यक्ष हैं। आगे कहते हैं, "आदित्य–सूर्य की पूर्व दिशा की किरणें मधु छत्ते के छिद्र हैं। ऋग्वेद के मन्त्र मधुकर हैं। इन मधुकरों ने ऋग्वेद का अभिताप किया। तब ऋग्वेद से यश, तेज, बल और अन्न रस प्रकट हुआ।" (वही, 2–3) यहाँ 'ऋग्वेद से' का तात्पर्य ऋग्वेद द्वारा कथित ज्ञान का अनुपालन है। इसी तरह आदित्य सूर्य की दक्षिण दिशा की किरणों को दक्षिणी मधु नाड़िया बताते हैं। यजुर्वेद के मन्त्र मधुकर हैं। यजुर्वेद फूल हैं। मन्त्र मधुकर यजुर्वेद का मधु रस दुहते हैं।

इससे भी यश, तेज, बल और अन्न रस पैदा हुआ। (वही, खण्ड 2.1–3) इसी तरह पश्चिमी सूर्य किरणों में मधु नाड़ियाँ देखते हैं। यहाँ सामवेद के मन्त्र मधुकर हैं। साम, कर्म, पुष्प हैं। मन्त्र मधुकर इन पुष्पों से मधुरस लेते हैं। (वही, खण्ड 3.1–3)

मधुप्रियता सम्पूर्ण वैदिक अनुभूति का मधुरस है। उपनिषद् में ऋग्वेद, यजुर्वेद और साम मन्त्रों को मधु संचयी मधुकर बताने के बाद कहते हैं, "उस आदित्य की उत्तर दिशा की किरणें उत्तर दिशा की मधु नाड़ियाँ हैं। अथर्वा अंगिरा के काव्य श्रुति मधुकर हैं। इतिहास पुराण पुष्प है– इतिहास पुराणं पुष्पं।" (वही, खण्ड 4.1) यहाँ कई महत्त्वपूर्ण बातें हैं। पहली है– अथर्वा अंगिरा के देखे रचे मन्त्र मधुकर या मधु संग्रही हैं। ऐसे मन्त्र प्रायः अथर्ववेद में संकलित हैं। मधु संग्रही लोग इतिहास–पुराण से मधुरस लेते हैं। इतिहास भूतकालीन समाज संस्कृति का अभिलेख होता है। इसी तरह मार्गदर्शी पुरावृत्त पुराण हैं। आगे कहते हैं, "अथर्वा अंगिरा ऋषियों द्वारा द्रष्ट मन्त्रों के द्वारा इतिहास–पुराण को अभितप्त किया गया। ऐसे शुद्ध–अभितप्त इतिहास–पुराण से यश, तेज, पौरुष व अन्नादि रूप रस की उत्पत्ति हुई।" (वही, 2) यहाँ अथर्ववेद के प्रतिपाद्य विषयों का संकेत है। मधुरता तो भी इष्ट है।

अथर्ववेद इतिहास है। ज्ञान के विकास का इतिहास। यह यूरोपीय ढंग का इतिहास नहीं है। यूरोपीय इतिहास में समय के उल्लेख सहित युद्धों के विवरण हैं। अथर्ववेद युद्ध विवरण नहीं है। यह दर्शन के विकास का विवरण है। संस्कृति के विकास का दर्पण भी है। ज्ञान और विज्ञान की अनेक मान्यताएँ अथर्ववेद में हैं। ऐसी मान्यताएँ किसी अन्धविश्वास का परिणाम नहीं हैं। इनमें गणित के साक्ष्य हैं। खगोल विज्ञान है। जीव विज्ञान और वनस्पति विज्ञान है। समाज विज्ञान और मनोविज्ञान के गूढ़ तत्त्वों के उल्लेख विस्मयकारी हैं। इन ऋषियों ने विश्व को सुन्दर व मधुमय बनाने के उद्देश्य से शोध, बोध के अनेक श्रम तप किये थे।

भारत में आयुर्विज्ञान की सुदीर्घ परम्परा है। सुदूर इतिहास में इसके दर्शन ऋग्वेद में मिलते हैं। ऋग्वेद में आयुर्विज्ञान के साथ चिकित्सा कर्म के भी पर्याप्त साक्ष्य हैं। ऋग्वेद में वैद्य का भी उल्लेख है। अलग–अलग रोगों के लिए विशिष्ट ज्ञान के भी संकेत हैं। अश्विनी देवों को वैद्य भी कहा गया है। वे मधु ज्ञानी थे। उन्होंने बूढ़े च्यवन ऋषि को युवा बनाया था। उन्होंने अन्धे ऋषि परावृक की आँखों की ज्योति लौटाई थी।

अथर्ववेद में शरीर विज्ञान का विकास है। चरक संहिता और सुश्रुत आयुर्विज्ञान के विशिष्ट ग्रन्थ हैं। अथर्ववेद इनके पहले है। अथर्ववेद और चरक संहिता में मनुष्य शरीर के अंगों की सूची लगभग एक जैसी है। चरक संहिता में भी वैसे ही उन्हीं अंगों के उल्लेख होने का स्रोत तत्कालीन विद्वानों के ज्ञान के साथ अथर्ववेद भी हो सकता है। वैदिक इंडेक्स में लिखते हैं, "वैदिक भारतीयों की रुचि शरीर रचना सम्बन्धी चिन्तन में काफ़ी पहले से थी। जैसे अथर्ववेद के एक सूक्त में शरीर के अनेक अंगों का विवरण दिया गया है। यह गणना एक सीमा तक सही है।" ऋग्वेद (10.169) में भी अंगों की ऐसी ही सूची है। अथर्ववेद में ऋग्वेद की परम्पराओं का विकास है ही।

अथर्ववेद के ऋषियों ने मनुष्य जीवन के सभी कर्मों को मधुमय विश्वमानवता के हित से जोड़ा था। संस्कृति जीवन को उदात्त भाव से भरती है। दर्शन से सत्य का बोध होता है। वैज्ञानिक विवेक भी मिलता है। केवल अपना ही हित देखना उचित नहीं है। सर्वमंगल में सबका सुख है। दुखी समाज में प्रसन्न व्यक्तियों का अपवाद ही सम्भव है। अथर्ववेद का ज़ोर सम्पूर्ण मानवता को मधुरस आपूरित करने पर है। बेशक इस विशाल ग्रन्थ में ईर्ष्या–द्वेष के प्रसंग भी हैं। लेकिन वे अथर्ववेद की मुख्य चिन्तनधारा नहीं हैं। ये ऋषि इसी समाज को मुद, मोद, प्रमोद से भर देने के लिए श्रम तपरत उच्च कोटि के दार्शनिक कवि हैं। उनके काव्य में सदाचरण की अनुभूति है। यही उनकी मधुकामना है। यह कामना ज्ञान में मधुविद्या है और अनुभव में मधु अनुभूति है। जीवन के आस्वाद में यही मधु है। अथर्ववेद का मधु उपास्य है।

अथर्ववेद का प्रत्येक मन्त्र रसपूर्ण है। ऋषियों ने मधुसंचयी मधुकरों की तरह प्रत्येक मन्त्र में संसार वृक्ष के पुष्पों का रस भर दिया है। अथर्व में जीवन रस का सार है। अथर्ववेद का शब्द संसार बड़ा है। प्रत्येक शब्द, वाक्य, मन्त्र और विषय का रस भिन्न–भिन्न होकर भी जीवन का मधु है। अथर्ववेद में व्याप्त यह मधु सृष्टि का मूलरस है। प्रकृति इसी मधुरस से सृष्टि को तृप्त करती रहती है लेकिन चित्त नहीं अघाता। इसीलिए मधु प्राप्ति के मन्त्र, काव्य गीत हरेक युग, संवत्सर में अनवरत गाये जाते रहे हैं। इस पुस्तक में अथर्ववेद से जीवन जगत् की जिज्ञासा और अभिरुचि से जुड़े कुछ विषयों को समझने का प्रयास किया गया है। इसमें अथर्ववेद के मधुसागर से मधु लेने का विनम्र प्रयास है। इसलिए इस पुस्तक का नाम 'अथर्ववेद का मधु' है।

अथर्ववेद : सामान्य परिचय व रचनाकाल

ऋग्वेद और अथर्ववेद के रचनाकाल के बीच लम्बा फ़ासला है लेकिन दार्शनिक निरन्तरता है। ऋग्वेद में दर्शन के बीज हैं। अतिरिक्त जिज्ञासा है। अथर्ववेद में प्राचीन दर्शन की परम्परा का विकास है। लेकिन आस्तिक भाव बढ़ चुका है। ऋग्वैदिक समाज और अथर्ववैदिक समाज में एक सामान्य अन्तर भी है। ऋग्वेद के समय जिज्ञासा व दर्शन की श्रेष्ठता है। ऋत प्रकृति का सत्य है। ऋत का सामाजिक यथार्थ धर्म है। लेकिन ऐसी दार्शनिक ऊँचाइयाँ तत्कालीन जनसामान्य में नहीं हैं। दुनिया के सभी समाजों में प्रायः ऐसा ही होता है। एक वर्ग दार्शनिक बौद्धिकता से सम्पन्न होता है, शेष समाज अपने पन्थिक विश्वासों के अनुसार जीवन–यापन करता है। अथर्ववेद के ऋषि कवि पूर्ववर्ती दार्शनिकता के साथ तत्कालीन समाज के तमाम वर्गों के विश्वास और कर्मकाण्ड भी समेटते हैं। इसलिए अथर्ववेद के रचनाकाल का धर्म ऋग्वेद के ऋत, सत्य–धर्म जैसा नहीं प्रतीत होता। डॉ. राधाकृष्णन् ने 'भारतीय दर्शन' (खण्ड 1, पृ. 97) में लिखा है, "अथर्ववेद का धर्म आदिम और असभ्य मनुष्य का धर्म है।" उनका यह कथन विचारणीय है। असभ्य मनुष्य का धर्म नहीं होता। आदिम मनुष्य में धर्म का विचार नहीं था। धर्म का सतत् विकास हुआ है। अथर्ववेद में यह धार्मिक विकास मिलता है। धर्म सामूहिक अनुभूति और प्रतीति की आदर्श आचार संहिता है। यह जड़ नहीं है, सतत गतिशील है। सो सतत परिवर्तनशील भी है।

अथर्ववेद के समाज के पास ऋग्वेद की परम्परा थी। अथर्ववेद के अधिकांश सूक्तों में इस परम्परा की उपस्थिति है। डॉ. राधाकृष्णन वशीकरण आदि मन्त्रों के आधार पर ही 'अथर्ववेद' के धर्म को असभ्य मनुष्य का धर्म बताते हैं। लेकिन अथर्ववेद के संकलनकर्त्ता बधाई के पात्र हैं। उन्होंने तत्कालीन समाज का यथावत् वर्णन भी जोड़ा है।

इसमें शुभ और अशुभ साथ है। ईर्ष्या और द्वेष जैसे मानवीय विकारों का भी यथार्थवादी वर्णन है। यह तत्कालीन समाज का दर्पण है। ऋषि कवियों ने सम्पूर्ण समाज को काव्य का विषय बनाया है। यहाँ विविधता की स्वीकृति है और विविध विचार वाले समाज असभ्य नहीं होते। फिर इस समाज में विविधता के साथ गहन एकता भी है। दार्शनिक अनुभूति वाले सूक्तों में यह एकता शिखर पर है।

ऋग्वेद की तुलना में अथर्ववेद परवर्ती है। इसलिए तुलनात्मक रूप में आधुनिक है। इसमें साँप का विषय उतारने वाले मन्त्र हैं तो भरापूरा वैज्ञानिक औषधि विज्ञान है। आधुनिक विश्व में भी मन्त्रों से विष उतारने वाले ओझा हैं और आधुनिक चिकित्सा विज्ञानी भी हैं। इसकी मूल धारा में वैज्ञानिक दृष्टिकोण है। डॉ. राधाकृष्णन् ने भी उपरोक्त पुस्तक (वही, पृ. 99) में लिखा है, "अथर्ववेद के प्रति न्याय करने के विचार से यह स्वीकार करना पड़ेगा कि इसने भारत में वैज्ञानिक विकास के लिए मार्ग तैयार किया।" यहाँ प्रश्न है कि भारत में वैज्ञानिक विकास का मार्ग तैयार करने वाला समाज असभ्य और आदिम कैसे हो सकता है? डॉ. राधाकृष्णन् के विवेचन में अन्तर्विरोध हैं। अन्यत्र उन्होंने अथर्ववेद को बहुत प्रकार के समझौतों का परिणाम भी बताया है।

अथर्ववेद किसी समझौते का परिणाम नहीं है। इस समाज में परस्पर विरोधी समूह या नस्लें नहीं हैं। तब क्या तत्कालीन समाज को समझौते का परिणाम कहा जा सकता है? यह समाज भिन्न समाजों का गठजोड़ नहीं है। समाज के जन्म के सिद्धान्त में व्यक्त–व्यक्ति के साझा जीवन लक्ष्यों की भूमिका है। इसलिए समाज निर्माण का आधुनिक सिद्धान्त समझौते पर बल देता है। लेकिन अथर्ववेद का समाज पहले से ही संगठित है। यह लोकतान्त्रिक है। इसलिए भिन्न विचारों को भी आदर देता है। सबके चित्त मिलाने को श्रेयस्कर बताता है। पृथ्वी सूक्त (12.1) के अनुसार "यहाँ भिन्न–भिन्न भाषा–भाषी हैं, भिन्न विश्वास हैं। पृथ्वी सबको आश्रय देती है।" सबको समाज का अभिन्न अंग बनाना, मानना और जानना इस समाज का केन्द्रीय विचार है। इसी ध्येय की पूर्ति के लिए अथर्ववेद में तमाम उपासनाओं, विश्वासों के साथ वैज्ञानिक दृष्टिकोण को भी चिन्तन का आधार बनाया गया है। सभा समिति में विमर्श वाला यह समाज भिन्न विचार वाले नागरिकों के बावजूद सांस्कृतिक दृष्टि से एक है।

भारतीय दर्शन तत्त्व खोजी है। इस तत्त्वजिज्ञासा के बीज ऋग्वेद में हैं। इस तरह दार्शनिक विकास का पहला चरण ऋग्वेद है। अथर्ववेद में इस दार्शनिक विकास का विस्तार है। अथर्ववेद में वैदिक सभ्यता और सांस्कृतिक विकास के सांसारिक विवरण भी हैं। मानवीय सम्बन्धों का सुन्दर दर्शन–दिग्दर्शन है अथर्ववेद। इसमें समाज गठन और विकास के पूर्ववर्ती चरणों का विवरण भी है। राष्ट्र नाम की संस्था के जन्म विकास का क्रमबद्ध इतिहास भी है। ऋग्वेद विश्व ज्ञान का प्राचीनतम कोष है तो अथर्ववेद परवर्ती ज्ञान–विज्ञान का विश्वकोष। यह प्राचीन मानव सभ्यता का दर्पण है। इसकी रचना भारत में भारतीय पूर्वजों ने की थी। स्वाभाविक ही इसमें तत्कालीन भारतीय देश काल की उपस्थिति है। भारतीय मन का उल्लास और तात्कालिक समाज की अनुभूतियाँ भी हैं। अथर्ववेद में तत्कालीन समाज की अभिलाषाएँ हैं। रीति, नीति और संसार की प्रीति है। तत्कालीन समाज के विश्वास हैं। इसमें दर्शन है। विज्ञान है। समाजशास्त्र है। राजव्यवस्था है। राजव्यवस्था के कर्त्तव्य हैं। इसमें प्रत्यक्ष भौतिक जगत् की सुख–साधना के सूत्र हैं और अव्यक्त लोक की जिज्ञासा भी है।

मानव सभ्यता का क्रमिक विकास हुआ है। ऋग्वेद के रचनाकाल के पूर्वकाल का विवरण उपलब्ध नहीं है। इस पूर्वकाल के संकेत ऋग्वेद में हैं। ऋग्वैदिक काल का समाज सभ्यता, संस्कृति और दर्शन के दृष्टिकोण में पिछड़ा समाज नहीं है। ऋग्वेद में विकसित समाज के सभी लक्षण हैं तो भी यह विकासशील अवस्था में है। इसलिए ऋग्वेद में सुन्दर समाज के स्वप्न हैं। अथर्ववेद का विकसित समाज इसी सांस्कृतिक निरन्तरता में है। सभ्यता की निरन्तरता के अध्ययन में अथर्ववेद का विशेष महत्त्व है। मैकडनल ने 'संस्कृत साहित्य का इतिहास' (हिन्दी अनुवाद, पृ. 172) में लिखा है कि, "सभ्यता के इतिवृत्त के अध्ययन के लिए ऋग्वेद की अपेक्षा अथर्ववेद में उपलब्ध सामग्री कहीं अधिक रोचक व महत्त्वपूर्ण है।" अथर्ववेद की सभ्यता का समय संस्कृति व दर्शन के विकास का परवर्ती सोपान है।" जयन्त भट्ट ने न्याय मंजरी में लिखा है कि "चारों वेदों में यह सर्वोत्कृष्ट है। यह सर्वकार्य साधक है। सार्वलौकिक है, सार्वजनीन है। सर्वप्रथम है।" डॉ. कपिल देव द्विवेदी ने 'वैदिक साहित्य एवं संस्कृति' (पृ. 96) में अथर्ववेद को "जनता का वेद बताया है।" बिल्कुल सही कहा है। इसमें ब्रह्माण्ड के रहस्यों की जिज्ञासा है, साथ में साधारण मनुष्य के राग–द्वेष सुख–दुख भी हैं।

अथर्ववेद में जीवन के सभी पक्ष हैं। ऋग्वेद, यजुर्वेद में वैज्ञानिक विषयों का भी दर्शन है। सामवेद गीत प्रधान है लेकिन अथर्ववेद में उपलब्ध विज्ञान की व्यवहार पद्धति भी है। अथर्ववेद के ऋषि संसार को सुखमय बनाना चाहते थे। उन्होंने सुख और आनन्द प्राप्ति के अनेक स्रोतों व उपकरणों का उल्लेख किया है। जीवन को आनन्दवर्द्धन बनाने के लक्ष्य से 'यज्ञ' नाम की संस्था का विकास ऋग्वैदिक काल में ही हो गया था। यज्ञ, ज्ञान, विज्ञान से जुड़े लोक उत्सव थे। यज्ञ में गोष्ठियाँ थीं। तमाम विषयों पर विमर्श थे। यज्ञ कर्म के सम्पादन की सुनिश्चित विधि थी। यज्ञ के लिए चार ऋत्विज आवश्यक हैं। इनमें अथर्ववेद का ज्ञानी ऋत्विज ही ब्रह्मा या प्रथम प्रमुख बताया गया है। यह ब्रह्मा ही यज्ञ कर्म का अध्यक्ष होता था। गोपथ ब्राह्मण के अनुसार अथर्ववेद के अलावा अन्य तीन वेदों के द्वारा यज्ञ के एक पक्ष का संस्कार कार्य होता था लेकिन ब्रह्मा–अथर्ववेद का विशेषज्ञ मानसिक पक्ष द्वारा यज्ञ कार्रवाई को पूर्ण करता था। आचार्य श्रीराम शर्मा ने ऐतरेय ब्राह्मण के उद्धरण के साथ लिखा है, "यज्ञ सम्पादन के दो मार्ग हैं–वाक् और मन।" तीन वेदों से वाक् या वाणी द्वारा मन्त्र उच्चार फिर अथर्ववेद से मनः संस्कार।

वैदिक साहित्य में अथर्वा महत्त्वपूर्व ऋषि हैं। अथर्ववेद में ऋषि अथर्वा व उनके वंशजों के गाये 1772 मन्त्र हैं। सम्भवतः इसीलिए इसका नाम अथर्ववेद पड़ा। प्रो. ब्लूमफ़ील्ड व विंटरनिट्ज़ ने अथर्ववेद का नाम अथर्वांगिरस वेद बताया है। ईरानी 'अवेस्ता' का अथ्रवन शब्द अथर्वा जैसा है। अवेस्ता के अथ्रवन का मूल अर्थ अग्नि, उपासक, पुरोहित है। अथ्रवन् जादू आदि का काम भी करता था।

अथर्वन् का शाब्दिक अर्थ है निश्चल, स्थिर। यास्क की 'निरुक्त' के अनुसार थर्व गति अर्थक है और अथर्वन् गतिहीन स्थिर। अथर्वा का अर्थ योगसिद्ध भी होता है। ईरानी 'अवेस्ता' में आया अथ्रवन् अथर्ववेद के अथर्वन् का ही विकास हो सकता है। जो भी हो अथर्वा एक मस्त, दार्शनिक ऋषि कवि जान पड़ते हैं। अथर्ववेद के अन्तःप्रवाह में बहना और सत्रस का आस्वाद अनुभूति का विषय है, बतरस का नहीं। काया की दृष्टि से अथर्ववेद में 5987 मन्त्र हैं और 20 काण्ड या अध्याय। 20वें काण्ड के अधिकांश मन्त्र ऋग्वेद के हैं। अथर्ववेद में ऋग्वेद के लगभग 1200 मन्त्रों को सम्मिलित किया गया है। लेकिन ऐसी जानकारी का बहुत मतलब नहीं है। ऋग्वेद में जलप्रलय का उल्लेख नहीं है, अथर्ववेद में इसके स्पष्ट संकेत हैं।

इसका संकेत है कि अथर्ववेद जलप्लावन के बाद की रचना है। पृथ्वी द्वारा सूर्य की परिक्रमा करना भी अथर्ववेद के रचनाकारों को ज्ञात था। अथर्ववेद में पृथ्वी, आकाश और मनुष्य जीवन की तमाम बहिरंग–अन्तरंग समस्याओं का उल्लेख है। इसका असली आनन्द पढ़ने और गुनगुनाने में ही मिल सकता है। अथर्ववेद के सौन्दर्यबोध की गहराई की थाह वैसे भी नहीं मिलती। अथर्ववेद का सौन्दर्यबोध न्यारा है। यहाँ अनुभूति और वैज्ञानिक दृष्टिकोण को गलबहियाँ डाले देखा जा सकता है। अथर्ववेद के ऋषियों–कवियों को सहज ही नमन करने का भाव उगता है।

वेद के अन्तरंग विषय जटिल हैं। इसलिए वेदों का भाव और विनियोग समझने के लिए ब्राह्मण लिखे गये थे। ऋग्वेद का प्रमुख ब्राह्मण ऐतरेय ब्राह्मण है। इसी तरह अथर्ववेद के दो ब्राह्मण हैं। पहला गोपथ ब्राह्मण व दूसरे पैप्पलाद ब्राह्मण। अथर्ववेद के दर्शन सम्बन्धी 32 उपनिषदें बतायी जाती हैं। इनमें प्रश्नोपनिषद्, मुण्डकोपनिषद्, माण्डूक्योपनिषद, महानारायण उपनिषद् व महावाक्य उपनिषद् मुख्य कही जा सकती हैं। इतिहास, पुराण को अथर्ववेद का उपवेद कहा गया है। इतिहास पूर्वकाल का अभिलेख है। अथर्ववेद में इतिहास है। इतिहास में अथर्ववेद एक प्रमुख विषय है।

अथर्ववेद प्राचीन ज्ञान–विज्ञान का जीवन्त मधुरस है। ज्ञान–विज्ञान की सामान्य पोथी नहीं। यहाँ प्रकृति का रस प्रवाह है। नदी नाद की ही भाषा भी। पक्षियों के गीत हैं। दर्शन का परमव्योम है। प्रत्यक्ष सौन्दर्य का अनुभूत सौन्दर्यबोध है। ऋग्वेद की परम्परा का रस है। इसमें विकास के तमाम चरणों का लेखा है। अथर्ववेद की अन्तर्वस्तु से परिचय का आनन्द अव्याख्येय है। प्राचीन इतिहास और समाज के विवेचन में बहुधा ऋग्वेद का उल्लेख होता है लेकिन अथर्ववेद भी हमारे प्राचीन इतिहास का ही अगला महत्त्वपूर्ण चरण है। इस काव्य में मनुष्य की संसारी अभिलाषाएँ हैं। दीर्घायु होने की जिजीविषा है। जीवेम शरदः शतम् की प्यास है। संसार यहाँ माया नहीं है, जीवन दुखमय नहीं। यहाँ संसार से त्याग का दर्शन नहीं। जीवन अमृत अवसर है।

अथर्ववेद अमृत जीवन की कविता है। सदा तरुण, जरा–मृत्यु कें पाश से मुक्त जीवमान काव्य हैं अथर्ववेद के मन्त्र। ऋग्वेद की तरह अथर्ववेद में भी देवता हैं लेकिन ऋग्वेद की तुलना में देव स्तुतियाँ कम हैं और सांसारिक सुख–समृद्धि के गीत ज़्यादा। अथर्ववेद के प्रति स्वाभाविक ही

विद्वानों का आकर्षण रहा है। आचार्य सायण ने 14वीं सदी में इसके बड़े हिस्से पर भाष्य लिखा था। उन्होंने भूमिका में लिखा है, "तीन वेदों के बाद परासांसारिक ज्ञान देने वाले चौथे वेद की व्याख्या करता हूँ।

ग्रिफ्थ ने अथर्ववेद का अंग्रेज़ी अनुवाद 1895 ई. के आसपास किया था। इसी तरह ह्विटनी ने भी 1905 में अथर्ववेद का अंग्रेज़ी अनुवाद किया। अमेरिकी विद्वान ब्लूमफ़ील्ड ने इसके काव्य की प्रशंसा की है। उन्होंने भी इसका अंग्रेज़ी अनुवाद किया है। अथर्ववेद जर्मनी में भी लोकप्रिय है। प्रो. ल्यूडविग ने जर्मन भाषा में इसका अनुवाद किया। भारत में श्रीपाद दामोदर सातवलेकर ने इसका सुन्दर भाष्य किया है। आचार्य श्रीराम शर्मा ने सरल हिन्दी में अथर्ववेद का अनुवाद किया है। आर्य साहित्य मण्डल अजमेर से प्रकाशित जयदेव विद्यालंकार का भाष्य भी पठनीय है। अथर्ववेद गर्व करने लायक भारतीय काव्य का शिखर है।

अथर्ववेद का रचनाकाल

अथर्ववेद अद्वितीय काव्य संकलन है। विश्व दर्शन के प्राचीन इतिहास में इसका स्थान अनूठा है। इसकी रचना के काल निर्धारण में विद्वानों के अनेक मत हैं। ऋषियों की नामावली भी काल निर्धारण में सहायक नहीं है। ऋषियों का समय तय करना कठिन है। वैदिक दर्शन के विकास के विवेचन के सहारे ही हम इसके रचनाकाल के निकट पहुँचने का प्रयास कर सकते हैं। ऋग्वेद की प्राचीनता सिद्ध है। अथर्ववेद इसके बाद का है। राजा, सभा समिति जैसी संस्थाएँ ऋग्वेद में हैं लेकिन शासन व्यवस्था की स्पष्ट रूपरेखा कम है। अथर्ववेद में इन सबके विस्तृत विवरण हैं। ऋग्वेद का दर्शन अद्वैत के निकट है। इसमें एक ही सत्य की घोषणा है। अथर्ववेद में द्वैतवाद के साथ त्रैतवाद भी है और अद्वैत भी है। ऋग्वेद में सर्वोच्च शासक रूप वाला ईश्वर नहीं है। वरुण देव की छवि ईश्वर के निकट है लेकिन अथर्ववेद के ईश्वर से दूर है।

अथर्ववेद में दार्शनिक विचार भिन्नता का अगला चरण है। ऋग्वेद में जिज्ञासा का मूल चरण है। इसलिए प्रकृति के सभी गोचर प्रपंचों के प्रति अतिरिक्त जिज्ञासा है। इस जिज्ञासा में इन्द्र जैसे प्रतिष्ठित देवों के होने या न होने पर जिज्ञासा है। सूर्य के बिना आधार लटके रहने पर भी जिज्ञासा है। जगत् स्रष्टा विश्वकर्मा देव भी जिज्ञासा के दायरे में है। उनसे प्रश्न है कि जब जगत् था ही नहीं तब संसार बनाते समय वे कहाँ बैठे?

वे जगत् निर्माण की सामग्री कहाँ से लाये? ऋग्वेद के ऋषि आस्था के बारे में भी प्रश्न उठाते हैं। अथर्ववेद में स्थापित मान्यताओं को चुनौती देने वाली ऋग्वेद जैसी जिज्ञासा नहीं है। इसके दो कारण सम्भव हैं। पहला कारण आस्तिकता का विकास हो सकता है और दूसरा कारण अधिकांश जिज्ञासाओं व प्रश्नों का समाधान स्वीकार कर लेना भी सम्भव है।

ऋग्वेद में गति सम्बन्धी वैज्ञानिक जिज्ञासाएँ भी हैं। जल प्रवाह के प्रपंचों–नदी प्रवाह, मेघ पर्जन्य पर भी ऋषियों का ध्यान गहरा है। अग्नि की ताप ऊर्जा भी विचारणीय है और वायु की प्राण रूप उपयोगिता भी। अथर्ववेद में इन विषयों पर विस्तृत विवरण है लेकिन जिज्ञासा कम मान्यता का भाव ज़्यादा है। इन सबके बावजूद अथर्ववेद के मन्त्रकाव्य का रचनाकाल तय करना कठिन कार्य है। जैसे ऋग्वेद एक साथ, एक ही समय की रचना नहीं है। वैसे ही अथर्ववेद का रचनाकाल भी दीर्घकाल में पसरा हुआ है। अनेक विद्वानों ने ऋग्वेद व अथर्ववेद की भाषा की भी तुलना की है। प्रो. बी.के. घोष ने पाया है कि "ऋग्वेद की भाषा के प्राचीन तत्त्व अथर्ववेद में कम होते गये हैं।" ऋग्वेद से अथर्ववेद की भाषा के विकास में लगभग 500 वर्ष लगे होंगे। वर्णव्यवस्था सम्बन्धी विवरणों में भी दोनों वेदों में मूलभूत अन्तर है। ऋग्वेद के केवल एक सूक्त (10.90) में ब्राह्मण, राजन्य, वैश्य व शूद्र की कल्पना है। वह भी वर्णव्यवस्था के अर्थ में नहीं है। अथर्ववेद में इसका उल्लेख ज़्यादा है। वैसे वर्णव्यवस्था का विधान सर्वमान्य नहीं था। अथर्ववेद में ही एक भिन्न विचार है कि ब्रह्म से उद्भूत यह सम्पूर्ण संसार ब्राह्मण है।

अथर्ववेद में मागध को व्रात्यों का मित्र कहा गया है। व्रात्य तमाम नियम नहीं मानते थे। वे व्रतों का उल्लंघन करते थे। अथर्ववेद में व्रात्य की प्रशंसा है। मगध क्षेत्र प्राचीन काल में भी वैदिक परम्परा से जुड़ा था। अथर्ववेद में गन्धारि, मूजवत् और अंग का भी उल्लेख है। प्राचीन काल में तक्षशिला से काबुल तक का क्षेत्र गन्धार कहा जाता था। पूर्वी गन्धार की राजधानी तक्षशिला थी। तक्षशिला मौर्यकाल के पहले से ही दुनिया का प्रतिष्ठित विश्वविद्यालय था। अर्थशास्त्र के रचनाकार आचार्य विष्णुगुप्त–कौटिल्य इसी विश्वविद्यालय में आचार्य थे। वे विलक्षण प्रतिभा वाले वेद विज्ञानी, तार्किक दर्शनशास्त्री व अर्थशास्त्री थे। अथर्ववेद में महावृष, वल्हिक आदि क्षेत्रों का उल्लेख भी है। ऋषि इन भूखण्डों के तत्कालीन नामों से परिचित थे। अथर्ववेद में हिमवत् (19.2.1) व त्रिककुद का उल्लेख है।

हिमवत् हिम आच्छादित है। त्रिककुद पर अंजन होता था (4.9.9) अथर्ववेद में अंजन का उल्लेख कई बार हुआ है। कुछ विद्वानों के अनुसार यह उत्तरी पंजाब और कश्मीर के मध्य स्थित पर्वत की चोटी थी। ऋषि अनेक पर्वतों, क्षेत्रों, समुद्रों से परिचित थे। लेकिन इसी आधार या नदी नामों की पहचान से अथर्ववेद के रचनाकाल का निर्धारण सम्भव नहीं है। काल निर्धारण जटिल पहेली है।

अथर्ववेद का अन्तिम काण्ड 20वाँ है। इस काण्ड के सूक्त 127 से 136 तक 9 सूक्त कुन्ताप सूक्त कहे जाते हैं। अनेक विद्वान इन्हें खिल, प्रक्षिप्त या बाद में जोड़ा गया मानते हैं। सायण ने इनका भाष्य नहीं किया लेकिन अथर्ववेद की मूल संहिता के सूक्तों व मन्त्रों की गणना में ये भी सम्मिलित हैं। सूक्त 127 के सातवें मन्त्र से 10वें तक में राजा परीक्षित का उल्लेख है, "परीक्षित सर्वहितकारी राजा थे। वे देवता तुल्य थे। शोभन राजसिंहासन पर बैठकर उन्होंने प्रजा का कल्याण किया।" महाभारत के अनुसार राजा परीक्षित अभिमन्यु के पुत्र और अर्जुन के पौत्र थे। अभिमन्यु युद्ध में मारे गये थे। युधिष्ठिर ने राज्य त्याग के समय परीक्षित को राज्य सौंपा था। शुकदेव ने इन्हीं राजा परीक्षित को श्रीमद्भागवत् की कथा सुनाई थी।

भागवत् का रासलीला प्रसंग मनोरम काव्य रचना है, "श्याम सुन्दर ने गोपियों के मन को अपने वश में कर रखा था। वंशी ध्वनि सुनते ही उनकी विचित्र गति हो गयी। हे राजा परीक्षित! वे इतने वेग से चलीं कि कानों के कुण्डल झोंके खा रहे थे।" (10.29) शुकदेव आगे कहते हैं, "परीक्षित! श्रीकृष्ण की विरह वेदना से पैदा व्यथा से उनके अवशेष अशुभ संस्कार भस्म हो गये।" (वही, 10.24) परीक्षित ने प्रश्न पूछा, "गोपियाँ श्रीकृष्ण को प्रियतम मानती थीं। उनमें ब्रह्मभाव नहीं था।" शुकदेव ने उत्तर में कहा, "भगवान से आन्तरिक सम्बन्ध पर्याप्त हैं। वे सम्बन्ध किसी भी प्रकार के हो सकते हैं।" परीक्षित ज्ञानी भी थे। अथर्ववेद में उनका उल्लेख ज्ञानवान होने के कारण सम्भव हो सकता है। यह बात भी महत्त्वपूर्ण है कि इसे कालसंगति के आधार पर युक्तियुक्त मानने में कठिनाई है।

भारतरत्न पी.वी. काणे ने 'धर्मशास्त्र का इतिहास' लिखा है। काणे इस इतिहास की आधाररेखा में 4000 ई.पू. से 1000 ईसा पूर्व को प्रथम चरण बताते हैं। काणे के अनुसार, यह समय वैदिक संहिताओं, ब्राह्मणों व उपनिषदों का काल है। ऋग्वेद, अथर्ववेद, तैत्तिरीय संहिता व ब्राह्मणों

की कुछ ऋचाएँ 4000 ई.पू. की भी हो सकती हैं।" अथर्ववेद ऋग्वेद का परवर्ती है। ऋग्वेद को 4000 ई.पू. से 3000 ई.पू. के मध्य रखें तो अथर्ववेद 3000 ई.पू. से 2000 ई.पू. की रचना हो सकती है। अथर्ववेद में राजा परीक्षित के उल्लेख का प्रश्न भी विचारणीय है। जर्मन विद्वान पार्जीटर के अनुसार महाभारत का समय 1000 ई.पू. लगभग है। परीक्षित महाभारत के युवा योद्धा अभिमन्यु का पुत्र है। विद्वानों के अनुसार परीक्षित युद्ध के 36 वर्ष बाद राज सिंहासन पर बैठे थे। प्रो. लुई ने परीक्षित का समय 1400 ई.पू. माना है। महाभारत का संशोधन–सम्पादन लम्बे समय तक होता रहा है। वैसे ही 1400 ई.पू. तक अथर्ववेद में कुछ प्रतिष्ठापूर्ण जोड़ा जाना सम्भव है। लेकिन इस उल्लेख के बावजूद अथर्ववेद की प्राचीनता (3000 ई.पू.) बनी रहती है। ऋषि समय या संवत्सर का उल्लेख ज़रूरी नहीं मानते थे।

साहित्यिक–दार्शनिक रचनाओं के रचनाकाल की उपयोगिता बहुत महत्त्वपूर्ण नहीं होती। रचनाकाल का ज्ञान तत्कालीन समाज की उत्पादन प्रणाली की खोज में उपयोगी होता है। अथर्ववेद के ऋषियों ने समकालीन उत्पादन प्रणाली, कृषि, उद्योग तन्त्र और व्यापार पर स्वयं ही सम्यक् प्रकाश डाला है। सामाजिक गठन, वर्गों का विकास और श्रम के विशिष्टीकरण के शोध में भी साहित्यिक कृति का रचनाकाल हमारी सहायता करता है। अथर्ववेद में इन विषयों पर भी पर्याप्त सामग्री है। विज्ञान और दर्शन के विकास पर भी अथर्ववेद में अनेक ज्ञान सूक्त हैं। इसे आयुर्विज्ञान का विश्व का प्रथम विस्तृत ज्ञान अभिलेख कहा जा सकता है। आनन्द के तमाम उपकरणों वाद्य यन्त्रों के भी उल्लेख अथर्ववेद में हैं।

रचनाकाल की जानकारी से हम अन्य समकालीन कृतियों से तुलना करते हुए समाज और शासनतन्त्र व सदाचरण आदि का अध्ययन करते हैं। अथर्ववेद तत्कालीन समाज का स्वयं पूर्ण दर्शन दर्पण है। रचनाकाल की जानकारी बहुत महत्त्वपूर्ण नहीं है। अथर्ववेद का समकालीन ग्रन्थ ईरानी 'अवेस्ता' हो सकता है लेकिन अथर्ववेद का अनुमानित रचनाकाल अवेस्ता से प्राचीन है। जब तक अन्य पुष्ट प्रमाण नहीं मिलते तब तक अनुमान ही प्रमाण बना रह सकता है। लेकिन अथर्ववेद की अमृत विषयसूची का रस आनन्द तो भी मिलता रहेगा।

पृथ्वी माता

कविता और विज्ञान एक साथ नहीं मिलते। काव्य में भाव अभिव्यक्ति की प्रमुखता होती है और विज्ञान में प्रत्यक्ष सिद्धि की। विज्ञान में पृथ्वी सौर मण्डल का ग्रह है। पृथ्वी पर तमाम वस्तुएँ, खनिज, वनस्पतियाँ और जल पृथ्वी का भाग है। तमाम जीव भी इस पृथ्वी पर हैं। इन सबका अध्ययन विज्ञान है। इनसे नेह–स्नेह–प्रीति और राग–विराग भाव जगत् के भाग हैं। विज्ञान और दर्शन बुद्धि व्यवसाय हैं और काव्य–सृजन हृदय भाव के संवेदना सौन्दर्य बोध और भाव प्रवणता में काव्य का जन्म होता है। विज्ञान और भाव प्रवणता अलग–अलग हैं लेकिन अथर्ववेद का भूमि सूक्त विज्ञान और भाव प्रवणता की एकात्म कविता है। भूमि सूक्त में भूसांस्कृतिक प्रीति और प्रत्यक्ष भौतिकवाद का प्रणय है। ऋषि कवि अथर्वा रचित यह सूक्त काव्य सौन्दर्य की अनूठी अभिव्यक्ति है। अमेरिकी विद्वान ब्लूमफ़ील्ड ने इसकी प्रशंसा की हैं। लिखा है कि "इस सूक्त में अथर्वन् की विशिष्टता है। यह विशेष आकर्षक है। इसमें देवकथात्मक विचार धारणा कम है। मनुष्य, पशु, वनस्पति से पृथ्वी का सम्बन्ध ही प्रमुख है।" ब्लूमफ़ील्ड भूमि सूक्त के प्रति आदर भाव से भरे जान पड़ते हैं लेकिन इन्हीं ब्लूमफ़ील्ड ने अथर्ववेद को जादू–टोने से भरा बताया है। ऐसा सही नहीं है। अथर्ववेद के अधिकांश सूक्तों में सांसारिक यथार्थवाद का दार्शनिक काव्य है।

विज्ञान और अनुभूति का संगम अनूठा होता है। लेकिन आसान नहीं होता। वैदिक ऋषियों का प्रत्यक्ष संसार से रागात्मक सम्बन्ध है। प्रकृति के गोचर प्रपंचों में उनकी रुचि है। वे इन प्रपंचों के प्रति जिज्ञासा से भरेपूरे हैं। पृथ्वी जीवन का रंगमंच है। जीवन का प्रवाह और अन्त पृथ्वी पर ही होता है। सो पृथ्वी से प्रीति स्वाभाविक है। अथर्वा का भूमि सूक्त ऋग्वेद की परम्परा है। ऋग्वेद में भी भूमि की स्तुति है। ऐसी स्तुति में पृथ्वी का दैवीकरण नहीं है, मानवीकरण निस्सन्देह उच्च स्तरीय है।

ऋग्वेद (5.84) में "पृथ्वी पर ऊँचे पहाड़ हैं। वह पर्वतों का भार वहन करती है। यह वन–वनस्पतियों वनों का आधार है।" एक अन्य सूक्त (10.18.10) में "पृथ्वी माता है। यह जीवनभर भार ढोती है। मृत्यु के बाद भी यह अपनी गोद में रखती है।" पृथ्वी यथार्थ है। उससे मनुष्य की प्रीति भी स्वाभाविक और यथार्थ है।

आकाश से सम्बन्धित ग्रीक में एक देवता हैं–उरानस्। होमर रचित ग्रीक महाकाव्यों में 'उरानस' पृथ्वी के पति बताये गये हैं। आकाश पिता और पृथ्वी माता की धारणा ऋग्वैदिक काल की है। होमर की रचनाएँ बहुत बाद की हैं। टायलर जैसे विद्वानों के अनुसार पृथ्वी को जगत् माता जानने की धारणा आकाश की पिता मानने से पुरानी है। पृथ्वी माता की धारणा प्राचीन है। ऐसा उचित भी जान पड़ता है। यूनानी दर्शन में आकाश की धारणा पहले नहीं थी। भारत में प्रकृति के पाँच तत्त्व पृथ्वी, जल, वायु, अग्नि और आकाश थे। प्रारम्भिक यूनानी दार्शनिक चार तत्त्व ही मानते थे। इनमें आकाश नहीं था। कुछेक विद्वान पृथ्वी के देवरूप को अविकसित मानते हैं। पश्चिम के विद्वानों की देवों सम्बन्धी धारणा मिथ से जुड़ी है। वे भारतीय मिथ के नायकों इन्द्र, गणेश, हनुमान आदि को अविश्वसनीय कहते हैं लेकिन प्रत्यक्ष यथार्थ पृथ्वी को अविकसित देव बताते हैं। भारतीय चिन्तन में माता देवता है। पृथ्वी को माता कहने में देव प्रतिष्ठा है। भूमि सूक्त में अथर्वा ऋषि कवि इसी माता से संवाद करते हैं। तैत्तिरीय उपनिषद् में भी माता देवता है। यह भारत का देवतन्त्र है। इसकी तुलना अन्य सभ्यताओं के देवतन्त्र से नहीं हो सकती।

पृथ्वी को माता कहना सही है। माता गर्भ में रखती है। पोषण देती है। तरुण होने पर शुभाशीष देती है। आजीवन प्यार करती है। स्वयं दुख सहती है लेकिन सन्तानों का ध्यान रखती है। यह जीवनपर्यन्त आदरणीय है। पृथ्वी भी ऐसी ही है। हम सब इसी में उगते हैं और इसी में अस्त हो जाते हैं। सभी सांसारिक व आध्यात्मिक कार्यों का स्थल यह पृथ्वी ही है। योग जप भक्ति और ज्ञान का क्षेत्र पृथ्वी है। सांसारिक यश और प्रतिष्ठा का कर्मक्षेत्र भी यही है। नियति और पुरुषार्थ का आधार भी पृथ्वी है। मोक्ष या मुक्ति के प्रयत्नों का आधार भी यही पृथ्वी है। मुद मोद प्रमोद और आनन्द का क्षेत्र भी पृथ्वी है। हम सबकी काया पृथ्वी से बनती है। 5 महाभूतों में पृथ्वी ही हमारा आधार है। अथर्ववेद के पृथ्वी सूक्त में अथर्वा स्वाभाविक ही पृथ्वी माता के गुण गाते हैं।

भूमि माता है। सभी जीवों का आधार है। यह सबको संरक्षण देती है। इसलिए इसका संरक्षण सबका दायित्व है। भूमि सूक्त (12.1) में कहते है, "अविचल निष्ठा, यथार्थबोध, कर्म कुशलता, तेज, तप और ज्ञान आदि पृथ्वी के पोषक हैं। अब तक जो जीव प्राणी हो चुके हैं और जो भविष्य में होंगे–"सा नो भूतस्य भव्यस्य" यह सबका संरक्षण करने वाली माता भूमि हमें स्थान दे।" पृथ्वी पर जीवों, वनस्पतियों का इतिहास अरबों वर्ष पुराना है। मनुष्य के भी उद्‌भव का काल निश्चित करना भी जटिल है। यहाँ कवि अथर्वा अरबों वर्ष पहले के जीवों, वनस्पतियों, नदियों आदि के अस्तित्व को पृथ्वी माता से जोड़ते हैं। वे भविष्य में होने वाले सभी जीवों प्रपंचों को भी माता पृथ्वी से आत्मीय बताते हैं। काल दृष्टि से पृथ्वी का इतिहास अरबों–खरबों वर्ष प्राचीन है। भविष्य में भी इस पृथ्वी का अस्तित्व प्रलयकाल तक रहने की सम्भावना है। भूमि सूक्त में पृथ्वी काल अखण्ड इकाई है। पृथ्वी की प्राण शक्ति अजर है। भूत और भविष्य की काल धारणा ऋग्वेद के पुरुष सूक्त का स्मरण कराती है–"पुरुष एवमेदं सर्वं यद् भूतं भव्यं च"। पृथ्वी की अनुकम्पा और धारक शक्ति में काल अखण्ड है। भूत और भविष्य एक ही निरन्तरता में है।

पृथ्वी पर अनेक प्राणी हैं, भिन्न–भिन्न वनपतियाँ व जीव–जन्तु हैं। मनुष्य भी गुण, इच्छा व कर्म के कारण भिन्न–भिन्न है। ऋषि कवि की अभिलाषा है कि भिन्नता के बावजूद सब एक होकर इसी पृथ्वी पर रहते हैं, यह पृथ्वी तमाम औषधियाँ धारण करती है, यह पृथ्वी हमारी कामना पूरी करे और यशवृद्धि करे। (वही, 2) ऋषि पृथ्वी को ध्यान से देखता है। पृथ्वी पर अनेक रूप हैं। जल है। यह जीवन है। जलों के भी तमाम रूप हैं। फल, अन्न, शाक हैं। वह इन्हें भी ध्यान से देखते हैं। कहते हैं, "इस भूमि पर समुद्र, महासमुद्र हैं, नदियाँ हैं, झीलें हैं, कूप हैं, अन्न फल आदि हैं। इससे सभी प्राणी सुखी हैं। कृषक कृषि करते हैं, शिल्पी संगठित शिल्पकर्म करते हैं। यह हमारी पृथ्वी हमें श्रेष्ठ भोजन व ऐश्वर्य दे।" (वही, 3) अथर्ववेद के रचनाकाल में कृषि कर्म का विकास हो चुका है, शिल्पी भी हैं। यह काल ऋग्वेद का परवर्ती है। भौतिक संसार की समझ का तमाम विकास हो चुका है। तब मनुष्य अपने कर्म फल के लिए किसी अज्ञात शक्ति पर निर्भर नहीं है। उसे अपने कर्म फल व भूमि की पोषण शक्ति पर विश्वास है।

भूमि पर तप कर्म करने का सुदीर्घ इतिहास है। अथर्वा इस इतिहास से परिचित हैं। लेकिन उन्हें लोकहित में किये गये कर्म व युद्धों के प्रति ज़्यादा लगाव है। कहते हैं, "इस पृथ्वी पर पूर्वजों ने अनेक पराक्रम किये हैं। सत्य के पक्ष में युद्ध भी किये हैं। यहाँ गाय और अश्व रहते हैं। पशु–पक्षी इसी पृथ्वी पर आश्रय पाते हैं। ऐसी पृथ्वी हमारे ज्ञान–विज्ञान व ऐश्वर्य की वृद्धि करने वाली है।" (वही, 5) मन्त्र में ज़ोर पृथ्वी के ख़ूबसूरत हो जाने पर है। अश्व और गाय ऋग्वैदिक समाज में भी उल्लेखनीय रहे हैं। अथर्ववेद में भी उनकी प्रतिष्ठा है। आलस्य व अज्ञान आदि की लत दुर्गुण है। इन दुर्गुणों से मुक्ति श्रेयस्कर है। कहते हैं कि इन दुर्गुणों से रहित देवगण इस भूमि की रक्षा प्रमादरहित करते हैं। यह भूमि ज्ञान व ऐश्वर्य दे। (वही, 7) यहाँ भूमि के रक्षक देव हैं। दुर्गुणविहीन देव ही पृथ्वी की रक्षा करते हैं। दुर्गुणविहीन देव वस्तुतः मनुष्य ही हैं।

भूमि अखण्ड है। भूमि का राष्ट्र–राज्यों में विभाजन मनुष्यकृत है। वैदिक पूर्वज पृथ्वी, आकाश को समग्रता में देखते हैं लेकिन अथर्वा के सामने सरस्वती सिन्धु की भूमि है। यहाँ संन्यासी रहते हैं। उपदेश देते हैं। अथर्वा कहते हैं, "इस पृथ्वी पर सब तरफ़ परिव्राजक विचरण करते हैं। वे जल की तरह शीतल उपदेश देते हैं, ज्ञान देते हैं। यह भूमि अन्न, जल, दूध देती है। यह पृथ्वी हमारी तेजस्विता बढ़ाये।" (वही, 9) इस सूक्त में अन्न, दूध, फल आदि की इच्छा का दोहराव है। मांस का उल्लेख कहीं नहीं। वैदिकजन अपने प्रिय खाद्य में अन्न, दूध व फल को ही महत्त्व देते थे। एक मन्त्र (वही, 16) में कहते हैं, "सूर्य की किरणें हमारे लिए प्रजा व वाणी का संग्रह करें। पृथ्वी हम सबको मधुर पदार्थ व मधुवाणी दे–मधु पृथिवि होहि मह्यम्।"

ऋग्वेद के ऋषि धरती को माता व आकाश को पिता कहते हैं। इसी परम्परा में अथर्वा स्वयं को पुत्र व भूमि को माता कहते हैं, "माता भूमिः पुत्रोऽहं पृथिव्याः।" (वही, 12) ऋग्वेद में पिता आकाश है। अथर्ववेद में पिता पर्जन्य है। पर्जन्य आकाश में व्याप्त जलवायु चक्र हैं। आधुनिक विज्ञान की भाषा में इकोलोजिकल साइकिल है। पर्जन्य से वर्षा है। वर्षा के सेचन से माता पृथ्वी आनन्दित होती है। अन्न, जल, फल आदि पर्जन्य व पृथ्वी का ही प्रसाद हैं। प्रकृति के 5 महाभूतों में पृथ्वी सर्वाधिक स्थूल है। सूक्ष्मतम आकाश का गुण शब्द है। वायु का गुण स्पर्श है। अग्नि का गुण ताप है। जल का गुण रस है। पृथ्वी का गुण गन्ध है।

पृथ्वी सगन्धा है। पृथ्वी से उत्पन्न सभी प्राणियों में गन्ध है। अथर्वा कहते हैं, "हे भूमि आपके भीतर गन्ध भरी हुई है। यह औषधियों, वनस्पतियों में प्रकट होती है। इस गन्ध को अप्सराएँ व गन्धर्व धारण करते हैं। देव भी गन्ध प्रिय हैं। हे भूमि! आप हमें उसी गन्ध से आपूरित करें। हम किसी से द्वेष न करें। हम सब प्रेमभाव से रहें।" (वही, 23) पृथ्वी की गन्ध सभी जीवों में है। अथर्वा गाते हैं, "यस्ते गन्धः पुरुषेषु स्त्रीषु पुंसु–जो गन्ध पुरुषों स्त्रियों, चारों पैरों वाले प्राणियों में है, वही गन्ध हमको भी आपूरित करे। हमसे कोई द्वेष न करे।" (वही, 25) अथर्ववेद का भूमि सूक्त गन्धमादन है। गन्ध आपूरित है। अथर्वा इस गन्ध को सब तरफ़ पाने के अभिलाषी हैं। यह प्रार्थना समूची मानव जाति को द्वेषरहित गन्धपूर्ण बनाने की आकांक्षा है। अथर्वा ऋग्वेद के विवाह सूक्त का स्मरण करते हैं। यह सूक्त सूर्य पुत्री सूर्या के विवाह से सम्बन्धित है। अथर्वा कहते हैं, "हे भूमि आपकी गन्ध कमल में प्रकट हुई है। इसी गन्ध को सूर्या के विवाह के समय वायुदेव ने धारण किया था। आप हमें उसी गन्ध से भरें। संसार में परस्पर द्वेषभाव न रहे।" (वही, 24) ऋग्वेद के ऋषि प्रकृति को मधु आपूरित बनाने के मन्त्र गा गये हैं। अथर्वा ने भी मधु अभिलाषा वाले मन्त्र गाये हैं लेकिन भूमि सूक्त में वे सुगन्ध अभिलाषी हैं। द्वेषरहित समाज के लिए वातायन में प्रेम गन्ध का आपूरण अनिवार्य है भी।

भूमि और सभी प्राणी परस्पर अन्तःसम्बन्धित हैं। यह नेह माँ और पुत्र जैसा है। वैदिक साहित्य में इस सम्बन्ध का अनेकशः उल्लेख है। वैदिक ऋषि पृथ्वी को बार–बार नमन करते हैं। वैदिक काव्य में यथार्थवाद का चित्रण है। इस यथार्थ में गहरी भाव प्रवणता भी है। अथर्ववेद (भूमि सूक्त, 12.26 व 27) में कहते हैं, "इस भूमि की सतह पर धूलिकण हैं, शिलाखण्ड व पत्थर हैं। इसके भीतर स्वर्ण, रत्न आदि खनिज तत्त्व हैं। हम इस पृथ्वी को नमस्कार करते हैं। इस भूमि में वृक्ष, वनस्पति स्थिर रहते हैं। वृक्ष वनस्पति औषधि रूप में हमारी सेवा करते हैं। जो पृथ्वी वनस्पति धारिणी, धर्मधारक और सबका पालन करती है, हम उसे नमन करते हैं। उसकी स्तुति करते हैं।" ऋषि को पृथ्वी के गर्भ में स्थित मूल्यवान धातुओं की जानकारी है। अथर्ववेद को अन्धविश्वास से युक्त बताने वाले भूमि सूक्त का प्रत्यक्ष भौतिक दर्शन नहीं देखते।

भूमि का अन्धाधुन्ध उत्खनन पर्यावरण विनाशी है। ऋषि कवि अथर्वा भूमि के प्रति आदरभाव के गीत गाते हैं। बार–बार उसे माँ कहते हैं।

ऐसे आदरभाव से युक्त अभिजन पृथ्वी को क्षति नहीं पहुँचाते। भूमि सूक्त (वही, 34 व 35) में यह आदरभाव बहुत गहरे प्रकट हुआ है। कहते हैं, "हे सबकी आश्रयदाता भूमि! हम दायें या बायें करवट लेते या पैर फैलाते, पीठ के बल शयन करते हैं, आपको कष्ट न हो, आप हमसे रुष्ट न हों। कृषि कार्य सहित तमाम अवसरों पर हम आपको खोदते हैं। आपको कष्ट न हो।" इन दोनों मन्त्रों में पृथ्वी जीवमान प्राणी जैसी है। विदेशी विद्वान वैदिक साहित्य में पृथ्वी का पर्याप्त मानवीकरण न होने का आरोप लगाते हैं। इसी मन्त्र में पृथ्वी का मानवीकरण ध्यान देने योग्य है। पृथ्वी का माता जैसा आदर–सम्मान भावजगत् में गहरा है।

ऋग्वेद में दीर्घ जीवन की अभिलाषा है। इस अभिलाषा में स्वस्थ जीवन भी जुड़ा हुआ है। रुग्ण दशा में दीर्घ जीवन भार बन जाता है। ऋग्वेद के ऋषि की इच्छा है कि हम दीर्घजीवी हों और लगातार सूर्य देखते रहें। लेकिन अथर्ववेद में स्वस्थ दीर्घ जीवन की अभिलाषा भिन्न रूप में व्यक्त हुई है। भूमि सूक्त में सूर्य प्रकाश के समक्ष भूमि देखते रहने की प्रीतिकर स्तुति है, "हे भूमि! हम स्नेही सूर्य के समक्ष आपका विस्तार देखते रहें। आयु वृद्धि के साथ नेत्र ज्योति शिथिल न हो।" (वही, 33) आयु वृद्धि में दृष्टि कमज़ोर होती है। ऋग्वेद के ऋषि सूर्य देखते रहने की अभिलाषा करते हैं। अथर्ववेद के ऋषि सूर्य प्रकाश में भूमि का विस्तार देखते रहने के इच्छुक हैं। भूमि माता है। बारम्बार दर्शनीय है। उसका यश विस्तार देखना स्वाभाविक ही ऋषि की इच्छा है।

आनन्द वैदिक पूर्वजों की अभिलाषा है। यह आनन्द भौतिक भी है। इसी भौतिक आनन्द से अध्यात्म के फूलों की खेती सम्भव है। प्रकृति का उल्लास ऋतुओं में भी प्रकट होता है। भारत भूमि में प्रकृति का अन्तस् 6 ऋतुओं ग्रीष्म, वर्षा, हेमन्त, शिशिर, शरद् व बसन्त में व्यक्त होता है– "ग्रीष्मस्ते भूमे वर्षाणि, शरद, हेमन्तः शिशिरो वसन्तः। इन सभी ऋतुओं के दिन–रात हमारे लिए आनन्ददाता हों।" (वही, 36) ऋषि समूची पृथ्वी का स्तोता है लेकिन उसकी स्तुति का केन्द्र जम्बूद्वीप भरतखण्ड है। स्वाभाविक ही उसके सामने 6 ऋतुओं वाली भारतभूमि है। कहते हैं, "इस धरती में यज्ञ होते हैं। यज्ञ मण्डप बनते हैं। यहाँ ऋग्वेद, साम व यजुर्वेद के मन्त्र गूँजते हैं। इसी भूमि पर प्राचीन काल में लोकमंगल के इच्छुक ऋषि तपसिद्ध वाणी द्वारा सात सत्रों वाले ज्ञान यज्ञ करते थे।" (वही, 38 व 39) ज्ञान यज्ञ विचारणीय है।

अथर्वा पूर्वकालीन ज्ञान यज्ञ सत्रों का उल्लेख करते हैं। यह समय अथर्ववेद के पहले का है। सम्भवतः अथर्ववेद के समय ऐसे ज्ञान देने वाले शिक्षा सत्र नहीं हो रहे हैं। अथर्ववेद का समय तो भी उल्लास और ज्ञान से भरापूरा है। अथर्वा इस उल्लास के घटक बताते हैं, "यस्या गायन्ति नृत्यन्ति भूम्याँ–इस भूमि पर गीत गाये जाते हैं, नृत्य होते हैं।" (वही, 41) सामन्त काल में गीत और नृत्य लोकजीवन का भाग नहीं थे। वे वर्ग विशेष तक सीमित थे। लेकिन अथर्ववेद के समय गीत और नृत्य का स्थल 'भूमि' है। यह भूमि जन सामान्य का रंगमंच है। बताते हैं कि "यहाँ युद्ध भी हैं और युद्ध के नगाड़े भी हैं। यह पृथ्वी हम सबको शत्रुविहीन करे।" (वही, 41)

भारतभूमि प्रत्येक दृष्टि से उल्लासधर्मा है। बताते हैं, "यहाँ प्रचुर अन्न होते हैं। यहाँ 'पंचकृष्टया' निवास करते हैं। वर्षा समयानुकूल होती है। पर्जन्य (प्राकृतिक इकोलोजिकल समूह) पोषण करते हैं। इस भूमि को नमस्कार है।" (वही, 42) ऋग्वेद के समाज में मनुष्यों के बड़े समूह पाँच हैं। इन्हें पंचजनाः कहा गया है और पंचकृष्टया भी। वैसे अन्य समूह भी हैं। अथर्वा ने यहाँ 'पंचकृष्टया' का ही प्रयोग किया है। अथर्ववेद के काल में यहाँ अनेक विश्वासों वाले लोग रहते हैं। पृथ्वी सबका पोषण करती है। विचार और विश्वास का परिपूर्ण लोकतन्त्र है। भूमि सूक्त का यह मन्त्र (वही, 45) बहुत लोकप्रिय है, "जनं विभ्रती बहुधा विवाचसं नाना धर्माणं पृथ्वी यथौकसं–भिन्न आस्था, विश्वास व अनेक भाषाओं वाले समाज को पृथ्वी एक परिवार के रूप में पोषण व आश्रय देती है। यह पृथ्वी गाय दुग्ध की सहस्रधारा के समान हम सबको तमाम ऐश्वर्य देने वाली बने।" पृथ्वी ऐश्वर्यदाता है। इसलिए पृथ्वी का सम्पूर्ण स्वास्थ्य आवश्यक है। इस मन्त्र में पृथ्वी के पोषक व सुन्दर बने रहने की कामना है।

अथर्वा का भावबोध गहरा है। इस भावबोध में यथार्थबोध की नींव है। कहते हैं कि "इस भूमि पर दो पैरों वाले हंस, गरुड़ आदि पक्षी रहते हैं। वायुदेव धूल उड़ाते हैं, पेड़ उखाड़ते हैं। वायु की तीव्र गति से अग्नि भी तीव्र गतिशील होते हैं। इस पृथ्वी पर शुक्ल–अरुण व कृष्ण पक्ष मिलकर चलते हैं और दिन–रात भी परस्पर मिले रहते हैं। यह पृथ्वी हमारी कल्याणकारी वृत्ति से हमे सुन्दर प्रिय स्थान दे।" (वही, 51 व 52) इस मन्त्र में दिन–रात का स्मरण है और चन्द्र की घटत–बढ़त वाले शुक्ल कृष्ण पक्ष का सम्बन्ध पृथ्वी से जोड़ा गया है। पृथ्वी पहले अविकसित थी।

बाद में विस्तीर्ण हुई। यह वैज्ञानिक सत्य है। अथर्वा कहते हैं, "हे पृथ्वी पहले आपका विकास नहीं हुआ था। देवों ने आपसे विस्तृत होने की प्रार्थना की। उस समय आपने सबको आश्रय दिया और आपने दिशाओं की कल्पना की–तदानीम कल्पयथा। (वही, 55) यहाँ दिशाएँ कल्पित धारणा है। सही बात है। दिशाएँ सापेक्ष हैं। भारत में हैं तो ब्रिटेन पश्चिम में है। ब्रिटेन के पश्चिम बैठे हैं तो ब्रिटेन पूरब में होगा।

भूमि आनन्द और सृजन का क्षेत्र है। यहाँ ऋषि की दृष्टि भूमि की हरेक गतिविधि पर है। कहते हैं, "इस भूमि पर ग्राम हैं, नगर हैं। सभाएँ होती हैं। संग्राम हैं, समिति है। हम सर्वत्र आपकी स्तुति करते हैं।" (वही, 56) वैदिक समाज को पिछड़ा बताने वाले ग़लती पर हैं। वैदिक काल का समाज ग्रामीण ही नहीं है। इस समाज में नगर भी है। समाज सभ्य है। सभाएँ भी होती हैं। समिति है। विचार–विमर्श भी हैं। संग्राम का अर्थ युद्ध नहीं ग्रामों का मिलन है। संग्राम सम्भवतः सभा–विमर्श के बड़े आयोजन थे। इसीलिए आगे कहते हैं, "हम जो भी बोलें, जब भी बोलें, वह मधुमय हो। हम मधुरता देखें, प्रिय और हितकर देखें। हम तेजस्वी होकर गतिशील बनें।" (वही, 58) लोकतन्त्र का मूल है, वाणी की मधुरता।

ऋषि की अभिलाषा सामाजिक प्रीतिभाव की है। स्वस्थ व प्रसन्न पूर्ण समृद्ध समाज की है। ऋग्वेद की परम्परा यही है। ऋग्वेद में सोम से स्तुति है, "जहाँ सदानीरा नदियाँ हैं, प्रचुर अन्न है, सुन्दर राजव्यवस्था है, जहाँ मुद–मोद–प्रमोद है। हे सोम हमें वहाँ स्थान दें।" अथर्ववेद में ऋग्वेद की परम्परा है। आनन्द की अभिलाषा वही है। अथर्ववेद के भूमि सूक्त में ऋग्वेद की इसी अभिलाषा का विस्तार है। कहते हैं, "शान्तिप्रद पृथ्वी सुखदायी अन्न, दूध व सुन्दर सामग्री देती है। वह हमें सभी ऐश्वर्य देने वाली हो।" (वही, 59) पृथ्वी स्वस्थ तो हम सब स्वस्थ। पृथ्वी परिवार का संरक्षण मंगलकारी है।

अथर्ववेद भारत के परमवैभव की अभिलाषा का काव्य अभिलेख है। भूमि सर्वसुख दाता है। वैदिक समाज में ऋषि कवि की प्रतिष्ठा थी। अथर्ववेद में पृथ्वी सर्वगुण सम्पन्न है। सभी ऐश्वर्यों से समृद्ध है। वह समस्त विश्व का आश्रय व आधार है। अथर्वा के लिए पृथ्वी दिव्य है, देवी है और कवि है। (वही, 63) कहते हैं कि यह पृथ्वी हमें कल्याणकारी प्रतिष्ठा से युक्त करे। (वही) समृद्धि यश प्रतिष्ठा निश्चित ही आनन्ददाता है लेकिन उत्तम स्वास्थ्य के अभाव में सभी उपलब्धियाँ व्यर्थ हैं।

अथर्वा का ध्यान राष्ट्रीय स्वास्थ्य पर भी है। भूमि सूक्त (12.62) में कहते हैं, "हे भूमि! आप में उत्पन्न सभी प्राणी निरोग हों। क्षय, जीर्णता से मुक्त हों। हम सब दीर्घायु प्राप्त करें। राष्ट्र समाज के लिए त्याग करें।"

हम सब पृथ्वी के पुत्र हैं। माता पृथ्वी का संरक्षण–संवर्द्धन हमारा कर्त्तव्य है। अथर्वा पृथ्वी के खोदे जाने से होने वाले सन्ताप पर आहत हैं। तब मांगलिक अवसरों पर बाँस आदि गाड़ने के लिए खनन था। आधुनिक काल में पृथ्वी के अन्तःस्थल खोदे जा रहे हैं। धरती माता दुखी है। भारत प्राचीन काल से "माता भूमि : पुत्रोऽहं पृथिव्याः" का उद्‌घोषक है। सारी दुनिया के लिए माता–पृथ्वी की सुरक्षा–संरक्षा एक गम्भीर चुनौती है।

रामचरितमानस में भी पृथ्वी संकट की प्रीतिकर कथा है। तुलसीदास ने लिखा है, "अतिशय देखि धर्म कै ग्लानी। परम सभीत धरा अकुलानी।" अपने ऊपर हो रहे आक्रमणों से आहत पृथ्वी देवताओं के पास जाकर रोयी–"निज सन्ताप सुनाएसि रोयी।" तब सारे देवता ब्रह्मा के पास गये। शिव ने पार्वती से कहा कि इस शिष्टमण्डल में वे स्वयं भी थे, "तेहि समाज गिरिजा मैं रहेऊ।" ब्रह्मा ने कहा, "हे धरती धीरज रखो और परमतत्व का स्मरण करो।" ब्रह्मा ने परमतत्त्व को पुकारा। तुलसी लिखते हैं, "गगन गिरा गम्भीर भई, हरनि शोक सन्देश।" आकाश वाणी हुई–"सूर्यवंश में आऊँगा और भूमि का भार ख़त्म करूँगा।" कथा में प्रतीक सौन्दर्य है। यहाँ पृथ्वी है। देवता और ब्रह्मा हैं। परमतत्त्व अदृश्य है वह आकाश से बोलता है। परमतत्त्व सूर्य वंश में आता है। तुलसी के राम सूर्यवंश से प्रकट हुए। उन्होंने पृथ्वी को संकट से उबारा। सूर्य केन्द्र हैं। वही परमऊर्जा है। वही परम प्रकाश भी। वह अग्नि, जल, प्रकाश और जीवन का स्वामी है।

पृथ्वी परिवार पर अस्तित्व का संकट है। दक्षिण एशिया बढ़ते भूमण्डलीय ताप का निशाना है। भारत इसी क्षेत्र का प्रमुख हिस्सा है। भारत में 2018 के प्रथम 6 माह में ही 50 आँधी–तूफ़ान आये। इसके पहले 2013–17 के मध्य 4 साल में 22 तूफ़ान ही आये थे। तूफ़ानों की संख्या बढ़ रही है। एक समय एन.एस.बी.सी. बैंक ने भी जलवायु परिवर्तन से भारत को सबसे ज़्यादा ख़तरा बताया था। रिपोर्ट में उत्तरी, उत्तर पश्चिम के क्षेत्र जलवायु परिवर्तन के प्रति सर्वाधिक संवेदनशील बताये गये थे।

वृक्ष, वनस्पतियाँ पृथ्वी परिवार के अंग हैं। वृक्ष कट रहे हैं। वन क्षेत्र घट रहे हैं। पेड़ कटाई की अनुमति सामान्य प्रशासनिक कर्मकाण्ड है। इस नियम अनुमति में पर्यावरण संरक्षण कोई विषय नहीं होता।

महानगरों के अराजक विस्तार में पेड़ों की अन्धाधुन्ध कटाई होती है। सभ्यता के विकास के प्रथम चरण से ही नगर मानव जीवन का आकर्षण है। वैदिक काल के बाद का चरण नगरीय हड़प्पा सभ्यता है। लेकिन आधुनिक नगर हताश करते हैं। नगर विकास की सुव्यवस्थित नीति बनानी चाहिए। नगर अपने विस्तार में जल, जंगल और ज़मीन निगल रहे हैं। नगर क्षेत्र विस्तार की पर्यावरण मित्र नीति बनानी नहीं है। पेड़ प्रकृति से ही सभी जीवों के लिए प्राणवायु देते हैं। कथित विकास गुणात्मक मानव जीवन से दूर है।

जल, वायु, वनस्पति और सभी प्राणी आधुनिक जीवन–शैली के हमले के शिकार हैं। 2005 में संयुक्त राष्ट्र का "सहस्राब्दी पर्यावरण आकलन–मिलेनियम इकोसिस्टम ऐसेसमेंट" आया था। इसके अनुसार, "पृथ्वी के प्राकृतिक घटक अव्यवस्थित हो गये हैं। दुनिया की प्रमुख नदियों में पानी की मात्रा घट रही है।" भारत की सभी नदियाँ जलहीन हो रही हैं। इसी आकलन में 12 प्रतिशत पक्षी और 25 प्रतिशत स्तनपायी जीव नष्ट होने को थे। 2000 ई. में पेरिस में 'अर्थचार्टर कमीशन' ने पृथ्वी और पर्यावरण संरक्षण के 22 सूत्र निकाले थे। लेकिन परिणाम शून्य रहा। ख़तरनाक उत्सर्जन बढ़े हैं। 2015 में संयुक्त राष्ट्र महासभा ने टिकाऊ विकास के 17 सूत्र लक्ष्य तय किये थे। पृथ्वी संरक्षक पर्यावरण भी इनमें महत्त्वपूर्ण सूत्र है। भारत ने टिकाऊ विकास लक्ष्यों पर काम किया है, तो भी बहुत कुछ अभी शेष है।

भारत प्राचीन इतिहास में जलवायु और पर्यावरण संरक्षण का संवेदनशील भूखण्ड था। धरती से लेकर आकाश तक पर्यावरण की शुद्धता भारतीय बेचैनी थी। पृथ्वी और जल को माता बताने की घोषणा ऋग्वैदिक पूर्वजों ने की। उन्होंने पृथ्वी को माता और आकाश को पिता कहा। जल का मुख्य स्रोत वर्षा है। ऋग्वैदिक समाज में वर्षा के कई देवता थे। लेकिन पर्जन्य समूचे जल प्रपंच के देव हैं। ऋग्वेद (1.164) में बताते हैं, "सत्कर्म से समुद्र का जल ऊपर जाता है। वाणी जल को कम्पन देती है। पर्जन्य वर्षा लाते हैं। भूमि प्रसन्न होती है।" यहाँ वर्षा पर्जन्य की कृपा है। पर्जन्य वस्तुतः इकोलोजिकल साइकिल–पर्यावरण चक्र हैं। वे कर्मकाण्ड से प्रसन्न नहीं होते। वे पृथ्वी, जल, वायु, नदी, वनस्पति और सभी प्राणियों के संरक्षण से ही प्रसन्न होते हैं। पर्यावरण के सभी घटकों का संरक्षण वैदिककालीन जीवन का सीधा सूत्र है।

पृथ्वी अशान्त है, भूस्खलन और भूकम्प है। वायु अशान्त है, आँधी और तूफ़ान परिणाम है। जल अशान्त है। बाढ़, अतिवृष्टि–अनावृष्टि के कोप हैं। वन–उपवन अशान्त हैं। सभी जीव अशान्त हैं। पक्षी कहाँ रैन बसेरा बनायें? यजुर्वेद (यजु 36.17) के कवि ऋषि ने सहस्रों वर्ष पहले अभिलाषा की थी–"अन्तरिक्ष शान्त हो। पृथ्वी शान्त हो। वायु और जल शान्त हों। वनस्पतियाँ, औषधियाँ शान्त हों। सर्वत्र सब कुछ शान्त प्रशान्त हों।" यही मन्त्र भाव अथर्ववेद के शान्ति सूक्त में भी है। 2021 में कोविड 19 महामारी ने पृथ्वी ग्रह को सबसे बड़ा संकट दिया है। अनेक विशेषज्ञों ने इसे पर्यावरण संकट से भी जोड़ा है। मूलभूत प्रश्न है कि आख़िरकार क्या वन–उपवन उजाड़कर, कंक्रीट के महलों से ही जीवन आनन्द ले सकते हैं? पृथ्वी की हिंसा विकास नहीं हो सकती। टिकाऊ विकास का कर्म क्षेत्र भी पृथ्वी ही है। ऐसे टिकाऊ विकास में हम कहाँ टिकाऊ हैं। हमारा जीवन रुग्ण, क्षणभंगुर और विकास टिकाऊ? ऐसा कैसे सम्भव है। प्रकृति विरोधी विकास के नाम पर ही पृथ्वी नष्ट होने के कगार पर है।

पृथ्वी असाधारण संरचना है। मैकडनल ने 'वैदिक मिथोलोजी' में पृथ्वी पर टिप्पणी की, "ऋग्वेद के अनुसार वह पर्वतों का भार वहन करती है। वन वृक्षों का आधार है। वही वर्षा करती है।" लेकिन पृथ्वी ग्रह संकट में है। अमेरिकी विद्वान ब्लूमफ़ील्ड ने अथर्ववेद का अनुवाद किया और पृथ्वी सूक्त की प्रशंसा की "पृथ्वी ऊँची है, ढलान और मैदान भी हैं। यह वनस्पतियों का आधार है।" भूमि सूक्त में पृथ्वी संरक्षण व विश्व पर्यावरण के सूत्र हैं। भारत को अपने पूर्वजों की संस्कृति का अनुसरण करना चाहिए।

पृथ्वी पूर्व वैदिक काल से ही माता है। इसी आस्तिक भाव व परम्परा की अभिव्यक्ति अथर्ववेद के भूमि सूक्त में हुई है। श्रीकृष्ण भी पृथ्वी के उपासक थे। महाभारत अनुशासन पर्व (97.22) में भीष्म ने युधिष्ठिर को कथा सुनाई कि श्रीकृष्ण ने पृथ्वी से गृहस्थ धर्म का प्रमुख कर्म पूछा, "वसुन्धरे! मुझको या किसी दूसरे को गृहस्थ धर्म का आश्रय लेकर किस कर्म का अनुष्ठान करना चाहिए। गृहस्थ को कैसे कर्म करने से सफलता मिलती है?" यहाँ श्रीकृष्ण योग, ज्ञान, सांख्य के गीता वाले उपदेशक नहीं हैं। वे गृहस्थ धर्म का मुख्य कर्म जानना चाहते हैं। वे विनम्र जिज्ञासु हैं। पृथ्वी ने उत्तर दिया, "गृहस्थ को अपने अन्न का एक भाग देवों,

अतिथियों व पितरों को अर्पित करना चाहिए। कुत्तों व पक्षियों के लिए भूमि पर अन्न रख देना चाहिए। इसका अनुष्ठान प्रतिदिन प्रातः व सायं किया जाता है।" भीष्म ने युधिष्ठिर को बताया कि "पृथ्वी देवी की इस बात को सुनकर श्रीकृष्ण ने वैसा ही धर्म पालन किया।" कुत्ते व पक्षी भी पृथ्वी की सन्तान हैं। पृथ्वी के प्रति यह आदर भाव अथर्ववेद का मधु है। भूमि सूक्त लोकमंगल का शपथ–पत्र है। भूमि का आदर संरक्षण हम सबका कर्त्तव्य है। भूमि माता है। हम सब पुत्र हैं। स्वस्थ प्रसन्न माता के पुत्र स्वस्थ प्रसन्न व सौभाग्यशाली होते हैं।

राष्ट्र की धारणा, लोकतन्त्र और राजव्यवस्था

भारत क्या है? प्रश्न एक उत्तर अनेक। कुछ उत्तर भी प्रश्नों जैसे हैं। क्या एशिया महाद्वीप का एक बड़ा भूखण्ड ही भारत है? सम्प्रति यहाँ 133 करोड़ की जनसंख्या है। क्या भारत विशाल भूमि व भारी जनसंख्या का जोड़ है? यहाँ संवैधानिक सत्ता है तो क्या भारत विशाल जनसंख्या, व्यापक भूखण्ड और एक संवैधानिक सत्ता का मिलाजुला नाम है? यूरोपीय तर्ज़ के राष्ट्र–राज्य के यही घटक हैं। लेकिन भारत केवल एक राष्ट्र–राज्य ही नहीं है। यह इस धारणा से बहुत बड़ा है। यह सतत प्राचीन सनातन कविता है। परम आकाश से पृथ्वी पर निर्झर प्रवाहमान वैदिक ऋचा जैसा। भारत एक मृत्युंजय अनुभूति है। सत्य अभीप्सु चेतना है। मृण्मय पृथ्वी पर चिन्मय का सामगान है भारत। भारत लोकमंगल की सामूहिक प्यास है। कर्म, तपरत योग, ध्यान धारणा, विश्व अभ्युदय की तपभूमि है। भा का अर्थ प्रकाश और रत का अर्थ संलग्न। प्रकाशरत भू सांस्कृतिक अनुभूति व आस्तिकता है भारत। भारत शब्दों में अकथनीय है और बुद्धि से अव्याख्येय है। जितना प्रत्यक्ष है उससे भी ज़्यादा चेतन और अप्रत्यक्ष भारत इस सबसे भी बहुत ज़्यादा है।

पं. जवाहर लाल नेहरू ने डिस्कवरी ऑफ़ इंडिया (हिन्दी अनुवाद पृ. 68) में लिखा है, "मैं जलसे में पहुँचता। मेरा स्वागत 'भारत माता की जय!' के नारे के साथ किया जाता है। मैं लोगों से अचानक पूछ बैठता कि यह भारत माता कौन है? जिसकी वे जय चाहते हैं। मेरे सवाल से उन्हें कुतूहल और ताज्जुब होता। कुछ जवाब न बन पड़ने पर वे एक–दूसरे की तरफ़ या मेरी तरफ़ देखने लग जाते। मैं सवाल करता ही रहता। एक जाट ने, जो अनगिनत पीढ़ियों से किसानी करता आया था, जवाब दिया कि भारत माता से उनका मतलब धरती से है। कौन–सी धरती? ख़ास उनके गाँव की धरती, या ज़िले की या सूबे की, या सारे हिन्दुस्तान की।

धरती से उनका क्या मतलब है? वे ऊबकर मुझसे कहने लगते कि मैं ही बताऊँ। मैं इसकी कोशिश करता और बताता था कि हिन्दुस्तान वह सब कुछ है, जिसे उन्होंने समझ रखा है, लेकिन वह इससे भी बहुत ज़्यादा है।" यहाँ भारत का राष्ट्र रूप भावनात्मक श्रद्धा में प्रकट हुआ है। यही भारत माता है।

भारत के सम्बन्ध में भारतवासी का ऐसा मत स्वाभाविक है। भारतीय दर्शन व संस्कृति के जर्मन महाविद्वान निवासी मैक्समुलर ने वेदों–उपनिषदों पर तमाम साहित्य लिखा है। उन्होंने 1882 में भारत के बारे में एक व्याख्यान में कहा था, "यदि मैं संसार में किसी ऐसे देश की तलाश करूँ जहाँ प्रकृति ने पृथ्वी के किसी हिस्से में सम्पत्ति, शक्ति और सुन्दरता का वरदान दिया है तो मैं भारत की ओर इंगित करूँगा। यदि कोई पूछे कि किस आकाश के नीचे मानव मस्तिष्क ने अपने श्रेष्ठतम वरदानों को अत्यन्त पूर्णता से विकसित किया है और जीवन की महानतम समस्याओं पर अत्यन्त गहन चिन्तन किया है और कुछ ऐसे प्रश्नों का हल पा लिया है जो उन लोगों का भी ध्यान आकर्षित कर सकता है, जिन्होंने प्लेटो और काण्ट का अध्ययन किया है– तो मैं भारत की तरफ़ इशारा करूँगा और यदि कोई पूछे कि हम यूरोप के रहने वालों को, जिन्हें यूनानियों, नोमनों और यहूदियों के विचारों पर लगभग पूरी तरह से पोषित किया गया है, उन्हें किस साहित्य से ऐसी सीख मिलेगी जिसकी बहुत ज़रूरत है ताकि हम अपना आन्तरिक जीवन अधिक पूर्ण, अधिक व्यापक, अधिक वैश्विक, वास्तव में अधिक मानवीय और न सिर्फ़ वर्तमान जीवन बल्कि एक शाश्वत जीवन बना सकने वाली सीख प्राप्त कर सकते हैं, तो मैं फिर से भारत की ओर इशारा करूँगा।" (ह्वाट इण्डिया कैन टीच अस– हिन्दी अनुवाद, पृ. 20–21)

ऋग्वेद में भरत नाम के एक समूह का उल्लेख है। सरस्वती भरतों की प्रिय नदी है। सुदास भरत थे। उनके पराक्रम का उल्लेख ऋग्वेद में है। सुदास के पिता दिवोदास का भी उल्लेख मिलता है। भरतजन अग्नि के विशेष उपासक थे। एक मन्त्र (3.23.2) के अनुसार, "भरत पुत्र देवश्रवा और देववात ने दक्ष क्षमता से मन्थन द्वारा अग्नि प्राप्त की।" भरतों की अग्नि उपासना व निष्ठा प्राचीन थी। सरस्वती तट पर यज्ञ होते थे। यज्ञ अग्नि से भरतों का साक्षात्कार था। शब्द भारत अग्नि बोधक होता गया। एक मन्त्र (6.16.19) में "विपुल चेतन, वृत्रनाशक, दिवोदास का आराध्य भारत

अग्नि उपस्थित" बताया गया है– "अग्निरगामि भारतोवृत्रहा पुरुचेतनः।" भरतों के नाम पर इस विशाल क्षेत्र को भरतखण्ड भी कहा गया है और इस भूखण्ड के जन व संस्कृति को भारत। भारत प्राचीन राष्ट्रीय अस्मिता है। ऋग्वेद के ऋषि कवि विश्वामित्र के मन्त्र भारत के जन की रक्षा करने वाले कहे गये हैं– ''विश्वामित्रस्य रक्षति ब्रह्मेदं भारतं जनम्।'' (3.53.3)

भारत भूखण्ड प्राचीन काल से ही विश्व को परिवार समझने वाली विशिष्ट संस्कृति का धारक राष्ट्र है। मध्यकालीन इतिहास के दौर में यूरोप में नेशन–स्टेट की धारणा का विकास हुआ। लेकिन यूरोपीय नेशन और भारतीय राष्ट्र पर्यायवाची नहीं हैं। यूरोप में राष्ट्र के लिए 'नेशन' शब्द है। राष्ट्र और नेशन एक नहीं हैं। दुर्भाग्य से अंग्रेज़ी में राष्ट्र का उचित पर्यायवाची शब्द नहीं है। यूरोप में 'नेशन' जैसी संस्था का विकास 9वीं–10वीं शताब्दी में प्रारम्भ हुआ। किंग एगबर्ट (802–39) ने इंग्लैंड एकीकरण का काम प्रारम्भ किया। यह काम किंग अल्फ्रेड (871–916) तक जारी था। फ्रांस और जर्मनी में भी यही धारा चली। सत्ताधीशों ने यूरोपीय नेशन की अवधारणा का विकास किया। यूरोपीय इतिहास के मध्यकाल और इसके पहले नेशन या नेशलिज़्म जैसे विचार नहीं थे। पिछड़े यूरोप की सभ्यता का प्रेरणास्रोत इटली का पुनर्जागरण काल है। 16वीं सदी में इटली ने इस काल को पुनर्जन्म कहा और 18वीं सदी में फ्रांस ने रिनेशां। इटली, फ्रांस, इंग्लैंड में यह नेशन निर्माण का प्रमुख समय है। लेकिन बैंडिक्ट एंडरसन राष्ट्र को कल्पित समुदाय मानते थे।

राष्ट्र प्राचीन वैदिक धारणा है और नेशन आधुनिक काल का विचार है। यूरोपीय तर्ज के नेशन में सत्ता मुख्य घटक है। एक सर्वमान्य राजव्यवस्था, राजव्यवस्था के अधीन आने वाली भूमि और शासित लोग मिलाकर नेशन कहलाये। ई.एच. कार के अनुसार, "सही अर्थों में नेशंस (राष्ट्रों) का उदय मध्यकाल की समाप्ति पर हुआ।" यूरोप के प्राचीनकाल व मध्यकाल तक नेशन का विचार नहीं था। कार ने सही लिखा है। फिर सही बात का अर्थ बताया है, "अतीत और वर्तमान की निरन्तरता, एक सर्वनिष्ठ सरकार की धारणा और परस्पर जनसम्पर्क, सुनिश्चित भूभाग और अन्य देशों से भिन्न चरित्रगत विशेषता।" इस परिभाषा में सर्वनिष्ठ सरकार की धारणा ज़रूरी है। इसी आधार पर अनेक विवेचकों ने भारत में राष्ट्रवाद के जन्म और विकास का श्रेय अंग्रेज़ीराज को दिया है।

राष्ट्रवाद पर बहुत वैचारिक साहित्य लिखा गया है। अनेक विद्वानों ने भारत में राष्ट्र के जन्म व विकास को यूरोपीय क्षेत्रों में विकसित नेशन के विचार से जोड़ दिया है। उनके विचार में यूरोप में नेशन का जन्म हुआ। इसके पहले दुनिया में अन्यत्र राष्ट्र का जन्म व विकास नहीं हुआ था। इसी दृष्टिकोण से समृद्ध भारत में राष्ट्र के उदय के लिए अंग्रेज़ीराज को श्रेय देने वाली चर्चित पुस्तक है– 'भारतीय राष्ट्रवाद की सामाजिक पृष्ठभूमि।' ए.आर. देसाई की यह किताब सन् 1946 में छपी थी। भारतीय इतिहास अनुसन्धान परिषद ने 1976 (आपातकाल) में इसे हिन्दी में प्रकाशित करवाया। परिषद के अध्यक्ष मार्क्सवादी विद्वान रामशरण शर्मा ने पुस्तक की भूमिका लिखी है। उन्होंने दावा किया है कि "इसमें भारतीय राष्ट्रवाद के उद्भव को खोजा गया है।" देसाई ने भारतीय राष्ट्रवाद का उद्भव काल अंग्रेज़ीराज का समय बताया है। देसाई ने उपसंहार (पृ. 349) में लिखा है कि "अपने इस अध्ययन में हमने देखा कि ब्रिटिश शक्तियों की पारस्परिक क्रिया–प्रक्रिया के फलस्वरूप भारतीय राष्ट्रवाद का उदय और विकास हुआ। हमने यहाँ इस बात की व्याख्या प्रस्तुत की है कि क्यों प्राक् ब्रिटिश भारत के आर्थिक और सांस्कृतिक वातावरण में राष्ट्रीयता का उदय सम्भव नहीं था।"

भारत में राष्ट्र गठन का श्रेय ब्रिटिश सत्ता के उपकरणों को देना तथ्यात्मक त्रुटि है। देसाई का निष्कर्ष है कि अंग्रेज़ीराज के पहले भारत में कोई राष्ट्रभाव नहीं था। राष्ट्रीयता भी नहीं थी। यहाँ राष्ट्रभाव के उदय के योग्य सांस्कृतिक और आर्थिक वातावरण भी नहीं था। देसाई ने लिखा है, "व्यापक राष्ट्रीयता के आधार पर समाज, राज्य और संस्कृति के उद्भव के पूर्व संसार के विभिन्न भागों का जनजीवन मोटे तौर पर क़बीलों की ज़िन्दगी, दास प्रथा और सामन्तवाद की स्थितियों से गुज़रा। सामाजिक, आर्थिक और सांस्कृतिक विकास के ख़ास दौर में राष्ट्रों का जन्म हुआ।" (वही, पृ. 1) लेकिन ऐसा सांस्कृतिक, सामाजिक विकास का वातावरण यहाँ अंग्रेज़ीराज के बहुत पहले ही था। भारत के प्राचीन पूर्वजों का इतिहासबोध और अतीत का आदर ऋग्वेद व अथर्ववेद में भरापूरा है। भारत की राष्ट्र जैसी छवि के सम्बन्ध में भी समवेत श्रद्धाभाव वैदिक साहित्य में मौजूद है। राज्य व्यवस्थाएँ अलग–अलग थीं लेकिन एक विशाल भूभाग में एक जैसी जीवनशैली व जीवन–मूल्य थे और जिज्ञासु संस्कृति भी थी।

अंग्रेज़ीराज में ही भारत के राष्ट्र और राष्ट्रभाव का जन्म नहीं हुआ। अगर ऐसा आंशिक भी सही है तो देसाई ने अपनी पुस्तक में भारत को एक विशेष भूखण्ड और भिन्न समाज क्यों माना है? उन्होंने 'भारत' नाम की किस इकाई का विश्लेषण किया है। उन्होंने अंग्रेज़ीराज के पूर्व की किस इकाई की अर्थव्यवस्था और ग्राम समाजों की व्यवस्था का वर्णन किया है? उन्होंने (वही, पृ. 4) लिखा है, "अंग्रेज़ों के आगमन के पूर्व भारत की सामाजिक संरचना कई अर्थों में अद्वितीय थी। यहाँ की अर्थव्यवस्था का आधार यूरोपीय देशों के मध्ययुगीन प्राक् पूँजीवादी समाजों से भिन्न था।" यहाँ वे भारत की सामाजिक संरचना की प्रशंसा करते हैं। अर्थव्यवस्था की संरचना को अद्वितीय बताते हैं। देसाई के विश्लेषण में गहरे अन्तर्विरोध हैं। भारत एक सुगठित इकाई है। विशाल भूखण्ड वाली इस इकाई की सामाजिक संरचना अद्वितीय भी है। लेकिन अंग्रेज़ जब तक यहाँ नहीं आये तब तक यह राष्ट्र नहीं था। वे आगे (इसी पृष्ठ पर) लिखते हैं, "संसार के किसी भी अन्य देश की अपेक्षा भारत में भूतकालीन सामाजिक–आर्थिक और सांस्कृतिक संरचना की आत्मरक्षात्मक इच्छाशक्ति अधिक प्रबल रही है।"

विश्लेषण–विवेचन में राष्ट्र के सभी घटक हैं। इसी विवेचन में भारत की एक सामाजिक संरचना है। एक आर्थिक प्रणाली है और एक सांस्कृतिक संरचना भी है। भारत के लोगों में इन तीनों संरचनाओं को बचाये रखने की सामूहिक इच्छा भी प्राचीन है। सांस्कृतिक–सामाजिक मूल्यों को बचाने की सामूहिक इच्छा भी है। व्यक्ति, समाज, जीवन–मूल्य सहित सभी संरचनाएँ परस्पर एक बन्धन में हैं। यहाँ राष्ट्र होने के सभी तत्त्व मौजूद हैं। लेकिन उनके निष्कर्ष के अनुसार भारत में अंग्रेज़ीराज के दौरान ही राष्ट्र का उदय हुआ। तथ्य यह नहीं है देसाई ने अपनी मान्यता पहले तय की है। लेकिन मान्यता के पक्ष में उनके तर्क कमज़ोर दिये हैं। उन्होंने बताया है कि "ब्रिटेन ने अपने निजी हित में भारतीय समाज के आर्थिक ढाँचे में परिवर्तन किया।" (वही, पृ. 5)

ब्रिटिश सत्ता ने भारत का मन तोड़ा था। सत्ता के नेतृत्व में धर्मान्तरण भी हुए थे। ब्रिटेन ने सिर्फ़ भारतीय अर्थव्यवस्था में ही परिवर्तन नहीं किया। ब्रिटेन ने भारतीय अर्थव्यवस्था का जमकर शोषण भी किया। देसाई के अनुसार, "भारतीय राष्ट्रवाद का आविर्भाव राजनीतिक पराधीनता के दिनों में हुआ।" यह बात भी ग़लत है। भारतीय राष्ट्रवाद का उदय राजनीतिक पराधीनता या अंग्रेज़ीराज में नहीं, वैदिक काल में हुआ। देसाई आगे लिखते हैं,

"अंग्रेज़ों ने केन्द्रीभूत राज्य व्यवस्था की स्थापना की। आधुनिक शिक्षा पद्धति की नींव डाली। आवागमन के नये साधन और अन्य संस्थानों का निर्माण किया। फलस्वरूप सामाजिक वर्गों का जन्म हुआ। ये नये सामाजिक तत्त्व अपनी अपरिहार्य प्रकृति के कारण ब्रिटिश साम्राज्यवाद से टकराये। इस तरह भारतीय राष्ट्रवाद जटिल और विशिष्ट सामाजिक पृष्ठभूमि में जन्मा।" (वही, पृ. 5) यहाँ 'अपरिहार्य प्रकृति के कारण' शब्दों पर ध्यान देना ज़रूरी है।

भारत के लोगों की 'अपरिहार्य प्रकृति' का अध्ययन ज़रूरी है। आख़िरकार यह है क्या? यह अपरिहार्य प्रकृति अंग्रेज़ीराज की देन नहीं ही है। असल में यह प्रकृति और कुछ नहीं सिर्फ़ राष्ट्रभाव ही है। भारत के लोग वैदिक काल से राष्ट्र ही थे। अंग्रेज़ीराज से प्राचीन राष्ट्रभाव ही टकरा रहा था। भारतीय स्वाधीनता संग्राम वर्षों चला था। अंग्रेज़ी सत्ता से कम–से–कम दो बार महासंग्राम हुए। 1857 के महासंग्राम के मूल्य राष्ट्रवादी ही थे। 1942 के महासंग्राम के मूल्य राष्ट्रवादी ही थे। 1942 का भारत छोड़ो आन्दोलन राष्ट्रवाद की प्रखर चेतना का ही परिणाम था। क्रान्तिकारी संगठन अपने ढंग से लड़े और सत्याग्रही अपने ढंग से। ऐसे राष्ट्रवाद का विकास अचानक नहीं होता। संस्कृति का निर्माण और विकास दीर्घकाल में होता है। इस दीर्घकाल का प्रस्थान बिन्दु ऋग्वेद है और इसका विकसित चरण अथर्ववेद है। 'वन्देमातरम्' भारतीय स्वाधीनता संग्राम का बीज मन्त्र था। वन्देमातरम् की नींव ऋषि अथर्वा ने अथर्ववेद के भूमि सूक्त में हज़ारों वर्ष पहले ही रख दी। भारत अथर्ववेद के रचनाकाल में भी राष्ट्र था। भारतीय राष्ट्र को अंग्रेज़ों का प्रसाद बताने वाले विद्वानों ने जानबूझ कर ऐसे तथ्यों की अवहेलना की है।

गाँधी जी ने इसका तीव्र प्रतिरोध किया था। उन्होंने 'हिन्दस्वराज' (1909) में लिखा था कि "भारत अंग्रेज़ों के आगमन के पहले भी एक राष्ट्र था।" भारतीय संस्कृति में सहस्रों वर्ष प्राचीन निरन्तरता है। भारतीय पुराकथाओं के अनेक चरित्र नायक सर्वदा हर काल में उपस्थित रहते हैं। नारद, विश्वामित्र, वशिष्ठ आदि चरित्र काल प्रभाव से मुक्त हैं। यहाँ सांस्कृतिक निरन्तरता का प्रवाह ही प्रभावकारी है। डी.डी. कोशम्बी प्रतिबद्ध मार्क्सवादी थे। उन्होंने 'प्राचीन भारत की संस्कृति और सभ्यता' (हिन्दी अनुवाद गुणाकर मुले, पृ. 18–20) में लिखा, "मिस्र की महान अफ्रीकी संस्कृति में वैसी निरन्तरता नहीं मिलती जैसी भारत में पीछे तीन हज़ार या इससे भी ज़्यादा वर्षों में है। बिना बल प्रयोग ही भारतीय दर्शन संस्कृति

का चीन, जापान में स्वागत हुआ। इंडोनेशिया, वियतनाम, बर्मा, श्रीलंका के सांस्कृतिक इतिहास पर भारत का प्रभाव पड़ा।"

भारत में कई देशों के सांस्कृतिक इतिहासदर्शन को प्रभावित करने की क्षमता थी। यह क्षमता वैदिक राष्ट्र की सांस्कृतिक परम्परा के कारण थी। हज़ारों वर्ष की सांस्कृतिक निरन्तरता में ही यहाँ स्वयं प्रेरित राष्ट्र का विकास हुआ। कोशम्बी ने अतीत और वर्तमान की निरन्तरता की सही बात की है। यह वस्तुतः किसी समाज की ऐतिहासिक निरन्तरता है। सुन्दर भविष्य की अभिलाषा व्यक्तिगत होती है। यह सामूहिकता के प्रभाव में सामाजिक भी हो सकती है। यूरोपीय क्षेत्रों में मध्यकाल के पूर्व ऐसी सांस्कृतिक सामूहिकता का अभाव रहा है। भारतीय भूक्षेत्र में ऐसी सांस्कृतिक सामूहिक चेतना मध्यकाल में है। इसके पहले प्राचीन काल में है। इसके भी बहुत पहले वैदिक काल में भी है। भारतीय राष्ट्रभाव और राष्ट्र हज़ारों वर्ष प्राचीन हैं। कार सहित अनेक अन्य यूरोपीय विद्वानों ने भी नेशन के लिए एक सुनिर्धारित भूभाग में एक सरकार को ज़रूरी बताया है। अथर्ववेद में लिखित राष्ट्र में भी राजा या सरकार की उपयोगिता है। लेकिन राजा राजव्यवस्था सर्वोपरि नहीं है। अनेक राजाओं या राजव्यवस्थाओं के प्रभाव क्षेत्र में भी एक ही राष्ट्र की उपस्थिति है। वैदिक राष्ट्रभाव भूसांस्कृतिक अनुभूति है। यहाँ भूमि माता है, यहाँ के निवासी इसी भूमि के पुत्र हैं।

आदिम मानव समूह घुमन्तू थे। वे अभी कृषक नहीं बने थे। भोजन के लिए शिकार व वनस्पति उत्पादों, फलों आदि पर निर्भर थे। फिर वे पशुपालक बने। सामाजिक विकास के इस चरण में काफ़ी समय लगा होगा। घुमन्तू समूह आपस में लड़ते–झगड़ते भी थे। इसलिए अलग–अलग समूहों में परस्पर संगठनभाव बढ़ा। इसके अगले चरण में उन्हें कृषि कार्य की जानकारी हुई। उन्होंने भूमि की उर्वरा शक्ति जान ली। किसान समूह घुमन्तू नहीं हो सकते। कृषि कार्य निश्चित भूखण्ड पर ही सम्भव है। कृषि जोतों के आसपास स्वाभाविक ही निवास बने। अथर्ववेद के रचनाकाल के पहले कृषि कार्य से जुड़े समूहों में भूमि के प्रति रागात्मक प्रीति बढ़ी। ऐसी प्रीति स्वाभाविक थी। खेत जोतना, बीज बोना, फ़सल रक्षा करना और फ़सल से जुड़ा रहना व पड़ोस में ही रहना आवश्यक था। तब कृषि कार्य में सामूहिकता की ज़रूरत थी। समाज जीवन में भी सामूहिकता का भाव बढ़ा। सामाजिक विकास की इस मंज़िल

पर गण बने और इसके बाद गण से जन। गण छोटी इकाई है। जन बड़ी इकाई। जन गण की सामूहिक मनःशक्ति का भूक्षेत्रीयता से संयोग हुआ। इसी मिलन संयोग से परस्पर प्रेम की संस्कृति का विकास हुआ। लोगों में संस्कृति और भूक्षेत्रीयता की प्रीति से राष्ट्रीयता बढ़ी। राष्ट्रीयता को मज़बूत करने के लिए तप, श्रम हुए। इसी भावभूमि व वस्तुगत परिस्थिति में भारत राष्ट्र का जन्म हुआ।

अथर्ववेद (19.41) में राष्ट्र के जन्म का उल्लेख है। ऋषि कवि कहते हैं, "लोक कल्याण की इच्छा रखने वाले ऋषियों ने तप किया। दीक्षा आदि नियमों का पालन किया। इसी से राष्ट्र, राष्ट्र का बल व सामर्थ्य पैदा हुआ– ततो राष्ट्रं बलम् ओजश्च जातं। ज्ञानी जन राष्ट्र सेवा करें।" (वही) अथर्ववेद में लोककल्याण की कामना, तप और दीक्षा को राष्ट्र के जन्म का कारण बताया गया है। यहाँ नियम पालन का अर्थ प्राकृतिक नियम व सदाचरण है। दीक्षा कर्म कुशलता का प्रशिक्षण है। कर्म कुशलता में प्रशिक्षित को दीक्षित कहा जाता था। दीक्षा नियमों के पालन सहित लोककल्याण के लिए किया गया श्रम तप सुखद परिणाम देता है। अथर्ववेद (19.43) में अग्नि, सूर्य, वायु, चन्द्र, सोम, इन्द्र व जल से एक समान स्तुति है कि दीक्षा व तप वालों को जो आनन्द क्षेत्र मिलता है, वही हम सबको मिले। यह परम पद या आनन्द क्षेत्र ऋषियों की धारणा का राष्ट्र है। ऋषि को यह राष्ट्र प्रिय है। वे इसे तेजस्वी व सम्पन्न बनाना चाहते हैं, "हम इस राष्ट्र को तेजस्वी व हर तरह से समृद्ध बनाते हैं। हम सबको बलशाली बनाते हैं– समहमेषां राष्ट्रं। हम राष्ट्र को वीरों से समृद्ध करते हैं।" (3.19.2 व 4) अथर्ववेद का राष्ट्र प्राचीन है।

राष्ट्र और राष्ट्र के जन्म का इतिहास अथर्ववेद के ऋषियों को परम्परा से प्राप्त हुआ है। ऋग्वेद के रचनाकाल में राष्ट्रभाव की अनुभूति हो चुकी थी। अथर्ववेद में तमाम भौतिक उपलब्धियों की अभिलाषा है लेकिन ऋषियों के मन में राष्ट्र संवर्द्धन की अभिलाषा कम नहीं होती। एक सूक्त (7.35) में अग्नि देवता से कहते हैं कि "आप हमारे शत्रुओं को नष्ट करो।" फिर जोड़ते हैं, "हमारे राष्ट्र को सौभाग्यशाली समृद्धिशाली बनायें। सभी देवगण भी इस कार्य में सहयोग करें–इदं राष्ट्रं पिप्तहि सौभागाय विश्व एनमनु मदन्तु देवाः।" (वही, 1) राष्ट्र सुखदाता है। समृद्धिदाता है और शान्तिदाता भी है। ऋषि शान्तिदाता वृहद्राष्ट्र के इच्छुक हैं। कहते हैं, "वरुण इन्द्र व अग्नि हमारे लिए शान्तिदायक वृहद् राष्ट्र सुस्थिर करें–

अथास्मभ्यं वरुणो वायु अग्निर्वृहद् राष्ट्रं संवेश्यं द धातु।" (3.8.1) ऋषि कवि राष्ट्र प्रिय है। वे इसे सुस्थिर अजर–अमर रखना चाहते हैं।

राष्ट्र का अनेकशः उल्लेख भारतीय राष्ट्रभाव की प्राचीनता का पुष्ट तथ्य है। कहते हैं, "सूर्य देव उदित होकर ऊपर व्याप्त हैं। वे राष्ट्र को उन्नत करते हैं– प्रपश्यन्निह राष्ट्रमाहा।" (13.1.4) सूर्य प्रकृति की प्रत्यक्ष शक्ति है। सूर्योदय और सूर्यास्त सामान्य प्राकृतिक घटनाएँ हैं लेकिन अथर्ववेद के ऋषि को लगता है कि "वे उसके राष्ट्र में उदित हुए हैं। उन्होंने अनिष्ट दूर भगाया है। अभय प्रदान किया है– आ ते राष्ट्रमिह रोहितो अहार्षीद् त्या स्थन्म्रधो अभयं ते अमृत।" (13.1.5) बताते हैं कि रोहित (सूर्य) ने पृथ्वी, अन्तरिक्ष व द्युलोक को सुदृढ़ किया है। उनके द्वारा दैवी शक्तियों ने अमरत्व पाया है।" (वही, 7) आगे कहते हैं, "रोहित–सूर्य ने ऊपर–नीचे सभी दिशाओं में प्रकाश भरा है। वे द्युलोक पर आरूढ़ होकर राष्ट्र को घी–दूध से पूर्ण करें– राष्ट्रमनक्तु पयसा घृतेन।" (वही, 8) तब दूध–घी महत्त्वपूर्ण खाद्य थे। अन्न–दूध व घी की समृद्धि की अभिलाषा भौतिक इच्छा है।

अथर्ववेद के ऋषि राष्ट्र संवर्द्धन के प्रति अतिरिक्त सजग हैं। वे अपनी सामान्य स्तुतियों में भी राष्ट्र का कल्याण सर्वोपरि रखते हैं। एक अन्य मन्त्र में कहते हैं, "सविता सूर्य देव सब ओर से पुष्ट करें। राष्ट्र को सुन्दर व सत्यवाणी से युक्त करें– राष्ट्रमकरः सुनृतावत्" (वही, 20) फिर कहते हैं, "स्वर्ग, पृथ्वी, धन, प्रजा और राष्ट्र अमरत्व पर अधिष्ठित रहें– राष्ट्र दधातु सुमनस्यमानः। सूर्य से सम्बन्ध संयुक्त रहें।" (वही, 33) यहाँ सूर्य प्रकृति की शक्ति है, "सूर्य सम्पूर्ण विश्व के नेत्र हैं।" (वही, 45) सूर्य अपने तेज़ से राष्ट्र को तेजस्वी बनाते हैं। राष्ट्र अथर्ववेद के समाज के अन्तःकरण की प्रत्यक्ष अनुभूति है। अथर्ववेद का राष्ट्रभाव सांस्कृतिक राष्ट्रभाव से विकसित हुआ है। लेकिन इस राष्ट्र में राजव्यवस्था भी महत्त्वपूर्ण घटक है। यूरोपीय राष्ट्रवाद– नेशनलिज़्म में सर्वनिष्ठ सरकार की सर्वोपरिता है। अथर्ववेद का राष्ट्र भी राज्यविहीन नहीं है, यहाँ राजा है और ख़ूबसूरत राजव्यवस्था भी है।

भारत में राष्ट्र की धारणा का जन्म ऋग्वेद के रचनाकाल में ही हो गया था। यह राष्ट्र भूमि, जन और राज्यव्यवस्था का ही योग नहीं है। संस्कृति भी राष्ट्र का मुख्य तत्त्व है। उत्तरवैदिक काल में राष्ट्र गठन के अनेक घटक माने गये हैं। वृहदारण्यक उपनिषद् में धर्म, क्षत्र, विश् व पूषन

राष्ट्र गठन के मुख्य तत्त्व हैं। अथर्ववेद काल का राजा क्षत्र था पर यह सर्वशक्तिमान नहीं है। क्षत्र के पहले यहाँ धर्म की सत्ता है। प्राचीन भारत का धर्म अन्धविश्वास नहीं है। यह किसी देवदूत की घोषणा नहीं है। धर्म तत्कालीन भारत का सम्यक् आचार शास्त्र और लोकस्वीकृत संविधान है। वृहदारण्यक में धर्म की परिभाषा भी है– "सत्य धर्म है, धर्म सत्य है– यो वै स धर्मः, सत्यं वैतत्।" यहाँ अनुभूत वैज्ञानिक तथ्य, सामाजिक व सांस्कृतिक सत्य ही राज्यव्यवस्था के नियन्ता हैं। इसी विचार से उद्भूत राजा है। राष्ट्र का एक घटक विश्– प्रजा भी है। यहाँ प्रजा का अर्थ "शासित जनसमूह" नहीं है। प्रजा का अर्थ है– प्रियतम् सन्तान। राजा के लिए प्रजा सन्तान जैसी प्रिय है। पूषन् यहाँ भू–क्षेत्र है। शतपथ ब्राह्मण में पृथ्वी को पूषा कहा गया है, पृथ्वी में पोषण और संरक्षण की दिव्य क्षमता है। ऋग्वेद के पूषन भी पोषण और समृद्धि के ही देवता हैं। वैदिककालीन राष्ट्र राज्य के सभी तत्त्व परस्परावलम्बन में हैं और लोकमंगल का कारण हैं।

ऋग्वेद में हज़ारों बरस प्राचीन राष्ट्र की भौगोलिक रूपरेखा है। ऋग्वेद में अनेक जनसमूहों के उल्लेख हैं। इनमें पाँच मुख्य हैं। इसी तरह सात नदियाँ मुख्य हैं। ऋग्वेद के ऋषि सात नदियों का उल्लेख बहुधा करते हैं। वैदिक अभिजन प्रायः इसी क्षेत्र में रहते हैं। वर्षा होती है। उन्हें प्रसन्नता होती है कि पानी उनकी प्रिय नदियों के क्षेत्र में बरसा है। ऋषि कहते हैं कि ''इन्द्र ने सप्तसिन्धुषु में जल प्रवाहित किया।'' (ऋ. 8.24.27) इन सात नदियों के जल प्रवाह वाला विशाल भौगोलिक क्षेत्र है। वैदिक ऋषियों के मन में इस भूमि के प्रति प्रेम है। मैकडनल और कीथ के अनुसार, "यहाँ एक सुनिश्चित देश का नाम लिया गया है। पुसाल्कर ने इस मत का समर्थन करते हुए नदी नामों के आधार पर इस देश की रूपरेखा निर्धारित की है। इसमें अफ़ग़ानिस्तान, पंजाब, अंशतः सिन्ध और राजस्थान, पश्चिमोत्तर सीमान्त प्रदेश, कश्मीर तथा सरयू तक का पूर्वी भारत शामिल है।" ये सात नदियाँ काव्य कल्पना नहीं हैं। ऋग्वेद की प्रतिष्ठित सरस्वती वास्तविक रूप में एक विशाल नदी थी। यह कुरुक्षेत्र, दक्षिणी पंजाब, उत्तरी राजस्थान और पूर्वी सिन्ध पंच प्रदेश की धरती में प्रवाहित थीं। ऋग्वेद के पाँच जन सरस्वती नदी तट पर रहते थे। ऋग्वेद में सरस्वती को पंच जाता वर्धयन्ती कहा गया है। यह तटवर्ती पंच जनों को समृद्ध करती है। (6.61.12)।

मार्क्सवादी चिन्तक डॉ. रामविलास शर्मा ने ऋग्वेद और उसके अध्येता कई पश्चिमी विद्वानों का अभिमत दिया है, "प्राचीन राष्ट्र केवल भूमि नहीं है। सात नदियों की आराधना करने वाले इस भूखण्ड के सभी निवासी राष्ट्र हैं। जिस देश में ऋग्वेद की सात नदियाँ बहती हैं, वह लगभग वही देश है जिसमें जल–प्रलय के बाद, भरत जन के विस्थापित होने के बाद, हड़प्पा सभ्यता का विकास हुआ। यह देश प्राचीन काल का, ऋग्वेद और हड़प्पा के पश्चात काल का भी, बहुत दिनों तक संसार का सबसे बड़ा राष्ट्र था। सरस्वती इसके जनपदों के पारस्परिक सम्पर्क का बहुत बड़ा साधन थी। हड़प्पा नगरों की राष्ट्रीय एकता उनकी सामान्य वास्तुकला, मुद्राओं आदि की समानता से जानी जाती है। इस राष्ट्रीय एकता की नींव ऋग्वेद के कवियों ने डाली थी। इन कवियों के लिए राष्ट्र केवल भूमि नहीं है, उस पर बसने वाले जन राष्ट्र हैं।" अथर्ववेद में भी सप्तसिन्धु का उल्लेख है। राष्ट्रीय समृद्धि के गीत हैं। यह क्षेत्र और यहाँ के जन गण एक विशिष्ट संस्कृति के कारण राष्ट्र है।

महाभारत में भारत का अनूठा इतिहास व भूगोल है। भीष्म पर्व में संजय भारत की विविधता का वर्णन करते हैं। पाण्डु, उत्कल, आन्ध्र, पुंड्र, किरात, निषाद, कश्मीर, गान्धार, द्रविड़, केरल, कर्नाटक, चोल, कोकड़ यवन, चीन का भारत में वर्णन करते हैं। महाभारतकार के सामने भारत का भू–क्षेत्र व्यापक है। भारत के निवासी जनसमूह भी सुस्पष्ट हैं। महाभारत नाम विशाल भारत का भी बोध कराता है। भारत में ऋग्वेद के रचनाकाल से लेकर अथर्ववेद तक भारतीय संस्कृति की एक सतत प्रवाही धारा है। इसी सांस्कृतिक प्रवाह में महाभारत है। महाभारत भारत के इतिहास, भूगोल और तत्कालीन समाज का आख्यान है। इसके तमाम हिस्सों में पूर्वकालीन इतिहास है। भारत के अस्तित्व में दर्शन, समाज व संस्कृति की रूपरेखा ऋग्वेद में है। इसके बाद यजुर्वेद में राष्ट्र, राजा है। अथर्ववेद में राष्ट्र का ख़ूबसूरत निर्वचन है।

अथर्ववेद के भूमि सूक्त में पृथ्वी की स्तुति है। कवि ऋषि अथर्वा कहते हैं, "यहाँ अनेक विश्वासों वाले अनेक भाषाएँ बोलने वाले जनसमूहों को पृथ्वी एक परिवार की तरह पोषण देती है।" (12.1.45) अथर्ववेद के रचनाकाल में भी यहाँ अनेक जनसमूहों का सहअस्तित्व प्रत्यक्ष है। भिन्न–भिन्न अस्मिताओं का सहअस्तित्व उदात्त सांस्कृतिक वातावरण में ही सम्भव है। अथर्ववेद के विवरण में तत्कालीन समाज की निष्ठा में ऐसी ही

भूसांस्कृतिक संरचना है। यह संरचना वस्तुतः राष्ट्र है। पुराणों के लेखक भी राष्ट्र रूप भारत की प्रतिष्ठा के लिए सजग और सक्रिय थे। भारत का एक वर्ग इस पृथ्वी लोक से भिन्न एक स्वर्ग लोक भी मानता था। स्वर्ग के आनन्द और सुखों का वर्णन विस्मयकारी है लेकिन पुराणों के अनुसार, "भारत पवित्र देश है। स्वर्ग इसके सामने तुच्छ है। देवता भी इस धरती पर जन्म लेने की इच्छा रखते हैं। भारतीय राष्ट्रभाव के जन्म का श्रेय अंग्रेज़ीराज को देने वाले विद्वान यहाँ का प्राच्य साहित्य नहीं पढ़ते।'' डॉ. रामविलास शर्मा ने सही लिखा है, "जब अंग्रेज़ जाति का जन्म भी न हुआ था, तब से यहाँ (भारत) के साहित्य में भारत राष्ट्र की धारणा विद्यमान है।" (भारतीय संस्कृति और हिन्दी प्रदेश, खण्ड–2, पृ. 679) भारत प्राचीन काल के विश्व का पहला राष्ट्र है।

भारतीय राष्ट्रवाद भूसांस्कृतिक जीवन श्रद्धा है। वैदिक संस्कृति में सारी दुनिया के लोकमंगल की शपथ है। यूरोपीय नेशनलिज़म की तरह यहाँ स्वदेश को ही श्रेष्ठ और शेष देशों को असभ्य मानने का अहंकार नहीं है। यूरोपीय राष्ट्रवाद साम्राज्यवादी था। इसलिए वहाँ लगातार युद्ध हुए। वे पुनर्जागरण काल की प्रशंसा करते हैं लेकिन इसी पुनर्जागरण काल में यूरोप के देश परस्पर युद्धरत थे। 1618 से 1648 तक मध्य यूरोप में लगातार युद्ध थे। अकेले जर्मनी की लगभग 40 फीसदी जनसंख्या मारी गयी। अनेक इतिहास विवेचक 1648 से ही नेशन स्टेट की सही शुरुवात मानते हैं। भारत में इसी समय भक्ति वेदान्त की धूम थी। अथर्ववेद में प्राचीन सम्पन्नता के तथ्य हैं। रामायण और महाभारत में भी हैं। एक व्यवस्थित अर्थव्यवस्था कौटिल्य के अर्थशास्त्र में है। सांस्कृतिक राष्ट्र की धारणा वैदिक काल से बंकिम चन्द्र के वन्देमातरम् तक व्यापक है। यही भाव गाँधी जी के आन्दोलन व संविधान सभा की कार्यवाही के भीतर सघन रूप में उपस्थित है।

राष्ट्र यहाँ सर्वोपरि सामूहिक अनुभूति है। लेकिन राष्ट्र की अवधारणा, राष्ट्रवाद और राष्ट्रभक्ति को लेकर आधुनिक काल में बहसें भी हैं। एक वर्ग द्वारा राष्ट्रवाद के विचार को आक्रामक और विभाजक भी कहा जाता है। राष्ट्रवाद को राष्ट्रभक्ति का विरोधी बताया जाता है। इस विचार के अनुसार देशभक्ति उचित है लेकिन राष्ट्रवाद निन्दनीय है। राष्ट्रवाद का विचार देशों के बीच तनाव का दोषी बताया गया है। प्रथम विश्वयुद्ध समाप्ति की सौवीं बरसी पर फ्रांस के राष्ट्रपति मैक्रो ने राष्ट्रवाद को

घातक बताया था और कहा था कि "राष्ट्रवाद के कारण हम अपने हित की तुलना में दूसरे के हित नहीं देखते।" लेकिन भारतीय राष्ट्रवाद में दुनिया के कल्याण का कर्तव्य जुड़ा हुआ है।

भारतीय विवेक में राष्ट्र जीवमान सत्ता है। राष्ट्र के प्रति अखण्ड सामूहिक अनुभूति राष्ट्र भक्ति है। इसी की वैचारिक अभिव्यक्ति राष्ट्रवाद है। भारतीय जनगणमन में राष्ट्र का विचार वैदिक काल से भी प्राचीन है। अथर्ववेद (8.10) में सामाजिक विकास की रूपरेखा है, "पहले लोक चेतना यायावर थी। फिर गृहस्थ बनी। फिर आह्वानीय हुई। फिर सभा बनी। जो सभा में थे, वे सभ्य कहे गये। फिर समिति बनी, समिति के सदस्य सम्मान योग्य हुए। सामाजिक विकास की इस कार्रवाई में राजा या राज्य व्यवस्था की कोई भूमिका नहीं है। सांस्कृतिक प्रवाह ही यहाँ प्रेरक हैं। भारतीय राष्ट्र का जन्म किसी राजा, राजव्यवस्था से नहीं हुआ। भारत में राष्ट्रवाद के विचार का मूल केन्द्र भारत के लोग और उनकी प्राचीन संस्कृति है। भारतीय राष्ट्रवाद में पूरा विश्व एक परिवार है। यहाँ अन्य देशों राष्ट्रों से टकराव का भाव नहीं है। विश्व परिवार की समग्र उन्नति भारतीय राष्ट्रवाद की प्राचीन अभिलाषा है।''

राष्ट्रवाद देशभक्ति की ही वैचारिक अभिव्यक्ति है। राष्ट्र पहले से अस्तित्व में है। देशभक्त इसी राष्ट्र में जन्म लेता है और राष्ट्र के प्रति भक्ति रखता है। राष्ट्रवाद के अभाव में भक्ति अभिव्यक्ति का कोई केन्द्र नहीं होता। विचारक रिचर्ड वीवर ने 'आइडियाज हैव कांसीक्वेनसेज' लिखा था। विचार परिणाम भी देते हैं। भाव विचार के ऊपर होते हैं लेकिन विचार न हों तो भाव दिशाहीन भी हो सकता है। राष्ट्र प्रत्यक्ष है। राष्ट्रवाद प्रत्यक्ष राष्ट्र की ही वैचारिक धारा है। राष्ट्रभक्ति आस्तिक भावना है और राष्ट्रवाद परिपूर्ण विचार। राष्ट्रवाद भारत का बुद्धि विवेक है। राष्ट्र भक्ति भारत का हृदय है। भारतीय सन्दर्भ में राष्ट्रवाद और देशभक्ति और विश्वकल्याण एक साथ है।

सभा, समिति, राजव्यवस्था और लोकतन्त्र

आदिमकाल में राजा या राज्य व्यवस्था नहीं थी। महाभारत के कथानक में "राजाविहीन समय का उल्लेख है। तब राजा नहीं थे। लोग स्वयं ही स्वधर्म का पालन करते थे।" यह व्यक्तिगत सम्पदा के विकास से पहले की बात है। व्यक्तिगत सम्पदा के विकास के बाद समाज में अन्तर्विरोध बढ़े।

राजव्यवस्था का जन्म हुआ। राज्य संस्था का क्रमिक विकास हुआ है। अथर्ववेद में राज्य के जन्म और विकास का सुन्दर वर्णन है। बताते हैं, "पहले विराट (राजा–राज्य रहित) दशा थी, इसमें विकास हुआ। गार्हपत्य संस्था (परिवार–कुटुम्ब) आयी। इसके बाद विकास हुआ और 'आह्वनीय' दशा आयी। परिवारों का आह्वान हुआ, पंचायतें हुईं। फिर 'दक्षिणाग्नि दशा' आयी। यहाँ दक्ष–कुशल लोगों का नाम दक्षिणा है और अग्नि का अर्थ अग्रणी–अगुवा या नेता है। दक्षिणाग्नि दशा का अर्थ है– कुशल लोगों का नेतृत्व मिलना। फिर इस स्थिति से आगे का विकास हुआ और सभा बनी। इसी के विकास से समिति बनी।" (अथर्ववेद, 8.10.2–8) वैदिककालीन समिति राजा का चयन करती थी और उसे पदासीन करती थी, पद से हटाती भी थी। (अथर्ववेद 5.19.6)। ऋग्वेद (9.92.6) के अनुसार राजा समिति में जाता है।

राजा जनसाधारण की समिति के प्रति उत्तरदायी है। वैदिक काल और अथर्ववेद का 'राजा' परम स्वतन्त्र नहीं है। वरुण वैदिक देवता हैं। उनका चरित्र शासक का है लेकिन वे 'धृतव्रत' हैं। ऋग्वेद (1.25.10) यजुर्वेद (10.27) और अथर्ववेद (7.83.1) में भी वरुण धृतव्रत हैं। यहाँ धृतव्रत का अर्थ है– आचार संहिता के प्रति वचनबद्ध/प्रतिज्ञाबद्ध। वैदिक काल के राजा और प्रजा के बीच इसी शपथ पालन का समझौता है। धृतव्रत का अर्थ संविधान के प्रति निष्ठा है। प्रजा सन्तान है, राजा अभिभावक है। दुनिया के सभी क्षेत्रों में राजा या राजा जैसी शासक संस्थाएँ थीं। शक्ति सम्पन्न राजा होते थे। उनके न रहने पर पुत्र या पुत्री राजकाज सम्हालते थे। वैदिक काल के पूर्व सामाजिक विकास के एक चरण में राजव्यवस्था व इसके संचालक राजा का जन्म हुआ। भारतीय इतिहास के वैदिक काल में राजव्यवस्था का प्रमुख राजा ही था।

वैदिक काल का राजा परम निरंकुश नही था। वह सभा और समिति के प्रति ज़िम्मेदार था। सभा और समितियों के परामर्श से शासन करता था। प्रजा द्वारा उसकी नियुक्ति होती थी। ऋग्वेद (10.173.1) में कहते हैं, "आपको अधिपति नियुक्त किया गया है। आप स्थिर रहें। प्रजाएँ आपकी अभिलाषा करें। आपके माध्यम से राष्ट्र का यश कम न हो– मा त्वद्राष्ट्रमधि भ्रशत्।" ऋग्वेद के अनेक सूक्तों में 'राष्ट्र' शब्द का प्रयोग हुआ है। राजा और राज्य का स्थायित्व प्रजा की शुभकामना है। कहते हैं, "जैसे आकाश, पृथ्वी, पर्वत और विश्व अविचल है उसी प्रकार राजा भी अविचल रहे।" (वही, 4)

फिर राजपद की स्थिरता के लिए सभी देवों की स्तुतियाँ हैं– "वरुण स्थायित्व दें– ध्रुवं ते राजा वरुणो। बृहस्पति स्थायित्व दें– ध्रुवं देवो बृहस्पति। इन्द्र और अग्नि भी इस राष्ट्र को स्थिर रूप में धारण करें– राष्ट्रं धारयतां ध्रुवं।" (वही, 5) स्थिरिता की प्रार्थना वरुण, बृहस्पति और इन्द्र अग्नि से है। लेकिन सुशासन की प्रार्थना "सविता, सोम और समस्त प्राणियों की अनुकूलता से।" (वही, 10.174.3)

अथर्ववेद का रचनाकाल ऋग्वेद की समाज व्यवस्था व समाज व्यवस्था का परवर्ती चरण है। ऋग्वैदिक काल का राजा प्रजा की इच्छा के अनुसार पद ग्रहण करता था और अथर्ववेद में भी। यहाँ राजा की नियुक्ति का उल्लेख ऋग्वेद जैसा ही है। कहते हैं, "हे राजन् आपको इस (राष्ट्र या क्षेत्र) का अधिपति नियुक्त किया गया है। आप इसके स्वामी हैं। आप स्थिर अविचल होकर रहें। प्रजा आपकी अभिलाषा करे। आपके माध्यम से राष्ट्र का गौरव क्षीण न हो– मा त्वद् राष्ट्रमधि भ्रशत्।" (अथर्ववेद, 6.87.1) राजनीतिक स्थिरता ज़रूरी है। इस सूक्त के कवि ऋषि अथर्वा इस तथ्य का भी उल्लेख करते हैं, "आप अविचल रहें। कभी पद से वंचित न हों। पर्वत के समान दृढ़ रहें। जैसे इन्द्र स्थायी हैं–, देवों के राजा हैं, वैसे ही आप स्थिर होकर शासन करें। राष्ट्र का नेतृत्व करें– इन्द्रइवेह ध्रुवस्तिष्ठेह राष्ट्रमु धारय।" (वही, 2) अथर्ववेद के समय के राजा पर राष्ट्र को सम्पन्न व शक्तिशाली बनाने के कर्त्तव्य हैं। वह जनअभिलाषा व राष्ट्रीय कर्त्तव्यों से बँधा हुआ है, यही राजधर्म है।

राजा प्रजा की सहमति से अपना पद धारण करता था। राजा का निर्वाचन होता था। अथर्ववेद के कई अंशों में इसका उल्लेख है। राजा आमजनों से निर्वाचित है। अथर्ववेद (3.4.2) में राजा के चुनाव के स्पष्ट संकेत हैं। ऋषि बताते हैं कि "प्रजाएँ आपको शासन संचालन के लिए स्वीकार करें। आप राष्ट्र के श्रेष्ठ पद पर विराजमान हों। आप उग्रवीर व यशस्वी हों– वर्ष्मन् राष्ट्रस्य ककुदि श्रयस्व ततो न उग्रो वि मजा वसूनि। पाँच दिशाओं से आये लोग आपका वरण करते हैं। आप अपने तप बल से राष्ट्र की धन सम्पन्नता ठीक रखें। शासन कार्य में उग्र रहें– त्वं विशो वृणतां राज्याय/त्वामिमाः प्रदिशः पंज देवीः/वर्ष्मन राष्ट्रस्य ककुदि श्रयस्वा।" कौटिल्य ने भी दण्ड को महत्त्वपूर्ण बताया है। राजा संवरण सूक्त (3.4) में कहते हैं, "हे तेजस्वी उत्तम मार्ग पर चलने वाली सम्पूर्ण प्रजा ने संयुक्त रूप से– सर्वा संगत्य आपके लिए यह वरणीय बनाया है।

वे आपको एकमत होकर बुलाएँ। आप तेज़ सम्पन्न पराक्रमी व श्रेष्ठ मन होकर सबको अधीन करें।" (वही, 7) राजा के शासक अधिकार की स्वीकृति सम्पूर्ण प्रजा अनुमोदित करती है। ऋग्वेद में भी राजा के निर्वाचन के संकेत हैं। (ऋग्वेद, 10–17.1–6) ग्रिफ्थ ने भी अथर्ववेद की व्याख्या में राजा के निर्वाचन का उल्लेख किया है।

अथर्ववेद में राजा के निर्वाचक मण्डल का उल्लेख है। इस निर्वाचन में सभी श्रमशील वर्ग हिस्सा लेते थे। राजकृत शब्द सम्भवतः इन्हीं के लिए प्रयुक्त हुआ है। अथर्ववेद (3.5.6–) में 5 राजकृत वर्गों की सूची है। वे रथकार, कर्मार (लोहार) सूत, ग्रामणी व राजानः थे। ग्रामणी अपने–अपने ग्रामों के प्रमुख थे। यहाँ शासक के चयन में ग्राम प्रतिनिधियों की भी भागीदारी ध्यान देने योग्य है। राजानः सम्भवतः राजा के अपने निकटवर्ती थे। ऐतरेय ब्राह्मण व शतपथ ब्राह्मण में भी इन्हीं वर्गीय प्रतिनिधियों को राजकृत और राजकर्त्ता कहा गया है। अथर्ववेद की इस सूची में ब्राह्मण वर्ग–वर्ण नहीं है। निर्वाचित होने के बाद राजा का पदग्रहण समारोह होता था।

राजकृत वर्ग विशेष रूप में उपस्थित होते थे। ग्राम प्रमुख व सूत भी समारोह में हिस्सा लेते थे। पड़ोसी देशों के राजा भी आते थे–ये राजानो, राजकृतः सूतः ग्रामण्यश्च ये। (वही, 3.5.6) शतपथ ब्राह्मण में राज्याभिषेक का वर्णन है। राजा पृथ्वी से कहता है, "आप हमारी रक्षा करो, मैं आपकी रक्षा करूँगा।" ऐतरेय ब्राह्मण के ऋषि के अनुसार राजा प्रतिज्ञा भी करता था, "मेरा जन्म जिस समय हुआ और जब मैं मरूँगा, इस समय के मध्य मैंने जितने पुण्य कर्म किये हैं, यदि मैं आपसे द्वेष करूँ तो इन पुण्य कर्मों के लाभ, आयु और सन्तान से वंचित हो जाऊँ।" (वही, 8.15) यजुर्वेद (9.22) के अनुसार समस्त जन कहते थे, "राजा यह राष्ट्र आपको कृषि संवर्द्धन के लिए, जनसमृद्धि के लिए और सब तरह के पोषण के लिए दिया जाता है– कृषयैत्वा, क्षेमायत्वा, रय्ये त्वा, पोषाय त्वा– हम सब कृषि के लिए, लोकमंगल और धनसमृद्धि के लिए तथा सम्पूर्ण पोषण के लिए आपको स्वीकार करते हैं।" (यजुर्वेद 9.22) राज्याभिषेक के मन्त्रों में कहते हैं, "आपको चन्द्रमा की आभा से, अग्नि के तेज से, सूर्य की ऊर्जा से व इन्द्र के बल से अभिषिक्त करते हैं। आप शौर्यवानों के क्षत्रपति हों और प्रजा की रक्षा करें। महान बल सम्पादन के लिए, श्रेष्ठ राज्यपद के लिए, महान जन–राज्य के लिए इन्द्र के समान ऐश्वर्य के लिए शत्रुहीन अमुक पिता व अमुक माता के पुत्र को

प्रजापालन के लिए अभिषिक्त करते हैं।" (वही, 10.17 व 18) एक अन्य स्थल पर कहते हैं, "तेजस्विता के लिए, सारस्वत ज्ञान के लिए, बल के लिए, श्री, समृद्धि और यश के लिए हम प्रार्थना करते हैं।" (वही, 20.3)

ऐतरेय ब्राह्मण में इतिहास की सामग्री है। यहाँ राजा लोकमंगल, जनकल्याण और प्रजापालन की शपथ लेने के बाद कहता है, "यदि मैं इस प्रतिज्ञा को तोड़ता हूँ तो मेरे जीवन की सारी उपलब्धियाँ व पुण्य नष्ट हों।" (ऐतरेय ब्राह्मण 8.15) शतपथ ब्राह्मण (5.1.112) के अनुसार, राजसूय यज्ञ के बाद राजा का अभिषेक होता है और वह राजा बनता है। राजा की स्थिरता को श्रेष्ठ बनाती है। इसलिए अथर्ववेद में देवों से राजा को अविचल बनाये रखने की स्तुतियाँ भी हैं।, कहते हैं, "जैसे आकाश, पृथ्वी, पर्वत और विश्व अचल है। उसी तरह राजा भी स्थिर रहे। वरुण भी राजा को स्थायित्व दें। बृहस्पति, इन्द्र, अग्नि राजा के राष्ट्र को स्थिर रूप में धारण करें। हे राजा आप शत्रुओं को पराजित करें। प्रजा का मन समान रहे। प्रजाजनों की समिति राष्ट्र हितकारी योजनाएँ बनाने में समर्थ हो।" (6.88.1–3) यहाँ राजा के लिए योजनाएँ बनाने का दायित्व समिति पूरा करती है। यह योजनाएँ कृषि और उद्योग धन्धों की समृद्धि से जुड़ी हो सकती है और राष्ट्र रक्षा की भी। समिति जनतन्त्री संस्था है। विचार–विमर्श का सुन्दर अधिष्ठान है।

अथर्ववेद के समाज में सभी वर्गों का हितचिन्तक लोकतन्त्र है। अन्तर्विरोध नहीं दिखाई पड़ते लेकिन दार्शनिक विचार भिन्नता है। सामान्यजनों में भी दार्शनिक यथार्थवाद की धारा है। प्रकृति की शक्तियों की गतिविधि पर भिन्न–भिन्न दृष्टिकोण है। सबसे विशेष तथ्य लोकमत का सम्मान है। राजा के लिए भी प्रजा की इच्छा सर्वोपरि है। वाल्मीकि ने 'रामायण' में राजा श्रीराम की कथा लिखी। वे आदर्श राजा हैं लेकिन लोकमत का आदर करते हुए पत्नी सीता का त्याग करते हैं। इसके लिए उनकी आलोचना आधुनिक काल में भी होती है। वे अपने सारे निर्णय समिति में करते हैं लेकिन लोकमत के सीता त्याग का निर्णय समिति में नहीं होता। वे लोकमत की निर्ममता के बावजूद जन इच्छा को सर्वोपरि मानते हैं। कौटिल्य के प्रिय राजा चन्द्रगुप्त मौर्य भी ऐसे ही राजा हैं। पुष्यमित्र शुंग भी परामर्श प्रिय थे। परवर्ती काल में राजा स्वयं को सभा और समिति के निर्णयों से ऊपर मानने लगे। राजा संस्था हेय होती गयी। विदेशी आक्रमण हुए। मो. बिनकासिम से लेकर ब्रिटिश सत्ता तक यहाँ

विचार–विमर्श का ह्रास होता रहा है। ब्रिटिश सत्ता ने स्वयं अपने देश में लोकतन्त्र का विकास किया। लेकिन भारत की लोकतान्त्रिक संस्थाओं का ध्वस्तीकरण किया। भारत 'स्वराज' के लिए लड़ा। 'स्वराज' का उल्लेख अथर्ववेद में भी है। गाँधी जी सहित अनेक पूर्वजों ने राष्ट्रवादी लोकमत बनाया। स्वाधीनता आन्दोलन हुआ। भारत स्वाधीन हुआ।

भारतीय लोकतन्त्र का प्रवाह ऋग्वेद से लेकर अथर्ववेद की सभा समिति से होता हुआ आधुनिक संसदीय व्यवस्था में स्वाभाविक ही प्रवाहमान है। भारत ने 1950 के संविधान से संसदीय जनतन्त्र अपनाया है। सम्प्रति भारत विश्व का सबसे बड़ा जनतन्त्र है। यहाँ 133 करोड़ की जनसंख्या और अनेक बोलियों, भाषाओं की विविधता है। इसके बावजूद यहाँ जनतन्त्र की सफलता है। इस पर दुनिया के अनेक राजनीतिक पण्डित आश्चर्य प्रकट करते हैं। भारत में लोकतन्त्र की सफलता का मूल कारण जनमानस की जनतन्त्री प्रकृति है। जनतन्त्र की प्रकृति का विकास यहाँ अंग्रेज़ीराज में नहीं हुआ। अंग्रेज़ीराज के पहले की मुग़ल सत्ता में भी जनतन्त्र नहीं फला–फूला। इसके बीज वैदिक इतिहास में हैं। वैदिक ऋषियों ने अपने ज्ञान प्रबोधन से यहाँ के जनमानस को जनतन्त्री बनाया था। यहाँ विचार विविधता है। भारतीय दर्शन की आठ धाराएँ हैं। वैदिक ऋषियों ने राष्ट्र जीवन के प्रत्येक आयाम में विचार अभिव्यक्ति की स्वतन्त्रता के मूल्य स्थापित किये। असहमति के आदर को सांस्कृतिक प्रवाह की प्रेरक शक्ति बनाया। समाज को विचार–विमर्श से परिपूर्ण बनाया।

मनुष्य एकाकी नहीं रह सकता। वह परिवार और समाज का अंग है। परिवार में परस्पर प्रेम का प्रसाद होता है। इसी तरह समाज में परस्पर प्रेम से राष्ट्र आनन्द क्षेत्र बनते हैं। वैदिक समाज के सभी सदस्य परस्पर प्रेम और सद्भाव से युक्त थे। उनके वार्तालाप मधुमय थे। राष्ट्र जीवन के ध्येय समान थे। समान ध्येय के लिए साथ–साथ वार्तालाप थे। इस समाज में सभी विषयों पर तर्क जिज्ञासा और प्रश्न आधारित लोकतन्त्र था। यह लोकतन्त्र प्रत्यक्ष भौतिक विषयों तक ही सीमित नहीं था। वैदिक समाज में पराभौतिक या आध्यात्मिक विषयों पर भी जिज्ञासा व प्रश्न थे। लेकिन साथ–साथ चलने के संकल्प थे। ऋग्वेद के अन्तिम सूक्त में परस्पर एकता की स्तुति है। यही भाव अथर्ववेद में भी है।

राष्ट्रीय एकता आनन्ददाता होती है। वैदिक समाज में किसानों, श्रमशील लोगों का लोकतन्त्र है। इसमें सभी पेशे वाले लोग हैं।

श्रमशील व कृषक भी कवि हैं। तमाम उद्योग धन्धे में संलग्न शिल्पी भी हैं। वे सामूहिकता में रस लेते हैं। ऋषियों, किसानों व शिल्पियों के इस लोकतन्त्र में सभा व समिति विचार–विमर्श के केन्द्र हैं। दोनों सदनों में लोकतान्त्रिक विमर्श होते हैं। विमर्श में मधुर वाणी का महत्त्व है। ऋग्वेद (1.167.3) में वाणी को सभावती कहा गया है। सोमदेव से प्रार्थना है कि ''हमारा पुत्र सभा का सदस्य हो, सुन्दर वक्ता हो, वीरता का यश बढ़ाने वाला हो।" (1.91.20) एक मन्त्र में सुयोग्य सभा सदस्य की तुलना चन्द्रमा से की गयी है। कहते हैं, ''वह सभा में चन्द्रमा की तरह जाता है। सभा का सामान्य अर्थ ही प्रकाशयुक्त होता है। 'स' का अर्थ यहाँ सहित और 'भा' का अर्थ प्रकाश है। सभा में विनम्र व मधुर बोलने वाले का यश फैलता है। सब उसकी प्रशंसा करते हैं।" (10.71.10) अथर्ववेद की सभा समितियाँ जीवन्त हैं।

वैदिक काल की समिति में राजा जाता है। सोम का उदाहरण देते हुए कहते हैं कि "सोम कलश में वैसे ही जाता है, ''राजा न सत्यः समितीरियानः,'' जैसे राजा समिति में जाता है। (9.92.6) औषधियाँ वैद्य देते हैं। वे वैद्य के साथ वैसे ही जाती हैं, जैसे ''राजानः समितौ इव,'' जैसे राजा समिति में जाते हैं। (10.97.6) समिति में तत्कालीन विद्वान एकत्र होते थे। समिति महत्त्वपूर्ण है। कहते हैं, ''देवी समितिः भवति'', यह समिति देवी होती है। देवों के समान सभासदों के भाग लेने से दिव्य हो जाती है। (10.11.8) सभासद देवता जैसे होते हैं। समिति लोकतन्त्र का अधिष्ठान है। ऋग्वेद के ''समानो मन्त्रः समानी'' आदि मन्त्र साक्ष्य है। समिति समान है। मन्त्रणा का केन्द्र है। सबका मन समान है। ''समानं मन्त्रम्,'' सबका मन्त्र एक ही है। सबका ध्येय एक है। मैं, हम सब लोग मिलकर उपासना करें। (10.191.3) वैदिक जन समिति में विचार–विमर्श करते हैं। मन्त्रणा करते हैं। तब निर्णय पर पहुँचते हैं। उसके अनुसार कार्य करते हैं।

ऋग्वैदिक काल की सभा समिति परम्परा अथर्ववेद के काल में भी प्रवाहमान है। अथर्ववेद में उनके आदर व सम्मान का भी उल्लेख है। कहते हैं, ''सभा और समिति प्रजापति के द्वारा पुत्रियों के समान पालन किये जाने योग्य है।'' (अथर्ववेद 7.12.1) यहाँ सभा और समिति के सम्मान का विशेष उल्लेख है। सभा का सम्मान करना आधुनिक लोकतन्त्र का मुख्य तत्त्व है। विचार–विमर्श वाली संवैधानिक संस्थाएँ हमारे अधिकारों की रक्षा करती हैं। इसी मन्त्र में स्तुति है कि, "सभा व समिति हमारी रक्षा करें। सभा के सदस्य समुचित परामर्श दें। पितर हमें सभा में विनम्र बनायें और विवेकपूर्ण

बोलने की बुद्धि दें।" (वही) अथर्ववेद की सभा समिति आधुनिक संसदीय व्यवस्था वाले सदनों जैसे शोर मचाने के मंच नहीं हैं। वे प्रजापति की पुत्री समान हैं। यहाँ विनम्रता और विवेक अपरिहार्य है।

सम्भवतः सभा उत्कृष्ट सदन थी। ऋषि कहते हैं, "हे सभा! हम आपसे परिचित हैं। आपके नाम को भी जानते हैं। आपका नाम नरिष्ठा है– नरिष्ठा नाम वा असि। आप नरिष्ठा हैं, अरिष्ट दूर करने वाली हैं। आप कृपा करें कि सभी सदस्य समान रूप विचार वाणी वाले हों।" (वही, 2) सभा में व्यक्त विचार उपयोगी हैं। कहते हैं, "सभा के सभी सदस्यों के ज्ञान व प्रभाव लाभान्वित करते हैं। हे इन्द्र! हमको पूरी सभा के समक्ष प्रतिष्ठित बनायें।" (वही, 3) यह स्तुति सम्भवतः किसी विनम्र सभा सदस्य की है। वह शेष सदस्यों के विचार ध्यान से सुनता है। स्वयं सुन्दर वक्ता होने का इच्छुक है। आगे के कथन से यह बात प्रमाणित होती है। कहते हैं, "हे सभा सदस्यो! आपका मन हमसे विपरीत है। हम विपरीत मन को अपनी ओर आकर्षित करते हैं। आप सब कृपया हमारा कथन सुनें और उस पर विचार करें।" (वही, 4) यहाँ अपने कथन पर ज़ोर नहीं है। कथन सुने जाने का विनम्र आग्रह है। फिर उस पर विचार किये जाने की ही प्रार्थना है।

लोकतन्त्र में विचार–विमर्श का ही महत्त्व है। विचार–विमर्श के सदनों की कार्यवाही के प्रति सभा सदस्यों का विश्वास ज़रूरी है। सदन के भीतर का अनुशासन सभा समिति के प्रति विश्वास से ही बनता है। अथर्ववेद के रचनाकाल में सभा समिति के प्रति अतिरिक्त आदर भाव दिखाई पड़ता है। सभा के सदस्य भी अतिरिक्त आदरणीय हैं। अथर्ववेद (20.128) में सभा सदस्य व सूर्य को देवों द्वारा अग्रगामी बनाने की बात कही गयी है। अथर्ववेद (8.10.1) में सभा के विकसित होने का उल्लेख है। कहते हैं, "विराट शक्ति के क्रमशः ऊर्ध्वगमन से सभा का उद्भव हुआ–सोद क्रामत सा सभायाँ न्यक्रामत।" आगे कहते हैं, "जो यह बात जानते हैं, वे सभा के योग्य हैं।" (वही, 9) इसी तरह विराट के ऊर्ध्वगमन से समिति का विकास हुआ। (वही, 10) लोकतान्त्रिक संस्थाओं का सतत विकास हुआ है। वे किसी दैवी उद्घोषणा का परिणाम नहीं है। ऋग्वैदिक काल भारतीय लोकतान्त्रिक संस्थाओं का प्रथम ज्ञात चरण है। ऐसी संस्थाएँ ऋग्वेद के पहले भी रही होंगी। ऋग्वैदिक काल की सभा समिति की परम्परा अथर्ववेद के काल में स्वाभाविक ही नयी शक्ति ग्रहण करती है लेकिन महाभारत काल की सभा कमज़ोर है। द्रोपदी का चीरहरण सभा

में ही हुआ था। सभा की शक्ति क्षीण होने के कारण ही महाभारत का विनाशकारी युद्ध हुआ।

भारत का लोकतन्त्र स्वाभाविकता है। हम प्रकृति के अंग हैं, पृथ्वी के अंग हैं, जल, अग्नि, वायु और आकाश के अंग हैं। परिवार के अंग हैं और समाज के भी अंग हैं। किसी राजनीतिक दल के सदस्य होने के कारण दल के भी अंग हैं। समिति या अन्य संस्थाओं के भी अंग होते हैं। हम सब चिन्तनशील प्राणी हैं। पशु और वनस्पतियाँ भी प्राण ऊर्जा से भरीपूरी हैं। वे भी चिन्तनशील हैं। जनतन्त्र की सफलता के लिए सबके प्रति हमारे दायित्व हैं। जनतन्त्र मानव समाज की आन्तरिक एकता है। यह आन्तरिक एकता अर्जित करनी होती है। पश्चिम के जनतन्त्र और भारतीय जनतन्त्र में यही मौलिक अन्तर है। वे केवल मनुष्य के बारे में सोचते हैं। भारत में सृष्टि के सभी अवयवों पर समग्र विचार की परम्परा है। यहाँ जन के साथ लोक का भी विचार चलता है। पश्चिम का जनतन्त्र राजतन्त्र की प्रतिक्रिया है। भारतीय जनतन्त्र हमारे रस, रक्त प्रवाह का हिस्सा है। यहाँ का जन लोक से रस लेता है। फिर लोक को सींचता है। स्वयं भी रससिक्त है। लोक प्रीतिकर है, जन प्रीति इसी अनुभूति का अनुषंग है। जनतन्त्र लोकतन्त्र का अंग है।

लोकतन्त्र का भाव दिग्दिगन्त व्याप्त है। इस जीवन श्रद्धा में सूर्य, चन्द्र, नदी, पर्वत, कीट, पतिंग, वनस्पति, पशु और मनुष्य भी सम्मिलित हैं। असम्भव है। प्रकृति एक अखण्ड सत्ता है। लोक इसी प्रकृति का ही भाग है। हम लोक में हैं। यह लोक सबके भीतर है, सबको आच्छादित करता है। दिक् के साथ काल को भी। पृथ्वी को लोक जानें तो यह जल के नीचे पाताल लोक से जुड़ी हुई है। पाताल की बढ़ी ऊष्मा से ही धरती काँपती है और भूकम्प आते हैं। द्युलोक भी पृथ्वी से सम्बन्धित है। सारे लोक परस्परावलम्बन में हैं। मनुष्य और सभी जड़ व चेतन भी। तब इनके भीतर संगति, समन्वय, प्रीति और अनेकता के अन्तरंग में एकता की लय भी होनी चाहिए। इसी अन्तस् एकता की वीणा के सभी तारों की सुर संगति का नाम लोकतन्त्र है। लोकतन्त्र नमस्कारों के योग्य है। ऋग्वेद, अथर्ववेद में वर्णित लोकतान्त्रिक संस्थाएँ हमारे गौरवशाली इतिहास का अविस्मरणीय अध्याय हैं। यह प्रेरक है। इसी प्रेरणा में आदर्श जनतन्त्र का संवर्द्धन है।

विवाह, परिवार, घर और आहार

प्रकृति में प्रतिपल नवसृजन है। प्रकृति की सृजनशक्ति का प्रत्यक्ष विस्तार सभी प्राणियों में व्याप्त है। सभी जीवों के जन्म का आधार नर और मादा की प्रीति है। सृजनधर्म के निर्वहन के लिए सभी जीवों में कामना है। ऋग्वेद के अनुसार, 'काम प्रथमा' है। मनुष्य भी प्राणी है। वह अनेक कामनाओं का समुच्चय है। लेकिन एक से अनेक होने की कामना प्रथमा है। वैदिक पूर्वजों ने स्त्री–पुरुष के प्रणय–मिलन को पवित्र अनुष्ठान बनाया। इसी अनुष्ठान का नाम है विवाह। विवाह दुनिया की अन्य सभ्यताओं में भी है लेकिन वे स्त्री–पुरुष के मध्य लिखित/अलिखित समझौते हैं। समझौते टूटते भी हैं। भारत के विवाह नहीं टूटते। यह तथ्य शोध के योग्य है। शोध हुए भी हैं लेकिन भारतीय विवाहों की सुदृढ़ता के कारण शोधार्थी नहीं खोज पाये।

वैदिक समाज की एकता और मज़बूती का आधार परिवार है और परिवार की धुरी है दम्पति। दम्पति पत्नी और पति की एकात्मकता का नाम है। ऋग्वेद में भी पति–पत्नी के जोड़े के लिए दम्पति शब्द प्रयुक्त हुआ है। पति–पत्नी के साहचर्य व अद्भुत मिलन की विधि है– विवाह। ऋग्वेद (10.85) में 43 मन्त्रों का पूरा सूक्त विवाह पर है। अथर्ववेद में थोड़े परिवर्तन के साथ ऋग्वेद के वही मन्त्र एक सूक्त (14.1) में दोहराये गये हैं। अथर्ववेद के इस सूक्त में विवाह विषयक मन्त्रों की संख्या 64 है। इसके अलावा भी एक अन्य सूक्त (14.2) में विवाह विषयक 75 मन्त्र हैं। यहाँ पति–पत्नी सम्बन्धों को प्रगाढ़ बनाने पर अथर्ववेद का ध्यान काफ़ी गहरा है। मज़ेदार बात है कि ऋग्वेद व अथर्ववेद दोनों के ही विवाह मन्त्रों की द्रष्टा सूर्या हैं। दोनों वेदों में सूर्या के विवाह का ही उदाहरण है। इनके अलावा भी अथर्ववेद में पति पत्नी सम्बन्धों वाले अनेक मन्त्र हैं।

सूर्य पुत्री सूर्या का विवाह अनुष्ठान अथर्ववेद की मनोरम काव्य रचना है। इस अंश में वैदिक काल की विवाह परम्परा, उसका यथार्थ व भावजगत् भी हैं। अथर्ववेद (14.1.9) के अनुसार, "सूर्या का विवाह अश्विनी देव से हुआ। सोम देवता भी सूर्या से विवाह के इच्छुक थे। अश्विनी कुमार ही स्वीकृत किये गये। अश्विनी कुमार का अनुमोदन सभी देवों ने किया था। सूर्या पतिगृह चली। तब उसका मन ही रथ था। आकाश उस रथ का चक्र था।" (वही, 9–10 व 15) विवाह के पूर्व कन्या पिता के कुल परिवार की होती है, विवाह के बाद वह पति कुल की सदस्य हो जाती है, "हे कन्या! हम आपको पितृकुल से मुक्त करते हैं। पतिकुल से भली भाँति जोड़ते हैं। अश्विनी आपको रथ में ले जायें। आप सबको अनुशासित करने वाली गृह स्वामिनी हों।" (वही, 18 व 20) आगे पति व पत्नी के लिए शुभकामना देते हैं, "आप कभी पृथक् न हों। पुत्रों–प्रपौत्रों के साथ आनन्दित हों।" (वही, 22)

अथर्ववेद के विवाह वर्णन को पढ़ते हुए हम भारतीय इतिहास के सुदूर काल के विवाह आयोजन में पाते हैं। प्राचीन विवाह पद्धति अब नयी हो गयी है। इस नये में भी बड़ा भाग वैदिक परम्परा का विवाह है। आधुनिक काल में कन्या को सभी परिजन शुभाशीष देते हैं। अथर्ववेद में कहते हैं, "आप धन व सौभाग्य पायें। सास–श्वसुर ननद व देवरों के मध्य सम्राज्ञी बने।" (वही, 42 व 44) वैदिक काल में नारी की स्थित सम्राट की है। अन्यत्र कहते हैं, "आप पति कुल के लिए कल्याणकारी हों। सौभाग्यदाता हों।" (वही, 14.2.27) आशीर्वाद का कार्यक्रम आधुनिक काल में भी होता है। अब शुभकामना देने वाले परिजनों व वर कन्या के साथ चित्र बनते हैं। कुछ लोग शुभकामना देने के बाद भी भीड़ लगाये रहते हैं। अथर्ववेद में इस पर मज़ेदार टिप्पणी है, "इस सुमंगला बहू को देखिए। सौभाग्यवती होने का आशीष दीजिए, वापस घर जाइए।" (वही, 28) ठीक बात है। बहू देख लिया, आशीर्वाद दे दिया। तब अकारण भीड़ का क्या तुक है? आधुनिक काल के मांगलिक कार्यक्रमों में महिलाएँ भी होती हैं। इनमें से कुछ नववधू का विश्लेषण भी करती हैं। अथर्ववेद में इस स्थिति का भी उल्लेख है, "कुछ द्वेष भाव रखने वाली वृद्धा व युवतियाँ हैं। वे कृपया अपना आशीष दें, घर वापस जायें।" (वही, मन्त्र 29)

विवाह बारातों में वस्त्र आदि भेंट गिफ्ट दिये जाते हैं। यह परम्परा अथर्ववेद में भी है। मनु सहित तमाम देवों ने सूर्या को सुन्दर वस्त्र भेंट किये थे। (वही, 41) पति–पत्नी मौज–मस्ती से सांसारिक सुख लें।

आशीष में कहते हैं, "आप बुद्धि, हास्य व मोद के साथ सुखी रहें– बुध्यमानो, हसामुदो, महसा मोदमानौ।" (वही, 43) बारात विवाह बड़े समारोह हैं। मंगल कार्य में कुछ गड़बड़ियाँ भी हो जाती हैं। आधुनिक काल में भी कुछ पियक्कड़ रंग में भंग कर देते हैं। सम्भवतः इसी तरह के उत्पात–अपवाद अथर्ववेद के समाज में भी विवाह बारातों में रहे होंगे। ऋषि कहते हैं, "विवाह बारात में हुए ग़लत कार्यों को हम मृदुभाषी के कम्बल में ढँकते हैं।" (वही, 66) मृदुभाषी ही ऐसी विपत्ति में मुख्य भूमिका निभाते हैं। विवाह के पूर्व कन्या का शृंगार होता है। केश सज्जा में कंघे का प्रयोग होता है। कहते हैं, "कंघे से इस वधू के सिर की मलिनता दूर करते हैं।" (वही, 68) आगे कहते हैं, "हम इसके शरीर की प्रत्येक मलिनता दूर करते हैं।" (वही, 69) बताते हैं, "भगदेव ने पैरों के आभूषण व देह धारण के लिए चार कमल पुष्प व त्वष्टा ने करधनी बनायी है। इन्हें धारण करके वधू मंगलकारिणी बने।" (वही, 60)

विवाह पाणिग्रहण है। सम्पूर्ण जीवन के लिए शपथपूर्वक पत्नी का हाथ थामना है। वर कन्या से कहता है "मैं सौभाग्य की वृद्धि के लिए आपका हाथ ग्रहण करता हूँ। हम–आप आजीवन साथ–साथ रहें। भगदेव, सविता देव ने मुझे माध्यम बनाया है। अब आप धर्मानुसार मेरी धर्मपत्नी हैं, मैं गृहस्वामी हूँ। आप मेरे साथ 100 वर्ष जिएँ।" (14.1.50–52) एक सुन्दर मन्त्र में पति अपनी पत्नी से कहते हैं, "मैं प्राण तत्त्वं विष्णु हूँ तो आप चन्द्र तत्त्व समृद्धि हैं। आप ऋग्वेद की कविता ऋचा ऋक् हैं, मैं सामगान हूँ। आओ! हम दोनों मिले रहें।" (14.2.71) इस मन्त्र में पति–पत्नी का मिलन ऋक् और साम की युति है। अथर्ववेद के ऋषि दाम्पत्य जीवन की हरेक गतिविधि में आनन्द के अभिलाषी हैं। पति–पत्नी केवल स्त्री–पुरुष नहीं हैं। पति–पत्नी प्रीतिपूर्ण बन्धन है। इस बन्धन को जन्म देने वाली व्यवस्था का नाम है विवाह।

पति–पत्नी का मिलन धर्म है। दाम्पत्य का ध्येय सन्तान है। सन्तान उत्पत्ति की परम्परा प्राचीन काल से है। देवता भी इस परम्परा का अनुसरण करते थे। ऋषि प्राचीन परम्परा का स्मरण कराते हैं, "प्राचीन काल में देवता भी पत्नियों से मिलते थे। हे स्त्री! आप भी पति के साथ हों।" (14.2.32) ऋग्वेद के देवता भी विवाह करते थे। ऋग्वेद के एक मन्त्र में अग्नि से प्रार्थना है कि आप यज्ञ में 33 देवों को पत्नियों सहित लाने का कष्ट करें। अथर्ववेद में यही परम्परा है। आगे कन्या को आशीष

देते हुए कहते हैं, "हम आपको दूध के समान पृथ्वी के पोषक तत्त्वों व औषधियों के रस से युक्त करते हैं। आप इन गुणों से शक्ति सम्पन्न हों। हे ज्ञानवती! आप बुद्धिमती रहें। 100 वर्ष जीने के लिए जाग्रत रहें। पतिगृह की स्वामिनी बनें। सविता देव आपको दीर्घायु बनायें।" (अथर्ववेद, 14.2.75)

ऋग्वेद और अथर्ववेद में विवाह सामान्य कर्मकाण्ड नहीं है। यह एक स्त्री और एक पुरुष का कामना सम्बन्ध भी नहीं है। यह दो परिवारों का मिलन है, इन दोनों परिवारों के रिश्तेदार–परिवारों का भी मिलन है। अथर्ववेद की विवाह परम्परा के अनुसार भिन्न–भिन्न क्षेत्रों में विवाह पद्धति का विकास हुआ। काफ़ी समय तक चलने वाले वैवाहिक कर्मकाण्ड से यूरोपीय अमेरिकी सभ्यता से मोहित कथित आधुनिक ऊबते हैं। कुछ लोग अन्य देशों की विवाह पद्धति का भी उल्लेख करते हैं। दूसरे देश की अच्छी और उपयोगी बातों का अनुसरण ग़लत नहीं है लेकिन वैदिक विवाह परम्परा के आधारभूत तत्त्वों को समझकर ही स्वतन्त्र विवेक का प्रयोग उचित होगा।

वैदिक विवाह की परम्परा में प्रकृति की सभी शक्तियों का आवाहन होता है। अग्नि प्रकृति की ऊर्जा है। दिव्य है। वे वैदिक दर्शन में देवता हैं। भारतीय विवाह के साक्षी बनते हैं– अग्नि। वैदिक मान्यता में विवाह के समय गणेश सहित सभी देवों व खगोलीय ग्रहों को भी निमन्त्रण दिया जाता है। पूर्वज, पितर भी आहूत किये जाते हैं। दोनों पक्ष अपने परिजनों को बुलाते हैं। ये सब साक्षी बनते हैं। वैदिक काल में ऋषि भी साक्षी होते थे। आधुनिक काल में पुरोहित ऋषियों के प्रतिनिधि होते हैं। निस्सन्देह ऐसे सारे प्रतीक भावात्मक हैं लेकिन विवाह स्वयं ही भावात्मक व्यवस्था है। भावात्मक प्रगाढ़ता के कारण भारतीय विवाह आजीवन सुदृढ़ रहते हैं। इन्हें दो या तीन बार की व्यक्तिगत घोषणा द्वारा नहीं तोड़ा जा सकता। भारत में विवाह विच्छेद की घटनाएँ अपवाद हैं। इसका मूलाधार ऋग्वेद अथर्ववेद की परम्परा है।

भारतीय संस्कृति में निरन्तरता है। ऋग्वेद के पहले किसी अज्ञात कालखण्ड में पूर्वजों ने विवाह जैसी प्रीतिपूर्ण व्यवस्था की नींव डाली। ऋग्वेद के मन्त्रोदय काल में विवाह परिपूर्ण उत्सव थे। अथर्ववेद के समय विवाह की प्रतिष्ठा सर्वव्यापक थी। ऋषियों का ध्यान पति–पत्नी के प्रगाढ़ सम्बन्धों पर था। पति–पत्नी के मध्य स्नेह–प्रेम अपेक्षित भी है। अथर्ववेद के एक मन्त्र में पति पत्नी से कहते हैं, "हम दोनों के नेत्रों

में परस्पर मधुर भाव हो। हमारे हृदय और मन समान धारणा वाले हों।" (7.36.1) पति कहता है, "तुम मुझसे सघनता से जुड़ी रहो।" (6.8.1)

आधुनिक काल में बिना विवाह ही कुछ स्त्री–पुरुष साथ–साथ रहने का विकल्प अपना रहे हैं। इनकी संख्या कम है। ये अपवाद हैं लेकिन इनके परिणाम भयावह हैं। यह अल्पकालीन गठबन्धन सिद्ध हो रहे हैं। ये विदेशी सभ्यता की जूँठन हैं। विदेश में इन्हें 'लिव इन रिलेशन' कहते हैं। भारतीय परम्परा व भाषा संस्कृति में इसका वैकल्पिक नाम नहीं मिलता। लिव इन रिलेशन से उत्पन्न बच्चों के पालन–पोषण की समस्या और सम्बन्धों की वैधानिकता न्यायालयों के विचारण का विषय है। भारतीय विवाहों का निर्णय पूरा परिवार लेता है। अथर्ववेद में देव शक्तियों को भी उनका अनुमोदनकर्ता बताया गया है। भारतीय विवाह सम्बन्धों की दीर्घकालिकता का रहस्य भावनात्मक है। वैज्ञानिक भौतिकवाद के पास इसका कोई उत्तर नहीं है। सभी पारिवारिक अन्तर्विरोधों का समाधान अथर्ववेद में है, इसके बाद रामायण में है। भारत के लोक में है।

विवाह की सफलता से परिवार नाम की संस्था का विकास हुआ। वैदिक समाज की मूलभूत इकाई परिवार है। यह परिवार प्रीति–प्यार के बन्धन में संगठित है। इस परिवार में पति–पत्नी हैं। पति पत्नी अलग–अलग इकाइयाँ हैं लेकिन अग्नि देवता दोनों का मन एक करते हैं। दोनों मिलकर 'दम्पति' हैं। परिवार में उनसे वरिष्ठ अभिभावक भी हैं। बाल और युवा पुत्र भी हैं। परिवार के सभी सदस्यों के हित समान हैं। अथर्ववेद के एक सूक्त (3.30) में परिवार की सुन्दर संरचना है। कहते हैं "आप सब वैसे ही सहृदय हों जैसे बछड़े से गाय प्रेम करती है।" (वही, 1) पिता–पुत्र, माता–पुत्र व पति–पत्नी के सम्बन्धों के बारे में कहते हैं, "पुत्र पिता के अनुकूल कर्म करें। माता के साथ सम्मान हो। पति–पत्नी मधुर वार्ता करें– मधुमती वाचं।" (वही, 2) इस परिवार में भाई–बहन भी हैं। कहते हैं, "भाई भाई से द्वेष न करें। बहनें मिलकर रहें। सब प्रेमपूर्ण वार्ता करें।" (वही, 3) यहाँ परिवार के सभी सदस्यों में परस्पर प्रेम की अभिलाषा है।

अथर्ववेद में पति–पत्नी के प्रेम पर तमाम सुन्दर मन्त्र हैं। पति–पत्नी संयुक्त इकाई हैं। एक मन्त्र (12.3.39) में दोनों को एक साथ भोजन का उपदेश भी है। कहते हैं, "तुमसे अलग पत्नी भोजन बनाती है, पत्नी से अलग पति भोजन बनाता है, तुम दोनों एक साथ मन मिलाओ।

तुम दोनों साथ–साथ एक ही लोक प्राप्त करते हो।" पति–पत्नी का अलग–अलग भोजन बनाना सामान्य बात नहीं है लेकिन कभी–कभी पति–पत्नी में कलह भी हो जाती है। सम्भवतः यह प्रसंग उसी समय का है। यह ऋषि कलह दूर कराने वाला मध्यस्थ हो सकता है। पति पत्नी सहचित्त होकर ही आनन्दलोक प्राप्त करते हैं। मधु वैदिक ऋषियों का प्रियतम आलम्बन है। यह ऋग्वेद में है। अथर्ववेद में और भी ज़्यादा है। पति प्रेम निवेदन में कहते हैं, "मैं मधुरस से मीठा हूँ। मैं मधु से भी मधुर हूँ। मेरे प्रेम में आओ। जैसे मधुरस वाली शाखा वृक्ष से प्रेम करती है।" (1.34.4) यह समाज नैसर्गिकता को यथावत् स्वीकार करता है। प्रेम सम्बन्धों की चर्चा में गोपनीयता नहीं है।

पति से पत्नी प्रेम करती है लेकिन पति प्रवासी है। उसे पति का स्मरण रहता है। वह चाहती है कि पति लौट आये। सम्भवतः उसने पति के अंग में कोई औषधि बाँध रखी है। वह उसे यह बात याद कराती है "आप यहाँ से अति दूर वनों में होंगे, नदी पार करके दूर होंगे तो भी यह औषधि आपको बाँधकर मेरे पास ले आयेगी।" (7.38.5) यह ऋषि कवि सबको प्रेम बन्धन में बाँधने को आतुर हैं। पति–पत्नी पर एक अन्य सुन्दर मन्त्र (7.36.1) में कहते हैं, "हम दोनों की आँखें मधु आपूरित हों। आँखों में सुन्दर अंजन हो। हमारे हृदय व मन एक समान हों– माँ हृदि मन इन्नो सहासति।" आँखें सौन्दर्य देखती हैं। आँखों का सौन्दर्य अंजन या काजल से बढ़ता है।

परिवार के प्रत्येक सदस्य एक–दूसरे की चिन्ता करें तो परिवार संगठित रहते हैं। फिर पूरे परिवार के लिए कहते हैं, "सब छोटों बड़ों की चिन्ता करें। प्रेमपूर्ण व्यवहार व वार्ता करें। समान विचार व समान व्यवहार करें।" (वही, 5) प्रेमपूर्ण परिवार वैदिक समाज का मूल घटक है। अन्न जल भी साझा हैं। कहते हैं, "आपके पेयजल एक स्थान पर हों, अन्न समान हों। आपको एक प्रेम बन्धन में बाँधते हैं। हम आप सबको एक मन बनाकर समान कर्म में सम्बद्ध करते हैं।" (वही, 6–7) यहाँ परिवार बृहत्तर समाज का अंग है। समाज का सामूहिक मन समान कर्मों का प्रेरक है।

समूचे विश्व में परिवार संस्था पर संकट है। भारत में भी परिवार टूट रहे हैं। संयुक्त परिवार के अपने आनन्द होते हैं। ऐसे परिवारों में वरिष्ठों की संख्या ज़्यादा होती है और बच्चों की भी। वरिष्ठ मार्गदर्शन देते थे। उनकी डाँट–फटकार से परिवार के सदस्य मर्यादित जीवन के लिए बाध्य होते थे। वरिष्ठों के मार्गदर्शन में पारिवारिक मर्यादा थी।

संयुक्त परिवारों में बच्चों की ज़्यादा संख्या का अपना रस आनन्द था। बिखरे परिवारों में वरिष्ठ परिजनों की उपेक्षा है। धन सम्पन्नता ही सुखी जीवन का आधार नहीं है। सम्पन्न परिवार के वरिष्ठ परिजन जीवन की साँझ में अकेले हैं। परिवार संस्था का यह बिखराव दुखद है। अथर्ववेद के सूत्रों का स्मरण समय का आह्वान है। परिवार को सुख स्वस्ति और आनन्द का आश्रय बनाना ही चाहिए। अथर्ववेद के ऋषि आनन्द मगन परिवार चाहते थे।

अथर्ववेद के कवि ऋषि परिवार भाव की यही कल्पना प्रकृति की शक्तियों में भी देखते हैं। कहते हैं, "भूमि हमारी माता है। यह देवता अदिति जैसी उपास्य है। अन्तरिक्ष हमारे भाई–बन्धु हैं। आकाश पिता हैं। हमारे लिए वे सब कल्याणकारी हों।" (6.120.2) यहाँ परिवार भाव का प्रवाह घरेलू परिवार से व्यापक व विस्तीर्ण होकर अन्तरिक्ष तक फैल गया है। ऋषि कवि श्रेष्ठ परिजनों के प्रति भावुक है। कहते हैं, "द्युलोक, अन्तरिक्ष, पृथ्वी के समस्त प्राणियों व माता–पिता के प्रति हमसे जो ग़लत व्यवहार हो गये हैं, ऐसे पापों से अग्निदेव रक्षा करें।" (6.120.1) परिवार को सुन्दर संस्था बनाने वाले ये ऋषि कवि भारत के हैं। ऋग्वेद में इस परिवार की प्रतिष्ठा के गीत हैं। ऋग्वेद की यही परम्परा अथर्ववेद में और भी व्यापक व गहरी हो गयी है। इसी सांस्कृतिक निरन्तरता के कारण महाकाव्य काल में समूची पृथ्वी को एक परिवार कहा गया। 'वसुधैव कुटुम्बकम्' की अनुभूति में विश्व एक परिवार है।

घर

अथर्ववेद के रचनाकाल में परिवार के सभी सदस्य साथ–साथ रहते हैं। सबके अन्न–जल समान हैं। परिवार का एक साझा निवास है। इसे गृह कहा गया है। ऋग्वेद में गृह–निर्माण के उल्लेख हैं। अथर्ववेद में रम्य गृह सूक्त (7.60) है। घर सुख का आश्रय है। यहाँ घर की प्रत्येक वस्तु से प्रीति है। कहते हैं, "घर में सुख मिले। हम अपने घर में आत्मीयों को बुलाते हैं। घर अन्न और दूध से भरेपूरे हों। हम घर लौटें तो घर हमको न भूले।" (वही, 2–3) सम्भवतः यह ऋषि किसी कार्यवश काफ़ी समय बाद घर वापसी कर रहा है। वह घर से बाहर जाते समय घर से कहता है, "तुम यहीं रहो। मुझ प्रवासी के कारण अस्त–व्यस्त न रहो। मैं कल्याणकारी साधनों सहित वापस लौटूंगा।" (वही, 7) कल्याणकारी साधन का अर्थ उपयोगी धन–सम्पदा या ज्ञान–सम्पदा है। वह प्रवास से लौटकर कहता है,

"मैं अन्न धारण करने वाला, ज्ञान वाला, शान्त चित्त सबका वन्दन करते घर पहुँच रहा हूँ। यहाँ सब लोग मुझसे प्रीतिपूर्वक आनन्द में रहें।" (वही, 1) घर आश्वस्ति है लेकिन अध्ययन, व्यापार या धनार्जन आदि उद्देश्यों के कारण अथर्ववेद के रचनाकाल के समाज में भी लोग प्रवासी थे। घर लौटते हुए स्वाभाविक ही राग उमड़ता है। कहते हैं, "हे गृह! तुम सत्यवान, भाग्यवान, अन्नवान बनो। तुम्हारे भीतर हास्य, विनोद व मोद–प्रमोद का वातावरण रहे। हमारे आने पर यह वातावरण यथावत् रहे।" (वही, 6) घर मनुष्य बनाते हैं। निर्जीव वस्तुओं का प्रयोग करते है। लेकिन घर की पूर्णता के लिए परिवार में आत्मीय भाव चाहिए। आत्मीयता के बन्धन में बँधे लोग ही घर नामक निर्माण में प्राण प्रतिष्ठा करते हैं। तब निर्जीव घर भी सजीव हो जाते हैं। अथर्ववेद के ऋषि इन्हीं सजीव घरों से वार्ता करते हैं।

आदिम मनुष्य गृहनिर्माण की कला से अपरिचित थे। वे पहले घुमन्तू थे। पानी की उपलब्धता वाले स्थानों के अस्थायी निवासी थे लेकिन ऋग्वेद के समय का समाज इस परिस्थिति के बहुत बाद का विकसित समाज है। ऋग्वेद में गृहनिर्माण सहित तमाम खम्भों वाले घरों के उल्लेख हैं। अथर्ववेद (3.12) के अनुसार देवताओं ने सबसे पहले घर बनाये– "देवेभि निर्मितास्य अग्रे।" (वही, 5) यहाँ देवताओं का अर्थ ज्ञानवान सम्पन्न मनुष्य है। सुन्दर घर की कल्पना और भी सुन्दर है। यहाँ सुन्दर घर को 'शाला' कहा गया है। ऋषि घर को सम्बोधित करते कहते हैं, "आप सभी उपकरणों से युक्त विशाल छत वाले हैं। आपके भीतर बच्चे आयें। बछड़े आयें। गाएँ भी सायंकाल कूदती–फाँदती पधारें।" (वही, 3) यह घर सम्भवतः नया है। ऋषि की इच्छा है कि इसमें बच्चे खेलें। बछड़े घूमें। गाएँ विचरण करें। सुन्दर घर के निर्माण की तकनीकी होती है। अथर्ववेद के रचनाकाल में इस तकनीक का पर्याप्त विकास हो चुका है। इसे तमाम देवता या प्रतिष्ठित लोग जानते हैं। ऋषि कहते हैं, "गृह निर्माण की विधि जानने वाले सविता देव, वायु देव, इन्द्र देव व बृहस्पति इस शाला को बनायें।" (वही, 4)

घर आनन्द है। घर में होना अपनत्व में रहना है। बच्चे बाहर खेलने जाते हैं, खेलने के बाद घर लौट आते हैं। हम सब पूरे दिन बाहर काम करते हैं, काम के बाद घर लौट जाते हैं। हमारे प्राणों में घर का अदम्य आकर्षण है। घर का आकर्षण जन्म से भी पुराना है। हम सब जन्म के पहले माँ के गर्भ में होते हैं। माँ का गर्भ हमारा पहला घर है। इस घर का ताप माँ का ताप होता है। माँ द्वारा लिया गया भोजन रस बनकर हम

सबका पोषण करता है। इस घर में रोजी रोज़गार की चिन्ता नहीं होती। माँ का गर्भ श्रेष्ठतम स्वयंपूर्ण घर है। जन्म के बाद माता–पिता या संरक्षक का घर हमारा घर हो जाता है फिर हमारी अभिलाषा में अपने घर की तड़प जन्म लेती है। हम घर बनाते हैं या किराये के घर में रहते हैं। हम कहीं भी रहें, घर पहुँचने की तीव्र इच्छा बनी रहती है। घर उत्तम आश्रय है।

घर मानव जीवन की मुख्य आवश्यकता है। बड़ी सदस्य संख्या वाले परिवारों को बड़े घर की आवश्यकता होती है। आधुनिक काल में बहुत बड़े घर बनाये जाते हैं। बड़े या छोटे घर का सम्बन्ध आवश्यकता से है, प्रतिष्ठा से भी है। अथर्ववेद में बड़े घरों के भी उल्लेख हैं। इनमें छह से दस कक्षों का विवरण है। (9.3.21) बड़े और भव्य घर तत्कालीन समाज में आकर्षण रहे होंगे। ऋग्वेद के वरुण देव परम शक्ति सम्पन्न हैं। वे नियमों का पालन कराने वाले देवता हैं। ऋषि के अनुसार उनका घर सहस्र खम्भों वाला है। वरुण अदृश्य देव हैं, उनका घर भी अदृश्य होना चाहिए। ऋषि के मस्तिष्क में ज़्यादा खम्भों वाले अच्छे घर हैं। वह वरुण देव के लिए स्तुति में वैसे ही सहस्र खम्भों वाले घर कल्पित करता है।

घर रात्रि विश्राम के ही स्थल नहीं हैं। यहाँ आन्तरिक ऊर्जा प्राप्त करने का पावर हाउस है। घर के प्रत्येक भाग का महत्त्व है। घर का भरापूरा व्यक्तित्व है। जैसे हम सब व्यक्तिगत रूप में हर्ष–विषाद या शोक–उल्लास में होते हैं, वैसे ही घर भी उदास होते हैं। परिवार के एक सदस्य के दुख में पूरा घर शोकग्रस्त होता है। घर के छोटे बच्चे के परीक्षा में उत्तीर्ण होने पर पूरा घर आनन्द में होता है। घर ईंट–सीमेंट निर्मित काया और परिवार के सभी सदस्यों का बेमेल गठजोड़ नहीं होते। यहाँ एक का दुख सब पर बँट कर न्यून हो जाता है। इसी तरह एक का सुख आनन्द सबका आनन्द बनता है। आनन्द बँटने पर बढ़ता है। दुख बँटने पर घटता है। घर में दोनों क्रियाएँ प्रतिदिन प्रतिपल घटित होती रहती हैं। घर के बाहर श्रम है, कर्त्तव्यपालन का तनाव है। ऊर्जा का क्षय है। शारीरिक मानसिक थकान हैं। घर विश्रामपूर्ण आश्रय है, जीवन ऊर्जा का पुनर्नवा संचय है घर।

ऋग्वेद–अथर्ववेद में राष्ट्र एक बड़ा घर है। उचित भी है राष्ट्र एक परिवार है। सम्पूर्ण राष्ट्र की एक जीवनशैली है। इस वृहद् परिवार के करोड़ों सदस्यों के साझा समवेत स्वप्न हैं। दुख और सुख भी साझे हैं। राष्ट्रीय महत्त्वाकांक्षाओं में राष्ट्र के सभी नागरिकों की महत्त्वाकांक्षाएँ भी

अन्तःसम्बन्धित हैं। जैसे सामान्य परिवार के लिए घर ज़रूरी है वैसे ही राष्ट्र परिवार के लिए भी घर ज़रूरी है। राष्ट्र की भौगोलिक सीमा इस वृहद् परिवार वाले घर की सीमा है। राष्ट्र के प्रत्येक नागरिक का सुख, आरोग्य पूर्ण जीवन सबकी अभिलाषा है। परम धाम भी घर हैं। भारतीय चिन्तन में घर की महत्ता है। श्रेष्ठ कर्मों वाले मृत्यु के बाद परमधाम जाते हैं। धरती पर इसकी तुलना मन्त्री, अफ़सरों या धन सम्पन्न लोगों के सुविधा सम्पन्न सुरक्षित आवासीय क्षेत्रों से की जा सकती है।

अथर्ववेद (6.106) में घर परिसर में पुष्पित घास–दूर्वा का उल्लेख है। ऋषि चाहते हैं कि "घर में सरोवर हो, उनमें कमल खिलते रहें।" (वही, 1) जल प्रत्येक स्तर पर ज़रूरी है। ऋषि की इच्छा है कि "घर जल से आपूरित हों। वे बड़ी जलराशियों नदी आदि के निकट हों।" (वही, 2) प्रकृति से सम्बद्ध घर का वातावरण सुखकर होता है। ऋषि कहते हैं "हे शाला, हम आपको शीतल वातावरण से युक्त करते हैं। आप हमें शीतलता दें।" (वही, 3) ग्रीष्म ऋतु में शीतल वातायन सुखप्रद है लेकिन शीत ऋतु में यही वातायन ठण्ढ पैदा करता है। ऋषि इसी के साथ कहते हैं, "अग्निदेव हमारे लिए शीत निवारण के निमित्त औषधि बनें।" (वही) ये ऋषि सांसारिक सुखों के आश्रयभूत घर–परिवार से जुड़े हैं।

घर सुन्दरतम सुरक्षा कवच है। सभी प्रकार की सुरक्षा चिन्ता को दूर करने के लिए घर का आविष्कार हुआ था। अथर्ववेद (3.12.5) में इसके स्पष्ट संकेत हैं। कहते हैं, "हे घर! सृष्टि के प्रारम्भ में प्राणियों को हर्ष देने के लिए देवों ने आपका सृजन किया था। आप उत्तम मनवाले हैं। हमें ऐश्वर्य दें।" अथर्ववेद के रचनाकाल में गृहनिर्माण की सामग्री में बाँस की भूमिका मुख्य थी। अथर्ववेद में कहते हैं, "हे वंस! आप घर के बीच खड़े रहें। घर के भीतर रहने वाले कभी हिंसित न हों। हम सपरिवार 100 वर्ष से ज़्यादा की आयु प्राप्त करें।" (वही, 3.12.6) यहाँ 100 वर्ष की आयु पर ज़ोर है। ऋषि का ध्यान रोगों पर भी है। जल पवित्र करते हैं, अग्नि संरक्षण देते हैं। ऋषि कहते हैं, "हम रोग विनाशक, रोगरहित जल को अग्नि देव के साथ घर में रखते हैं।" (वही, 9) आधुनिक सन्दर्भ में कह सकते हैं कि हम स्वच्छता के लिए जीवाणुनाशक सैनीटाइजर व साबुन घर में रखते हैं। शरीर की रोग निरोधक क्षमता बढ़ाने वाले अन्न–फल व औषधि भी घर में रखते हैं। समय सन्दर्भ बदला करते हैं। शाश्वत अपरिवर्तित रहता है।

अथर्ववेद के रचनाकाल में मापन की जानकारी थी। घर या यज्ञशाला के निर्माण में भूमि की नाप का उल्लेख है। (9.3.1) गृहनिर्माण में अनेक जोड़ और बन्धन होते हैं। गृहनिर्माण के समय अनेक अस्थायी बन्धन भी डाले जाते हैं। वे बाद में खोल दिये जाते हैं। अथर्ववेद में ऐसे बन्धनों का उल्लेख है। कहते हैं, "हे शाले आप में जो बन्धन हैं, द्वार पर पाश बँधा हुआ है, उसे हम खोलते हैं। जानकार शिल्पी ने आपको ऊँचा बनाया है। बन्धनों को मजबूत सुदृढ़ बनाया है। हम उन गाँठों को खोलते हैं।" (वही, 2–3) तब घर निर्माण में लकड़ी का भी उपयोग होता था। वृक्ष काटे जाते थे। अग्नि का भी उपयोग होता था। ऋषि घर बनाने के लिए वृक्ष काटने वाले लोगों, घर के संरक्षकों, अग्नि का उपयोग करने वालों को नमस्कार करते हैं-- ''नमस्तस्मै नमो दात्रे शालापतये च कृण्मः/नमो अग्नये प्रचरते पुरुषाय च ते नमः।'' (वही, 12) अथर्ववेद के समाज में प्राकृतिक वातावरण से सम्बद्ध ख़ूबसूरत घर थे। यह जादू–टोने वाला अन्धविश्वासी समाज नहीं था।

घर असाधारण आश्वस्ति है। ऋग्वेद–अथर्ववेद और महाकाव्य काल में रचे गये ग्रन्थों में सुन्दर गृहों के वर्णन हैं। घरों के प्रति प्रगाढ़ आत्मीयता व भावुकता है। अथर्ववेद (9.3.19) में ''घर कवियों द्वारा प्रशंसित व सुयोग्य जानकारों द्वारा निर्मित बताया गया है। इन्द्र से स्तुति है कि वे इस शाला–गृह का संरक्षण करें।" घर की महिमा होती है। इसके भीतर और बाहर घर की प्रतिष्ठा का प्रवाह होता है। एक ऋषि घर की महिमा का अनुभव सभी दिशाओं में करते हैं। वे कहते हैं, "शाला (गृह) की पूर्व दिशा की महिमा को नमस्कार है– प्राच्या दिशः शालाया नमो महिम्ने। दक्षिण दिशा की महिमा को नमस्कार– दक्षिणाया दिशः नमो महिम्ने। (वही, 9.3.25–26) इस शब्दावली में पश्चिम और उत्तर दिशा की शाला–गृह महिमा को नमस्कार करने के बाद ऊर्ध्व दिशा व प्रत्येक को भी नमस्कार करते हैं।" (वही, 27, 28–31)

आहार शास्त्र

भोजन सभी जीवों की प्राथमिक आवश्यकता है। भारतीय ज्ञान परम्परा में शरीर की प्राथमिक या ऊपरी परत को अन्नमय कोष कहा गया है। मनुष्य शरीर का निर्माण अन्न से होता है। उपनिषद् वैदिक साहित्य के दर्शन भाग कहे जाते हैं। उपनिषदों में भी अन्न की महिमा है।

आधुनिक समाज ने अन्न से बने तमाम खाद्य पदार्थ विकसित किये हैं। इन्हें फास्ट फूट या तुरन्ता खाद्य कहते हैं। ये काफ़ी दिन तक बिना सड़े उपयोग योग्य बने रहते हैं। लेकिन स्वास्थ्यवर्द्धक नहीं हैं। वैदिक काल से लेकर अब तक भोजन के घटकों में बहुत कुछ जोड़ा घटाया गया है। वैदिक और उत्तरवैदिक काल में माना जाता था कि शुद्ध, सम्यक और पोषक आहार शारीरिक बल के साथ मन और बुद्धि का भी निर्माता है। ऋग्वेद से लेकर अथर्ववेद के रचनाकाल तक भोजन की आदर्श संहिता का विकास हुआ है। यही विकास यात्रा जारी है। अथर्ववेद इस विकास यात्रा का प्रेरक हो सकता है।

पृथ्वी माता है। उपास्य है। भूमि के प्रति कृतज्ञता के अनेक कारण हैं। एक प्रमुख कारण इसका अन्नदायिनी होना भी है। भूमि सूक्त (12.1.42) में कहते हैं, "पंचकृष्टया इस भूमि में जौ, चावल आदि अन्न प्रचुर मात्रा में होते हैं– यस्मान्नं ब्रीहि यवौ यस्या इमा पंचकृष्टया। निश्चित समय पर पर्जन्य वर्षा करते हैं, उस भूमि को नमस्कार है– नमो अस्तु।" अथर्ववेद में अनेक अन्नों के नाम उल्लेख हैं। सम्भवतः जौ और चावल का उपयोग ज़्यादा होता था। एक मन्त्र (3.2.18) में कहते हैं, "धान और जौ तुम्हारे लिए कल्याणकारी व बलवर्द्धक हों।" अन्न के साथ दूध का आनन्द बढ़ जाता है। कहते हैं, "धान्य और दूध खीर रूप में पीते हो। हम उसे विष रहित करते हैं।" (वही, 19) यहाँ भोजन की शुद्धता पर विशेष ध्यान दिया गया है। कहते हैं, "जौ, चावल, उड़द और तिल खाओ। यह तुम्हारी तृप्ति के लिए प्रस्तुत है।" अन्न का संग्रह भी होता था। कहते हैं, "हमने विविध प्रकार के अन्न का संग्रह किया है। अग्नि देवता इस सम्पदा को सुन्दर बनायें।" (6.71.1) अन्न का उपयोग औषधि रूप में भी था। कहते हैं, "जौ की बाल, तिल सहित तिल की मंजरी व अर्जुन की लकड़ी आनुवंशिक रोग नष्ट करे।" (2.8.3)

खाद्यान्न ढेर सारे हैं लेकिन मुख्य भोजन के रूप में जौ और चावल की भूमिका है। जान पड़ता है कि जौ के बिना अथर्ववेद के समाज की भूख नहीं शान्त होती। एक मन्त्र (7.50.7) में इन्द्र से कहते हैं, "हम दरिद्रता से उत्पन्न दुर्मति को गाय आदि पशुधन से दूर करें। जौ से अपनी क्षुधा शान्त करें।" जौ से 'यवाशिर' बनता था। यह जौ की लप्सी थी। यहाँ इन्द्र से स्तुति है कि "वे ऋषि के पास आकर गाय दूध व जौ मिलाकर बने यवाशिर का पान करें।" (20.24.7) इस लप्सी में सोमरस भी मिलाते थे।

सोमरस युक्त लप्सी में दही मिलाते थे। दही मिलाने से बनी लप्सी के लिए अथर्ववेद (20.69.3) में 'दध्याशिर' शब्द प्रयोग हुआ है। दूध, दही और जौ मिले सोमरस के लिए ऋग्वेद (5.27.5) में त्र्याशिर शब्द आया है। अथर्ववेद (18.4.16) में 'अपूप' का उल्लेख है। यह उस समय का मालपुआ है। इसे घी मिलाकर बनाया जाता था। ऋग्वेद (10.45.9) में भी अपूप का स्वादिष्ट खाद्य के रूप में विशेष उल्लेख है।

आर्यों का सर्वाधिक प्रिय पेय था दूध। अथर्ववेद में दूध से बने खाद्य पदार्थ 'खीरवान' कहे गये हैं। दही से बने खाद्य पदार्थ दधिवान, अन्न से बने अन्नवान, रस से बने रसवान, शहद या अन्य मधु पदार्थों से बने मधुमान बताये गये हैं। वैद्यों के अनुसार घी और शहद का सम्मिश्रण अच्छा नहीं कहा जाता लेकिन अथर्ववेद (12.3.44) में घी से मिले मधु को देवों व ऋषियों के लिए श्रेष्ठ बताया गया है, "हम आदित्य देवों व अंगिरा ऋषियों के लिए घी मिला हुआ मधु अर्पित करते हैं।" मधु वैदिक समाज के स्वाद का शीर्ष रस है।

दही मन्थन भी होता रहा होगा। अथर्ववेद में एक पेय मन्थ है। 'मन्थ' मक्खन या मट्ठा हो सकता है। एक मन्त्र (18.4.42) में कहते हैं, "मन्थन से प्राप्त मन्थ, भात अन्न को हम अर्पित करते हैं। यह मधुर और घी से परिपूर्ण है– मधुमन्तो घृतश्चुतः।" दूध भात का भी उल्लेख है। (18.2.30) चावल को घी में भूनकर पुरोडास बनता था। (वही, 20.23.3) अथर्ववेद रचे जाते समय भोजन में विविधता थी लेकिन मीठे पदार्थों का उपयोग ज़्यादा दिखाई पड़ता है। मधु इन ऋषियों का प्रिय पदार्थ है और प्रिय भाव भी है। इन्द्र से कहते हैं, "आपके लिए घी मिश्रित सोम है। इस मधुरस को पीकर आप प्रसन्न हों– भवन्तु पीतये मधूनि।'' (20.76.6) ईख का रस मधु–मधुर होता है। एक सुन्दर मन्त्र (1.34.5) में कहते हैं, "सब तरफ़ से घिरे हुए मीठी ईख के समान परस्पर मीठे और प्रिय रहने के लिए हम आपको प्राप्त हुए हैं।" मधुमय अभिलाषा इन ऋषियों का केन्द्रीय मनस् तत्त्व है। वे मीठा खाना पसन्द करते हैं, मीठा बोलते हैं। संसार को भी माधुर्य गुण से भरना चाहते हैं। यह प्रत्यक्ष भौतिक कर्मठतावाद ही है।

गोमांस भक्षण की बातें भी कुछेक लोगों द्वारा कही गयी हैं। ऋग्वेद में गाय अघन्या है। अथर्ववेद में यह मान्यता और भी गहराई है। गाय की हत्या तो दूर की बात है, तब उन्हें क्षति पहुँचाने की बात भी अपराध थी। अथर्ववेद (4.21.3) में कहते है, "तस्कर उन्हें हानि नहीं पहुँचा सकते–

न दमाति तस्करो। अस्त्र गायों को क्षति नहीं पहुँचा सकते।" आगे कहते हैं, "गायों पर आघात न करें।" (वही, 4) समाज के सभी वर्ग गो प्रेमी व गोपालक थे। सम्भवतः समाज के विद्वानों में गोपालन व आदर की प्रवृत्ति कुछ ज़्यादा ही थी। अथर्ववेद (5.18) में ब्रह्मगवी सूक्त है। ब्रह्मगवी का अर्थ ब्राह्मण की गाय है। कहते हैं, "गाय तिरस्कार योग्य नहीं होती।" (वही, 3) बताते हैं, "गाय को पीड़ित करने वाले राष्ट्र का तेज़ मर जाता है। उस राष्ट्र में वीर नहीं होते– तेजो राष्ट्रस्य निर्हन्ति न वीरो जायते वृषा" (5.194) ऐसे गोसंवर्द्धक वातावरण में गोमांस भक्षण की बातें काल्पनिक हैं।

खाद्यान्नों की अनुभव सिद्ध सूची थी। फल और दूध से बने पदार्थ थे। भोजन के नियम भी विकसित किये गये थे। ऋषि कवि अथर्वा रचित एक सुन्दर आध्यात्मिक भौतिक सूक्त (15.14) पठनीय है। इस सूक्त में व्रात्य श्रेष्ठ व्यक्ति या देवता हैं। स्मृतियों में व्रात्य का अर्थ व्रत न मानने वाला है। लेकिन अथर्ववेद में व्रात्य आध्यात्मिक दृष्टि से सम्पन्न है। अथर्ववेद का पूरा 15वाँ काण्ड व्रात्य को समर्पित है। इस सूक्त में 'व्रात्य' की गति का वर्णन है। बताते हैं, "व्रात्य पूर्व दिशा की ओर चला। वायु के अनुकूल चलते हुए उसने अपने मन को अन्न भक्षण करने वाला बनाया जो इस विषय के जानकार हैं वह पूरे मन से अन्न खाते हैं।" (वही, 1 व 2) भोजन में मन की महत्ता है। बेमन भोजन उचित नहीं। आगे कहते हैं, "वह दक्षिण दिशा की ओर चला। उसने बल को अन्नाद बनाया। जो यह बात जानते हैं, वह बल सामर्थ्य से अन्न खाते हैं।" (वही, 3–4) भोजन में बल ध्यान ज़रूरी है। फिर कहते हैं, "वह पश्चिम चला। उसने जल को अन्नाद बनाया। जो यह बात जानते हैं, वे अन्न के साथ उचित मात्रा में जल लेते हैं।" (वही, 4–5) भोजन में जल रस ज़रूरी है।

भोजन में मन, बल और जल की भूमिका है। यह आधुनिक काल की सन्तुलित भोजन धारणा से श्रेष्ठ है। भोजन के पोषक तत्त्व ही महत्त्वपूर्ण नहीं हैं। भोजन के समय इधर–उधर का ध्यान व्यर्थ है। अथर्वा ने सप्त ऋषियों, स्वधा, स्वाहा आदि को भी अन्न भक्षण से जोड़ा है। एक मन्त्र (वही, 9–10) में पृथ्वी को अन्नमयी बनाने का उल्लेख है, "जो यह बात जानते हैं कि वे विराट पृथ्वी की अनुकम्पा से अन्न सेवन करते हैं।" भोजन के समय उत्साह का महत्त्व भी है "जो यह बात जानते हैं वे उत्साहपूर्वक भोजन करते हैं।" (वही, 19–20) इस सूक्त में बार–बार भोजन विषयक ज्ञान की बातें दोहराई गयी हैं– "जो यह बात जानते हैं" इस सूक्त के

प्रत्येक मन्त्र की टेक है। अन्तिम मन्त्र सम्पूर्ण ज्ञान पर है, "जो इस तथ्य को जानता है, वह ब्रह्म ज्ञान द्वारा अन्न का सेवन करता है।" (वही, 24) अन्न विज्ञान की जानकारी ज़रूरी है। इसके साथ अन्न सेवन की विधि का ज्ञान और भी आवश्यक है। अन्न सेवन के समय के मनोभाव का ज्ञान स्वस्थ रखता है। अथर्ववेद के ऋषियों ने इस विषय के सभी पहलुओं पर विचार किया था।

घर आये अतिथि का स्वागत भोजन प्रत्येक समाज की संस्कृति व सभ्यता का मुख्य विषय है। अथर्ववेद के समाज में अतिथि यज्ञरूप कहा गया है। कहते हैं, "जो गृहस्थ अतिथि को आदरपूर्वक देखते हैं, वे देवत्व संवर्द्धक यज्ञ को ही देखते हैं। अतिथि से वार्ता करना यज्ञ कार्य में दीक्षित– 'दीक्षामुपैति' होना है।" (9.6.3–4) बताते हैं, "भोजन के लिए अतिथि को बुलाना हविष्यान्न स्वीकार करने का आह्वान है।" (वही, 13) अतिथि से पहले भोजन करना अनुचित है। 9 मन्त्रों का पूरा एक सूक्त अतिथि से पहले भोजन करने वालों के लिए चेतावनी है। इसके प्रत्येक मन्त्र में "जो अतिथि के पूर्व भोजन करते हैं" का वाक्य जुड़ा हुआ है। कहते हैं जो अतिथि के पूर्व भोजन करते हैं, वे इष्ट कर्म खाते हैं, वे घर के दूध व रस को नष्ट करते हैं, वे घर की समृद्धि नष्ट करते हैं, वे परिवार व गो सम्पदा को नष्ट करते हैं, वे परिवार की कीर्ति नष्ट करते हैं, वे घर परिवार की एकता व श्री नष्ट करते हैं। (वही, 1–6) भोजन और अतिथि सत्कार पर अथर्ववेद में काफ़ी सांस्कृतिक विवरण है। यहाँ अन्न की शुद्धता पर ज़ोर है। सबसे बड़ी बात है कि परिश्रम से प्राप्त अन्न को ही भोजन योग्य कहा गया है। अनुचित साधनों से प्राप्त अन्न को वर्जित बताया गया है। लेकिन आधुनिक काल में भोजन प्राप्ति की मान्यताएँ बदल गयी हैं। भारत के सुदूर प्राचीन इतिहास में सुव्यवस्थित आहार शास्त्र की प्रसन्नमना संस्कृति थी। हम उसे वास्तविक उत्तराधिकारी होकर भी एक आदर्श आधुनिक आहार संस्कृति क्यों नहीं विकसित कर सकते?

पहले कृषि समृद्धि, फिर आत्मनिर्भर अन्न उत्पादन, फिर व्यापार और उद्योग का सर्वसमावेशी विशाल तन्त्र। अथर्ववेद के अभिजन स्वाभाविक ही कर्म विश्वासी है। इसी समृद्धि के बीच उन्होंने एक विशेष आहार संस्कृति का विकास भी किया। ऐसे विषय किसी–न–किसी रूप में आधुनिक राष्ट्रजीवन के लिए प्रेरक हो सकते हैं।

सहमना समाज की अभीप्सा और जाति

प्रत्येक व्यक्ति अद्वितीय है। उस जैसा दूसरा नहीं। प्रत्येक व्यक्ति की रस प्रीति भी भिन्न–भिन्न है। सबके मन और मनोरथ भी भिन्न हैं। सबकी बुद्धि भी भिन्न है। सबका अन्तःकरण भी विशिष्ट है। यही तत्त्व एक साथ मिलकर व्यक्ति का अहंकार या अस्मिता भाव बनते हैं। इसी कारण व्यक्ति स्वयं को शेष समाज से भिन्न मानता है। 'अहंकार' यहाँ ग़लत अर्थ में नहीं है। दर्शन में इसका सामान्य अर्थ स्वविशिष्टता है। स्वविशिष्टता के बावजूद व्यक्ति एकाकी नहीं रह सकता। उसके व्यक्तिगत कर्मों के फल भी समाज, राज व प्रकृति की भिन्न–भिन्न शक्तियों के अनुकूलन या प्रतिकूलन का परिणाम होते हैं। व्यक्ति समाज का अंग है, राज्य का नागरिक है और प्रकृति का अविभाज्य घटक भी है। राज्य अपने नागरिकों से संविधान व विधि पालन की अपेक्षा करता है। राज्य का प्रभाव यहीं तक सीमित है लेकिन समाज अनिवार्य सत्ता है। समाज यश देता है, सम्मान देता है। परिवार को प्रतिष्ठा देता है। समाज एक आचार संहिता देता है। यह प्रायः अलिखित होती है लेकिन संस्कृति का भाग होती है। समाज अपने नागरिकों को राष्ट्रजीवन के ध्येय देता है। समाज अपने सदस्यों को ध्येयनिष्ठ बनाने के प्रयास जारी रखते हैं। राष्ट्रजीवन के प्रति ध्येयनिष्ठ नागरिकों को यश कीर्ति मिलती है।

सहमना समाज भारत में ऋग्वैदिक काल से ही एक आदर्श रहा है। नागरिकों का साझा चित्त या सहचित्त समाज का सामूहिक चित्त बनता है। इसी तरह सभी नागरिकों का साझा मन समाज का सामूहिक मन होता है। सहमना समाज के सदस्य परस्पर मिलकर कर्म करते हैं। साझे कर्म साझा कर्मफल देते हैं। सब मिलकर सांसारिक आनन्द भोगते हैं। साझे मन का उल्लास व्यक्तिगत मन के उल्लास से बड़ा होता है। मानव सभ्यता के प्रथम चरण में उत्पादन प्रायः सामूहिक होता है। समाज के सभी सदस्यों

की जीवन संचालन गतिविधियाँ सामूहिक होती हैं। धीरे–धीरे अन्तर्विरोध बढ़ते हैं। सामाजिक विकास के अगले चरण में व्यक्तिगत सम्पदा का विकास होता है। जीवन की गतिविधियों में सामूहिकता घटती है। सामूहिक सुख, स्वस्ति उल्लास भी कम होने लगते हैं। समाज को सहमना बनाने की आवश्यकता होती है।

ऋग्वेद के अन्तिम सूक्त (10.91) में यही अभीप्सा है, "साथ–साथ चलें। वार्ता भी प्रेमपूर्ण करें। सबके मन मिलकर ज्ञान प्राप्त करें– संगच्छध्वं सं वदध्वं सं वो मनासि जानताम्।" कहते हैं, "पूर्वकाल में भी सबने मिलकर इसी तरह कर्म या देवोपासना की थी।" (वही, 2) आगे का मन्त्र गुनगुनाने योग्य है, "समानो मन्त्रः समितिः समानी समानं मनः सह चित्तमेषाम्/समानं मन्त्रमभि मन्त्रये वः समानेन वो हविषा जुहोमि– सबके मन्त्र समान हों। सबकी सम्पत्ति व समिति के विचार–विमर्श समान हों। मन समान हों। सबके चित्त मिले हों।" ऋषि कहते हैं, "मैं आपके जीवन को एक समान मन्त्र से भरता हूँ। एक समान आहुति से जीवन को यज्ञमय करता हूँ।" (वही, 3) यहाँ समान मन और समानता की अभिलाषा गहरी है। ऋषि समान, सहमन, सहचित्त शब्दों की आवृत्ति बार–बार करते हैं। अन्तिम मन्त्र में भी कहते हैं, "हृदय समान हों– समाना हृदयानि। संकल्प समान हों, मन समान हों। सब मिलकर कर्मपूर्णता प्राप्त करें– समानमस्तु वो मनो यथा व सुसहासति।" ऋग्वेद का यह सूक्त अथर्ववेद की सहमना अभिलाषा का मूलाधार है।

सामान्य दृष्टि में प्रकृति की शक्तियाँ अलग–अलग प्रतीत होती हैं लेकिन प्रकृति का प्रत्येक अंश परस्परावलम्बन में है। इसी तरह देव शक्तियाँ भिन्न जान पड़ती हैं लेकिन सत्य एक है। अथर्ववेद के ऋषि देवों का उदाहरण देकर सभी जनों को एक मन वाला संगठित समाज बनाना चाहते हैं। कहते हैं, "जैसे आदित्यदेव वसुओं से मिले हुए हैं, रुद्र मरुतों से मिले हुए हैं, वैसे ही अग्नि इन सभी जनों को एक मन वाला बनायें।" (6.74.3) जैसे ऋग्वेद में एक मन वाला समाज ऋषि इच्छा है वैसे ही अथर्ववेद में भी सहमना समाज की अभिलाषा है। समन्वय और सामंजस्य किसी भी समाज की शक्ति के आधार हैं। ऋषि की ऐसी ही इच्छा है– "स्वजनों से हमारा समन्वय हो, प्रीति हो। जो स्वजन नहीं हैं। उनसे भी हमारा सामंजस्य हो। अश्विनी देव हमारे हृदय में सह–मति स्थापित करें। हम मन और विचार से एक हों। परस्पर विरोध न करें।

युद्ध न हों।" (7.52.2) यहाँ बहुत बड़ी बात कही गयी है कि जो स्वजन नहीं हैं, उनसे भी हमारी आत्मीयता हो। परस्पर समन्वय और प्रीति समाज को सकारात्मक रूप में गतिशील बनाती है। इसी से राष्ट्र जीवन के सभी क्षेत्रों में उन्नति होती है।

कर्म का उद्देश्य विशेष परिणाम होता है। अथर्ववेद में कर्म का ध्येय समाज का सौमनस्य भी है। ऋषि कहते हैं, "हम आपके हृदय को प्रेमपूर्ण बनाने व सौमनस्य बढ़ाने वाले कर्म करते हैं।" (3.30.1) विचार भिन्नता अस्वाभाविक नहीं है। विचार भिन्नता से सभ्यता के विकास को गति मिलती है। कभी–कभी इससे प्रतिकूल वातावरण बनता है। समाज में यथास्थितिवादी शक्तियाँ होती हैं, प्रतिगामी शक्तियाँ होती हैं और प्रगतिशील शक्तियाँ भी होती हैं। सबका समन्वय शान्तिपूर्ण परिवर्तन लाता है। सामान्य सामाजिक गति भी प्रगतिशील हो जाती है। कहते हैं, "हम आपके मन, विचार को एक भाव में लाते हैं। आपके मन को अनुकूल करते हैं।" (6.94.1–2) इसी तरह का विचार एक अन्य सूक्त (3.8) में भी व्यक्त किया गया है, "हम आपके मन व संकल्प को एक भाव से युक्त करते हैं– सं वो मनांसि सं व्रता।" (वही, 5) सहचित्त प्रीति सहमना आचरण इस समाज की गहन अभिलाषा है। एक मन्त्र (6.74.2) में कहते हैं, "आपके मन एक हों। ब्रह्मणस्पति तुम्हें एक साथ लाते हैं।"

कोई भी समाज व्यवस्था आदर्श नहीं होती। प्रत्येक समाज में गड़बड़ियाँ होती ही हैं। इसलिए श्रेष्ठ जन सामाजिक बुराइयों के प्रति लोकजागरण करते रहते हैं लेकिन सामाजिक परिवर्तन का काम श्रमसाध्य है। आधुनिक समाज भी आदर्श नहीं है। इसे समानता के प्राचीन आदर्श व आधुनिक सामाजिक मूल्यों से जोड़ने के प्रयास जारी हैं। अथर्ववेद के समाज में भी वर्ण विभाजन की एक विचारधारा थी। लेकिन वर्ण विभाजन में ऊँच–नीच के अपमान नहीं थे। समाज के एक अल्प वर्ग में जादू, अन्धविश्वास आदि भी थे। लेकिन अथर्ववेद में दर्शन और वैज्ञानिक दृष्टिकोण से सम्पन्न कवियों ऋषियों की भी धारा है। अथर्ववेद के प्रमुख ऋषि अथर्वा आदि इसी धारा का नेतृत्व करते हैं। वैज्ञानिक दृष्टिकोण वाली धारा के कारण ही अथर्ववेद के मन्त्र दीर्घकाल से जीवन्त और प्रासंगिक हैं। सौमनस्य इस धारा की विशेषता है।

सामाजिक विकास के क्रम में दुनिया के सभी समाजों में श्रम आधारित वर्ग बने। भारत में ऐसे ही ढीले–ढाले वर्ग वर्ण कहलाये।

अथर्ववेद में समाज को सहमना बनाने पर ज़ोर है। यह समाज दर्शन और विज्ञान के दृष्टिकोण से सम्पन्न है। इसलिए सामाजिक विकास के क्रम में पैदा होने वाली संकीर्णताओं से टकराहट भी है। ऋग्वेद के समाज में वर्ण व्यवस्था नहीं थी। केवल एक मन्त्र (10.901.2) में ही ब्राह्मण, राजन्य, वैश्य व शूद्र का उल्लेख है। वह भी ऋषि की कल्पना है। दसवें मण्डल को ऋग्वेद का अन्तिम चरण भी माना जाता है। अथर्ववेद में शूद्र शब्द का प्रयोग 7 बार हुआ है। जान पड़ता है कि इस काल में वर्ण व्यवस्था का विकास हो रहा था। लेकिन तब तक वर्ण जन्मना जाति नहीं बने हैं। वर्ण सामाजिक विकास की प्रक्रिया में ढीलेढाले वर्ग हैं। इस समाज में सभी वर्ण प्रेय व प्रतिष्ठित हैं। अथर्ववेद (19.32.8) में स्तुति है, "हम ब्राह्मणों, क्षत्रियों, शूद्रों व आर्य श्रेष्ठों के प्रिय बनें।" यहाँ आर्यों का उल्लेख सबके लिए है।

जाति भेद

वैदिक समाज से लेकर आधुनिक काल तक वर्ण केवल विचार है। वे कभी भी भारतीय समाज का व्यावहारिक यथार्थ नहीं बन सके। उत्तर वैदिक काल के बाद सामाजिक विकास के एक चरण में वे जन्मना जाति बन गये। जाति भारतीय समाज की त्रासद सच्चाई है लेकिन ऋग्वेद से अथर्ववेद तक कहीं भी जाति नहीं है। संसार असंख्य रूपों, प्राणियों और वनस्पतियों से भरापूरा है। हरेक प्राणी का स्वतन्त्र अस्तित्व दिखाई पड़ता है। लेकिन समूची सृष्टि एक जीवमान इकाई है। अस्तित्व एक है। अविभाज्य और अभेद है। सत्य एक है। यही ऋग्वेद की अनुभूति में 'एकंसद्' है। अणु–परमाणु में उसी एक की व्यापकता है। भारतीय दर्शन और अध्यात्म में यही ब्रह्ममयता है। इसी के प्रभाव में समाज के ज़्यादातर लोग कण–कण में भगवान बताते हैं। विभिन्न ग्रन्थों के उद्धरण देते हैं। विद्वत्ता झाड़ते हैं लेकिन व्यवहार में अधिकांश जातिवादी हैं। भारतीय समाज में जाति आधारित विभाजन है। ऊँच–नीच हैं, अगड़े और पिछड़े हैं। बेशक छुआछूत पीछे छूट गयी है लेकिन उसके अवशेष अभी भी हैं। दर्शन में विराट अनुभूति और समाज में खण्ड–खण्ड पाखण्ड। सत्यखोजी विद्यार्थियों के लिए ऐसे अन्तर्विरोध बड़ी चुनौती हैं। ऋग्वेद अथर्ववेद की समता सहमना धारा का प्रभाव जाति की मज़बूती पर नहीं दिखाई पड़ता।

समाज परिवर्तनशील संस्था है। उत्पादन प्रणाली के विकास से श्रम का विशिष्टीकरण होता है। सामाजिक विकास के क्रम में हरेक समाज में

श्रम विभाजन होते हैं। व्यवसाय आधारित श्रमिक वर्ग बनते हैं। भारतीय समाज में भी श्रम का विशिष्टीकरण हुआ। ऋग्वैदिक काल में श्रम विभाजन आधारित वर्ग नहीं है। यजुर्वेद के 16वें अध्याय में तरह–तरह के कामों के उल्लेख हैं। लेकिन व्यवसाय आधारित समूह नहीं हैं। ऋग्वेद में भी बढ़ईगीरी, लोहारी आदि का वर्णन है लेकिन वर्गों का गठन नहीं है। विशेष श्रम कर्म करने वाले ही सामाजिक विकास की अगली मंज़िल में वर्ग बने। मूलभूत प्रश्न है कि यही वर्ग जन्मना जाति कैसे बने? जाति के उद्भव की शोध जटिल और श्रम साध्य है। डॉ. अम्बेडकर के अनुसार जातिप्रथा का विकास अपने श्रम वर्ग में ही विवाह करने की प्रथा की शुरुआत के साथ हुआ। यही सही है। इस प्रथा के विकास में भी काफ़ी समय लगा होगा। फिर श्रम कर्मगुण आधारित समाज जन्म जाति आधारित हो गया।

जाति समाज के अचेत कर्मों का दुष्परिणाम है। जाति अनजाने में बनी लेकिन जाति व्यवस्था को मज़बूत करने का कार्य सचेत कर्मों से हुआ। जाति सचेत कर्म से ही मज़बूत हुई। गीता के श्रीकृष्ण ने अर्जुन को वर्णों के बारे में बताया, "हे अर्जुन चारों वर्ण गुण कर्म के अनुसार मैंने ही बनाये हैं।" स्पष्ट है कि वर्ण सदा से नहीं थे। इनका विकास बाद में हुआ। जाति भी किसी धर्माचार्य या देवदूत की घोषणा से नहीं बनी। कोई एक व्यक्ति वर्ण जाति नहीं बना सकता था। ऐसा महाशक्तिशाली व्यक्ति भी समाज में जाति व्यवस्था नहीं थोप सकता था। वर्ग और जाति सामाजिक विकास का परिणाम है।

समाज को सह–मन बनाने के ध्येय में सबसे बड़ी बाधा जाति है। जाति औचित्यहीन है, अतार्किक है, अवैज्ञानिक है, अपमानकारी है, दुखी करती है, अपमानित और आहत करती है। जाति दंश से पीड़ित व्यक्ति जीवन की सर्वोत्तम प्रतिभा का विकास नहीं कर सकता। वह राष्ट्र के विकास में अपना समुचित योगदान नहीं कर पाता। डॉ. अम्बेडकर ने भी जाति को राष्ट्रीय एकता का मुख्य बाधक तत्त्व बताया था। जाति जन्मना है। इस पर आधारित श्रेष्ठता व अपमान के आधार भी जन्मना हैं। जाति डंक की मार खाये लोग धर्मान्तरण करते हैं। धर्मान्तरण से राष्ट्र कमज़ोर होता है। वैदिक धर्म अपने मूल रूप में योजक और वैज्ञानिक रहा है। जातीय भेद वैदिक परम्परा का भाग नहीं हैं। हमारे सबके सामने अथर्ववेद, ऋग्वेद के आदर्श हैं। इसी सांस्कृतिक प्रवाह को गति देने की आवश्यकता है। विज्ञान और दर्शन दो मुख्य ज्ञान उपकरण हैं। अन्ततः दोनों एक हैं।

वैज्ञानिक दृष्टिकोण जाति विरोधी है। दर्शन में जाति वर्ग या राष्ट्र भी नहीं होते। विज्ञान और दर्शन के प्रभाव में जाति विदा हो रही है। राजनीतिक कारणों से वह मुड़–मुड़ कर ठिठकती है। इसे मज़बूत धक्का देकर विदा किया जाना चाहिए।

आधुनिक काल में ब्राह्मण क्षत्रिय वैश्य आदि जाति हैं। चौथे वर्ण वर्ग में अनेक श्रमविभाजन थे। इसलिए लोहा लकड़ी आदि के काम करने वाले अनेक जातियों में विभाजित हो गये। पहले वे कर्म आधारित समूहवाची वर्ण–वर्ग थे। वर्ण परिवर्तन भी सम्भव था। फिर ब्राह्मण पिता के पुत्र भी ब्राह्मण होने लगे। वर्ण जाति के ऊँच–नीच को बढ़ाने का आरोप ब्राह्मणों पर है। ब्राह्मण शब्द पीछे लम्बे समय से विवाद का विषय है। सत्य यह है कि वेदों के बाद लिखे गये उपासना और विनियोग सम्बन्धी साहित्य की संज्ञा ब्राह्मण थी। इतिहास में इसे उत्तर वैदिक काल कहा जाता है। ब्रह्म शब्द इसी समय सृष्टि सम्पूर्णता का पर्यायवाची बना। ऋग्वैदिक काल में ब्रह्म या ब्रह्मन का अर्थ अभूतपूर्व स्तोत्र ऋचा मन्त्र था। सम्भवतः अथर्ववेद के रचनाकाल में ब्राह्मण व्यक्तिवाची भी हो गया था। अथर्ववेद के समय तक ब्राह्मण होना एक श्रमसाध्य उपलब्धि था। तब जन्म आधारित वर्ण व्यवस्था और जाति व्यवस्था नहीं थी। छान्दोग्य उपनिषद् के एक प्रसंग के अनुसार ब्राह्मण उद्दालक ने अपने वेद विद्वान पुत्र श्वेतकेतु को भी केवल अध्ययन के आधार पर ही ब्राह्मण नहीं माना। कठोर तप साधना के बाद ही वह ब्राह्मण हो पाया।

अथर्ववेद के (11वें अध्याय सूक्त 7) में ब्राह्मण बनने की रोचक विधि है– "ब्रह्मचारी अर्थात् समूची प्रकृति (ब्रह्म) के अनुसार चलने वाला व्यक्ति द्युलोक और भूलोक को अनुकूल बनाता है। तब प्रकृति की दिव्य शक्तियाँ– देवगण अन्तःकरण में स्थित (देवाः संमनसौ भवन्ति) हो जाती हैं।'' (मन्त्र 1) यह तप आचार्य के मार्गदर्शन में ही सम्पन्न होता था। बताते हैं, "आचार्य उसे तीन रात तक अपने ज्ञानगर्भ में धारण करते हैं। जब वह बाहर आता है, दिव्यशक्तियाँ– (देवगण) उसका अभिनन्दन करती हैं।" (मन्त्र 2) यहाँ ज्ञान गर्भ ध्यान देने योग्य है। 'तीन रात्रि' भी विचारणीय हैं। रात्रि अन्धकार है, अन्धकार अज्ञान है। दिवस प्रकाश हैं, प्रकाश ज्ञान है। ज्ञान की दीप्ति दिव्यता है। दिव्यता की प्राप्ति के बाद अभिनन्दन स्वाभाविक ही है। ब्राह्मण होने के पहले व्यक्ति साधारण विद्यार्थी है। फिर कहते हैं, "ब्राह्मण होने से पूर्व साधक–विद्यार्थी ब्राह्मी–अनुशासन

का अभ्यास करता है। वह ऊर्जा प्राप्त करता है, ऊर्ध्वमुखी होता है फिर ब्राह्मण बनता है तो ज्येष्ठ ब्रह्म के निकट हो जाता है।" (वही, मन्त्र 5) यहाँ योग साधना के संकेत हैं। ऊर्जा प्राप्त करना और ऊर्ध्वमुखी होना आसान नहीं है। ब्राह्मण होने के लिए आन्तरिक ऊर्जा को ऊर्ध्वगामी बनाना होता था।

आचार्य की निकटता में ब्रह्मचारी का आत्मरूपान्तरण होता था। ऋषि कहते हैं, "आचार्य ज्ञानगर्भ में ब्रह्मचारी के लिए पृथ्वी और द्युलोक का सृजन करते हैं।" (वही, मन्त्र 8) यहाँ प्रश्न है कि पृथ्वी और द्युलोक सदा से है। तब ज्ञान गर्भ में क्या नये पृथ्वी और द्युलोक के सृजन की बात कही गयी है? शरीर पृथ्वी का अंश है और चेतना द्युलोक का हिस्सा है। ज्ञान गर्भ में ब्रह्मचारी का पृथ्वी अंश सामान्य पृथ्वी अंश से परिष्कृत होता है। चेतन अंश भी परिशुद्ध निर्मल होता है। पतंजलि योग सूत्र में भी योग ध्यान के यही लाभ बताये गये हैं। अथर्ववेद के ऋषि इसे ज्ञानगर्भ की घटना बताते हैं। आगे कहते हैं, "ब्रह्मचारी अपनी तपसाधना से उनकी (नये पृथ्वी व द्युलोक) रक्षा करता है।" (वही) ब्रह्मचारी ज्ञान यात्रा में शरीर और चेतना का नया रूप विकसित करता है। इसी नये रूप की रक्षा करता है। फिर ब्राह्मण की सम्पत्ति के बारे में बताते हैं, "ब्राह्मण की सम्पदा निकटवर्त्ती गुफा (गुहा–अनुभूति) में रहती है और द्युलोक के आधार से परे होती है।" (वही, मन्त्र 10) ब्राह्मण हो गया व्यक्ति आन्तरिक रूप में समृद्ध हो जाता है। ब्राह्मण के लिए भौतिक सम्पदा व्यर्थ थी।

ब्रह्मचर्य में बड़ी शक्ति है। कहते हैं, "ब्रह्मचारी ही आचार्य बनता है। शासक भी इसी तप से राष्ट्र की रक्षा करते हैं– ब्रह्मचर्येण तपसा राजा राष्ट्रं वि रक्षति।" (वही, मन्त्र 16–17) योग और आन्तरिक अनुभूति से मनुष्य ब्रह्मविद् (सम्पूर्णता का जानकार) हो जाता है। आगे कहते हैं,"इसी तप साधना से देवों ने मृत्यु पर विजय पायी। इन्द्र भी इसी तप से शक्तिशाली हुए।" (वही, मन्त्र 19) उत्तरवैदिक काल के बाद धारणा बनी कि जन्म से सब सामान्य होते हैं। संस्कार से ब्राह्मण बनते हैं लेकिन अथर्ववेद के अनुसार जन्म से कोई भी प्राणी गैर–ब्राह्मण नहीं होता। जन्म से सम्पूर्ण प्राणिजगत् ब्रह्मचर्या वाला ही होता है। कहते हैं, "औषधयो भूत भव्यमहोरात्रे वनस्पतिः, संवत्सरः सहुर्तभिस्ते जाता ब्रह्मचारिणः– औषधियाँ, वनस्पतियाँ भूत, भविष्य, अहोरात्र, सन्वत्सर ये सभी जन्मजात ब्रह्मचारी हैं।" (वही, मन्त्र 20) साथ में "पृथ्वी के सभी प्राणी, आकाश में विचरने वाले जीव,

वन्य जीव, ग्रामीण पशु, बिना पंखवाले और पंखवाले पक्षी जन्मजात ब्रह्मचारी होते हैं।" (वही, मन्त्र 21)

अथर्ववेद की दृष्टि में कीट–पतिंग, पशु–पक्षी और सभी मनुष्य ब्राह्मण होने की सम्भावना में है। यह बात स्मृतिकाल से बिल्कुल अलग है। स्मृतियों के अनुसार जन्म से सभी शूद्र हैं, ज्ञानार्जन/संस्कार से ब्राह्मण हो जाते हैं। अथर्ववेद का मत सही है कि जन्म से सभी ब्रह्मचारी हैं, कर्म क्षेत्र में जाकर श्रम विभाजन के फलस्वरूप वर्ण, वर्ग बनते हैं। यही स्थिति सभी वर्णों की थी। सब जन्म से ब्राह्मण हैं। कर्म, श्रम, तप बोध के अनुसार इस या उस वर्ण वर्ग के कहे जा सकते हैं। आधुनिक काल में वर्ण काल बाह्य है। पहले आत्मबोध को प्राप्त होकर ब्राह्मण बनते थे। रूढ़िवादी विराट पुरुष के मुख से ब्राह्मण, बाहु से क्षत्रिय, उदर से वैश्य और पैरों से शूद्र का जन्म बताते हैं। वे ऋग्वेद के पुरुष सूक्त का उल्लेख करते हैं।

ऋग्वेद जैसे उच्च स्तरीय काव्य तक पहुँचने के लिए हज़ारों वर्ष की संस्कृति चाहिए। ऋग्वेद के पूर्व वर्ण जाति विभाजन होते, तो ऋग्वेद में उनका उल्लेख होता। ऋग्वेद में जन्मना जाति या वर्ण नहीं है। ब्राह्मण का अर्थ स्तुति या स्तोत्र ही आया है। ऋग्वेद का 'पुरुष' सम्पूर्णता का पर्याय है। यह सम्पूर्णता को घेरता है, भीतर भी रहता है और बाहर से भी आच्छादित करता है। पुरुष सूक्त (10वाँ मण्डल) में ब्राह्मण राजन्य, वैश्य, शूद्र के उल्लेख हैं, लेकिन वर्णों के नहीं। इस सूक्त में भी 'ब्राह्मण' का अर्थ स्तोत्र/स्तोता ही है। ऋग्वेद का पुरुष सूक्त दार्शनिक है। ऋषि कहते हैं, "पुरुष एवेदं सर्वं यद्भूतं यच्च भत्यं– यह पुरुष ही सब कुछ है, जो हो गया, जो होगा सब पुरुष है।" (ऋ. 10.90.2) आख़िरकार विराट पुरुष ब्राह्मण, क्षत्रिय, वैश्य, शूद्र कैसे पैदा होंगे?

यज्ञ वैदिक काल की संस्था थी। कहते हैं, "देवताओं ने उस पुरुष को हवि बनाया। वसन्तु ऋतु को घी बनाया, ग्रीष्म ऋतु को ईंधन (लकड़ी) और शरद् को हविष्य। देवों, ऋषियों ने पुरुष को ही यज्ञ में प्रोक्षित करके यजन किया।" (वही, 6 व 7) मन्त्र 11 ध्यान देने योग्य हैं "यत्पुरुषं व्यदधु कतिधा व्यकल्पयन– ज्ञानी इस पुरुष की कितनी प्रकार से कल्पना करते हैं? कि उसका मुख क्या है? बाहु और पाद क्या है?" 'कतिधा कल्पयन' विचारणीय है। ब्राह्मण राजन्य वैश्य शूद्र वाला मन्त्र (12) कल्पना है कि पुरुष का मुख ब्राह्मण है। सबका मुख ब्राह्मण ही होता है। मुख से ही वाणी है। क्षत्रिय, वैश्य, शूद्र आदि सभी परवर्ती वर्णों का मुख ब्राह्मण ही है। फिर बताते हैं, "बाहु राजन्य हैं।" पुरुष, एक विराट 'पुर' (नगर) है।

पुर की रक्षा का काम बाहु–हाथ करते हैं। इस कल्पना में सबके हाथ राजन्य हैं। इसी तरह पुरुष का पेट वैश्य है। वैश्य संग्रही वृत्ति का प्रतीक है। सभी जीवों का पेट संग्रही है। शूद्र का अर्थ आधार हैं। आधार पर ही संग्रह, सुरक्षा और शीर्ष का ढाँचा खड़ा होता है। ऋग्वेद में ब्राह्मण, क्षत्रिय, वैश्य, शूद्र का अर्थ वर्ण नहीं है। प्रत्येक मनुष्य का मुख वाक् केन्द्र है। प्रत्येक मनुष्य के बाहु सुरक्षा हैं। प्रत्येक मनुष्य का पेट संग्रह केन्द्र है। प्रत्येक मनुष्य के पैर आधार हैं, गति प्रगति के उपकरण हैं। ऋग्वैदिक समाज में वर्ण जाति नहीं है। अथर्ववेद में भी जाति नहीं है।

ऋग्वेद में जन शब्द का व्यवहार हुआ है। यह सभी मनुष्यों के लिए है। बड़े समूह के लिए भी इसका प्रयोग किया गया है। ऋग्वेद व अथर्ववेद में 'पाँच जन'– पाँचजन्य का उल्लेख कई बार हुआ है। ये जन वस्तुतः जनसमूह हैं। इन्हें पंचकृष्टयाः, पंचमानवा, पंच चर्षणा आदि भी कहा गया है। मित्र देव को पाँच जन आहुति देते हैं। (3.59.8) इन्द्र की शक्ति पंचसु जनेषु पंचजनों में फैली हुई है। (3.37.9) वैदिक समाज की सबसे प्रिय नदी सरस्वती है। उसे 'पंचजाता वर्द्धयंती– कहा गया है। सरस्वती पाँचों जनों–जनसमूहों का पोषण करती है। ये पंच जन सरस्वती के आसपास रहने वाले मानव–समुदाय हैं। ये खेती करते हैं। शिल्प कौशल से भी जुड़े हैं। जन शब्द मनुष्यों के समूह के लिए भी प्रयोग हुआ है। ऋग्वेद अथर्ववेद में अदिति माता–पिता हैं। पंच जनाः भी हैं। (ऋ. 1.89.10) ऋग्वेद के पाँच जन अथर्ववेद में भी हैं। अथर्ववेद में भी पाँचजनों की समृद्धि की अभिलाषा है। जनों में ऊँच–नीच के भेद नहीं हैं। जाति विभाजन नहीं है। वैदिक समाज में समता है। डॉ. सत्यकेतु ने लिखा है, "आर्य जाति के प्रत्येक जन में सब व्यक्तियों की सामाजिक स्थिति समान थी। सबको एक ही 'विशः' (जनता) का अंग माना जाता था।" (प्राचीन भारतीय इतिहास का वैदिक युग, पृ. 190) लिखा है कि "आर्यों में सब व्यक्तियों की सामाजिक स्थिति एक समान थी।" (वही, पृ. 191)

वेदों में विभिन्न सांसारिक अभिलाषाओं की पूर्ति के लिए देव स्तुतियाँ हैं। समाज के प्रत्येक व्यक्ति में समरस प्रवाह, सबका मन समान होने की अभिलाषा प्रगाढ़ है। ऋषि सहमना चित्तदशा की प्राप्ति के लिए भी देव स्तुतियाँ करते हैं। लेकिन देव कृपा के साथ अपने कर्म के भी विश्वासी हैं। अथर्ववेद में कर्मठता पर ज़ोर है। वैदिक देवता भी कर्मठ की ही सहायता करते हैं। वे आलसी पर कृपा नहीं करते। यह तथ्य ऋग्वेद में है और

अथर्ववेद में भी है। अथर्ववेद (20.18.3) में कहते हैं, "देवता पुरुषार्थी को चाहते हैं, प्रमादी को नहीं। इसलिए प्रत्येक व्यक्ति को कर्म तप करते हुए सदा उन्नतशील होने का प्रयास करते रहना चाहिए।" एक मन्त्र (8.1.4) में कहते हैं, "तुम कर्मठता से रोग बन्धन काट दो। पृथ्वी का त्याग न करो।" पुरुषार्थ और कर्मठ जीवन अथर्ववेद के समाज का आकर्षण है। संसार त्यागने योग्य नहीं है। दीर्घायु और परस्पर प्रीति सार्वजनीन अभिलाषा है। प्रेमपूर्ण, स्वस्थ और कर्मठ दीर्घायु यशदायी हैं। ऋषि अन्य दीर्घायु वाले ऋषियों के उदाहरण देते हैं, "जमदग्नि और कश्यप ऋषियों की तरह दीर्घायु होकर तीन सौ वर्ष की आयु प्राप्त करें।" (वही, 5.28.7)

दीर्घायु का आनन्द सहचित्त सहमना समाज में ही सम्भव है। लेकिन आधुनिक भारत में जन्मना जातियाँ हैं। इनके आधार पर राजनीतिक समूह बनते हैं। राजनीतिक अभियान भी चलते हैं। जाति आधारित ईर्ष्या अपमान सम्मान बहुत बड़े वर्ग को व्यथा देते हैं। जाति कुछ वर्गों को श्रेष्ठतावादी अहंकार भी देती है और एक व्यापक जनसमूह को व्यथा। जाति कालबाह्य हो गयी है। कालबाह्य औषधि भी मारक होती है। कालबाह्य जाति ज़्यादा हिंसक है। इसकी समाप्ति ज़रूरी है। ऋग्वेद अथर्ववेद के ऋषि सहमना समाज के अभिलाषी थे। वे सहमना समाज के प्रेरक थे और आदर्श समाज निर्माण के प्रेरक भी। भारत के सुदूर अतीत में जातिविहीन, समतामूलक समरस समाज था। सम्प्रति वर्णहीन जातिहीन समाज बनाना राष्ट्र की अपरिहार्यता है।

अथर्ववेद में आयुर्विज्ञान

भारतीय भौतिकवाद अद्वितीय है। विदेशी विद्वानों ने भारतीय भौतिकवाद की उपेक्षा की है। ऋग्वेद प्रत्यक्ष भौतिकवाद के वैज्ञानिक सूत्रों से भरापूरा है। वैदिक पूर्वज 100 वर्ष का स्वस्थ जीवन चाहते थे। उन्होंने मनुष्य और प्रकृति का गहन अध्ययन किया। आयुर्विज्ञान गढ़ा। अथर्ववेद में आयुर्विज्ञान के तमाम सूत्र व औषधियाँ हैं। चरक संहिता व सुश्रुत संहिता आयुर्विज्ञान के महान ग्रन्थ हैं। अथर्ववेद आयुर्वेद का प्रमुख वेद है। भारतीय चिन्तन में वैज्ञानिक भौतिकवाद की अनेक धाराएँ थीं। आयुर्वेद इनमें प्रमुख है। लेकिन विदेशी विद्वानों ने समूचे भारतीय चिन्तन को भाववादी बताया। प्राक् भारतीय विज्ञान की उपेक्षा हुई। निस्सन्देह आधुनिक चिकित्सा विज्ञान ने उल्लेखनीय प्रगति की है। लेकिन दोनों के अनुभवी विद्वानों में आयुर्वेद का प्रभाव बढ़ा है। आयुर्वेदिक औषधियों की माँग बढ़ी है। आधुनिक चिकित्सा महँगी है। प्राचीन काल में प्रदूषणजनित रोग नहीं थे। फिर रोग बढ़े। 'चरक संहिता' के अनुसार सैकड़ों बरस पहले रोग बढ़े। ऋषियों ने हिमालय के सुन्दर स्थान में सभा बुलाई। रोगों की वृद्धि पर चर्चा हुई। तय हुआ कि भरद्वाज इन्द्र से रोग दूर करने की जानकारी करें। इन्द्र ज्ञात इतिहास के पात्र नहीं हैं। वे प्रकृति की शक्ति हैं। अर्थ हुआ कि भरद्वाज तमाम विद्वानों से ज्ञान लेकर सभा को बतायें। भरद्वाज ने आयुर्वेद का ज्ञान आत्रेय को बताया और आत्रेय ने अग्निवेश को। इसी संवाद का मूल चरक संहिता है।

स्वस्थ जीवन सर्वोपरि अभिलाषा है। स्वस्थ शरीर से ही जीवन के सभी सुखों की पूर्ति सम्भव है। वैदिक ऋषियों के लिए यह संसार असार नहीं है। यह कर्मक्षेत्र, तपक्षेत्र व धर्मक्षेत्र है। इनमें सक्रियता के लिए स्वस्थ शरीर और दीर्घजीवन अपरिहार्य है। जन्म से लेकर मृत्यु तक का समय आयु हैं। आयु का सम्यक् बोध जीवन यात्रा में उपयोगी है।

चरक संहिता में आयुर्वेद की परिभाषा है "जो आयु का ज्ञान कराता है, वह आयुर्वेद है। आयुर्वेद आयु का वेद है। आयुर्वेद आयु का उपदेश करता है। यह सुखकारी–असुखकारी पदार्थों का वर्णन करता है। हितकारी और अहितकारी पदार्थों का उपदेशक है। आयुवर्द्धक और आयुनाशक द्रव्यों के गुणधर्म का वर्णन करता है।" (चरक संहिता, सूत्र स्थान, 30.23) यहाँ आयुर्वेद का लक्ष्य भी बताते हैं, "स्वस्थ प्राणी के स्वास्थ्य की रक्षा और रोगी के रोग की शान्ति आयुर्वेद का उद्देश्य है।" (वही, 1.22)

दीर्घायु और स्वास्थ्य को लेकर भारत में बड़ा गहन चिन्तन और शोध हुआ था। आधुनिक चिकित्सा विज्ञान में दीर्घ आयु और स्वस्थ जीवन विधायी मूल्य नहीं हैं। भारतीय आयुर्विज्ञान का ज़ोर स्वस्थ जीवन और दीर्घ आयु पर था। आधुनिक चिकित्सा विज्ञान की गति रोगरहित जीवन तक सीमित है। रोगरहित जीवन और स्वास्थ्य में आधारभूत अन्तर है। रोगी काया में जीवन वीणा में संगीत नहीं उगता। स्वास्थ्य परम भौतिक आधार है। यही अध्यात्म और आत्मदर्शन का उपकरण है। पूर्वजों ने स्वस्थ दीर्घायु के इस विज्ञान को आयुर्वेद कहा था।

आयुर्वेद प्राचीन भौतिक विज्ञान है। इसका अध्ययन जनसामान्य के लिए भी उपयोगी है। भारत में चिकित्सा विज्ञान की प्राचीन परम्परा थी। ऋग्वेद के दसवें मण्डल में एक पूरा सूक्त आयुर्विज्ञान पर है। कहते हैं, "औषधीः पूर्वाजाता त्रियुगं पुरा– औषधियों का ज्ञान तीन युग पहले था।" प्राचीन परम्परा के अनुसार प्रत्येक वनस्पति औषधि भी होती है लेकिन वैदिक वांग्मय में वनस्पतियों के साथ औषधियों से भी शान्ति की प्रार्थना की गयी है– वनस्पतयो शान्ति, औषधियों शान्ति गाकर। ऋग्वेद के सातवें मण्डल के 103वें सूक्त के देवता हैं मण्डूक यानी मेढक। मेढक टर्र–टर्र करते हैं। ऋषि को लगता है कि वे पिता–पुत्र जैसी वार्ता कर रहे हैं। बताते हैं कि यज्ञ में स्तोता की तरह गाने वाले ये मेढक सहस्रों औषधियों की वृद्धि करते हैं। ऋषि कवि का ध्यान काव्य के साथ औषधियों पर भी है। आयुर्विज्ञान की प्राचीन परम्परा में शरीर रहस्यों की जानकारी पर मैकडनल और कीथ ने वैदिक इंडेक्स में ख़ूबसूरत टिप्पणी की है, "वैदिक भारतीयों की रुचि शरीर रचना के प्रश्नों से सम्बन्धित चिन्तन की ओर बहुत पहले ही आकर्षित हो गयी थी जैसे अथर्ववेद के एक सूक्त में शरीर के अनेक अंगों के विवरण हैं। यह गणना व्यवस्थित रूप में दी गयी है।" वैदिक इंडेक्स के लेखकों ने चरक और सुश्रुत के नाम भी लिए हैं।

आयुर्विज्ञान के शोध और विवेचन की यह परम्परा ऋग्वेद अथर्ववेद से होकर उपनिषद् और महाभारत तक भी चली आयी है।

प्राचीन आयुर्विज्ञान एक जीवनशैली है। चरक संहिता की शुरुआत स्वस्थ जीवन के सूत्रों से होती है। कहते हैं कि "यहाँ बतायें स्वस्थवृत का पालन करने वाले 100 वर्ष की स्वस्थ आयु पाते हैं।" प्रकृति और मन की अनुकूलता का नाम सुख है। इसके विपरीत दुख। चरक संहिता में इसकी परिभाषा और भी सरल है, "आरोग्यावस्था सुख है, विकार अवस्था दुख। दुख का मूल कारण रोग हैं।" यहाँ कोई आध्यात्मिक या भाववादी दर्शन नहीं हैं। चरक संहिता व्यवस्थित आयुर्विज्ञान है। यहाँ रोगों के तीन कारण बताये गये हैं– "इन्द्रिय विषयों का अतियोग, अयोग और मिथ्या योग ही रोगों के कारण हैं।" आगे उदाहरण देते हैं, "जैसे आँखों से तीव्र चमकने वाले पदार्थ देखना, सूर्य अग्नि आदि को अधिक देखना अतियोग है।" चरक संहिता में वैद्य की योग्यता के साथ संवेदनशीलता पर भी ज़ोर है। चिकित्सक की धनलोलुपता की निन्दा है।

चरक संहिता में पृथ्वी, जल, वायु, आकाश, अग्नि, देश, काल और मन के साथ आत्मा को भी द्रव्य बताया गया है। चरक का आत्मा द्रव्य गीता वाली अमर आत्मा से भिन्न है। आयुर्विज्ञान का मूल विषय प्रामाणिक जीवनशैली है। रोग रहित होना अलग बात है और स्वस्थ होना बिल्कुल भिन्न आनन्द। चरक ने बताया है कि स्वस्थ होना सुख है और रोगी होना दुख। आयुर्वेद में वात, पित्त और कफ तीन दोष हैं। सत्व, रज और तम तीन गुण हैं। गुणों का प्रभाव मन पर पड़ता है और दोषों का प्रभाव तन पर। रोगी मन शरीर को भी रोगी बनाता है और रोगी तन मन को। धन्वन्तरि, चरक, सुश्रुत, सहित तमाम पूर्वजों ने आयु के विज्ञान का विकास किया था। वात, पित्त और कफ की धारणा अरब देशों तक गयी थी। वनस्पतियाँ और औषधियाँ उपास्य थीं। 'उपचार' प्रथमा नहीं होता। आचार प्रथमा है, आचारहीन को ही 'उप–चार' की ज़रूरत पड़ती है। इस भरेपूरे आयुर्विज्ञान का आधार अथर्ववेद है।

अथर्ववेद मानव जीवन को आनन्द से भरने का विज्ञान है। आयुर्वेद का विषय स्वस्थ जीवन और दीर्घायु है। इस दृष्टि से अथर्ववेद व आयुर्वेद का घनिष्ठ सम्बन्ध है। आयुर्वेद के प्रतिष्ठित ग्रन्थ सुश्रुत संहिता के अनुसार आयुर्वेद अथर्ववेद का उपांग है। चरक के अनुसार वैद्य को चारों वेदों में अथर्ववेद को ही अपना प्रिय वेद बताना चाहिए। अथर्ववेद के रचनाकाल

तक दीर्घ जीवन के अनेक वैज्ञानिक रहस्य ज्ञात थे। चरक संहिता और सुश्रुत संहिता में आयुर्विज्ञान का व्यवस्थित वर्णन अथर्ववेद की ही परम्परा है। अथर्ववेद (19.60) में सभी अंगों के स्वस्थ रहने की स्तुति है, "हमारी वाणी स्वस्थ रहे। नासिका में प्राण, नेत्रों में उत्तम ज्योति, कानों में सुनने की शक्ति रहे। हमारे दाँत स्थिर व भुजाएँ बलिष्ठ रहें। बाल श्वेतरंगरहित रहें। हमारी जाँघों में बल रहे। पिंडलियों में गतिशीलता व पैरों में स्थिर खड़े रहने की क्षमता रहे। हमारे सभी अंग अवयव नीरोग रहें। आत्मबल बना रहे।" (वही, 1 व 2) यहाँ प्रत्येक अंग के स्वस्थ रहने की कामना है। अन्य महत्त्वपूर्ण बातों के साथ बालों के काले बने रहने की इच्छा ध्यान देने योग्य है।

ऋषियों के लिए दीर्घजीवन ही पर्याप्त नहीं है। अनेक रोगी तमाम रोगों से पीड़ित लम्बा जीवन जीते हैं। ऐसा जीवन बोझ बन जाता है। वृद्धावस्था में भी शरीर अशक्त होता है। तब जीवन की सामान्य गतिविधि भी नहीं चलती। अथर्ववेद के ऋषियों का ध्यान रूग्णावस्था पर भी है। वे इसीलिए प्रत्येक अंग के स्वस्थ रखने के उपचार खोजते हैं। देव स्तुतियाँ भी करते हैं। यहाँ एक पूरा सूक्त (19.67) दीर्घायु की ऐसी ही स्तुति है। कहते हैं, "हम सौ शरद जिएँ। सौ शरद देखें। सौ शरद ज्ञान समृद्ध रहें। सौ शरद् बुद्धिशील रहें। सौ शरद परिपुष्ट रहें। हम सौ शरद से भी अधिक जीवित रहें।" ऋषियों के मन में जीवन को लेकर कोई वैराग्य भाव नहीं। वे प्रगाढ़ आनन्द के साथ जीने के इच्छुक हैं। वे इन्द्र व सूर्य से कहते हैं, "हे इन्द्र आप सदा जीवनयुक्त रहें। हम भी दीर्घकाल तक जीवित रहें।" (19.70)

देवता अमर हैं। वे अमृत बन्धु हैं और मनुष्य मृत्युबन्धु। यह कथन ऋग्वेद में है। अथर्ववेद के ऋषि देवों को याद दिलाते जान पड़ते हैं, "हे देवो! आप आयु सम्पन्न हैं। हम भी आयुष्मान हों। आप दीर्घायु से युक्त हैं। हम भी दीर्घायु पायें। आप श्रेष्ठ जीवन वाले हैं। हम भी श्रेष्ठ जीवन व दीर्घायु पायें।" (वही, 19.69) इस सूक्त के सभी मन्त्रों के अन्त में "सर्वमायुर्जी व्यासम्– दीर्घ जीवन की अभिलाषा हैं।" ये ऋषि गहन जिजीविषा से भरेपूरे हैं। ये दीर्घजीवन के साथ स्वस्थ जीवन के अभिलाषी हैं। ऋषियों की इसी अभिलाषा से अथर्ववेद के रचनाकाल में ही शरीर विज्ञान व चिकित्सा विज्ञान का सुन्दर विकास हो चुका है। अथर्ववेद ऐसे विज्ञान से भरापूरा है।

ऋग्वेद में औषधि विज्ञान का यह सूक्त बड़ा प्यारा है। इस सूक्त के देवता 'औषधि' ही हैं। औषधियाँ कई तरह की हैं। कहते हैं, "हे औषधियो! आपके सहस्रों नाम हैं, सहस्रों अंकुर हैं। आप हमें आरोग्य दें।" (वही, 2) औषधियों की रोग निवारक शक्ति अश्व जैसी है। स्तुति है, "आप वेग गतिशील घोड़े की तरह व्याधियों को तेजी से दूर करती हैं। आप हमें आनन्द दें।" (वही, 3) वैदिक ऋषियों के लिए सर्वाधिक आदर युक्त शब्द माता है। वे नदी को माता कहते हैं। पृथ्वी को माता कहते हैं। औषधियों को माता जैसी बताते हैं। कहते हैं कि "आप माता की तरह दिव्य पालन गुण से युक्त हैं। हमारी स्तुति सुनें। आप पीड़ित को शक्ति देती हैं। आप माता की तरह रोग निवारक हैं। आप विशेष कृतज्ञता की पात्र हैं। (वही, 4, 5 व 9) कुशल वैद्य के सम्बन्ध में कहते हैं, "जैसे राजा युद्ध स्थल पर तत्पर एकत्रित होते हैं, वैसे ही विद्वान वैद्य के पास औषधियाँ एकत्रित होती हैं। ऐसा वैद्य विद्वान होता है– विप्रउच्यते भिषग्रक्षोहामी वचातनः।" (वही, 6) कुछ औषधियाँ निकट हैं। अनेक कवि ऋषि से दूरी पर हैं लेकिन कवि– ऋषि को विश्वास है कि सभी औषधियाँ उसकी प्रार्थना सुनती हैं। (वही, 21)

अथर्ववेद में चिकित्सा विज्ञान की ऋग्वैदिक परम्परा का विकास है लेकिन ऋग्वेद की आधारभूत बातें अथर्ववेद में भी हैं। ऋग्वेद (10.163) में यक्ष्मा रोग दूर करने की स्तुति है। ऋषि जानते हैं कि यक्ष्मा शरीर के प्रत्येक अंग को प्रभावित करता है। कहते हैं, "हम आपके दोनों नेत्रों, नासिका, सिर, मस्तिष्क, गर्दन की नाड़ियों, ऊपरी स्नायुतन्त्र, हड्डियों के जोड़ों, कन्धों व भुजाओं, आँतों, मूत्राशय, यकृत, पाचन तन्त्र के अवयवों, जाँघों, एड़ियों, पंजों सहित सभी अंगों से रोग दूर करते हैं। (10.163.1–6) ऋग्वेद के इस सूक्त में भरापूरा शरीर विज्ञान है।" अथर्ववेद (2.33) में ऋग्वेद का यही सूक्त थोड़े परिवर्तन के साथ दोहराया गया है। यहाँ ऋग्वेद की परम्परा का विकास है।

अथर्ववेद (2.31) में 'कृमि' (सूक्ष्म कीट) को तमाम रोगों का कारण बताया गया है। रोग बढ़ाने वाले कृमि सर्वत्र हैं। ऋषि कवि कहते हैं, "आँख से दिखाई पड़ने वाले और न दिखाई पड़ने वाले कृमियों को हम नष्ट करते हैं। भूमि पर रेंगने वाले कृमियों को हम नष्ट करते हैं। भूमि पर रेंगने वाले हमारे शयन स्थल पर रहने व इधर–उधर भागने वाले कीटों को हम नष्ट करते हैं।" (वही, 2) कृमि उत्पाती है। कहते हैं, "वनों, पर्वतों,

पशुओं में रहने वाले, शरीर में प्रवेश करने वाले कीटाणुओं को हम नष्ट करते हैं।" (वही, 5) कृमि शरीर के भीतर भी हो सकते हैं। वे तमाम रोगों के कारण हैं। अथर्ववेद के ऋषि यह तथ्य जानते हैं। कहते हैं, "आँतों, सिर व पसलियों में रहने वाले कृमियों को हम विनष्ट करते हैं।" (वही, 4) एक मन्त्र में सूर्य से प्रार्थना है कि वे अपने प्रकाश तेज से कृमि नष्ट करें। (2.32.1) रोगवर्द्धक कीटों को नष्ट करना स्वस्थ जीवन में सहायक है।

ऋग्वेद की तरह अथर्ववेद में भी अस्तित्व के प्रति जिज्ञासा है। लेकिन अथर्ववेद के केन सूक्त (10.2) में मनुष्य शरीर की संरचना पर जिज्ञासा के साथ आश्चर्य का भाव भी है। विद्वान सामान्यतया प्रकृति के रहस्यों पर जिज्ञासा करते हैं। स्वयं अपने शरीर की संरचना पर ध्यान नहीं देते। 33 मन्त्रों वाले केन सूक्त में शरीर के अंगों अवयवो पर रोमांचकारी जिज्ञासा है। दस मन्त्रों में विराट अस्तित्व की भी चर्चा है। शरीर जिज्ञासा के सम्बन्ध में कहते हैं, "एड़ियों और घुटनों को किसके द्वारा भरा गया है? सुन्दर अँगुलियों, इन्द्रियों के छिद्रों और तलवों को पोषण किसने दिया? तथा बीच में आश्रय देने वाले कौन हैं? टखनों और ऊपर के घुटनों को किसने बनाया है? जंघाएँ बनाकर किसने स्थापित कीं? चार तरह से संयुक्त धड़, पेट और घुटनों के ऊपर जोड़ा गया है। कूल्हे और जंघाओं को किसके द्वारा बनाया गया है? जिनसे धड़ भाग अधिक सुदृढ़ हुआ है। जो मनुष्य की छाती और कण्ठ के ज्ञाता हैं, वे कितने और कौन से देव हैं? कितने तरह के देवों ने स्तनभाग और कोहनियों को विनिर्मित किया है? वे कितने प्रकार से कन्धों को तथा पसलियों को संयुक्त करते हैं।" (वही, 1-4)

शरीर के एक–एक अंग–प्रत्यंग पर जिज्ञासा वाला भाव अन्यत्र नहीं मिलता। आगे कहते हैं, "मनुष्य के सिर में दो कान, दो नाक, दो नेत्र और एक मुख, इस प्रकार इन सात छिद्रों को किस देव के द्वारा विनिर्मित किया गया है। किन देवों की विजयी महिमा में द्विपाद और चतुष्पाद प्राणी विभिन्न मार्गों से होते हुए यमराज के स्थान में गमन करते हैं? गतिशील जीभ को जबड़ों के बीच में किसने रखा है। उसमें प्रभावपूर्ण वाणी को किसने आश्रित किया है? इस मनुष्य के मस्तिष्क के ललाट भाग, सिर के कपाल भाग, कपाल और जबड़ों के संचय भाग का चयन करके जो देव सर्वप्रथम द्युलोक पर आरूढ़ हुए, वे कौन से देव हैं?" (वही, 6-8) मस्तिष्क का पिछला भाग विज्ञान के विकास के बाद भी अभी रहस्यमय है। अथर्ववेद में ऋषि के संकेत हैं कि मस्तिष्क के माध्यम से द्युलोक पर

आरूढ़ हुआ जा सकता है, यह उनकी विलक्षण अन्वेषण क्षमता का प्रमाण है। आगे कहते हैं, "यह प्रचण्ड पुरुष बहुत–सी प्रिय और अप्रिय वाणी को स्वप्न (निद्रा), पीड़ा, थकावट, आनन्द और हर्ष को किस देव के प्रभाव से धारण करते हैं? मनुष्य में पीड़ा, दरिद्रता, पाप और दुर्बुद्धि ये दुष्प्रवृत्तियाँ कहाँ से प्रवेश करती हैं तथा पूर्णता, समृद्धि, विशिष्ट ऋद्धि, दुर्बुद्धि और अभ्युत्थान की ये सहज प्रवृत्तियाँ कहाँ से आती हैं? (वही, 9)

शरीर के भीतर रक्त संचार होता है। अथर्ववेद के ऋषि को यह आश्चर्यजनक लगता है। कहते हैं, "शरीर में विशेष प्रकार से विचारशील, सर्वत्र भ्रमणशील, नदी के समान प्रवाहित होने के लिए विनिर्मित, लालवर्ण वाले, लोहित वर्ण वाले, ताँबे और धुएँ के समान वर्ण वाले ऊपर, नीचे और तिरछे वेग से गमनशील जल–प्रवाह किसके द्वारा स्थापित किये गये हैं? मनुष्य में रूप–सौन्दर्य, महिमा, नाम–कीर्ति, गतिशीलता, ज्ञान–पिपासा और आचरण सम्बन्धी गुण किन देवों द्वारा प्रतिष्ठित किये गये हैं। मानव देह में प्राण, अपान, व्यान और समान वायु किन देवों द्वारा प्रतिष्ठित किये गये हैं। मनुष्य शरीर आच्छादित पर आवरण (चर्म) किसने पहनाया है? आयु की कल्पना किसके द्वारा की गयी? बल–सामर्थ्य तथा गतिशीलता किसने स्थापित की है? (वही, 10-15)

जल महत्त्वपूर्ण है। कहते हैं, "जल का विस्तार किसके द्वारा हुआ? इसके प्रकाश के लिए दिन किसने बनाया? ऊषा को किसके द्वारा प्रकाशित किया गया? तथा सायंकाल को किस देव द्वारा प्रदान किया गया? किस सामर्थ्य द्वारा इस भूमि को और द्युलोक (स्वर्ग) को आच्छादित किया गया है? किस महत्ता के द्वारा पर्वतों को आच्छादित किया गया और यह मनुष्य किसकी प्रेरणा से कर्मों में प्रवृत्त होता है। यह मनुष्य किस देव की सामर्थ्य से पर्जन्य, ज्ञानवान सोम, यज्ञ (सत्कर्म) और श्रद्धा आदि को प्राप्त करता है? किसके द्वारा इसका मन सत्कर्म की ओर प्रवृत्त किया गया है? किस देव की सामर्थ्य से यह पुरुष श्रोत्रिय, परमात्मज्ञान और अग्नि को जानने तथा संवत्सर–काल का मापन करने में समर्थ होता है। ब्रह्म ही श्रोत्रिय, परमेष्ठी प्रजापति और अग्नि को संव्याप्त कर रहे हैं, ब्रह्म (ज्ञान) ही संवत्सर काल का मापन कर रहे हैं।" (वही, 16-21)

देव सामर्थ्यवान कहे गये हैं। जिज्ञासा है कि "किस सामर्थ्य से देवों की अनुकूलता में मनुष्य रहने में समर्थ है? दिव्यतायुक्त प्रजाओं के अनुकूल कैसे रहा जा सकता है? किससे वह क्षत्रहीन (शौर्यहीन) और किससे

उत्तम क्षत्र (शौर्य–सम्पन्न) कहलाता है। ब्रह्म ही देवों के अनुशासन में उसे जीना सिखाता है। ब्रह्म ही दिव्यता सम्पन्न प्रजाओं को अनुकूल आवास प्रदान करता है। ब्रह्म ही उत्तम क्षत्रबल और वही क्षात्र से भिन्न अन्य बल है।" (वही, 22-23) फिर भूमि के सम्बन्ध में प्रश्न है, "इस भूमि को विशिष्टतापूर्वक किसने स्थापित किया? द्युलोक को उत्तर (अधिक ऊपर) तथा अन्तरिक्ष को ऊपर तिरछा और फैला हुआ किसने स्थापित किया है? भूमि की गोलाई के तिरछेपन के अनुरूप अन्तरिक्ष भी स्थित है। वह तिरछापन कहीं असन्तुलन पैदा नहीं करता, यह क्या रहस्य है? ऋषि इस ओर ध्यानाकर्षण करते हैं। ब्रह्म ही इस भूमि के भाग में द्युलोक के निर्माता हैं। जिसमें आठ चक्र और नौ द्वार हैं, देवशक्तियों की पुरी (नगरी) यह अयोध्या है, उसमें जो तेजस्वी कोश हैं, वही तेजस्विता से युक्त होकर स्वर्गीय आनन्द से परिपूर्ण हैं।" (वही, 24, 25 व 31)

अथर्ववेद में रोग दूर करने की स्तुतियाँ हैं। ऐसी स्तुतियाँ प्रचलित अदृश्य देवों से कम हैं। वनस्पतियों औषधियों से ही रोग दूर करने की स्तुतियाँ ज़्यादा हैं। यह समूचे वैदिक साहित्य की परम्परा है। अथर्ववेद में औषधियों वनस्पतियों को भी देवता कहा गया है। लेकिन ऐसे स्तुतिवाचन का अर्थ सुस्पष्ट है। यहाँ मन्त्र शक्ति परम्परावाची है। औषधि प्रयोग पर विश्वास है। अथर्ववेद का एक सूक्त (8.7) औषधियों पर ही है। औषधियों का वर्ग और वर्ण विभाजन आश्चर्यचकित करने वाला है। कहते हैं, "कुछ औषधियाँ लाल रंग की हैं। कुछ सफेद हैं। कुछ भूरी हैं। कुछ काली हैं। कुछ कई रंगों वाली हैं।" (वही, 1) ऋषि औषधियों के रंग से भी सुपरिचित हैं।

अथर्ववेद में पृथ्वी माता हैं। आकाश पिता हैं। औषधियाँ भी इसी परिवार की हैं। कहते हैं कि औषधियों के पिता आकाश हैं, माता पृथ्वी हैं। ऐसी औषधियाँ दैवी प्रकोप से पैदा रोगों से दूर करें। (वही, 2) कुछ रोग दैवी प्रकोप से पैदा होते हैं और अनेक रोग मनुष्य की अपनी ग़लती से पैदा होते हैं। कहते हैं कि "पवित्र जल और औषधियाँ कर्मों के पाप से उत्पन्न यक्ष्मा रोग दूर करें।" (वही, 3) कुछ औषधियाँ बिक्री से उपलब्ध होती हैं और कुछ सर्वत्र सहज सुलभ हैं। कहते हैं कि "ऐसी अपक्रीत–क्रयरहित औषधियाँ मनुष्यों, अश्वों व पशुओं को स्वस्थ रखें।" (वही, 11)

अथर्ववेद के रचनाकाल में आयुर्विज्ञान का विकास हो चुका है। सहस्रों वनस्पतियों औषधियों का परिचय है। कहते है, "गुच्छों वाली,

विशेष विस्तृत, एक कोंपल वाली, गाँठ वाली अनेक कोपल वाली और अनेक शाखाओं वाली औषधियों को हम आवाहन करते हैं।" (वही, 4) कुछ औषधियाँ अधिक जल के प्रवाह में नष्ट हो जाती हैं। कुछ वनों में आग लगने पर जल जाती हैं लेकिन बार–बार फिर से उग आती हैं। कहते हैं कि सहस्र नामों वाली ऐसी स्थिरता सम्पन्न औषधियाँ लायी जायें। (वही, 8) अथर्ववेद मधुरस से भरा ज्ञान है। इसी सूक्त में औषधियों को जीवनदायिनी, हानि रहित, फूलों वाली और मधुमती–मधुमतीमिह भी बताया है। (वही, 6)

आयुर्वेद आयु का विज्ञान है और चिकित्सा विज्ञान रोगी को स्वस्थ करने का विज्ञान है। आयुर्विज्ञान का सम्बन्ध दीर्घायु रहने की जानकारी से है। ऐसा ज्ञान आजीवन आचरण योग्य है। चिकित्सा विज्ञान का सदुपयोग बीमारी की कालावधि में है। यों आयुर्वेद में भी चिकित्सा के विवरण हैं लेकिन सारा ज़ोर स्वस्थ जीवन से जुड़े आचरण पर है। आधुनिक समाज का ध्यान आयुर्वेद व भारतीय समाज की मूल जीवनशैली पर नहीं जाता। वर्ष 2020 में कोरोना वायरस ने विश्व मानवता को भयग्रस्त किया। राष्ट्र–राज्य भयग्रस्त हुए। वैज्ञानिक परिश्रमरत रहे हैं लेकिन इस महामारी के कारण व निवारण का कोई सूत्र हाथ नहीं लगा। विश्व स्वास्थ्य संगठन के प्रयास प्रशंसनीय रहे हैं लेकिन उसका ज़ोर भी बचाव पर ही रहा है। कोरोना भारतीय जलवायु में पैदा वायरस नहीं है। यह विदेश से भारत आने वाले लोगों के साथ यहाँ आया। इसकी दवा है नहीं। रोगों से लड़ने वाली सुदृढ़ शारीरिक शक्ति ही इसका प्रभाव झेल जाती है। प्रथम द्रष्टया भारत के लोगों और भारतीय वातावरण में यह रोग निरोधक शक्ति सन्तोषजनक है। अथर्ववेद के ऋषि तमाम औषधियों से शरीर की प्राकृतिक शक्ति बढ़ाते थे। यह शक्ति रोग निरोधक थी।

ऋग्वेद के रचनाकाल से लेकर अथर्ववेद के रचनाकाल तक आयुर्विज्ञान का तमाम विकास हुआ है। अथर्ववेद के समाज को तमाम औषधियों की जानकारी थी। वे रोग पैदा करने वाले प्रत्यक्ष कीटों व रोग प्रसारक वातावरण से सुपरिचित थे। वे न दिखाई पड़ने वाले जीवाणुओं से भी सम्भवतः परिचित थे। अथर्ववेद के एक सूक्त (8.6) में "सूर्य प्रकाश से डरकर भाग जाने वाले या सूर्य प्रकाश में मर जाने वाले तिरछी चाल वाले रस–विष युक्त कीटाणुओं का वर्णन है। ऋषि कहते हैं कि ऐसे रोगाणुओं को हम नष्ट करते हैं।" (वही, 12) पुख़्ता तौर पर नहीं कह सकते कि

वैदिक पूर्वजों को 'वायरस' की जानकारी भी थी? या नहीं थी। आधुनिक शोधों के अनुसार सभी वायरस जान लेवा नहीं होते। अनेक वायरस प्राण लेते हैं। वे प्राणशक्ति को तहस–नहस करते हैं लेकिन कुछ वायरस उपयोगी भी होते हैं।

अथर्ववेद (8.7.4) में इस तथ्य के संकेत हैं। कहते हैं, "दुर्नाम और सुनाम जीवाणु साथ–साथ रहने के इच्छुक हैं। इनमें हम निकृष्ट दुर्नाम को विनष्ट करते हैं, सुनाम बना रहना चाहिए।" बताते हैं कि "दुर्नाम रोग को दूर करने के लिए हम 'पिंगवज' औषधि का प्रयोग करते हैं।" (वही, 3) आगे इसी सूक्त (6.8.6) में जीवाणुओं को रोग बीज बताते हैं। ये अपनी गन्ध द्वारा क्षति पहुँचाते हैं, परस्पर स्पर्श के द्वारा हनन करते हैं। लार द्वारा भी प्रवेश करते हैं। ऐसे नित्य हिंसक रोग बीजों को हम पिंगवज औषधि द्वारा नष्ट करते हैं। (वही) पिंगवज नाम की वायरसहन्ता इस औषधि का नाम व परिचय आयुर्वेद के परवर्ती ग्रन्थों में नहीं मिलता। सायण ने इसे श्वेत सरसों कहा है। अथर्ववेद के अनुसार इस औषधि के उपयोग अन्य रोगाणुओं पर भी होते थे।

प्रत्येक जीव में रोगों से लड़ने की व्यक्तिगत क्षमता होती है। उत्तम रोग निरोधक क्षमता से युक्त व्यक्ति से तमाम दृश्य–अदृश्य जीव–जीवाणु टकराते हैं, लौट आते हैं। रोग निरोधक क्षमता का सम्बन्ध मन से भी है। मानसिक अवसाद या उद्विग्नता से भी रोग निरोधक क्षमता का ह्रास होता है। चित्त की प्रसन्नता ज़रूरी है। एक मन्त्र (8.7.17) में कहते हैं, "अंगिरा द्वारा विवेचित औषधियाँ पर्वतीय क्षेत्रों सहित समतल मैदानों में उगती हैं। वे दूध की तरह सारयुक्त होती हैं। यह औषधियाँ हृदय को सुख शान्ति देती हैं– शिवा औषधिः सन्तु शं हृदे।" ऊपर के कथन में अंगिरा अथर्ववेद के ऋषि हैं। चित्त की शान्ति मुख्य बात है। हृदय को शान्ति देने वाली औषधियाँ अवसाद या डर नहीं पैदा करतीं। कोरोना जैसी महामारी में 'भय' का प्रभाव वायरस के प्रभाव का दोगुना ज़्यादा दिखाई पड़ता रहा है। इसी सूक्त में कुछ प्रचलित औषधियों को अमर बताया गया है–अश्वत्थो दर्भो वीरूधां सोमो राजा अमृतं हविः। (वही, 19) "औषधियों की सामर्थ्य अमर है। औषधि जीव रक्षक है। स्तुति है कि इनके प्रभाव में रोगी शतायु हो।" (वही, 22) प्राचीन भारत का आयुर्विज्ञान प्रकृति के निकट था। पूर्वजों ने रोग दूर करने वाला सुविचारित औषधि विज्ञान विकसित किया था।

एक मन्त्र (8.7.26) में कहते हैं "औषधि विशेषज्ञ तमाम औषधियों के ज्ञाता हैं। वह यहाँ उपलब्ध हैं।"

ज्वर सामान्य बीमारी है लेकिन किसी गम्भीर रोग की लाक्षणिक सूचना भी है। कोरोना का भी एक लक्षण तीव्र ज्वर होता है। प्राकृतिक चिकित्सा विज्ञानियों ने ज्वर को प्रकृति प्रायोजित शारीरिक ताप कहा है। इस मत के अनुसार शरीर में पले–बढ़े या बाहर से आये विजातीय द्रव्य, तत्त्व या जीवाणु उत्पात करते हैं। प्रकृति स्वयं संज्ञान लेती है और विजातीय द्रव्यों को जलाती है। ज्वर इसी ताप का परिणाम है। यह बात उचित जान पड़ती है। लेकिन इस ताप से शरीर के सभी अंग भी प्रभावित होते हैं। रोग निरोधक शक्ति के कारण शरीर बुख़ार की पीड़ा झेल जाता है। अथर्ववेद के मनीषी ज्वर से परिचित थे। ऋषि कहते हैं, "कुछ ज्वर एक दिन छोड़कर आते हैं, कुछ दो दिन बाद और कुछ बिना निश्चित समय के आते हैं। कवि की इच्छा है कि ऐसे ज्वर आलसी लोगों के पास जायें।" (वही, 2) ज्वर और भी हैं, कहते हैं, "तपाने वाले, हिलाने वाले, भड़काने वाले, शीत ठण्ड के साथ आने वाले और शरीर को दुर्बल करने वाले ज्वर को हमारा नमस्कार है–नमो रूराय, च्यवनाय, नोदनाय धृष्णवे/नमः शीताय, पूर्वकाम कृत्वने।" यहाँ ज्वर को भगाने का एक उपाय नमस्कार भी है। भाव रूप में यह नमस्कार ज्वर के लिए है लेकिन यथार्थ रूप में यह नमस्कार ज्वर पीड़ित के लिए है।

ऋग्वेद, यजुर्वेद नमस्कारों से भरापूरा है। सोम वैदिक ऋषियों का प्रिय पेय है। ऋग्वेद के अनुसार इसका रंग हरित था। इसे दूध में मिलाकर पीते थे। दही मिलाने से इसका स्वाद बढ़ जाता था। एक मन्त्र (ऋग्वेद 9.11.5–6) में कहते हैं, "पहले मधुर सोमरस में दूध मिलाओ फिर नमस्कारपूर्वक दही मिलाओ।" यहाँ नमस्कार प्रत्यक्ष के प्रति आदरभाव है और अप्रत्यक्ष अव्यक्त के प्रति आस्तिकता भी है। मित्र वरुण वैदिक देवता हैं। उन्हें भी नमस्कार किया गया है–नमो मित्रस्य, वरुणस्य। (ऋ. 10.37.1) प्राण से जीवन है। प्राण से प्राणी है। अथर्ववेद (11.6.1) में कहते हैं, "प्राणस्य नमो यस्य सर्वमिदं वशे–प्राण के अधीन यह सम्पूर्ण विश्व है। प्राण को नमस्कार है।" आगे एक सुन्दर मन्त्र (वही, 2) में कहते हैं, "नमस्ते प्राण क्रन्दाय, नमस्ते स्तनपित्नवे/नमस्ते प्राण विद्युते, नमस्ते प्राण वर्षते–ध्वनि करने वाले और मेघगर्जन करने वाले प्राण को नमस्कार है। विद्युत रूप प्रकाशदाता और जल रूप वर्षा कारक प्राण को नमस्कार है।"

नमस्कार अस्तित्व के प्रति आस्तिक अभिव्यक्ति है। नमस्कार करने में दोनों हाथ जुड़ते हैं। यह हाथ मिलाने वाले शिष्टाचार से भिन्न है। किसी से हाथ मिलाने में दोनों की शारीरिक ऊर्जा में हलचल होती है। हाथ में उपस्थित विजातीय द्रव्यों का भी आदान–प्रदान होता है। रोग हैं तो रोग के बीजाणुओं का संक्रमण भी होता है। नमस्कार में हमारी ऊर्जा का हमारे ही भावजगत् में वर्तुल बनता है। ऊर्जा का क्षय नहीं होता। रोगाणुओं का संक्रमण भी नहीं होता। नमस्कार आनन्दवर्द्धन है। आश्चर्य नहीं कि ऋग्वेद में नमस्कार भी एक देवता है। इसमें नमस्कार को भी नमस्कार किया गया है।

संक्रामक रोगों में रोगी का स्पर्श क्षतिकारी है। यह तथ्य विज्ञानसम्मत है। अन्तर्राष्ट्रीय स्तर पर नमस्कार की महत्ता कोरोना वायरस के प्रसार से सिद्ध हो चुकी है। नमस्कार में सामने वाले के प्रति आस्तिक भाव व आदर का प्रकटीकरण है, प्रीतिभाव की अभिव्यक्ति है। हृदय से हृदय का संवाद है। देह की दूरी है। अपने ही दोनों हाथों का मिलन है। किसी संक्रमण की गुंजाइश नहीं। किसी दूसरे से हाथ मिलाने की आख़िरकार आवश्यकता ही क्या है। हृदय से हृदय मिलाने की इच्छा समाज में जन्मकाल से है। परस्पर मन मिलौवल विश्व की सभी सभ्यताओं की सांस्कृतिक प्यास है।

भारत के वैदिक काल में ही मन मिलाने और देह अंग मिलन से दूर रहने की संस्कृति का विकास हो चुका था। अथर्ववेद और चरक संहिता व सुश्रुत के रचनाकाल में आयुर्विज्ञान का और भी ज़्यादा विकास हुआ। अदृश्य जीवाणुओं पर भी शोध जारी था। वैदिक सभ्यता व जीवनशैली में ही आयुर्विज्ञान के सूत्र पिरो दिये गये थे। आपदाएँ सर्वोच्च मार्गदर्शक होती हैं। वे जीवन रहस्यों का अनावरण भी करती हैं। कोरोना महामारी अन्तर्राष्ट्रीय आपदा रही है। सतर्कता अपरिहार्य रही है मगर अभयता के साथ। अथर्ववेद के ऋषियों ने ज्वर को भी नमस्कार किया है। इसी परम्परा में कोरोना भी नमस्कार योग्य है। ऐसी महामारियों को दूर से ही नमस्कार है।

सुख सबकी कामना है। सामान्यतया अपने वातावरण व समाज की अनुकूलता सुख व प्रतिकूलता दुख कही जाती है लेकिन आयुर्विज्ञान के महान ग्रन्थ चरक संहिता (हिन्दी अनुवाद, चौखम्भा वाराणसी) में सुख और दुख की विशेष परिभाषा की गयी है। चरक के अनुसार, "स्वस्थ होना सुख है

और रुग्ण (विकार ग्रस्त) होना दुख है।" सुखी रहने के लिए उत्तम स्वास्थ्य ज़रूरी है। चरक संहिता ने सुखी जीवन के लिए स्वास्थ्य को आवश्यक बताया है। स्वस्थ जीवन के तमाम स्वर्ण सूत्र चरक संहिता के पहले उपनिषदों में कहे गये थे। छान्दोग्य उपनिषद् में अन्न पचने और रक्त अस्थि तक बनने के विवरण हैं। महाभारत (शान्ति पर्व) में भी शरीर की आन्तरिक गतिविधि का वर्णन है। चरक संहिता में स्वास्थ्य के लिए कठोर अनुशासन को ज़रूरी कहा गया है। बताते हैं, "अपना कल्याण चाहने वाले सभी मनुष्यों को अपनी स्मरण शक्ति बनाये रखते हुए सद्व्रतों का पालन करना चाहिए।"

सद्व्रत ध्यान देने योग्य है। मनुष्य ने अपने व सम्पूर्ण समाज के स्वास्थ्य के लिए अनेक नियम बनाये हैं। व्यापक सामाजिक हित में ही ऐसे नियमों का सतत विकास हुआ है। कोरोना वायरस का संक्रमण विश्वव्यापी 2020 में सर्वव्यापी रहा है। दुनिया के सभी क्षेत्रों में भय व्याप्त रहा है। यह भय असाधारण प्रकृति का था। यह किसी साधारण रोग के संक्रमण का भय नहीं था। यह मृत्यु भय था। प्रतिष्ठित चिकित्साविज्ञानी भी इसका कारण नहीं जानते। निवारण की बात भी दिवास्वप्न है। चिकित्सा विज्ञानियों के अनुसार परस्पर दूर रहकर ही कोरोना से बचाव सम्भव है। ऐसे संकल्प व्रत ही महामारी की चुनौती से जूझने का उपाय रहे हैं। मूलभूत प्रश्न कई हैं कि भारत की मनुष्य केन्द्रित चिन्तनधारा में व्रत पालन की सुदृढ़ परम्परा के बावजूद हम में से अनेक परस्पर दूर रहने के सामान्य व्रत का भी पालन क्यों नहीं करते? इस व्रतभंग में मृत्यु की भी सम्भावना थी तो भी व्रतभंग क्यों? इन प्रश्नों का उत्तर खोजना आधुनिक भारतीय चिन्तन की बड़ी चुनौती है।

महाभारत में यक्ष द्वारा युधिष्ठिर से अनेक जीवनोपयोगी प्रश्न पूछे गये थे। उनमें मृत्यु सम्बन्धी प्रश्न भी था। यक्ष ने पूछा, "सबसे बड़ा आश्चर्य क्या है–किम् आश्चर्यम्?" युधिष्ठिर ने कहा, "सबकी मृत्यु निश्चित है तो भी लोग यह सत्य नहीं स्वीकार करते, अपनी हठ में बने रहते हैं।" कल्पना करें–महाभारत के इस अंश का कोरोना सन्दर्भ में नये सिरे से सम्पादन करें तो यह अंश संशोधित होकर कैसा होगा? यक्ष प्रश्न नये रूप में पढ़ते हैं, "भारत के लोक जीवन में सबसे बड़ा आश्चर्य क्या है? उत्तर होगा "सब लोग जानते हैं कि कोरोना की दवा नहीं। कोरोना मारक है। सब लोगों को पता है कि सामाजिक दूरी ही एक मात्र उपाय है।

लोग मिले तो मरे। मुख खोले खड़ी प्रत्यक्ष मृत्यु के बावजूद लोग जीवन रक्षा का सामान्य उपाय भी नहीं मानते।" क्या यही सबसे बड़ा आश्चर्य नहीं है।

यक्ष प्रश्नों जैसी कथाएँ लोक प्रबोधन के लिए ही लिखी गयी थीं। सरल और सुबोध भाषा में ही लिखी गयी थीं। ज्वर साधारण बीमारी है। अथर्ववेद के ऋषि अनेक प्रकार के ज्वरों से परिचित थे। ज्वर अकेला नहीं होता। इसका अपना प्रिय परिवार भी साथ आता है। कहते हैं, "ज्वर अपने भाई कफ के साथ आता है। खाँसी उसकी बहिन है। वह बहिन के साथ आता है। इसका भतीजा यक्ष्मा (टी.बी.) है।" (5.22.12) सब आगे पीछे आते हैं। मनुष्य आयुर्विज्ञान के व्रतों का पालन करे तो बच सकता है। रोगी से दूर रहने पर रोग संक्रमण से जीवन को बचाया जा सकता है।

प्राण जीवन है। श्वसन तन्त्र के रोग प्राणहीन करते हैं। प्राणों की रक्षा के लिए प्राणायाम की शोध हुई थी। प्राणायाम से स्वस्थ शरीर में रोग नहीं आते। फिर भी रोगाणुओं को पराजित करने की तमाम कारगर औषधियाँ खोजी गयी थीं। अथर्ववेद (19.37.1) में कहते हैं, यक्ष्मा सहित, "उस मनुष्य को कोई रोग पीड़ित नहीं करता, दूसरों के द्वारा दिये गये अभिशाप (संक्रमण) उसे स्पर्श तक नहीं करते, जिसके पास औषधरूप गुग्गुल की श्रेष्ठ सुगन्धि संव्याप्त रहती है।" (आचार्य श्रीराम शर्मा का अनुवाद)

गुग्गुल साधारण वनस्पति है। आधुनिक आयुर्विज्ञानी इसे रोग निरोधक क्षमता बढ़ाने वाली प्रमुख औषधि बताते हैं। अथर्ववेद में इस औषधि का अनेकशः उल्लेख हुआ है। ऊपर के मन्त्र के अनुसार गुग्गुल के प्रयोगकर्त्ताओं के पास कोई भी रोग नहीं आते। एक अन्य मन्त्र (4.37.3) में भी गुग्गुल को अन्य औषधियों पीलु या भल, व जटमांसी को महत्त्वपूर्ण औषधि बताया गया है। रोग निरोधक शक्ति की चर्चा बहुत होती है लेकिन अथर्ववेद के आयुर्विज्ञान की उपेक्षा होती है। ब्लूमफ़ील्ड जैसे कुछेक विद्वानों ने अथर्ववेद को जादू–टोने वाला वेद बताया। विदेशी विद्वानों को सही मानने वाले भारतवासियों ने भी उन्हीं की राह वैदिक शोध की उपेक्षा की। नयी पीढ़ी ने वेदों के वैज्ञानिक यथार्थवाद पर ध्यान नहीं दिया। उन्होंने प्राचीन साहित्य को आध्यात्मिक समझा। अथर्ववेद के भरेपूरे चिकित्सा विज्ञान की उपेक्षा जारी है।

अथर्ववेद में वर्णित औषधियाँ प्रभावशाली हैं। इस वेद के प्रमुख रचनाकार द्रष्टा अथर्वा हैं। ऋषि जानते हैं कि "उसके पहले अथर्वा, कश्यप व अगस्त्य ने इन औषधियों से तमाम रोगाणुओं को नष्ट किया था।" (4.37.1)

भारत में अथर्ववेद व इसके पहले भी चिकित्सा विज्ञान की सुदीर्घ परम्परा थी। अथर्ववेद में अनेक रोगों व उनके लक्षणों का विस्तार से वर्णन किया गया है। साथ में तत्सम्बन्धी रोगों की तमाम औषधियाँ भी बतायी गयी हैं। एक मन्त्र (6.127.3) में हृदय रोग का उल्लेख हैं, "जो रोग फैलकर हाथ, पैर, आँख, कान, नाक तक पहुँच जाते हैं, उन्हें और विद्रध नामक व्रण व हृदयरोग–हृदयामयम् को औषधियों द्वारा दूर करता हूँ।" ब्लूमफ़ील्ड ने भी हृदयामयम का अनुवाद "पेन इन दि हार्ट" किया है। अथर्ववेद के रचनाकाल में हृदय रोग की जानकारी बड़ी बात है।

औषधियाँ प्राणरक्षक हैं। प्राण से ही औषधियाँ लहराती हैं। मेघों का गरजना, वर्षा करना प्राण का चमत्कार है। एक सुन्दर सूक्त (11.6) में प्राण को सबका स्वामी बताया गया है। कहते हैं, "हे प्राण! औषधियों के समक्ष गर्जन करते हैं, तब औषधियाँ शक्तिशाली होती हैं, विस्तार को प्राप्त होती हैं। प्राण औषधियों के हित में बादल रूप गर्जन करता है। औषधियों पर जल वर्षा करता है। औषधियाँ प्रसन्न मन कहती हैं–आपने हमारी आयु बढ़ाई है। सुगंधित बनाया है।" (वही, 1, 2, 3, 4 व 6) आगे कहते हैं, "जीवनी शक्ति प्राण प्रेयसी है। आपके कारण अमृत– औषधि है। हमें दीर्घजीवी बनायें। प्राण ही रेाग व मृत्यु के कारण हैं। (वही, 9 व 11) प्राण की स्तुति करते हैं, "आप वर्षा द्वारा तृप्ति देते हैं। तब अथर्वा द्वारा रोपित, अंगिरावंशजों व मनुष्यों द्वारा निर्मित औषधियाँ प्रकट होती हैं।" (वही, 16) पूरा सूक्त प्राण की स्तुति है लेकिन प्राण रक्षक औषधियों से जुड़ा हुआ है। यहाँ औषधि और प्राण परस्परावलम्बन में है। प्राण से औषधियाँ हैं। औषधियों से प्राण रक्षा है। इनके सदुपयोग का विधान है। संक्रमण से बचने–बचाने का आचार हम सबका व्यवहार होना चाहिए।

औषधि विज्ञान के उद्धरणों में चिकित्सकीय औषधियों पर विश्वास है। किसी अन्धविश्वास से रोगमुक्त होने की घोषणा नहीं है। वैद्य लोकहित में चिकित्सा करते हैं। चरक संहिता में धनलोभी वैद्य की भर्त्सना है। प्राचीन चिकित्सा विज्ञान या आयुर्विज्ञान की आधुनिक चिकित्सा विज्ञान से तुलना बेमतलब है। दोनों वैज्ञानिक दृष्टिकोणों को एक साथ मिलाने से लोककल्याण की सम्भावना ज़्यादा है। अथर्ववेद का औषधि विज्ञान आधुनिक वनस्पति विज्ञान से मिलता है। वनस्पति विज्ञान में वनस्पतियों का परिचय है, उनका रोगों में उपयोग शास्त्र नहीं है। आयुर्विज्ञान में वनस्पतियों के परिचय के साथ रोगों में उपयोग की भी व्यवहार संहिता है।

औषधि विज्ञान के विकास के कई चरण हैं। पहला ऋग्वेद के रचनाकाल से भी पूर्व है। ऋग्वेद में उल्लेख है कि "देवों पूर्वजों को तीन युग पहले औषधियों की जानकारी थी। ऋग्वैदिक काल दूसरा चरण है। इस काल में चिकित्सा विज्ञान का ख़ासा विकास हो चुका था। अथर्ववेद तीसरा चरण है। इसमें औषधि विज्ञान का समुचित विकास हुआ। चरक संहिता आयुर्वेद का प्रतिष्ठित ग्रन्थ है। आयुर्वेद चिकित्सा विज्ञान से भरापूरा है लेकिन ज़ोर सदाचार पर है। औषधि प्रयोग ही पर्याप्त नहीं है। फिर सभी रोगों की औषधियाँ आधुनिक काल में भी नहीं खोजी जा सकी हैं। कोरोना भी ऐसी ही महामारी है। बचाव ही विकल्प है। स्वयं को अलग रखना ही बचाव है बावजूद इसके अनेक लोग परिपूर्ण बन्दी में भी घर से बाहर टहलने के आत्मघात पर आमादा हैं।

स्वास्थ्य सुख है और रोगी होना दुख। यह मान्यता भारतीय आयुर्विज्ञान की है। संक्रामक रोगों के रोगी को अलग रखे जाने की ज़रूरत अथर्ववेद के रचनाकाल में भी थी। आधुनिक काल में इसे क्वारंटीन कहते हैं। यह नाम शब्द कोरोना संक्रमण के समय (2020 ई.) विशेष चर्चा में आया है। अथर्ववेद (2.9.1–2) में ऋषि सीधे औषधि से ही प्रार्थना करते हैं, "हे वनौषधि! रोग के कारण अलग निष्क्रिय इस व्यक्ति को पुनः लोक सम्पर्क के योग्य बनाये–अथो एनं वनस्पते जीवानां लोकमुन्नय। आपकी कृपा से यह व्यक्ति पुनः जनसमूह में आ जाये।" रोगी को सामान्य जनों से अलग रखने की परम्परा अथर्ववेद से आधुनिक चिकित्सा विज्ञान तक एक जैसी है। रोगी से कहते हैं, "हम आपको रोग रहित करते हैं। वृद्धावस्था तक स्वस्थ रखते हैं।" (2.105) चिकित्सा की योग्यता केवल अध्ययन से ही परिपूर्ण नहीं होती। अनुभव बहुत ज़रूरी है। कहते हैं, "अनवरत चिकित्सा कार्य करने वाले ही कुशलता पाते हैं। वही श्रेष्ठ वैद्य बनते हैं।" (2.9.5)

गम्भीर रोगों में मनोबल की भूमिका भी होती है। उत्तम मनोबल वाले रोगी शीघ्र स्वस्थ होते हैं। मनोबल और शरीर बल का संयुक्त योग श्रेष्ठ रोग प्रतिरोधक क्षमता से युक्त होता है। अथर्ववेद के ऋषि रोग निरोधक क्षमता के इस तथ्य से सुपरिचित थे। आस्तिक भाव भी मनोबल बढ़ाता है। स्तुति और प्रार्थना से भावजगत् मज़बूत होता है। रोग निरोधक शक्ति बढ़ती है। अथर्ववेद (2.16–17) की प्रार्थना ध्यान देने योग्य है। कहते हैं, "द्यावा पृथ्वी सुनने की शक्ति बनाये रखे। सूर्य देखने की शक्ति व अग्नि तेज सम्पन्न रखे। हमारी सुरक्षा करें।" (2.16.2, 3, 4) अग्नि से कहते हैं,

"आप ओजस्वी हैं, हमें ओज दें। आप शौर्यवान हैं, हमें शौर्य दें। आप बल सम्पन्न हैं, हमें बल दें। आप जीवन शक्ति सम्पन्न हैं, आप दीर्घ आयु दें।" (2.17.1–4) एक मन्त्र (2.29.7) में औषधि के उपयोग के समय रोगी से कहते हैं, "हे रोगी! यह रस आपको दिया गया है। इसके द्वारा आप शक्ति सम्पन्न होकर 100 शरद् (वर्ष) की आयु प्राप्त करें।"

अथर्ववेद के ऋषियों को तमाम रोगों व उनकी औषधियों की जानकारी थी। कुछ औषधियों की नहीं भी रही होगी। गिलोय या गुड़ची रोग निरोधक शक्ति बढ़ाती है। पिप्पली नाम की औषधि आधुनिक काल के वैद्य भी प्रयोग करते हैं। अथर्ववेद (6.109.1) में कहते हैं, "यह एक पिप्पली नाम की औषधि ही जीवन को निरोग और दीर्घायु प्रदान करने में समर्थ है।" अथर्वा के इसी सूक्त में पिप्पली द्वारा स्वयं ही बोलने की कविता की गयी है, "जिस प्राणी द्वारा हमारा सेवन किया जायेगा, वह कभी नष्ट नहीं होता। (वही, 2) लगता है कि पिप्पली औषधि के जीवन उद्धारक गुणों से ये ऋषि प्रारम्भ में परिचित नहीं थे।" यह किसी दूसरे जनसमूह से इनकी जानकारी में आयी होगी। एक ईमानदार वक्तव्य में कहते हैं, "हे औषधि! आपको प्रथम असुरों ने गढ़ा था फिर जगत् हित में देवगणों ने आपका उद्धार किया।" (वही, 3) यहाँ बड़ी बात कही गयी है। इसकी जानकारी देवों को भी नहीं थी, बाद में हुई । ये देव वस्तुतः मनुष्य हैं। इस समाज के लोग शरीर के सभी अंगों के प्रति सजग हैं, "मुख में हमारी वाणी, नाक में प्राण, नेत्रों में दृष्टि, कानों में श्रवण शक्ति व श्वेतरंग से रहित केश सौन्दर्यपूर्ण हों।" (19.60.1) कहते हैं, "हमारे सभी अंगों व दाँतों का स्वास्थ्य सम्पूर्ण आयुष्य प्राप्त करें।" (19.61.1)

आनन्दमगन समाज जीवन संघर्षों से निराश नहीं होते। वे गहन जिजीवीषु होते हैं। अथर्ववेद का समाज भी गहन जिजीविषा से भरापूरा है। ये ऋषि 100 वर्ष की स्वस्थ आयु चाहते हैं। अपनी स्तुतियों में वे बार–बार 100 शरद् के जीवन की इच्छा प्रकट करते हैं। कहते हैं, "हम 100 शरद् देखें। 100 शरद् ज्ञान सम्पन्न रहें। 100 शरद् पुष्ट शक्ति सम्पन्न रहें। हम 100 शरद् हर तरह से कर्म सम्पन्न रहें। 100 शरद् जिएँ–जीवेम् शरदं शतम्।" (19.67.1–8) इसी काण्ड (सूक्त 69) में जलदेव से ऐसी ही स्तुतियाँ हैं। स्वस्थ दीर्घायु के लिए जीवन का एक आचार शास्त्र चाहिए। योग ध्यान प्राणायाम की समझ चाहिए। रुग्ण हो जाने के बाद अनुभूत चिकित्सा विज्ञान चाहिए। अथर्ववेद के समाज में ऐसे सभी उपाय हैं और बीमारी से बचाव के उपायों की जानकारी भी।

दिवस श्रम काल होते हैं और रात्रि विश्राम मुहूर्त। ये ऋषि दिन भर श्रम करते हैं। ये रात्रि को भी ध्यान से देखते हैं। एक सुन्दर मन्त्र में कहते हैं, "हे रात्रि! आपका अन्धकार पृथ्वी से पितृलोक तक व्याप्त है। कर्मठ प्राणी भी रात्रि में सो जाते हैं।" (19.47.1–2) रात्रि का सम्बन्ध निद्रा से है। अनिद्रा भयानक रोग है। गहरी निद्रा स्वास्थ्यवर्द्धक है। कहते हैं, "नींद में मनुष्य न जीवित होता है और न मृत।" (6.46.1) अच्छी निद्रा के अभाव में उन्माद रोग सम्भव है। कहते हैं, "हम औषधि जानते हैं। तू उन्मादरहित होगा। मैं उपचार करूँगा।" (6.111.2) निद्रा के अभाव में ऐसे अनेक मानसिक व स्नायु रोग सम्भव हैं। ऋषि रात्रि से कहते हैं, "हे रात्रि! पहले आप मुझे अपने आश्रय में रखें। अपने पश्चात हमें ऊषाकाल के आश्रय में पहुँचा दें।" (19.48.2) ऋग्वेद में रात्रि और ऊषा को सगी बहनें कहा गया है। बड़ी बहिन रात्रि जाती है, छोटी बहिन ऊषा आ जाती है। अथर्ववेद के ऋषि आगे कहते हैं, "ऊषा अपने आश्रय में रखने के बाद हमें दिन के आश्रय में सौंप दे। दिन हमें फिर से आपको सौंप दें।" (वही, 48.2) रात्रि से ऋषि का यह संवाद बड़ा प्यारा है। इसमें स्वस्थ जीवन के लिए व्यवस्थित दिनचर्या ज़रूरी है। इसके साथ व्यवस्थित रात्रि चर्या भी ज़रूरी है।

चरक ने कहा है कि दुनिया में ऐसी कोई भी वनस्पति नहीं है, जो औषधि न हो। ऋग्वेद में वनस्पतियों को देव रूप जानकर नमस्कार किया गया है। अथर्ववेद में भी इसी परम्परा का विकास है। ऋषि वनस्पतियों औषधियों को नमस्कार करते हैं। इसके कई भौतिक कारण हो सकते हैं। पहला कारण वनस्पतियों द्वारा लगातार प्राण वायु आक्सीजन देना है। ऋग्वेद, अथर्ववेद व उपनिषदों में प्राण की महत्ता है। प्राण सर्वस्व है। दूसरा कारण उनका रोगनाशक औषधि होना है। औषधियों की जानकारी इन कवियों तक ही सीमित नहीं है। औषधियों का ज्ञान तत्कालीन समाज में भी विस्तृत है। औषधि का ज्ञान पशु–पक्षियों को भी है, "सूअर, नेवला, सर्प और गन्धर्व, पशु–पक्षियों व हंसों को औषधियों का ज्ञान है। ऋषि अंगिरा ने सुन्दर पत्तियों वाली इन औषधियों का प्रयोग किया है।" (8.7.23–24) ऋषि पशु–पक्षियों के औषधि ज्ञान से परिचित हैं।

साँप प्राण हन्ता शत्रु है। ऋषियों को कई प्रकार के साँपों की जानकारी है। वे साँप के विष को उतारने वाली औषधि से परिचित हैं। अथर्ववेद (5.13) में कहते हैं, "हमें वरुण देव से ज्ञान मिला है।

उनके मन्त्र प्रबोधन से हे सर्प! हम आपके विष को दूर करते हैं।" (वही, 1) इसका अर्थ है कि इन ऋषियों को साँप विष दूर करने की जानकारी तत्कालीन समाज के विशिष्ट लोगों से मिली है। यह सार्वजनिक बोध नहीं था। साँप का विष मारक था। ऋषि इसकी औषधि से परिचित थे। कहते हैं, "हे सर्प! आपके विष को विष से नष्ट करते हैं—विषेण हन्मि ते विषम्।" (वही, 4) यहाँ साँप का विष मारक है। ऋषि द्वारा प्रयुक्त विष औषधि है।

साँप अनेक प्रकार के होते हैं। ऋषि कहते हैं, "हे जंगल में घूमने वाले, धब्बों वाले, घास में रहने वाले काले, भूरे रंग वाले सर्पो हमारा निवेदन सुनो। हमारे इस कथन को दूसरे सर्पो को बताओ। आप सब अपने ही विष में रमते रहो।" (वही, 5) शरीर पर तमाम काँटो वाली साही या स्याही से साँप डरते हैं। ऋषि यह बात भी जानते हैं, "पर्वतों के समीप घूमने वाली साही—श्राववित् के प्रभाव में धरती के नीचे रहने वाली सर्पिणियाँ विषहीन हो जाती हैं।" (वही, 9) "कुछ सर्पिणियाँ गूला वृक्ष से निकट है। ये सर्पिणी की पुत्री हैं। ये दाँतो से क्रोध प्रकट करती हैं। इनका भी विष प्रभावहीन हो।" (वही, 8) इसी सूक्त में 'ताबुव' नाम की औषधि का उल्लेख है। यह विष प्रभाव नष्ट करती है। (वही, 10,11) आचार्य श्रीराम शर्मा की टिप्पणी है, "इस सन्दर्भ में शोध अपेक्षित है।" कौशिक सूत्र में सर्प विष चिकित्सा के क्रम में कडुवी तुम्बी में जल भरकर पीड़ित व्यक्ति को पिलाने का प्रयोग लिखा है।

सर्प विष दूर करने वाली तमाम औषधियाँ हैं। एक सूक्त (10.4) में "रथ वंधूर, तरूणक, अश्वनामक, अलधुष, पैद्व आदि" उनके नाम हैं। उन्होंने इन औषधियों का शोध किया है, अनेक औषधियों की जानकारी उन्हें वनवासियों से मिली है। एक मन्त्र (10.4.14) में एक किरात कुमारी द्वारा विष की औषधि खोदने का उल्लेख है। यह औषधि किरातों द्वारा खोजी गयी हो सकती है। अथर्ववेद के ऋषि सभी दिशाओं से ज्ञान लेते हैं। यह परम्परा ऋग्वेद की है। ऋग्वेद में सभी दिशाओं से श्रेष्ठ ज्ञान प्राप्ति की स्तुति है। यही परम्परा भारत की है। प्राचीन स्वदेशी को आधुनिक अद्यतन और विदेशी को राष्ट्रानुकूल लोकमंगल हितैषी बनाना आधुनिक काल की आवश्यकता है। जीवन—शैली में आधारभूत परिवर्तन हो रहे हैं। आधुनिक चिकित्सा विज्ञानी इन चुनौतियों से जूझ रहे हैं। जीवन दृष्टि में सकारात्मक परिवर्तन लाने वाली कोई औषधि अभी तक नहीं खोजी जा सकी है। बेशक इस विज्ञान में रोगों की अनेक औषधियाँ हैं लेकिन नित्य नये रोग भी बढ़ रहे हैं।

प्राचीन आयुर्विज्ञान से हमारा सम्बन्ध गड़बड़ा रहा है। मानसिक अवसाद बढ़े हैं। विषाद के कारण मानवता तनाव में है। प्राचीनता की उपेक्षा और उपहास के कारण हम भारतवासी अपने ही आधारभूत आयुर्विज्ञान से कट गये हैं। इस आयुर्विज्ञान का प्रस्थान बिन्दु ऋग्वेद व अथर्ववेद के रचनाकाल के समय का भारत है। आनन्द से भरे–पूरे ये ऋषि बृहत्तर मानवता और हर तरह से सुखी आरोग्य विश्व की मधुर अभिलाषा से सम्पन्न थे।

अथर्ववेद मधु अभिलाषा से भरापूरा है। ऐसी अभिव्यक्ति अथर्ववेद के रोगोपशमन सूक्त (5.15) में भी है। इस सूक्त में 11 मन्त्र हैं। इस सूक्त के देवता मधुलौषधि हैं। सभी मन्त्रों के अन्त में "मधु में मधुलाकरः–आप मधुरता उत्पन्न करें। हमारी वाणी को मधुर करें" की टेक दोहराई गयी है। यह सूक्त बड़ा मधुर है। कहते हैं, "हे ऋत से उत्पन्न औषधि! हमारे निन्दक एक हों या दस हों, आप मधुरता उत्पन्न करें। हमारी वाणी मधुर करें।" (वही, 1) आगे यही दोहराते हुए निन्दक संख्या दोगुनी करते हैं– निन्दक दो हो या बीस हों, आप मधुरता दें, वाणी मधुर करें।" (वही, 2) इसी प्रकार निन्दक संख्या तीन या तीस हो, चार या चालीस हो, पाँच या पचास हो, छह या साठ हो, सात या सत्तर हो, आठ या अस्सी हो, नौ या नब्बे हो, दस या सौ हो, सौ या हज़ार हो, आप मधुरता उत्पन्न करें। वाणी मधुर बनाये।" (वही, 3 से 11) यह सूक्त गम्भीर है। निन्दक बढ़ते हैं तो वाणी की मधुरता कुप्रभावित होती है। ऋषि घोर निन्दा में भी वाणी में माधुर्य चाहते हैं। क्या वाणी मधुर करने वाली कोई औषधि विज्ञान के पास है? अथर्ववेद की मधु अभिलाषा गहरी है।

राष्ट्र की भौगोलिक सीमा इस बृहद परिवार वाले घर की सीमा है। राष्ट्र के प्रत्येक नागरिक का सुख, आरोग्यपूर्ण जीवन सबकी अभिलाषा है। कोरोना महामारी का सम्बन्ध एक व्यक्ति से नहीं है। यह एक से अनेक हो जाने की शक्ति से लैस है। सम्पूर्ण राष्ट्र में इसका विस्तार भारतीय जनगणमन की बेचैनी है। इसकी गति आश्चर्यजनक है यह राष्ट्र राज्य की सीमा नहीं मानती। सारी दुनिया में इसका प्रकोप है। मृत्यु का ताण्डव है, शवों के ढेर हैं।

भारतीय पुराणों में वैराग्य के दो प्रमुख केन्द्र बताये गये हैं। इनमें ज्ञान पहला है। ज्ञानी संसार की आन्तरिक गतिविधि का अध्ययन करते हैं। सृष्टि के प्रपंचों में कार्यकारण खोजते हैं। उन्हें संसार की व्यर्थता की अनुभूति है। माया मोह समाप्त हो जाता है। पूर्वजों ने इसे ज्ञान वैराग्य कहा है।

दूसरे वैराग्य को श्मशान वैराग्य कहा गया है। हम सबके परिजनों की मृत्यु पर श्मशान जाते हैं। परिजन की मृत काया को आग में जलता देखते हैं। श्मशान क्षेत्र में अन्य तमाम शव भी दिखाई पड़ते हैं। परिजनों को बिलखता देखते हैं। सबका जाना सुनिश्चित दिखाई पड़ता है। काल सबको घेरे रहा है। ऐसे सोच–विचार में जीवन की क्षण भंगुरता की प्रत्यक्ष अनुभूति होती है। पूर्वजों, मनीषियों ने इसे श्मशान वैराग्य कहा है। भारत में काल और मृत्यु पर्यायवाची भी हैं। कहते हैं कि इनका काल आ गया। सो परमधाम चले गये।

कृषि, पशुपालन, उद्योग व्यापार, मुद-मोद-प्रमोद और उल्लास

कृषि भारत का पूर्व वैदिककालीन उद्यम है। ऋग्वेद में कृषि कार्य का उल्लेख है। तब कृषि सम्मानजनक कार्य थी। देवों को भी कृषि कर्म से जुड़ा बताया गया है। ऋग्वेद (8.22.6) के अनुसार "अश्विनी देव भी भूमि जोतते हैं। क्षेत्रपति भी एक देवता हैं। वे भी कृषि कार्य में सहयोगी हैं।" (वही, 4.57.1) इन्द्र और वरुण भी कृषि से जुड़े हैं। कृषि अन्नदाता है। सब कृषि कर्म को महत्त्व देते हैं। कृषि तत्कालीन समाज का अनिवार्य कर्म है। इसलिए स्वाभाविक ही ऋषियों के मन में कृषि उपकरणों के प्रति भी प्रेम भाव है। भूमि जोतने के काम में हल एक उपकरण है। इसमें लोहे का फाल प्रयुक्त होता है। ऋषि "हल के फाल से सुखपूर्वक ज़मीन जोतने की इच्छा व्यक्त करते हैं।" (वही, 4.57.8) वे "हल से भी सुखपूर्वक ज़मीन जोतने की प्रार्थना करते हैं।" (वही, 4.57.7) अन्यत्र (वही, 10.101.3-8) कहते हैं, "हे मित्रो! हल में बैल जोड़ो। खेत में बीज बोओ। ख़ूब अन्न उत्पादन हो। हमारा हँसिया पकी फ़सल को काटे। बैलों को घास खिलाओ, खेत जोतो। उपज ढोने वाले रथ तैयार करो।" ऋग्वेद में कृषि कर्म की व्यापक चर्चा है।

अथर्ववेद में ऋग्वैदिक काल की तुलना में कृषि का विकास अधिक समुन्नत दिखाई पड़ता है। कृषि कार्य प्रतिष्ठित है। अथर्ववेद (कृषि सूक्त, 3.17) में कृषि कार्य के विवरण हैं। यहाँ इन्द्र देव भी कृषि कार्य में सहयोगी हैं। कहते हैं, "इन्द्र जोती हुई भूमि–सीता का संरक्षण करें। पूषा देव इसे सम्हालें। यह धरती श्रेष्ठ धान्य व जल से परिपूर्ण रहे। हमारे लिए अन्न का दोहन करें।" (वही, 4) ऋग्वेद की ही शब्दावली में कहते हैं, "हल की फाल खेत को भली प्रकार से जोते। कृषक बैलों के पीछे सुखपूर्वक चलें। कृषक प्रसन्न मन खेत जोतें। बैल उन्हें सुख दें। रस्सियाँ उन्हें सुख

बन्धन में रखें।" (वही, 5 व 6) ऋग्वेद व अथर्ववेद में जोती गयी भूमि का नाम सीता है। ऋषि सीता से कहते हैं, "हे सीते! हम आपको प्रणाम करते हैं। आप हमारे लिए श्रेष्ठ फल देने वाली हों। हमारे अनुकूल हों।" (वही, 8) रामायण की सीता का सम्बन्ध भी जोती गयी भूमि से है। ऋषि जुती हुई भूमि से भी स्तुति करते समय अपनी मधुप्रियता घृतप्रियता का उल्लेख नहीं भूलते, "यहाँ जुती हुई भूमि भी मधु और घृत सिंचित बतायी गयी है।" (वही, 9)

कृषि का आविष्कार मनुष्य की अन्न आवश्यकता से हुआ। आदिम मानव अन्न फल के उपयोग से परिचित नहीं थे। धीरे–धीरे उनका परिचय भूमि की उर्वरा शक्ति से हुआ। अथर्ववेद में कृषि कार्य के आविष्कार का श्रेय राजा वेन के पुत्र पृथु को दिया गया है। कहते हैं, "वेन पुत्र पृथु ने पृथ्वी को दुहा। इस दोहन से कृषि और धान्य प्राप्त हुए।" (वही, 8.10.11) यहाँ धान्य प्राप्त करना कृषि कार्य का फल है लेकिन इसके पहले 'कृषि' प्राप्त करने का उल्लेख विचारणीय है। प्राप्त करने का अर्थ कृषि तन्त्र का ज्ञान विकास है। आगे के मन्त्र में यह तथ्य स्पष्ट है, "कृषि और धान्य से मनुष्य जीवनयापन करते हैं। जो इस रहस्य के ज्ञाता हैं, वे कृषि विशेषज्ञ होकर अन्य प्राणियों के भी जीवन निर्वाह में सहायक होते हैं।" (वही, 12)

अथर्ववेद के रचनाकाल में कृषि ज्ञान का विकास सुव्यवस्थित विज्ञान का रूप ले चुका था। कृषि कार्य के विशेषज्ञ 'अन्नविद्' कहलाते थे। पूर्वजों ने अपने अनुभव के आधार पर कृषि कार्य के तमाम नियम बनाये थे। अथर्ववेद में उन्हें 'याम' कहा गया है। कहते हैं, "कृषि कार्य से जुड़े लोग जो नियम–यद् यामं मानते क्रियान्वित करते रहे हैं, वे अन्नविद् अन्नवान हों। हमारा अन्न मधुमय हो–मधुमदस्तु नो अन्नं।" (6.116.1) मधुप्रियता यहाँ भी है। तैत्तिरीय संहिता में कृषि कार्य को लयबद्धता के कारण 'छन्द' कहा गया है। छन्द एक व्यवस्था है। इस व्यवस्था में आनन्द है। कृषि आनन्ददाता कर्म थी। सरस्वती वैदिक ऋषियों की प्रिय नदी है। इसी तट पर तमाम काव्य मन्त्रों का उदय हुआ। एक मन्त्र (6.30.1) के अनुसार "सरस्वती तट पर देवों ने मनुष्यों को मधु रस आपूरित जौ दिया– देवा इमं मधुना संयुतं यवं। भूमि में अन्न उपजाने के लिए मरुदगणों ने खेती की। इन्द्र हल के अधिष्ठाता बने।" अथर्ववेद के कृषि कर्म में देवता भी सहयोगी थे। ये देव असाधारण प्रतिभा वाले कृषकों की प्रति छवि भी हो सकते हैं।

कृषि भूमि को खेत कहा जाता है। ऋग्वेद अथर्ववेद में इससे सम्बन्धित व्यक्ति को क्षेत्रपति–क्षेत्रस्यपतये कहा गया है। (2.8.5) इस मन्त्र में क्षेत्रपति को नमस्कार किया गया है– नमः क्षेत्रस्य पतये। क्षेत्रपति पुरुष कृषि भूमि के स्वामी थे। एक मन्त्र (2.12.1) में क्षेत्रस्य–पत्नी का उल्लेख भी है। क्षेत्र या खेत की स्वामिनी स्त्रियाँ भी थीं। स्त्रियों का भूस्वामी होना अथर्ववैदिक काल के प्रगतिशील समाज का साक्ष्य है। इस काल में राजा भूस्वामी या भूपति नहीं है। यहाँ क्षेत्रपति किसान हैं। जोती गयी भूमि सीता है। प्रणम्य है। जोतने से खेत में बनी नाली का नाम भी सीता है। एक मन्त्र (3.17.9) में सीता घृत के पुष्टिकारक गुण से युक्त जल व मधु से अभिसिंचित बतायी गयी हैं। वन प्रदेशों में वर्षा ठीक से होती है। अथर्ववेद के ऋषि इस वैज्ञानिक तथ्य से भी सुपरिचित हैं। कहते हैं, "जहाँ सोम आदि वनस्पतियाँ होती हैं, वहाँ हिमपात नहीं होता। ग्रीष्म असह्य ताप नहीं देता। वर्षा समय पर होती है।" (वही, 2) कृषि पर प्राकृतिक आपदाओं के प्रभाव भी पड़ते हैं। अल्पवृष्टि, अतिवृष्टि और हिमपात ओलावर्षण से कृषि फ़सल की क्षति होती है। सूखा पड़ता है, कृषि अन्न नहीं देती। खेती का जलमय बना रहना ज़रूरी है। वर्षा के एक देव पर्जन्य हैं। उनसे स्तुति है "आप मेघ लायें। जलवृष्टि करें।" (7.18.1) सिंचाई के लिए जल ज़रूरी है। पृथ्वी से स्तुति है, "आप वर्षा जल के अच्छी प्रकार धारण योग्य होने की कृपा करें।" (वही) पृथ्वी ही जलसंरक्षण के लिए उपयुक्त स्थान देती है।

अथर्ववेद के ऋषि वर्षा चक्र के विज्ञान से परिचित हैं। वे देवों से वर्षा की प्रार्थना करते हैं। लेकिन उन्हें वर्षा कारक विज्ञान भी बताते हैं। कहते हैं, "हे मरुत्! सूर्य के ताप द्वारा आप जल धारक बादलों को समुद्र से ऊपर ले जायें। बैल की तरह गर्जन करने वाले जलप्रवाह से पृथ्वी को तृप्त करें। सूर्यदेव समुद्र से जल प्रेरित करें। इससे अश्व के समान गतिशील वर्षा करने वाले जल की वृद्धि हो।" (4.15.5 व 11) मेघ आकाश में उड़ते हैं। विद्युत चमकती है। ऋषि का ध्यान जल से जुड़े सभी प्रपंचों पर है। कहते हैं, "दशों दिशाओं में विद्युत चमके। वायु सभी दिशाओं में प्रवाहमान हो। वायु प्रेरित बादल पृथ्वी की ओर अनुकूलता से आयें।" (वही, 8) वर्षा से सब प्रसन्न होते हैं। मेढक कुछ ज़्यादा ही प्रसन्न होते हैं। ऋषि अथर्वा कहते हैं, "जैसे व्रतधारी ब्राह्मण पूरे संवत्सर गुप्त रहते हैं। फिर निकलते हैं, वैसे ही ये मेढक पर्जन्य को प्रसन्न करने वाली वाणी बोलते हैं।" (वही, 13) मेढकों की सुन्दर वाणी की तुलना विद्वानों की वाणी से करने वाले

इस मन्त्र की ध्वनि तुलसीदास की रामचरितमानस की एक चौपाई से मिलती है, "दादुर धुनि चहु दिशा सुहाई/वेद पढ़ई जनु वटु समुदाई।"

प्रकृति में एक यज्ञ चक्र चल रहा है। मनुष्य जीवन का आधार अन्न हैं। अन्न का उद्‌भव जल से है। जल का स्रोत वर्षा है। जल महत्त्वपूर्ण है। वर्षा के अनेक देवता हैं। इन्द्र प्रमुख हैं। पर्जन्य हैं। वरुण हैं। जल जीवन है। श्रद्धेय है। पोषक और संरक्षक भी है। ऋग्वेद में जल को बहुवचन रूप जल माताएँ कहा गया है। जल माताएँ विश्व की जननी हैं। अथर्ववेद (1.5.2) की ध्वनि यही है। कहते हैं, "माता के उमड़ने वाले स्नेह की तरह, आप हमें अपना सबसे अधिक कल्याणप्रद रस (जल) दें।" ऋषि तमाम जल स्रोतों को जानते हैं। वे जल से स्तुति करते हैं, "सूखे वाले क्षेत्र का जल हमारे लिए कल्याणकारी हो। जल से भरेपूरे क्षेत्र का जल कल्याणकारी हो। भूमि खोदकर निकाला गया जल हमारा कल्याण करे। कुएँ का जल कल्याण दे। पात्रों में रखा जल कल्याण करे। वर्षा का जल हमारे जीवन को सुख शान्ति दे।" (1.6.4)

अथर्ववेद काल का समाज जल के अनेक उपयोग करता था। सिंचाई कृषि का प्रमुख कार्य था। नदी जल के साथ नदियों में गिरने वाले नाले भी सिंचाई के साधन थे। अन्न का अतिरिक्त उत्पादन था। भोजन से शेष बचे अन्न पर प्रत्यक्ष कृषि उत्पादन से पृथक् अन्य अवकाशभोगी वर्ग निर्भर थे। ऐसे में अन्न का भण्डारण भी होता था। फ़सल और भण्डारण के अन्न को क्षति पहुँचाने वाले पक्षियों और कीटों के नाम भी अथर्ववेद में हैं। कृषिनाशक जीवों को व्यद्वर कहा गया है। (6.50.3) सबसे सुन्दर उल्लेख चूहों का है। चूहों की शिकायत अश्विनी देवों से की गयी है, "हे अश्विनी देवो! आप इन चूहो का मुख बन्द करके हमारे धान्य की सुरक्षा करें।" (6.50.1) अथर्ववेद का समाज चूहों से परिचित था और टिड्डी से भी। आगे के मन्त्र में सीधे चूहों और पतिंगों–टिड्डी से स्तुति है, "तुमको नष्ट करने के लिए यह आहुति दी जा रही है। यह उपासना अश्विनी देवों से की जा रही है। इसके पहले ही तुम यव अन्न छोड़कर भाग जाओ।" (वही, 2) यहाँ ऋषि चूहों को भाग जाने का अवसर दे रहे हैं। कृषि पृथ्वी पर होती है। इसमें उर्वरा शक्ति है। इस उर्वरा शक्ति का सदुपयोग कृषि कार्य है। पहले जोताई, फिर बोआई, फिर सिंचाई, फिर जानवरों से पौध संरक्षण, फ़सल तैयार हो जाने पर कटाई, मड़ाई, फिर धान्य को घर लाने का भण्डारण कार्य। कृषि की इस पूरी गतिविधि में

गोवंश किसान का सहयोगी है। ऋग्वेद से लेकर अथर्ववेद तक और उसके परवर्ती काल में भी गोवंश भारतीय अभिजनों का परिजन जैसा सहायक है।

गोवंश संवर्द्धन

प्राचीन समाज पशु प्रिय था। ऋग्वेद से लेकर अथर्ववेद तक रुद्र की महिमा है। रुद्र प्रकृति की महाशक्ति हैं। महा–देव हैं। वे रुद्र रौद्र रूप भी होते हैं। लेकिन पशुपति हैं। अथर्ववेद का एक पूरा सूक्त (11.2) रुद्र की स्तुति है। कहते हैं, "हे पशुपति! आपके मुख, आँख, त्वचा व नील पीत वर्ण रूप के लिए हमारा नमस्कार है।" (11.2.5) इस सूक्त के अनेक मन्त्रों में रुद्र पशुपति हैं। उनसे प्रार्थना है कि "ये पाँच पशु गाय, अश्व, बकरी, भेड़ और मनुष्य आपके आश्रित हैं। पशुपति आपको हमारा दस बार नमस्कार है–दश कृत्वः पशुपते नमस्ते।" (वही, 9) अथर्ववेद में अन्यत्र पशुओं की यह संख्या भिन्न है। लेकिन यहाँ पाँच प्रमुख पशु हैं। मनुष्य भी पशु है। शेष चार में गाय और घोड़े महत्त्वपूर्ण हैं। वैदिक साहित्य में अश्व और गाय का उल्लेख बहुत है। अश्व गति का प्रतीक है, रथ खींचता है। युद्ध में अश्व की भूमिका है। अश्व समृद्धि का प्रतीक भी है। इसी तरह गाय भी समृद्धि का प्रतीक है। लेकिन गाय के प्रति अथर्ववेद के समाज में अतिरिक्त आदर भी है। गाय ऋग्वैदिक काल से ही अबध्य है। अथर्ववेद के समय में गोवंश का संरक्षण व संवर्द्धन उत्कृष्ट जीवन मूल्य बन चुका है। अथर्ववेद की परम्परा में रुद्र, शिव पशुपति हैं और विष्णु अवतार श्रीकृष्ण गोपाल हैं।

अथर्ववेद के समय घोड़े और गाय आदि सभी पशु प्रिय थे। जंगली हिंसक पशु भिन्न श्रेणी में थे। सामान्य पशु समाज के लिए उपयोगी थे। अथर्ववेद के पशु संवर्द्धन सूत्र (2.26) में कहते हैं कि "हमारे जो पशु इधर–उधर घूम रहे हैं वे आवास में आ जायें"। सम्भवतः यह पशुओं के घर लौट आने का समय है। पशु आवास के लिए गोष्ठ शब्द का प्रयोग हुआ है। सम्भवतः इसी से गोष्ठी शब्द बना है। मनुष्य जीवन में साथ–साथ मिल–जुलकर चलने से बने वातावरण से जीवन में सुख आते हैं। तब जीवन सुखमय हो जाता है। ऋषि की इच्छा है कि "गाय पशु और मनुष्य भी मिल–जुलकर चलें।" हमारे यहाँ अन्न का उत्पादन ठीक से हो।" (वही,3) गाय का दूध ऋषि समाज को प्रिय है। यह आनन्दित करता है। ऋषि स्तुति करते हैं, "हमारे परिवार के लोग दूध, घी आदि से

सम्पन्न रहे। मेरे पास गायें सदा बनी रहें'' (वही, 4) गोवंश सर्वप्रिय है। ऋषि गायों के लिए सुन्दर गौशालाएँ भी बनाते हैं। गायों से कहते हैं, ''हे गायो हम आपके सुख विश्राम करने योग्य सुन्दर गौशाला प्रदान करते हैं। गौशालाओं में हम आपको जल सहित सभी सुविधाएँ भी देते हैं। आप हमको दूध, घी के द्वारा ऐश्वर्य व पुष्टि प्रदान करें'' (3.14.1–2) ऋषि गौशाला के वातावरण का भी ध्यान रखते हैं। वे गायों के प्रति भावुक हैं। इसी भावुकता में वे कहते हैं, ''हे गायो आप इस गौशाला में निर्भय होकर रहें। पुत्र–पौत्रों से सम्पन्न होकर दीर्घजीवी हों। मधुर और सौम्य दूध धारण करती रहें'' (वही, 3) आधुनिक समाज में बूढ़ी गायों की चिन्ता नहीं है। वे बूढ़ी होकर दूध देना बन्द करती हैं। लोग इन्हें घर से निकाल देते हैं। वे इधर–उधर सड़कों पर भूखी–प्यासी घूमती हैं। लेकिन ऊपर के मन्त्र में गौओं से दीर्घजीवन तक गौशाला में रहने की प्रार्थना की गयी है।

अथर्ववेद के रचनाकाल में गायों के साथ रहना विशिष्ट प्रकार का सुख था। ऋषि के अनुसार, ''गायें कल्याण करती हैं वे अनेक रूप–रंग वाली हैं। इनके बछड़े भी हैं। वे समाज को आनन्दित करती हैं'' (4.21.1) वैदिककाल में इन्द्र सर्वमान्य देवता है। ऋषि इन्द्र से प्रार्थना करते हैं, ''आप हमें गाय की समृद्धि दें, गायें दें" फिर कहते हैं" ये गऊएँ ही, इन्द्र रूप हैं'' (4.21.5) यहाँ पहले इन्द्र से गाय समृद्धि प्राप्त करने की स्तुति और फिर गायों को ही इन्द्र रूप में देखना गाय की विशिष्ट महत्ता का प्रतीक है। आगे प्रार्थना है कि कोई भी हिंसक पशु इन गायों को कष्ट न दे। गायों की हिंसा दुःखदायी है। गायों को कष्ट पहुँचाने से समाज की शक्ति घटती है। कहते हैं, ''जिस राष्ट्र में गाय से द्वेष किया जाता है। गायें पीड़ित की जाती हैं उस राष्ट्र का तेज मर जाता है। ऐसे राष्ट्र में पराक्रमी वीर उत्पन्न नहीं होते–तेजो राष्ट्रस्य र्निहन्ति नः वीरो जायते वृषः। गाय को पीड़ित करना क्रूरता है'' (5.19.4–5) ऋषि गाय का प्रत्येक तरह से संरक्षण चाहते हैं। प्रार्थना करते हैं, ''वायु देवता गायों को एकत्रित करते हुए सुख दें। त्वष्टा देवता इन्हें पोषण दे। इन्द्र देवता इन्हें स्नेह दें। रुद्र देवता इन्हें स्वस्थ रखें और इनका संवर्द्धन करें।'' (6.141.1)

अथर्ववेद में गायों को विश्वरूप भी कहा गया है। ऋषि कहते हैं, ''गाय के दो सींग, प्रजापति और परमेष्ठि हैं। इन्द्र देवता इसके सिर हैं, अग्नि ललाट व राजा सोम मस्तिष्क हैं, द्युलोक ऊपर का जबड़ा और पृथ्वी नीचे का जबड़ा है। देवशक्तियाँ इसकी पीठ हैं। चेतना इस विश्वरूप

गाय का हृदय है।'' (9.12.1,2,3,4,11) इसी तरह गाय के प्रत्येक अंग को देव प्रतीक बताया गया है। इस सूत्र के अन्तिम मन्त्र में कहते हैं, ''जो इस गाय या बैल के वास्तविक रूप को जान लेते हैं उन्हें विश्व रूप का ज्ञान हो जाता है और उन्हें सर्वरूप पशु उपलब्ध होते हैं।'' (वही, 26)

भारत के संविधान निर्माताओं ने गो–संरक्षण को राज्य का नीति निर्देशक तत्त्व बनाया है। ऋग्वेद और अथर्ववेद के रचनाकाल में ऋषि कवि गोवंश को अतिरिक्त महत्त्व देते थे। उन्होंने गाय को अबध्य बताया है। अथर्ववेद और ऋग्वेद में अबध्य के लिए अघन्य शब्द आया है। कहते हैं, ''यह कभी भी बध न किये जाने योग्य है। यह मनुष्यों को दूध, घी आदि से सम्पन्न करती है। यह मानव समाज के सौभाग्य को बढ़ाती है।'' (9.15.5) ऋषि गाय को देखते समय अति संवेदनशील जान पड़ते हैं। ऐसे भावुकतापूर्ण रसपूर्ण दो मन्त्र ध्यान देने योग्य हैं। कहते हैं, "गाय बछड़े के पास रम्भाती है। बछड़ों को चाटती है। बछड़े के पास अपने दूध भरे थन ले जाती है, दूध पिलाते हुए स्नेह देती है। बछड़ा गाय के चारों ओर मौन अभिव्यक्ति करता है।'' (वही, 6,7) गाय को ये ऋषि माता कहते हैं। अथर्ववेद के अनुसार सभा समिति जैसी लोकतान्त्रिक संस्थाओं में गायों की प्रशंसा होती है।

कृषि और पशुपालन अलग–अलग कार्य नहीं हैं। दोनों परस्पर पूरक हैं। अथर्ववेद के समाज में दोनों महत्त्वपूर्ण हैं। कृषि अन्नदायिनी है। यह व्यापार ही नहीं है। अतिरिक्त उत्पादन के कारण कृषि से अन्न का व्यापार जुड़ा पर कृषि वैदिक अभिजनों की संस्कृति भी है। ऋषि मार्गद्रष्टा है और कृषि अन्नदाता। स्वाभाविक ही ऋषि और कृषि अथर्ववैदिक काल के दो सम्मानित स्तम्भ हैं। अथर्ववेद में दोनों का मधु सार है और दोनों की स्तुतियाँ हैं।

उद्योग व्यापार

अथर्ववेद काल का समाज समृद्ध है। एक व्यवस्थित अर्थतन्त्र का विकास हो रहा है। यह अर्थतन्त्र स्वचालित है। कौटिल्य इसी काल के अर्थतन्त्र का विकास करते हैं। वे अखिल भारतीय राजतन्त्र द्वारा व्यवस्थित 'अर्थशास्त्र' की धारणा को विस्तार देते हैं। अथर्ववेद के समाज में कृषि और पशुपालन ही सम्पन्नता के स्रोत नहीं हैं। व्यापार का विकास भी हो चुका है। अथर्ववेद का एक पूरा सूक्त (3.15) व्यापार को समर्पित है।

इस सूक्त में इन्द्र को कुशल व्यापारी कहा गया है। उनसे व्यवसाय का अगुवा व नेता बनने की प्रार्थना है, "हम व्यवसाय में कुशल इन्द्र को बुलाते हैं। वे आयें। हमारे अग्रणी बनें। व्यापार के मार्ग में लूट आदि बाधाओं को दूर करें। व्यापार यात्रा के मार्गों को दूध–घी से तृप्त करें। मैं क्रय–विक्रय से धन प्राप्त करूँ।" (वही, 1-2) व्यापार का उद्देश्य लाभ होता है।

आधुनिक काल में भी व्यापार का लक्ष्य लाभ है। अथर्ववेद के रचनाकाल में भी था। एक मन्त्र में यही सीधी बात कही गयी है, "हे देवो! आप लाभ की अवरोधक शक्तियों को दूर करें। हम लाभ की कामना से धन व्यापार में लगाते हैं। हमारा धन लगातार बढ़ता रहे। कभी कम न हो। हम धन से धन प्राप्त करने की कामना से धन व्यापार में लगाते हैं, सविता, प्रजापति, सोम इस कार्य में हमारी रुचि बढ़ाएँ।" (वही, 4-5) व्यापार मूलतः दो प्रकार का होता है। किसी वस्तु को दूर से लाकर अधिक माँग वाले क्षेत्र में बेचना पहला है। इससे लाभ होता है। इसी तरह किसी वस्तु या पदार्थ के गुण रूप को बदलकर माँग के अनुरूप बिक्री करना दूसरा है। यहाँ पहला सामान्य व्यापार है और दूसरा औद्योगिक उत्पादन से जुड़ा है। अथर्ववेद में दोनों हैं। तब लोहे का काम था। रथ बनते थे। रथ का अनेकशः उल्लेख मिलता है। युद्ध के उपकरणों का उद्योग था। अन्य तमाम शिल्प भी हैं। एक मन्त्र में ऐसे उद्योगों में काम करने वाले कारीगरों को 'मनीषी' कहा गया है– "ये धीवानो रथकाराः कर्मारा ये मनीषिणः।" (3.5.6) शिल्पियों को राजकृत–राजा (या राजव्यवस्था) का निर्माता भी कहा गया है। (वही, 7) यहाँ ऋग्वेद की परम्परा है।

ऋग्वेद में कारीगरों को देवता भी बताया है। ये अपने शिल्प के कारण देवता बने थे। विश्वकर्मा जगत् बनाने वाले देवता हैं। गृहनिर्माण का शिल्प भी पर्याप्त उन्नत था। विभिन्न शिल्पों से जुड़े श्रमिकों के अनेक वर्ग थे। श्रम का विशिष्टीकरण विकासमान था। अथर्ववेद में रथ बनाने वाले कारीगर 'रथकार' हैं। रथ निर्माण बुद्धिमानी का काम था। अथर्ववेद में उन्हें धीवान–बुद्धि सम्पन्न कहा गया है। (3.5.6) कुल्हाणी व बसूला से लकड़ी का काम करने वाले 'त्वष्टा' कहे गये हैं। (12.3.33) लोहे का काम करने वाले कर्मार कहे गये हैं। इन्हें मनीषी–ज्ञानी कहा गया है। (3.5.6) कर्मार चमड़े की धौकनी का प्रयोग करते थे। बर्तन बनाने वाले अयोहत कहे गये हैं। कपड़ा धोने वाले 'मलग' कहे जाते थे। (12.3.21) बाल कटाई भी होती थी। ऐसे जानकारों को 'वप्ता' कहा गया है। बुनाई का काम भी था।

बुनाई का काम प्रायः स्त्रियाँ करती थीं। (10.7.42) बुनाई सम्भवतः लोकप्रिय उद्योग था। एक दार्शनिक मन्त्र (10.7.42) में "दिन और रात्रि दो बुनकर स्त्रियाँ हैं। कालचक्र करघा है। 6 ऋतुएँ 6 खूटियाँ हैं। रात्रि ताना है, दिन बाना है। एक स्त्री दिन है। वह धागे को फैलाती है। दूसरी रात्रि व्यवस्थित करती हैं।" संवत्सर वस्त्र बनता है। वस्त्र निर्माता भी थे। यहाँ कपड़ा उद्योग की छवि है। तन वस्त्र के लिए वासस् शब्द आया है।

ऊनी वस्त्रों का शिल्प भी समुन्नत था। एक मन्त्र (18.3.49) में "पृथ्वी के स्पर्श की तुलना ऊन के सुकोमल स्पर्श से की गयी है।" मधुरस और मधुप्रियता अथर्ववेद का प्रवाह है। मधुमक्खी पालन भी एक प्रतिष्ठित उद्योग व व्यापार था। व्यापार की अनेक वस्तुएँ थीं। अनेक मार्ग थे। वाणिज्य सूक्त (3.15.2) में कई मार्गों का उल्लेख है। इसमें 'देवयान' शब्द आया है। पद्मश्री डॉ. कपिल देव द्विवेदी ने इसी आधार पर "वेदों में लोक कल्याण।" (पृ. 19) में 'समुद्र और आकाश मार्ग से व्यापार' शीर्षक से लिखा है, "इससे ज्ञात होता है कि देवयान शब्द आकाशीय मार्ग को बताता है। देवयान शब्द बताता है कि आकाशीय मार्ग से विमानों से व्यापार का कार्य होता था।" डॉ. द्विवेदी की यह बात मानें तो यह स्वीकार करना होगा कि अथर्ववेद के रचनाकाल में विमान थे। लेकिन इस विश्वास के प्रमाण नहीं हैं। बेशक भारत के प्राचीन साहित्य में विमानों का उल्लेख है। रामकथा में है, कालिदास की रचनाओं में है। आकाश मार्ग पूर्वजों का प्रिय विषय रहा है। लेकिन विमान तकनीकी के पुष्ट प्रमाण नहीं मिलते। निस्सन्देह तब उद्योग और व्यापार का पर्याप्त विकास हो चुका था।

व्यापार के लिए मुद्रा की आवश्यकता होती है। मुद्रा की मान्यता राजव्यवस्था देती है। मुद्रा के अभाव में स्वर्णधातु सर्वत्र मान्य थी, आधुनिक विश्व में भी स्वर्ण ही सर्वप्रिय प्रतिभूति है। ऋग्वेद में 'निष्क' का उल्लेख मुद्रा जैसा है। निष्क को सर्वशक्तिमान कहा गया है। अथर्ववेद (20.127.3) में भी 'निष्क' का उल्लेख है। कहते हैं, "इसने ऋषि को 100 निष्क–शतं निष्कान' दस हार, तीन सौ घोड़े और 10 सहस्र गाएँ दान कीं।" आचार्य श्रीराम शर्मा ने अथर्ववेद के अनुवाद में निष्क को स्वर्णमुद्रा बताया है। तब स्वर्ण की जानकारी थी। यह बात सुनिश्चित है। इसलिए स्वर्ण उद्योग और व्यापार निश्चित ही था। एक मन्त्र (4.10.1) में हिरण्य/स्वर्ण से निर्मित शंख का उल्लेख है। इसी सूक्त (मन्त्र 4) में हिरण्य/स्वर्ण को समुद्र या नदियों से प्राप्त बताया गया है। इसी सूक्त (मन्त्र 7) में मोती का उल्लेख है।

इसे देवों का आस्थिरूप कहा गया है। जल मार्ग में नौकाएँ चलती थीं। नाव उद्योग भी था। जल मार्ग से तमाम वस्तुओं का व्यापार भी था। यहाँ चलने वाली नाव से ये ऋषि परिचित हैं। इनमें वे यात्रा भी करते थे। लेकिन ये ऋषि कवि भी हैं। वे देव लोक व स्वर्ग लोक में भी नावों की कल्पना करते हैं। वे देवलोक या स्वर्ग में चलने वाली नावों को सोने के बन्धन वाली बताते हैं। (5.4.4) एक अन्य मन्त्र (19.39.7) में भी "स्वर्ण निर्मित खूँटे से बँधी नाव दिव्य लोक में है।"

स्वर्ण इन ऋषियों की प्रिय धातु है। स्वाभाविक ही तब स्वर्ण उद्योग भी था। धातु उद्योग फलफूल रहा था। एक मन्त्र (5.28.1) में "दीर्घायु के लिए 9 प्राणों का 9 धाराओं से संयुक्त करने की बात है। इनमें तीन हरित हैं। तीन रजत या चाँदी के हैं। तीन अयस् या लोहे आदि धातुओं के हैं। वे तप (ऊष्मा) द्वारा स्थित होते हैं।" धातु उद्योग में अग्नि ताप की उपयोगिता है। स्वर्ण आभूषण धारण करना प्रतिष्ठा का प्रतीक था। इसे दीर्घायु प्राप्त करने का उपाय भी बताया गया है। कहते हैं, "जो स्वर्ण धारण करते हैं। उनकी अकाल मृत्यु नहीं होती।" (19.26.1) आगे कहते हैं, "यह प्रसन्नता देने वाला स्वर्ण आपको दीर्घायु, तेजस्वी, ओजस्वी व तेजस्वी बनाये–आयुषे त्वा वर्चसे त्वौजसे च बलाय च। आप समाज में वैसे ही चमकें जैसे सोना चमकता है।" (वही, 3) सोने का एक आभूषण रूक्म था। मरुत देवों को रूक्मवक्षस कहा गया है। एक मन्त्र (7.115.2) में एक आभूषण हिरण्यहस्त का उल्लेख है। यह हाथ में पहना जाने वाला कड़ा कंगन था।

ऋषि रत्नों से भी परिचित थे। एक मन्त्र (5.1.6) में इन्द्र आराधना से प्रसन्न होकर रत्न देते हैं। रत्न उद्योग व व्यापार भी था। अथर्ववेद में अनेक मणियों व आभूषणों का उल्लेख है। इसी तरह कृषि कार्य के उपकरणों का उद्योग था ही। युद्ध के लिए उपयोगी शिरस्त्राण या हेलमेट भी बनते थे। घरेलू उपयोग में आने वाली वस्तुओं का भी उद्योग व्यापार था। समाज में व्यक्तिगत सम्पदा का विकास हो चुका था। लोक क्रय शक्ति सम्पन्न थे। अथर्ववेद के समाज को असभ्य और पिछड़ा या सिर्फ़ कृषि आधारित बताने वाले न्याय नहीं करते। अथर्ववेद पर अनेक विदेशी विद्वानों ने महत्त्वपूर्ण ग्रन्थ लिखे हैं। उनका ध्यान उद्योग व्यापार सम्पन्न विकसित अर्थतन्त्र वाले सूक्तों, मन्त्रों की ओर प्रायः कम गया है। जादू–टोने या अभिचार कर्म वाले सूक्तों पर ज़्यादा गया है।

वामपन्थी विद्वानों ने पूँजी के सदुपयोग और व्यापार से औद्योगिक तन्त्र के विकसित होने की आर्थिक कार्रवाई पर विचार नहीं किया। उनके अनुसार व्यापारिक विशेषतया औद्योगिक पूँजीवाद के दौर में सभ्यता का विकास होता है। ऐसी पूँजी की समृद्धि से दर्शन, सभ्यता व संस्कृति के विकास के तथ्य अथर्ववेद में सुस्पष्ट हैं।

अपने कर्म पर विश्वास रखने वाला अथर्ववैदिक समाज समृद्धिशाली था। यह सदाचार आदर्श की कल्पना तक ही सीमित नहीं था। सदाचार व्यावहारिक था। खानपान के भी नियम थे। इन ऋषियों ने सुव्यवस्थित आहार शास्त्र का भी विकास किया था।

मुद, मोद, प्रमोद में उल्लास

समृद्ध समाज में तमाम कलाओं के विकास होते हैं। अतिरिक्त उत्पादन से पूर्णकालिक संस्कृतिकर्मी वर्ग का अभ्युदय होता है। अथर्ववेद के रचनाकाल में समृद्धि थी। कृषि और पशुपालन के साथ उद्योग धन्धो की आर्थिक कार्रवाई थी। गीत संगीत और नृत्य का भी विकास हो चुका था। कलाओं के विकास की एक भूमि दर्शन भी है। दर्शन स्थूल से सूक्ष्म की यात्रा है। यहाँ कला में दर्शन की अभिव्यक्ति है। इस समाज ने मनोरंजन के अनेक उपकरणों व अवसरों का सृजन भी किया था। तिथि, मास और ग्रहों की गति के अनुसार अनेक उत्सव थे। उत्सवों में समाज की भागीदारी थी। अश्व सबको प्रिय पशु थे। घुड़दौड़ प्रिय खेल था। रथदौड़ की प्रतियोगिताएँ भी मनोरंजक थीं। इसकी तुलना आधुनिक समाज की कार दौड़ या मोटरसाइकिल रेस से कर सकते हैं। जुआ भी मनोरंजन का एक साधन था। ऋग्वेद में जुए पर एक सूक्त है। इसमें जुआरी की व्यथा का उल्लेख है। उसकी दुखी पत्नी उसे पहचानने से भी इन्कार करती है। जुआरी से अपेक्षा है कि जुआ छोड़ो, कृषि करो। जुआ निन्दनीय कृत्य था। अथर्ववेद (7.50.1) में जुए को जीवन नष्ट करने वाला कहा गया है, "जैसे विद्युत अग्नि वृक्षों को जलाकर नष्ट कर देती है, वैसे ही हम पासों द्वारा अतुलनीय ढंग से जुआरी को मारते हैं।" अथर्ववेद के रचनाकाल में द्यूत कर्म निन्दित था।

संगीत का विकास हो रहा था। इस समाज में संगीत रसिक थे। रसिकों को वाद्य यन्त्रों की ध्वनि अच्छी लगती थी। तमाम तरह के वाद्य यन्त्र थे। ऋग्वेद में एक वाद्य का नाम कर्करि है। यह वीणा के अर्थ में आया है।

अथर्ववेद (20.132.8) में भी कर्करि शब्द ही है। गर्गर तम्बूरे जैसा वाद्य था। गर्गर भी एक वाद्य है। एक मन्त्र (20.92.6) में "गर्गर और गोधा के साथ पिंगा के भी स्वर हैं।" बाँसुरी जैसे वाद्य भी थे। यह समाज गायन के साथ वादन में भी आनन्दित है। ऋषि कवि प्रकृति की शक्तियों को भी मनोरंजक खेल करते देखते हैं। एक मन्त्र (7.87.1) में सूर्य और चन्द्र को खेलते बालक–शिशु क्रीडंतो बताया गया है। कवि कल्पनाओं में सूर्य और चन्द्र ऋषि द्वारा आयोजित यज्ञ में भी आते हैं। कैसे आते हैं? कवि के अनुसार, "दोनों खेलते हुए यज्ञ में आते हैं। (14.1.23) खेलना आनन्द देता है। इन कवियों के लिए जीवन संघर्ष नहीं खेल है। जीवन खेल हो तो दुख बेमतलब हो जाते हैं।

वैदिक दर्शन व कला संगीत का प्रसार चीन, यूनान और यूरोप तक हुआ था। चीनी दार्शनिक लाउत्सु ने 'ताओ तेह चिंग' लिखा था। यह ईसा पूर्व चौथी सदी की बात है। प्रकृति के नियमों को उन्होंने ताओ कहा है। यह ऋग्वेद में वर्णित प्राकृतिक नियमों के 'ऋत' जैसा है। लाउत्सु के पहले ई. पूर्व छठी शताब्दी में चीन में कनफ्यूसियस का दर्शन था। चीनी संस्कृति के विद्वान नीढेम ने 'साइंस एण्ड रिलीजन' लिखी है। अन्य बातों के अलावा उन्होंने संगीत पर भी ध्यान दिया है। लिखा है, "संगीत सारिणी के गणितीय चक्र के सम्बन्ध में चीनियों का विश्वास था कि यह चक्र उन्हें पश्चिम से मिला है। भारत चीन के पश्चिम में है।" इसी तरह यूनानियों को विश्वास था कि यह उन्हें पूरब से मिला है। भारत यूनान के पूरब में है। भारत संगीत के क्षेत्र में भी व्यापक प्रभाव छोड़ा था। वैदिक काल से अथर्ववेद और भरतमुनि सहित कला के विकास की महत्त्वपूर्ण यात्रा है। अथर्ववेद भी इस यात्रा की एक मंज़िल है।

प्रकृति नृत्य मगन है। प्रकृति का अणु परमाणु नृत्य कर रहा है। हम सब पृथ्वी ग्रह पर हैं। पृथ्वी भी अपनी धुरी पर नृत्यरत गतिशील है। आकाश में मेघ भी नाचते गाते हैं। उल्लास और आनन्द का केन्द्र हम सबका अन्तःकरण है। शरीर परिधि है, अन्तःकरण केन्द्र है। उल्लास का अतिरेक भावजगत से उमड़ता हुआ देह परिधि पर प्रकट होता है तो नृत्य। विद्वानों ने नृत्य के दो प्रकार बताये हैं। भावशून्य आंगिक देह प्रदर्शन नृत है और भावपूर्ण सर्वांगपूर्ण देह अभिव्यक्ति नृत्य। अथर्ववेद (12.1.41) में भूमि पर होने वाले नृत्य व गायन का उल्लेख है "यस्या गायन्ति नृत्यन्ति भूम्या मर्त्या व्यैलबाः–इस भूमि पर मनुष्य गाते हैं, नृत्य करते हैं।"

यहाँ किसी विशेष स्थान या विशेष जनसमूह के निवास, ग्राम नगर का उल्लेख नहीं है। इस सूक्त के रचनाकार सम्भवतः भारत के मध्य देश में खड़े होकर यह काव्य गा रहे हैं। भारत भूमि उल्लासपूर्ण है। वे इस भूमि को गीत नृत्य और आनन्द का क्षेत्र बताते हैं।

तमाम बीमारियों का कारण जंगली कीट व मच्छर हैं। अथर्ववेद के वर्णन में सायंकाल उड़ते हुए तमाम सूक्ष्म कीट आ जाते हैं। कवि ऋषि नृत्य प्रिय है। वे कीटों को भी नाचता हुआ बताते हैं, "जो कुत्तों आदि की तरह तमाम आवाज़ें करते क्लीव या नपुंसक की तरह नाचते आते हैं, उन्हें हम दूर भगाते हैं।" (8.6.11) इस मन्त्र के अनुसार नपुंसक नाचने का काम करते थे–क्लीवा इव प्रनृत्यन्तो। ऋषि का ध्यान सायंकाल आने वाले जीवाणुओं पर भी है। लेकिन वे भी घर के चारों ओर नाचते हुए आते हैं–ये शालाः परिनृत्यन्ति। (वही, 10) कवि के भाव बोध की असली बात है नृत्य। कवि अपने परिवेश व प्रकृति की तमाम सामान्य गतिविधियों में भी गीत संगीत व नृत्य जैसे कृत्य देखते हैं। नृत्य भावपूर्ण उत्कृष्ट कला है। उदात्त सामाजिक जीवन में कला का विशेष महत्त्व स्वाभाविक है और अथर्ववेद के ऋषि कवि उदात्त हैं। तत्कालीन समाज में भी उदात्त गुण की प्रतिष्ठा से इनकार नहीं किया जा सकता। अथर्ववेद का काव्य इसका साक्ष्य है। गीत, वाद्य–संगीत शिल्प हैं। शतपथ ब्राह्मण में गीत वाद्य को शिल्प कहा गया है। गोपथ ब्राह्मण अथर्ववेद का अनुवर्ती अनुषंगी है। इसमें शिल्प का उद्देश्य आत्म संस्कृति की उन्नति बताया गया है। स्पष्ट है कि तब गीत संगीत, नृत और नृत्य केवल मनोरंजन के साधन ही नहीं थे। इनका उद्देश्य उदात्त भाव की समृद्धि था।

नृत्य में भाव अभिव्यक्ति मुख्य थी। आंगिक अभिव्यक्ति में सौन्दर्य की अभिव्यक्ति थी। नृत्य का अपना दर्शन है। नृत्य के प्रारम्भ में नर्तक और नृत्य का द्वैत होता है। नर्तक कर्त्ता होता है और नृत्य कर्म। नृत्य की परिपूर्णता में नर्तक नहीं बचता। वह नृत्य हो जाता है। द्वैत समाप्त हो जाता है। अद्वैत घटित हो जाता है। हास्यरस गुदगुदाता है। इसके प्रभाव में हम शिशु जैसे निश्छल सरल तरल हो जाते हैं। नृत्य के साथ चेहरे पर हास्य भाव का प्रकटीकरण भी महत्त्वपूर्ण था। भरत मुनि के नाट्यशास्त्र में यही तत्त्व सीधे वैदिक मन्त्रों से आया है। नृत्य के साथ गीत भी थे। यह परम्परा ऋग्वेद से लेकर अथर्ववेद होते हुए भरतमुनि और आधुनिक काल तक विस्तृत है।

क्या नृत्य देवों से मनुष्यों तक आया है? या नृत्य मनुष्यों का आविष्कार है? देवों में नृत्य के अग्रणी देव महादेव शिव हैं। भारतीय मिथ और पुराण साहित्य में भी उनका जन्म लेना नहीं बताया गया है। वे सदा से हैं, अज हैं, अजन्मा हैं। महाभारत के शिव गणों के साथ नाचते हैं। भरतमुनि के वर्णन में पहले नाटक में नृत्य नहीं था। नृत्य को नाटक में सम्मिलित करने का सुझाव शिव ने ही दिया था। शिव का नृत्य देवों में प्रथमा कहा जा सकता है। भरत के विवरण में यह शिव से आम जनमानस तक पहुँचा है। ऋग्वेद में एक समय ऐसा है, जब देवता भी नहीं हैं। सृष्टि सृजन के समय ठीक तत्काल बाद देवों का उद्‌भव हुआ। वे नाचे। उनके पदाघात से आकाश धूलि के बादल से भर गया। (ऋ. 10.72) देवों का नाचना ऋषि दृष्टि की कल्पना है। एक अन्य मन्त्र (10.94.5) में ऋग्वेद में ही कवि मृगों के नृत्य का वर्णन करता है। कवि के अनुसार इस नृत्य में "गरुड़ पक्षियों ने गीत गाये।"

अथर्ववेद में ऋग्वेद की परम्परा है। अथर्ववेद (4.37.7) में कहते हैं, "मोर की तरह नृत्य करने वाले गीत गाने वाले हमको क्षति पहुँचाने की इच्छा वाले अप्सरापति शिखण्डियों के अंग हम नष्ट करते हैं।" यहाँ अप्सरापति गन्धर्व मोर की तरह नाचते हैं। मोर नहीं जानते होंगे कि वे नाच रहे हैं। वैदिक कवियों की अपनी दृष्टि में मोर नाचते हैं। ऋषि की दृष्टि में मोर का नृत्य महत्त्वपूर्ण है। गीत संगीत में छन्द विधान का महत्त्व था। अच्छे गायक 'गायत्र' कहे जाते थे। गायत्री छन्द महत्त्वपूर्ण था। गीत संगीत में रस भी महत्त्वपूर्ण थे। भरत मुनि ने नाट्‌यशास्त्र की रचना में चारों वेदों से प्रेरणा ली थी। नाट्‌यशास्त्र (अध्याय 1 श्लोक 17 व 18) में लिखते हैं, "ऋग्वेद से संवाद, सामवेद से गीत और यजुर्वेद से अभिनय लिए हैं। इसमें अथर्ववेद से रस प्रवाह लिया गया है।" भरत की दृष्टि में अथर्ववेद रस प्रवाह से भरापूरा है। अभिनय तत्त्वों की उपस्थिति ऋग्वेद में है। अथर्ववेद में उसका विकास है। भरत मुनि ने इसे सुव्यवस्थित शास्त्र बनाया। अभिनय कला का ही एक सुन्दर नाम 'लीला' है। श्रीरामलीला और श्रीकृष्ण लीला भारत के मन की आनन्द अभिव्यक्ति है। अभिनय या लीला असाधारण शिल्प है। भारत में यह अथर्ववेद के रचनाकाल में ही सर्व अंग पूर्ण हो चुकी है। यह यूनानी नाटकों से प्राचीन है।

भारतीय गीत संगीत, अभिनय परम्परा के सूत्र वैदिक साहित्य में हैं। अथर्ववेद के काव्य में आदर्श समाज की धारणा है। सत्य का पुरश्चरण है।

शिव की साधना है। सत्य, शिव के साथ सौन्दर्य भी है। मनोविनोद है, हास्य है। क्रीड़ा है। वीर रस भी है। वीरों के लिए उत्साह है। इसमें समाज जीवन के सभी राग हैं। संसार को प्रीतिपूर्ण बनाने की मधु अभिलाषा है। इसमें धर्मनिष्ठ लोगों के लिए धर्म है। सांसारिक कामनाओं का सहज स्वीकार है। जीवन जगत् को समझने का दर्शन है। विद्वानों के लिए ज्ञान है। लोकव्यवहार का अनुकीर्तन है। यह लोकमन की सरस अभिव्यक्ति है। यहाँ राष्ट्रजीवन के सभी आयामों का पुनःसृजन है। इस विधा का सतत विकास हुआ है। इसका स्रोत ऋग्वेद है और अथर्ववेद इस रस प्रवाह को दिक्काल तक आच्छादित करता है।

बड़े कथानकों वाले गीत लोकप्रिय थे। इस विधा को गाथा कहते थे। अथर्ववेद (10.10.20) में गाय से कहते हैं, "आपके मुख से गाथाएँ निकली हैं।" तत्कालीन समाज में गाथाएँ लोकप्रिय थीं। ऋषि श्रद्धापूर्वक गाय से गाथा का सम्बन्ध जोड़ते हैं। अथर्ववेद (15.6.11) में व्रात्य की प्रतिष्ठा में कहते हैं, "इतिहास पुराण नाराशंसी व गाथाएँ उसके पीछे चलें।" गाथा के साथ नाराशंसी भी एक लोकप्रिय विधा थी। अथर्ववेद (15.6.11–12) में नाराशंसी को गाथा से अलग बताया गया है। गाथा बड़ा व व्यापक आख्यान थी। 'नाराशंसी' में प्रतिष्ठित लोगों की प्रशंसा के गायन थे।

गीत संगीत में रस लेने वाली इस परम्परा में काव्य का अप्रतिम सौन्दर्य भी है। यह सौन्दर्य भी गन्ध आपूरित है। ब्रह्म सम्पूर्णता है। इसका बोध ब्रह्म ज्ञान से होता है। ब्रह्म ज्ञान ब्रह्म से उत्पन्न माना जाता है। अथर्ववेद (5.17) में इसे ब्रह्मजाया कहा गया है। कमल जल में उगने वाला पुष्प है। अथर्ववेद के कवि को कमल प्रिय है। इसमें कमल का उल्लेख कई बार हुआ है। ऋषि कहते हैं, "जिस राष्ट्र में ब्रह्मजाया पर प्रतिबन्ध होते हैं, उस राष्ट्र में कमल के जलाशय नहीं होते, कमल नहीं उगते।" (वही, 5.17.6) यहाँ ज्ञान पर प्रतिबन्ध या बाधा को क्षतिकारक बताया गया है। ऐसी बाधा से कमल नहीं खिलते। कमल को देश का सांस्कृतिक प्रतीक मानना अथर्ववेद की परम्परा है। कमलगन्ध विशिष्ट है। अथर्ववेद (10.8.43) में कहते हैं, "नौ द्वारों वाला जीवन कमल–पुण्डरीकं नवद्वारं तीन गुणों से आच्छादित है। इसके भीतर आत्मतत्त्व रहता है। यह बात ब्रह्म ज्ञानी जानते हैं।" ब्रह्मज्ञान सर्वोच्च है। जीवन आनन्द से भरापूरा है। कमल निर्लिप्त संसारी जीवन का प्रतीक है। भूमि सूक्त (12.1.24) में अथर्वा कहते हैं, "हे भूमि! आपकी गन्ध कमल में प्रवेश कर गयी है।

इसी गन्ध को सूर्य पुत्री सूर्या के विवाह में वायुदेव ने ग्रहण किया था। आप हमको भी उसी सुगन्ध से आपूरित करें।" पृथ्वी में गन्ध कोष है।

कमलगन्ध पृथ्वी की गन्ध है। अथर्ववेद का समाज इसी गन्ध से आपूरित होने का इच्छुक है। महाकवि कालिदास भी कमल प्रेमी जान पड़ते हैं। उनके प्रतिष्ठित ग्रन्थ 'मेघदूत' में उज्जयिनी का वर्णन है। यह शिप्रा नदी के तट पर है। कहते हैं, "शिप्रा की वायु कमलगन्ध के साथ सारसों की मीठी बोली भी दूर तक पहुँचा देती है।" यहाँ कमलगन्ध का प्रसारण वायु की भी प्राथमिकता है। पूर्व मेघ के इसी भाग में यक्ष की अल्कापुरी का वर्णन है। कहते हैं, "मानसरोवर के जल में स्वर्ण रंग वाले कमल खिलते हैं।" पूर्व मेघ के अन्त में अल्कापुरी के विशाल भवनों का उल्लेख है। उत्तर मेघ में भी है। कहते हैं, "यहाँ सदा फूलने वाले वृक्ष हैं। बारहमासी कमल हैं। यहाँ सदा चाँदनी रातें होती हैं।" कमल का प्रतीक अथर्ववेद से चलता है। कालिदास की प्रतिभा स्पर्श पाकर और खिलती है। यह रामायण में है, महाभारत में है। लोकजीवन में भी कमल की प्रतिष्ठा है। संन्यास मार्गी कमल के जल में रहने के बावजूद जल से अछूते बने रहने के प्रेरक गीत गाते रहें।

अथर्ववेद के ऋषियों का सौन्दर्यबोध अनूठा है। वे नदी के प्रवाह में नाद संगीत सुनते हैं। वनस्पतियों में दिव्यता देखते हैं। प्रकृति की शक्तियाँ में नृत्य देखते हैं। काल को रथ पर बैठाते हैं। संसार में आनन्द उल्लास का गीतमय वातावरण देखते हैं। संसार को उल्लासपूर्व बनाना चाहते हैं। वे परिवार में भी आनन्द उल्लास का गीतमय वातावरण देखते हैं। उनकी स्तुतियों में आत्म विश्वास है। इनकी काव्य सृजन क्षमता आश्चर्यजनक है। वे दर्शन को काव्य बनाते हैं। वायु में मधुरस अनुभव करते हैं। वे सम्पूर्ण विश्व को सुमधुर कविता की तरह प्रस्तुत करते हैं। मुद, मोद, प्रमोद के अतिरेक से भरापूरा तत्कालीन समाज उल्लासधर्मा है।

वैदिक मनोविज्ञान

मन अप्रत्यक्ष है। दिखाई नहीं पड़ता। यह मनुष्य के व्यक्तित्व की अन्तः शक्ति है। मन के अध्ययन, विवेचन व विश्लेषण पर विश्वव्यापी मनोविज्ञान विकसित हुआ है। भारतीय दर्शन में मनः शक्ति की जानकारी ऋग्वेद के रचनाकाल से ही मिलती है। ऋग्वेद में मन भी एक देवता हैं। ऋषि मन की गतिशीलता से आश्चर्यचकित थे। मन के लिए समय और भौगोलिक दूरी की कोई बाधा नहीं। पल में यहाँ, पल में वहाँ। स्वयं से दूर गया मन सांसारिक कार्यों में बाधक होता है। अध्ययन, विवेचन और निरीक्षण के कार्यों में भी चंचल मन बाधा है। ऋग्वेद के ऋषि कहते हैं, "हम दिव्यलोक, भूलोक तक चले गये मन को वापस लाते हैं। समुद्र, अन्तरिक्ष या सूर्य की ओर गये मन को भी हम यहीं लाते हैं। दूर दूरस्थ पर्वत, वन या अखिल विश्व विचरणशील मन और भूत या भविष्य में गये मन को हम वापस लाते हैं।" (10.58.1–12) हम सब संसार में हैं। संसार का भाग हैं। जीवन के कार्य–व्यापार संसार में ही होते हैं। संसार से विचलित मन एकाग्र नहीं होता। इस सूक्त के सभी मन्त्रों के अन्त में ठीक ही एक टेक बनी रहती है कि हे मन यहीं आओ, इसी संसार में आपका जीवन है।

मन हमारे व्यक्तित्व का सक्रिय हिस्सा है। यह सम्पूर्ण प्रत्यक्ष नहीं दिखाई पड़ता लेकिन व्यक्तित्व पर प्रभाव डालता है। भारतीय चिन्तन में मन के कार्य व्यापार पर बहुविधि विचार हुआ है। अथर्ववेद (13.3.19) में "मन को ऋत के तन्तुओं को नापने वाला कहा गया है।" यहाँ ऋत का अर्थ प्रकृति के नियम हैं। प्रत्येक मनुष्य के मस्तिष्क में प्रकृति बोध को समझने वाले ज्ञान तन्तु होते हैं। इसे आधुनिक विज्ञान में तन्त्रिका तन्त्र कह सकते हैं। यही ऋत तन्त्र है। मन इस तन्त्र का परीक्षण करता है। परीक्षण का आधार प्राकृतिक संविधान या ऋत होता है। इसी परीक्षण के अनुसार

बुद्धि विवेचन करती है। विवेक निष्कर्ष तय करता है। यह अपने निष्कर्षों के प्रयोग में उपयोगिता का भी ध्यान रखता है।

मन का अस्तित्व महत्त्वपूर्ण है। चरक संहिता में आकाश, अग्नि, जल, वायु, पृथ्वी, आत्मा, काल, दिशा व मन नौ द्रव्य बताये गये हैं। इस विवेचन में मन एक द्रव्य है। मन द्रव्य दर्शनीय न होकर भी प्रभावशाली है। मन हमारे व्यक्तित्व में संकल्प का केन्द्र है। मन का हमारे व्यक्तित्व में ही एकाग्र बने रहना बोधदाता है। मन की एकाग्रता वाली बुद्धि मनीषा–मन ईशा है। मन की एकाग्रता वाले विद्वान मनीषी कहे जाते हैं। ऋग्वेद के ऋषि ऐसे मन का आवाहन करते हैं, "सतत दक्ष कर्म के लिए, दीर्घकाल तक सूर्य दर्शन के लिए हम श्रेष्ठ मन का आवाहन करते हैं–आतु ए तु मनः कृत्वे दक्षाय जीव से, ज्योक च सूर्य दृशे।" (10.57.4) मन कर्मठ जीवन का ऊर्जा केन्द्र है। उदास और हताश निराश मन से सत्कर्म नहीं होते।

कठोपनिषद् उत्तर वैदिक काल की प्रतिष्ठित दार्शनिक रचना है। इसमें मनुष्य के अन्तर्जगत को समझने का सुन्दर उल्लेख है। संसार से हमारा सम्बन्ध और परिचय इन्द्रियों के माध्यम से होता है। उपनिषद् के ऋषि कहते हैं, "इन्द्रियों से मन परे है। मन के परे बुद्धि है, बुद्धि से महत् आत्मा श्रेष्ठ है और इसके बाद अव्यक्त।" यही बात गीता के तीसरे अध्याय में भी है। आँख, कान, नाक, स्पर्श और स्वाद की पाँच इन्द्रियाँ बोध का उपकरण हैं। यह अपनी अनुभूति मन को देती हैं। मन इनका प्रधान है। वह एकाग्र हो तो इन्द्रिय बोध का सार ग्रहण करता है। इन्द्रियाँ पूरे दिन तमाम सूचनाएँ देती रहती हैं। मन सभी सूचनाओं का संज्ञान नहीं लेता। वह चंचल है। ऐसे मन के अनुसार किये गये कर्म मनमानी होते हैं। मनमानी में बुद्धिमानी नहीं होती। यही कठिनाई गीता के अर्जुन के सामने भी थी। उसने श्रीकृष्ण से कहा, "हे कृष्ण, मन बड़ा चंचल है, इसका निग्रह वायु पकड़ने की तरह कठिन है।" अथर्ववेद (19.9.5) में कहते हैं, "मन के साथ पाँच इन्द्रियाँ हैं–इमानि यानि पंचेन्द्रियाणि मन षष्टानि। मन यहाँ छठा है। प्रार्थना है कि इनके द्वारा रचित कल्पित उपद्रव शान्त हों।" मन की गति समझने का ज्ञान ही मनोविज्ञान है।

मन तमाम कामनाओं का सर्जक है। सभी कामनाएँ पूरी नहीं होतीं। कामनाओं की पूर्ति में बाधा से मन में तरंगें उठती हैं। इन तरंगों से क्रोध का जन्म होता है। अथर्ववेद के ऋषि क्रोध शमन के भौतिक उपायों से भी सुपरिचित थे। कहते हैं, "हम आपके क्रोध को पैर के अग्रभाग

व एड़ी से दबाते हैं। इस क्रिया से आप शान्त हों और अनियन्त्रित न हों।" (6.42.3) आगे कहते हैं, "हम आपके हनु (ठोढ़ी जबड़ा) पर क्रोध से उभरी नस की फड़कन को शान्त करते हैं। मुख पर उभरे क्रोध के लक्षण शान्त करते हैं। आप न बोलें, शान्त रहें।" (6.43.3) एक सुन्दर उदाहरण से क्रोध का स्वरूप समझाते हैं, "जैसे धनुर्धारी पुरुष धनुष पर तनावपूर्ण प्रत्यंचा उतारते हैं, वैसे ही हम आपके क्रोध को उतारते हैं। इससे हम आप परस्पर मित्र आत्मीय होंगे।" (वही, 1) क्रोध नहीं तो चित्त प्रशान्त होता है। अशान्त चित्त से सृजन असम्भव। प्रशान्त चित्त में आत्मीयता की प्रतिभूति है। क्रोध का उद्‌भव केन्द्र मन है। मन स्वस्थ तो अभिलाषाओं का विवेकीकरण होता है तब क्रोध का प्रश्न नहीं उठता।

क्रोध आत्मीयता में बाधक है। यह सम्बन्ध विच्छेदक है। सामाजिक संगठन का शत्रु है। यह तमाम कामनाओं के उत्ताप का परिणाम है। मन ही इसका केन्द्र है। मन ही संकल्प का भी केन्द्र है। परस्पर आत्मीय हुए मन प्रीति का सृजन करते हैं। लोककल्याण के संकल्प भी मन मिलाते हैं। लेकिन क्रोध की चित्तदशा में विवेक काम नहीं करता। क्रोध ध्वंसकारी है। क्रोध से बचाव का उपाय दमन नहीं है। मन तरंग का बोध पर्याप्त है। ऋषि कहते हैं, "हम आपके क्रोध को भारी पत्थर के नीचे फेंकते हैं। हम परस्पर मन मिलाते हुए आत्मीय मित्र की तरह कार्य करें–सरवाया विव सचावहा।" (वही, 2) परस्पर सहमना लोग सहमना समाज बनाते हैं और सहमना समाज के शिव संकल्प समाज को सुख स्वस्ति और आनन्द से भरते रहते हैं।

अथर्ववेद के रचनाकाल में आधुनिक मनोविज्ञान की तमाम उपलब्धियाँ बीज रूप में विद्यमान थीं। मनोविज्ञान को अंग्रेज़ी भाषा में साइकोलोजी कहा जाता है। Psychology ग्रीक शब्द Psyche से बना है। साइको का अर्थ स्प्रिट या माइंड है। भारत में यह मन कहा जाता है। लोजी विज्ञान है। साइकोलोजी मन विज्ञान है। यूरोप के मनोविश्लेषण से बहुत पहले मन के स्वरूप, उसकी गति और प्रभाव का अध्ययन भारत में ऋग्वैदिक काल से ही जारी है। इसे अध्यात्म भी कहा गया है। गीता में अर्जुन का प्रश्न है– "अध्यात्म क्या है– किम् अध्यात्मम्?" श्रीकृष्ण का उत्तर है– "स्वभावो अध्याम उच्चते–स्वभाव को अध्यात्म कहते हैं।" स्वभाव हमारे मन अन्तरंग का ही नाम है। भारतीय चिन्तन पद्धति में मन का अध्ययन दर्शन का विषय रहा है। प्राचीन काल में मन का अध्ययन भी दर्शन का भाग था।

लेकिन मनोविश्लेषण का विकास हो चुका था। पतंजलि के योग सूत्रों में मन का वैज्ञानिक विवेचन भी है।

भारतीय इतिहास के उत्तरवैदिक काल में मन के रूप स्वरूप व प्रभाव पर काफ़ी विचार हुआ था। मन पूरे व्यक्तित्व का स्वामी है। शतपथ ब्राह्मण में मन को सम्राट कहा गया है—मनो वै सम्राट। यहाँ मन को अनन्त भी बताया गया है। मन के अनुसरण स्नायु तन्त्र की गतिविधि है। मन का प्रभाव रक्त संचार पर भी पड़ता है। मन को स्वस्थ रखने के लिए स्वयं को स्वयं द्वारा सकारात्मक सुझाव देने—आटो सजेशन का उपचार सर्वविदित है। यह आधुनिक मनोविज्ञान का निष्कर्ष है। यही बात शतपथ ब्राह्मण में भी कही गयी है "मन प्राणों का स्वामी है। प्राण मन के आदेशानुसार चलते हैं। ज्ञानेन्द्रियों के सब काम मन के द्वारा नियन्त्रित होते हैं। कामना, संकल्प, सन्देह, अधीरता, श्रद्धा, अश्रद्धा और भय आदि सभी मन आयाम हैं।" मन की गतिशीलता की तुलना रथ से की गयी है। यही अभिलाषा रूप में मनोरथ है। मनोरथ मन की गतिविधि के ही परिणाम हैं। मन जानने योग्य है और आराध्य है।

आधुनिक मनोविज्ञान में मन से जुड़े अनेक विषयों का अध्ययन होता है। इसमें प्रमुख विषय संवेदन—सेनसेशन व ध्यान—अटेंशन हैं। स्मरण व विस्मरण भी महत्त्वपूर्ण हैं। स्नायुतन्त्र की गतिविधि अतिमहत्त्वपूर्ण है। प्रेरणा या मोटीवेशन भी मन का भाग हैं। चिन्तन वस्तुतः मनन ही है। यह मन का ही कार्यव्यापार है। सफलता या विफलता मन की ही अनुभूतियाँ हैं। अनुमानों से निर्मित काल्पनिक अवधारणाएँ या परसेप्शन भी मनोविज्ञान के उपविषय हैं। मन अध्ययन सम्बन्धी यह सारे विषय प्रत्यक्ष नहीं हैं लेकिन इनके प्रभाव से बने मानसिक रूप आकार प्रत्यक्ष अनुभव में आते हैं। मन अनुभव के परिणाम प्रायः निश्चयात्मक बुद्धि बनते हैं। मन के तल पर होने वाली गतिविधि सारी दुनिया के मनस्विदों की जिज्ञासा रही है। इसी में से मनोविकारों की भी पहचान हुई और उनके अध्ययन का काम भी विकसित हुआ। आधुनिक मनोविज्ञान में चिकित्सकीय सुझाव—या काउंसिलिंग का उपचार नया व्यवसाय बना है। प्रेम में विफल या अवसादग्रस्त लोगों के लिए मनोरंजन मीडिया में लवगुरू टाइप लोगों के परामर्श चल रहे हैं।

अथर्ववेद में मनोविज्ञान के तमाम सूत्र हैं। मनोविज्ञान सम्बन्धी एक मन्त्र (6.41.1) में मन, चित्त, बुद्धि, मति, श्रुति और दृष्टि की कुशलता के लिए इन्द्र की स्तुति है, "मनसे, चेतसे धिय, आकूतय उत चित्तये/मत्यै

श्रुताय चक्षसे–हम मन, चेतन, बुद्धि, मति, श्रुति व देखने–समझने की शक्ति के संवर्द्धन के लिए इन्द्र को प्रसन्न करते हैं।" यहाँ सारे उल्लेख मन सम्बन्धी हैं और आधुनिक मनोविज्ञान के उपविषयों के अनुषंगी हैं। मन की प्रसन्नता में ही वास्तविक प्रसन्नता के सूत्र हैं। आर्थिक समृद्धि ही पर्याप्त नहीं है। आर्थिक अभाव का नाम ही ग़रीबी नहीं है। गाँधी जी ने 'हिन्द स्वराज' में स्वैच्छिक ग़रीबी का उल्लेख किया है। स्वैच्छिक ग़रीबी अपने मन निश्चय का चयन है। स्वयं अपने मन से अपनाया गया कोई भी सार्थक चयन तमाम असुविधाओं के बावजूद आनन्द देता है। मन प्रसन्न तो सुख ही सुख की अनुभूति।

सुन्दर और शोभन विचार से युक्त मन ऋषियों की अभिलाषा है। बुरे विचारों वाला मन दुख देता है। ऐसा मन घर गृहस्थी के सामान्य दायित्वों की पूर्ति में भी बाधक है। अथर्ववेद के ऋषि इस मनोवैज्ञानिक दुष्प्रभाव से परिचित थे। ऋषि कवि अंगिरस् ऐसे बुरे विचार वाले मन के सम्बन्ध में कहते हैं, "हे पाप से भरे मन तुम अशोभन विचार से युक्त हो। हम आपको नहीं चाहते। हमसे दूर जाओ। वन में विचरण करो। मेरा मन घर परिवार व गोसंरक्षण में लगा रहे।" (अथर्ववेद 6.45.1) ऋषि अपने मन को कर्म कुशलता से जोड़ना चाहते हैं। यहाँ अशोभन विचार से युक्त मन के प्रति ऋषि की इच्छा सुस्पष्ट है। वह ऐसे विचार को मन से दूर रखना चाहते हैं। आधुनिक मनोविज्ञान के मनोविश्लेषण में भी ऐसे ही सूत्र हैं। हर्ष, विषाद और प्रसाद का केन्द्र मन है। गीता की शुरुआत अर्जुन के विषादग्रस्त मन से होती है और श्रीकृष्ण के मनोवैज्ञानिक दार्शनिक प्रसाद पर समाप्त होती है। प्रसन्न मन प्रसाद है और अशोभन मन विषाद।

प्रत्येक व्यक्ति का मन होता है। सामूहिक जीवन के प्रभाव में समान मन के कारण समाज का भी मन होता है। तब व्यक्तिगत मन सामूहिक मन का भाग हो जाता है। संस्कृति आधारित राष्ट्रभाव में राष्ट्र का भी मन होता है। इसी तरह सम्पूर्ण अस्तित्व का भी एक मन वाला होना सम्भव है। ऋग्वेद के पुरुष सूक्त का पुरुष सम्पूर्ण अस्तित्व का बोधक है। ऋग्वेद (10.90.2) में कहते हैं, "पुरुष एवेदं सर्व यद् भूतं यच्च भत्यं–जो अब तक हो चुका है और जो आगे होने वाला है, वह सब पुरुष है।" इसी सूक्त (मन्त्र 13) में पुरुष के मन का उल्लेख है। बताते हैं, "पुरुष के मन से चन्द्रमा पैदा हुआ–चन्द्रमा मनसो जातः।" यही बात यजुर्वेद के (31.12) में भी कही गयी है। यहाँ विराट अस्तित्व का भी मन है। उसी मन से चन्द्रमा पैदा हुआ है।

भारतीय चिकित्सा विज्ञान में एक नाड़ी इड़ा है। यह सुषम्ना के बायीं ओर प्रवाहित नाड़ी है। इड़ा में चन्द्रमा का निवास कहा गया है। इड़ा मनस् तत्त्व की प्रतिनिधि है। इड़ा में श्रद्धा है। श्रद्धा मन का ही एक आयाम है। आस्तिक मन की भावना है श्रद्धा। इसी तरह विनम्रता भी मन द्वारा अस्तित्व को आदर देने का मनोभाव है। वैदिक समाज में मनः संस्कार की महत्ता थी। संस्कारित मन दक्ष होता है। दक्ष मन कर्मकुशलता देता है। कर्मकुशलता को गीता में योग कहा गया है–योगः कर्मसु कौशलम्। योग में चित्तवृत्तियों का विस्तृत वर्णन है। योग मन को दक्ष बनाने का ही विज्ञान है। इसी दक्षता में समत्व की लब्धि है।

समान मन वाले समाज सृजनशील होते हैं। ऐसे समाजों में परस्पर विमर्श चलते हैं। वाद–विवाद–संवाद होते हैं। सौन्दर्य बोध से कलाओं का जन्म व विकास होता है। कलाएँ सुखकर होती हैं। सहमना समाज कलाएँ गढ़ते हैं। समाज की अन्तःशक्ति उपयोगी है लेकिन सुख स्वस्ति और आनन्द के लिए सर्वांगीण उन्नति भी ज़रूरी है। अथर्ववेद (6.73.1) में कहते हैं, "हम समान वाले होकर उग्र चेतन सम्पन्नता को श्री सम्पन्न बनायें।" वैदिक समाज में समान मन की प्यास गहरी है। कवि ऋषि अथर्वा कहते है, "हे मन की समानता के अभिलाषी लोग! आपके तन व मन स्नेहपूर्वक मिले रहें। आपके कर्म परस्पर मन मिले हों, मिलजुलकर श्रेयस्कर सम्पन्न हों।" (6.74.1) कुछ कर्मों व्यक्तिगत होते हैं। अनेक कर्म सामूहिक होते हैं। लेकिन व्यक्तिगत व सामूहिक सभी कर्मो के परिणाम सामूहिक भी होते हैं।

समान मन की तरह समान ज्ञान भी उपयोगी हैं। गतिशील समाज अपने सदस्यों को शिक्षा, ज्ञान आदि से सम्पन्न बनाने का प्रयास करते हैं। अथर्वा कहते हैं, "तप जैसे श्रेष्ठ कर्म द्वारा हम आपको समान ज्ञान वाला बनाते हैं। आपके मन व ह्दय समान ज्ञान से सम्पन्न हों।" (वही, 2) यहाँ मन को ज्ञान सम्पन्न बनाने की स्तुति है। सामाजिक समानता के इच्छुक लोग मन के प्रशिक्षण पर ध्यान देते हैं। भारत में इसे संस्कार कहते हैं लेकिन मन का प्रशिक्षण आसान नहीं है। मन संस्कार में मन ही बाधक होता है। मन को बाधक से साधक बनाने का कार्य जटिल है। इसीलिए यहाँ स्तुति और प्रार्थना का आविष्कार हुआ। स्तुति मन का अन्तः रसायन बदलती है। मन धीरे–धीरे शान्त प्रशान्त होता है। ज्ञान प्राप्ति की ग्राह्यता के लिए तैयार हो जाता है।

मन सर्जक भी है। यह अपने भीतर सुखद सृष्टि करता है और दुखमय सृष्टि भी। अथर्ववेद के कवि ऋषि इस मन प्रपंच से परिचित थे। कहते हैं, "यह परम में विराजमान ज्ञान प्रकाशित मन इस सृष्टि का मूल कारण है। इसके द्वारा सृजित अशुभ का प्रभाव भी यही मन हमसे दूर करे। शान्ति प्रदान करे।" यहाँ मन अशुभ प्रभाव पैदा करने वाला है। इसी मन से अपेक्षा है कि वह अपना ही अशुभ प्रभाव दूर करे। (वही, 19.9.4) यहाँ मन को सृष्टि का मूल कारण बताया है। यह ऋग्वेद की परम्परा है। मूल लक्ष्य मनोविश्लेषण है। मन की शक्ति का आकलन है। इच्छा मन की पुत्री है। वैदिक साहित्य में इच्छाशक्ति के लिए आकूति देवी हैं। वे सौभाग्य की देवी हैं। स्तुति है कि वे प्रबल इच्छाशक्ति के रूप में हमें प्राप्त हों। हमारे अनुकूल हों। इच्छा पूर्ण हो। हमारे मन संकल्प पूर्ण हों।" (19.4.2–3) आधुनिक मनोविज्ञान में अथर्ववेद की आकूति–इच्छाशक्ति ही 'विल पावर' है।

अथर्ववेद में इच्छाशक्ति कमज़ोर करने वाले मनोभावों की सूची है, "दुर्भाव इच्छाशक्ति को तोड़ता है। भयग्रस्तता व कायरता ऐसा ही भाव है। हीनभाव भी इस सूची में है। स्वयं को ही दोषी ठहराने वाला आत्म उत्पीड़क मनोभाव भी इच्छाशक्ति में बाधक है।" (16.1.2–5) आधुनिक मनोवैज्ञानिकों के लिए भी यह विश्लेषण ध्यान देने योग्य है। मनोबल व इच्छाशक्ति पर भी अथर्ववेद के समाज में गहन विमर्श था। ऐसी भावनाओं को देव मानना या किसी अन्य देव से भी स्तुति करना वैदिक समाज की विशेष अभिव्यक्ति शैली है। मनन मनुष्य व्यक्तित्व में परिवर्तन लाता है। आधुनिक मनोवैज्ञानिक मानते हैं कि मनुष्य अपने चिन्तन–मनन द्वारा व्यक्तित्व बदल सकता है। उपनिषद् दर्शन में भी प्रगाढ़ भाव से मनन–चिन्तन करने के सकारात्मक परिणाम बताये गये हैं। मनुष्य सोचता है। सोचने से लक्ष्य बनता है। वह लक्ष्य का मनन करता है। चिन्तन–मनन उसे कर्म के लिए प्रेरित करते हैं। वह मन संकल्प लेता है। संकल्प मनः शक्ति को तीव्र करते हैं। मनुष्य जैसे कर्म करता है, वैसा ही होता जाता है। वैसे ही कर्म परिणाम भी पाता है। अथर्ववेद (3.8.5) में मन विचार व कर्म को एक ही धारा में सक्रिय करने पर ज़ोर दिया गया है।

अथर्ववेद में अन्न उत्पादन पर बहुत ज़ोर दिया गया है। कृषि का अनेकशः उल्लेख है। तैत्तिरीय उपनिषद् (वल्ली 2) में मनुष्य शरीर की अन्तर्यात्रा है। पहला तल अन्न निर्मित है। यह अन्नमय कोष कहा गया है।

अन्न सबमें वरिष्ठ है—अन्नंहि भूतानां ज्येष्ठ। इस अन्नमय शरीर के भीतर एक और शरीर 'प्राणमय' कोष है। प्राण महत्त्वपूर्ण है। प्राण से ही प्राणी है। जीवन प्राणहीन नहीं होता। इसके बाद मनोमय कोष है। यह प्राणमय से भिन्न बताया गया है। मनोमय मन की सघन उपस्थिति से बना है। यही मनोबल का क्षेत्र भी है और इच्छाशक्ति का भी। मनोमय शरीर की तुलना एक काल्पनिक सुन्दर पक्षी से की गयी है। इस मनोमय पुरुष का सिर यजुर्वेद है। ऋग्वेद दायाँ पंख है। सामवेद बायाँ पंख है। ऋषि अथर्वा अंगिरा के अथर्ववेद के मन्त्र गीत इस सुन्दर पक्षी का शारीरिक आधार व पूँछ है। (ईशादि नौ उपनिषद्, पृ. 353, गीता प्रेस) अथर्ववेद मनोमय संसार व विज्ञान का आधार है।

अंग्रेज़ी शब्द फैंटेसी का अर्थ सुन्दर कल्पना है। मन फैंटेसी गढ़ता है। सिंगमण्ड फ्रायड ने फैंटेसी को अतृप्त मन का सृजन बताया है। इस दृष्टिकोण में सभी सृजन फैंटेसी हैं। फ्रायड अथर्ववेद से सुपरिचित नहीं थे। गीत संगीत के सभी सृजन अतृप्त मन का ही परिणाम नहीं हैं। अतृप्त मन अराजक भी हो सकता है। वैदिक कविता अतृप्त मन वाले ऋषि—कवियों का सृजन नहीं हैं। यह सौन्दर्यबोध तत्त्वबोध सम्पन्न कवियों की अभिव्यक्ति हैं। अनेक संगीत विधाओं, रागों आदि की सजग मिलावट से बने सृजन को फैंटेशिया कहा जाता है। यही मधुर लगता है तो फैंटासटिक कहा जाता है। इसका पड़ोसी शब्द फैनेटिकसिज़्म या फैनेटिक है। इसका अर्थ पन्थिक दुराग्रह है। मन का स्वभाव ही कल्पना है। फैनेटेसी मन की प्रकृति है। मन आनन्द का भी सर्जक है और दुख क्लेश का भी। मन से हमारा आत्मीय वस्तुगत परिचय नहीं है। मन वस्तु है भी नहीं। यह हमारे व्यक्तित्व का अदृश्य मगर प्रभावकारी भाग है। इससे मित्रता साधना ज़रूरी है। लेकिन मित्रता के पहले ठीक परिचय और भी ज़रूरी है। अथर्ववेद के ऋषि इस मन के मित्र थे। उन्होंने मनोविश्लेषण की गहरी विधा विकसित की थी।

यजुर्वेद यज्ञ प्रधान है। लेकिन विचलित मन से यज्ञ नहीं होते। प्रकृति का सम्पूर्ण कार्य—व्यापार भी यज्ञ है। प्रकृति का मन एकाग्र है इसीलिए प्रकृति का कार्य—व्यापार सुसंगत गतिशील है। मन पर ध्यान देना ज़रूरी है। ध्यान में मन की उपासना और भी ज़रूरी है। यजुर्वेद (36.1) में कहते हैं, "हम वाणी रूप ऋचा की शरण में जाते हैं और मन रूप यजुर्वेद की शरण में गति करते हैं।" ऋग्वेद के मन्त्र ऋचा हैं और यजुर्वेद के यजुः।

यजु मन रूप हैं। एक सुन्दर मन्त्र (6.21) में स्तुति है, "स्वाहा मनो में हार्दियत– हे देवो हमारा मन शुभ्र करो।" जल से प्रार्थना है, "मनो में तर्पयत्– हमारे मन को तृप्ति दो।" (वही, 6.31)

अथर्ववेद का मनोविश्लेषण केवल अध्ययन योग्य मनोविज्ञान ही नहीं है। इस विवेचन का सामाजिक उद्देश्य है। यहाँ समाज को मन चंचलता के विकार से बचाने वाली जानकारियाँ व स्तुतियाँ हैं। इस विश्लेषण के तमाम तत्त्व सीधे ऋग्वेद की परम्परा हैं। अथर्ववेद के विचार और मनन संकल्प सदाचरण में उपयोगी हैं। आधुनिक मनोविज्ञान द्वारा मनोरोगी का उपचार सम्भव है लेकिन वैदिक संहिताओं में सम्पूर्ण समाज को प्रसन्न मन बनाने के उपाय हैं। अथर्ववेद की यही पम्रपरा चरक व पतंजलि तक विस्तृत है। मन ठीक तो सुख। मन ख़राब तो दुख। सुख और दुख मन के ही रचे गढ़े उत्पाद हैं।

दर्शन, प्रकृति और ब्रह्म

दर्शन संस्कृत का शब्द है। 'दश्यते अनेन इतिह दर्शनम' के अनुसार जिसके द्वारा देखा जाता है उसे दर्शन कहते हैं। सामान्यतया देखने का उपकरण आँखें हैं। लेकिन देखने के कार्य में आँखों के साथ मन व बुद्धि की भी भूमिका है। मन किसी वस्तु, पदार्थ या जीव पर ध्यान केन्द्रित करता है, आँखें देखती हैं। बुद्धि पूर्व अनुभव के आधार पर दृश्य का विवेचन करती है। इस कार्रवाई में दृश्यमान को ही देखना व समझना सम्भव है। इस तरह हम केवल एक छोटे अंश को ही देख सकते हैं। आँखों की सीमा है। इन्द्रिय बोध की भी सीमा है। संसार का सारा भाग दृश्य नहीं है। संसार का बहुत बड़ा भाग अदृश्य भी है। संसार का महत्त्वपूर्ण भाग अति सूक्ष्म है। सूक्ष्म को देखने के लिए माइक्रोस्कोप है। तो भी सूक्ष्मतम देखा नहीं जा सकता। वायु का अस्तित्व है। वायु अदृश्य है। उसका अनुभव स्पर्श से होता है।

दर्शन सामान्य देखना नहीं है। भारत के लोकजीवन में मन्दिरों में जाने को दर्शन करना कहते हैं। देव मूर्ति देखना ही नहीं कहते। दर्शन प्रत्यक्ष देखने से आगे की कार्रवाई है। गीता (13.17) में कहा गया है कि "अस्तित्व विभक्त दिखाई देता है लेकिन अविभक्त है।" यहाँ आँखों से ही दिखाई देना पर्याप्त नहीं है। आगे कहते हैं, "जो यह देखता है कि सारे कार्य प्रकृति द्वारा ही सम्पन्न हैं। आत्म तत्त्व स्वयं नहीं करता है, वही वस्तुतः देखता–यः पश्यति ...स पश्यति" ऐसा देखना साधारण देखना नहीं है। यह वस्तुतः दर्शन है। दर्शन की विचार सामग्री व्यापक है लेकिन मोटे तौर पर प्रकृति सृष्टि की कार्यवाही को समझने का अध्ययन दर्शन है। इसका प्रारम्भ विस्मय जिज्ञासा व प्रश्नों से होता है। जिज्ञासा और प्रश्न उच्चतर मस्तिष्क में उठते हैं। डॉ. राधाकृष्णन् ने भारतीय दर्शन (खण्ड 1, पृ. 44) में लिखा है, "वैदिक आर्यों के विचार शास्त्र में हम बड़े–बड़े

शक्तिशाली मस्तिष्कों को उन उच्चतम समस्याओं के साथ जूझता हुआ पाते हैं जो मनुष्य को विचार करने की प्रेरणा देती हैं।" इस कथन में प्रकट 'उच्चतम समस्याएँ' मनुष्य जीवन के सम्बन्ध में दुख की अनुभूति है दुख की उपस्थित है और प्रकृति के सन्दर्भ में सभी गोचर प्रपंचों की जानकारी की तीव्र इच्छा है।

भारतीय दर्शन का मुख्य ध्येय दुख बोध और इसका निवारण है। ईश्वर प्राप्ति दर्शन का मुख्य उद्देश्य नहीं है। ईश्वर का बोध या प्राप्ति वस्तुतः दुख निवारण और आनन्द प्राप्ति का एक मुख्य उपाय है। प्रकृति परिवर्तनशील है। इसलिए सामान्य देखने में यह अनित्य है। लेकिन क्या इसका कोई भाग शाश्वत भी है? यह प्रश्न ऋग्वेद के रचनाकाल से ही चिन्तन के केन्द्र में रहा है। इसलिए और भी कि वैदिक ऋषियों ने प्रकृति को अमर–अजर व सदा रहने वाली बताया है दर्शन भूतकालीन कार्य कारणता का ही विवेचन नहीं करता। यह काल के अस्तित्व को भी सोच–विचार की सामग्री बनाता है। ठीक भी है, शाश्वत अस्तित्व काल सापेक्ष नहीं होता। हीगल ने 'लाजिक' में कहा है, "दर्शन शास्त्र का इतिहास भूतकाल मात्र का ही प्रतिपादन नहीं करता, यह नित्य, शाश्वत और वास्तविक वर्तमान काल के साथ भी सम्बन्ध रखता है।"

प्राचीन यूनानी दर्शन के पितामह थेल्स (लगभग 600 ई.पू.) ने सृष्टि विकास के लिए जल को आदि तत्त्व बताया था। ऋग्वेद में यह विचार पहले से हैं। सृष्टि के आदि तत्त्व की जिज्ञासा यूनानी दर्शन का विचारणीय विषय रही है। अनक्सिमेनस के अनुसार वायु मूल तत्त्व था। वायु ही संसार के भिन्न रूपों में परिवर्तित था। ऋग्वेद, अथर्ववेद में वायु प्रत्यक्ष ब्रह्म कहा गया है। यही बात तैत्तिरीय उपनिषद् में भी है। हेराक्लिट्स अग्नि को आदि तत्त्व बताते थे। ऋग्वेद अथर्ववेद में अग्नि सर्वव्यापी देव है। कठोपनिषद् में अनक्सिमेनस व हेराक्लिट्स की धारणाएँ एक साथ हैं। अनक्सिमेंदर ने बाद में आकाश को सृष्टि रचना का मूल तत्त्व बताया था। यूनानी चिन्तन और यूरोप के चिन्तन में 4 तत्त्व ही थे। अरस्तू ने अनक्सिमेंदर के आकाश को असीम से सर्वत्र आच्छादित बताया था।

अथर्ववेद यूनानी दर्शन से पूर्ववर्ती है। यूनानी दर्शन के परिपक्व होने से पूर्व यहाँ अधिकांश उपनिषदें रची जा चुकी थीं। उपनिषदों के दर्शन व यूनानी चिन्तन की तमाम धारणाएँ मिलती हैं। छान्दोग्य उपनिषद् में वायु के साथ आकाश भी है–"सभी भूत आकाश से उत्पन्न होते हैं।

बाद में उसी में सब लीन हो जाते हैं।" (वही, 1.9.1–2) ऋग्वेद के दार्शनिक कवियों का प्रकृति के प्रपंचों की ओर गहरा ध्यान था। इसी परम्परा में अथर्ववेद के ऋषियों ने प्रकृति के सूक्ष्मतम तत्त्व की जिज्ञासा की थी। भारतीय दर्शन में प्रकृति की शक्तियों की आन्तरिक गतिविधि के साथ मनुष्य के आन्तरिक तत्त्वों पर भी गहन विचार किया गया है।

अथर्ववेद में व्यक्ति और सम्पूर्ण अस्तित्व के प्रति तमाम जिज्ञासाएँ हैं। इसके ब्रह्म प्रकाशन सूक्त (10.2) में प्रकृति के घटकों व मनुष्य शरीर के अंगों के प्रति आश्चर्य व विस्मय प्रकट किया गया है। यह सूक्त 'केन' शब्द से प्रारम्भ हुआ है। केन का अर्थ है "किसके द्वारा"। (वही, मन्त्र 1) प्रकृति के सम्बन्ध में जिज्ञासा है "जल किसके द्वारा विस्तृत हैं–केन आपो?" प्रकाशपूर्ण दिवस व प्रातःकालीन ऊषा को किसके द्वारा प्रकाशित किया गया है? (वही, 16) आगे जिज्ञासा है "भूमि और द्युलोक को किसके द्वारा आच्छादित किया गया है? पर्वतों को किसने आच्छादित किया है?" (वही, 18) प्रश्न है "किसके द्वारा मनुष्य परमतत्व व अग्नि को जानता है? किसके द्वारा संवत्सर काल का मापन करता है?" (वही, 20) ऋषि पहले अपनी जिज्ञासा वाले प्रश्न उठाते हैं फिर उत्तर देते हैं। उत्तर है, "ब्रह्म सबको संव्याप्त कर रहे हैं। वे ही संवत्सर काल का मापन कर रहे हैं।" (वही, 21) यहाँ ब्रह्म ही सर्वोच्च सत्ता है। ऋग्वेद में ब्रह्म का उल्लेख कम है। शक्ति सम्पन्न देवों का ज़्यादा है। ऋग्वेद के देवता भी ऋत–नियमों के बन्धन में हैं।

उपनिषदों में ऋग्वेद की दार्शनिक परम्परा है। उपनिषदों वाला ब्रह्म सर्वव्यापी है। ब्रह्म से परे पृथक् कोई अस्तित्व नहीं है। जान पड़ता है कि ब्रह्म की अनुभूति और आस्तिकता का विस्तार अथर्ववेद से ही उपनिषदों तक व्यापक हुआ है। अथर्ववेद को ब्रह्मवेद भी कहा जाता है। अथर्ववेद में भी इस वेद को ब्रह्मवेद की संज्ञा दी गयी है। (11.8.23) गोपथ ब्राह्मण अथर्ववेद का अनुषंगी है। इसमें (1.2.16) भी अथर्ववेद का एक नाम ब्रह्मवेद है। अथर्ववेद में ब्रह्म की विस्तृत चर्चा है। ब्रह्म प्रकाशन सूक्त में ही एक सुन्दर जिज्ञासा के माध्यम से ब्रह्म की शक्ति का वर्णन है। प्रश्न है "किसके द्वारा–केनेयं भूमि को स्थापित किया गया है? द्युलोक को अति ऊँचे उत्तर और अन्तरिक्ष को तिरछा किसने फैलाया है?" (10.2.24) इस प्रश्न में ही ऋषि की अपनी कुछ जानकारियों का भी उल्लेख है। ऋषि भूमि की दृढ़ स्थापना से अवगत हैं और अन्तरिक्ष के तिरछेपन से भी।

वे केवल इस प्रपंच के कर्ता को जानने की जिज्ञासा करते हैं। फिर स्वयं उत्तर भी देते हैं "ब्रह्मणा भूमिर्विहिता ब्रह्म धौरूत्तर हिता। ब्रह्मेदमूध्वं तिर्यक च अन्तरिक्ष व्यचो हितं–ब्रह्म ही इस भूमि, द्युलोक व ऊपर विस्तृत तिरछे फैले अन्तरिक्ष के निर्माता हैं।"

लेकिन अथर्ववेद के ब्रह्म ने भूमि अन्तरिक्ष आदि को विस्तृत किया है। सूक्त बड़ा प्यारा है। प्रकृति के साथ ही मानव जीवन से भी जुड़ी कई जिज्ञासाएँ यहाँ हैं। जिज्ञासा है, "किसके द्वारा मनुष्य की एड़ियाँ" (पृ. 41–42) ब्रह्म ज्ञानी जानते हैं। (वही, 32)

'केन उपनिषद्' जिज्ञासा भी ऐसी ही है। शेष उपनिषदों में ब्रह्म जैसी उच्चतर जिज्ञासाएँ हैं। लेकिन केन का ऋषि भौतिक विषयों से शुरुआत करता है। ऋषि अदृश्य रहस्यों की तुलना में भौतिक जगत् के तत्त्वों पर प्रश्न करते हैं। ऋग्वेद में भी भरापूरा भौतिक जगत् है लेकिन उपनिषद् काल में विचारणीय विषयों में ब्रह्म जैसे गूढ़ तत्त्व बढ़ जाते हैं। केन उपनिषद् की प्रश्नावली संसारी है। सही बात है। जीवन इसी जगत् में है। इसी संसार में कामनाएँ हैं। इनकी पूर्ति इसी संसार में होती है। आनन्द यही हैं। मोक्ष भी इसी संसार में, इसी संसार से मुक्त होकर मिलता है। संसार भी यथार्थ है। सांसारिक प्रश्नों को दार्शनिक दृष्टि से जाँचने वाली यह उपनिषद् अनूठी है। यहाँ प्रारम्भ में ही जीवन जगत् से जुड़े पाँच प्रश्न हैं। पहली जिज्ञासा (पहला मन्त्र) है, केनेषितं पतति प्रेषितं मनः–यह मन किसके द्वारा प्रेरित होकर काम करता है। यहाँ कोई बड़ा दार्शनिक प्रश्न नहीं है? मन गति करता है। ऋषि इसकी प्रेरक शक्ति जानना चाहते हैं।

प्राण से ही जीवन है। दूसरा प्रश्न प्राण पर है, यह प्राण किसकी प्रेरणा और इच्छा से काम करता है? किससे जुड़कर गति करता है? तीसरा, हम किसकी इच्छा से बोलते हैं? चौथा, आँखों को काम में लगाने वाला कौन है और पाँचवाँ, वह कौन है जो कानों को सुनने के लिए प्रेरित करता है? सभी प्रश्न मनुष्य की सामान्य गतिविधि से जुड़े हैं। फिर इन सारे प्रश्नों के उत्तर हैं। अथर्ववेद इस उपनिषद् से पुराना है। अथर्ववेद की इसी परम्परा में केन उपनिषद् का ऋषि भी तमाम प्रश्नों के उत्तर संकेत बताने के बाद कहते हैं "नाहं मन्ये सुवेदेति–मैं नहीं मानता हूँ कि जानता हूँ। नो न वेदेति वेद च–और न ही यह कहता हूँ कि मैं नहीं जानता।" आगे कहते हैं, "इसलिए जानता भी हूँ कि मैं नहीं भी जानता।" पहले जीवन के रहस्यों का उद्घाटन और साथ में निर्दोष स्वीकार कि मैं पूरा नहीं जानता।

प्रकृति के गोचर प्रपंच ऋषियों के चित्त में विस्मय पैदा करते हैं। वे प्रकृति के रहस्य जानने के इच्छुक हैं। वे प्रश्नाकुल हैं। ऋग्वैदिक समाज की जिज्ञासु परम्परा से ही दर्शन और वैज्ञानिक दृष्टिकोण का जन्म हुआ। अथर्ववेद में इस परम्परा का विस्तार है। ऋग्वेद (0.121) के एक देवता 'क' हैं। ऋषि हिरण्यगर्भ हैं। ऋग्वेद का यह सूक्त 'हिरण्यगर्भ' 'समवर्तता अग्रे' से प्रारम्भ होता है। इसका अर्थ है कि 'सबसे पहले हिरण्यगर्भ ही था।' आधुनिक वैज्ञानिक भी बिन्दु रूप एक ऊर्जा पिण्ड के विस्फोट– बिंग बैंग से सृष्टि का आदि प्रवाह बताते हैं। आगे 'हिरण्यगर्भ' को सम्पूर्ण भूत जगत् का स्वामी बताते हैं, "यही आत्मज्ञान का प्रेरक है, जीवन मृत्यु का भी नियन्ता है।" अथर्ववेद (4.2) में 8 मन्त्र हैं। इसके 1 से 8 तक सभी मन्त्र ऋग्वेद के हैं। दोनों वेदों के मन्त्रों के अन्त में "कस्मै देवायं हविषा विधेम की टेक है अर्थात् हम किस देवता की उपासना करें?"

'कस्मै' वस्तुतः प्रश्नाकुल जिज्ञासा है। कुछ विद्वानों ने 'कस्मै' का अर्थ कः अस्मै करते हुए प्रजापति की आराधना बताया है। उन्होंने कः का अर्थ प्रजापति लिया है। अर्थात् हम कः प्रजापति के अतिरिक्त किस देव की उपासना करें। ऋग्वेद में इस सूक्त का ज़ोर हिरण्यगर्भ पर है और अथर्ववेद में आत्मा पर। कः आत्मा और परमात्मा के लिए भी है। ऋग्वेद में व्यक्तिवाची परमात्मा नहीं है। अथर्ववेद के रचनाकारों ने कहीं–कहीं ऋग्वेद के कथनों का अपने दृष्टि से भी प्रयोग किया है।

अथर्ववेद में भरापूरा संसार है। जीवन की सामान्य चुनौतियाँ हैं। सामान्यजनों की आस्था, विश्वास व अन्धविश्वास के विषय हैं। ब्रह्म, प्रकृति रहस्य व जीव की स्थिति जैसे गूढ़ दार्शनिक विषय भी हैं। यहाँ 'स्कम्भ' नाम से सम्पूर्ण अस्तित्व के आश्रय या सर्वाधार का वर्णन है। संस्कृत शब्द 'स्कम्भ' का अर्थ आश्रय या आधार है। अथर्ववेद (10.7) में 44 मन्त्र हैं। इस सूक्त के देवता हैं–स्कम्भ। यहाँ 23 मन्त्रों में विराट प्रकृति के प्रति विस्मयकारी प्रश्न व जिज्ञासाएँ हैं, शेष 21 मन्त्रों में इन प्रश्नों के दार्शनिक उत्तर हैं। प्रत्यक्ष रूप में ये सारे प्रश्न ऋषि–कवि के हैं और उत्तर भी लेकिन सम्भव है कि प्रश्न शिष्यों के हों और उत्तर ऋषि ने दिये हों। जो भी हो, यह दार्शनिक प्रश्न और उत्तर चिन्तन प्रेरक हैं।

कवि ने स्कम्भ का सुन्दर मानवीकरण किया है। पहला प्रश्न है "इस स्कम्भ के किस अंग में तपशक्ति रहती है? किस अंग में ऋत–सृष्टि नियम रहते हैं? श्रद्धा और व्रत कहाँ रहते हैं? सत्य किस अंग में रहता है–

कस्मिन अंगे सत्यमस्य प्रतिष्ठितम्?" (वही, 1) इसमें मानव जीवन को आदर्श बनाने वाले आधारभूत की जिज्ञासा है। फिर प्रकृति की शक्तियों के सम्बन्ध में जिज्ञासा है "अग्नि किस अंग से प्रदीप्त है? और वायु प्रवाह का अंग क्या है? स्कम्भ के किस अंग से चन्द्र प्रकाशित होता है? भूमि किस अंग में है? किस–किस अंग में अन्तरिक्ष व द्युलोक हैं?" (वही, 2-3) अंगों के बाद सीधे स्कम्भ पर ही प्रश्न है "अग्नि कहाँ जाने के लिए ऊर्ध्वागामी हैं? वायु कहाँ जाने के लिए बहती है? स्कम्भ क्या है? जहाँ जाने के लिए प्राणी गतिशील रहते हैं?" (वही, 4) अगला प्रश्न समय व जल पर है, "संवत्सर से मिले पक्ष और मास कहाँ जा रहे हैं? दिन, रात कहाँ जाते हैं? जल किसी पाने की इच्छा में बह रहे हैं?" (वही, 5-6) यहाँ सभी प्रश्न प्रत्यक्ष भौतिक जगत् की जिज्ञासा से सम्बन्धित हैं।

सृष्टि की रचनाकार कोई शक्ति हो सकती है। भौतिकवादी चिन्तन में प्रकृति सदा से है, सतत विकासशील है। इसलिए सतत परिवर्तनशील कही जाती है। अथर्ववेद में 'प्रजापति' नाम की सत्ता लोक धारण करती है। ऋग्वेद में विश्वकर्मा नाम की सत्ता ने संसार बनाया था। ऋषि उनसे पूछते हैं कि "आपने जगत् बनाया तो कहाँ बैठे?" प्रश्न औचित्यपूर्ण है। प्रश्न में आधार या आश्रय की जिज्ञासा है? अथर्ववेद में इसी तरह का प्रश्न प्रजापति से है "प्रजापति ने जिस पर आधारित होकर समस्त लोकों को धारण किया है, वह स्कम्भ या आधार क्या है– स्कम्भं तं ब्रूहि कतमः"। (वही, 7) आगे प्रश्न है "प्रजापति ने श्रेष्ठ व मध्यम विश्वरूप बनाया है, उसमें यह स्कम्भ कितने अंश प्रविष्ट है? शेष अंश कितना है?" आचार्य श्रीराम शर्मा के अथर्ववेद भावार्थ में इसी मन्त्र पर टिप्पणी है, "इसका उत्तर पूर्णमदः पूर्णमिदं के रूप में मिल सकता है।" यह मन्त्र वृहदारण्यक उपनिषद में है। पूरे मन्त्र का अर्थ है कि "पूर्ण से पूर्ण उत्पन्न हुआ है। पूर्ण में पूर्ण घटाने पर पूर्ण ही शेष रहता है।" आगे सभी लोकों के आश्रय स्कम्भ पर जिज्ञासा है, "सब लोक, कोष, ब्रह्मविद्, ब्रह्मविद्या जहाँ रहते हैं, सत् व असत् या अप्रकट जहाँ रहते हैं, जिसके भीतर हैं उस स्कम्भ के सम्बन्ध में बतायें कि वह क्या है?" (वही, 10)

सूक्त पठनीय व मननीय है। स्कम्भ सत्य अभीप्सु जिज्ञासा है। यहाँ रोचक प्रश्न हैं "जहाँ कठिन परिश्रम व संकल्पबद्ध पुरुष प्रतिष्ठित होते हैं, जहाँ ऋत, श्रद्धा व ब्रह्म समाहित हैं, पृथ्वी, द्युलोक, अग्नि, सूर्य, वायु जिसके आश्रय में हैं, जिसमें 33 देव स्थिर हैं, वह स्कम्भ क्या है?" (वही, 11-13)

वेद या ज्ञान भी स्कम्भ के अन्दर हैं। अगला प्रश्न इसी सन्दर्भ में है, "जिसमें ऋक् (ऋग्वेद), साम (सामवेद), यजुर्वेद व मही है, मही–महती विद्या में एक ऋषि समर्पित हैं, उस स्कम्भ के सम्बन्ध में बतायें।" (वही, 14) यहाँ मही अथर्ववेद है। एक ऋषि अथर्वा हैं। स्कम्भ सर्वव्यापी हैं, "जहाँ अमृत व मृत्यु साथ–साथ हैं जिससे ऋचाएँ प्रकट हुई हैं, यजुर्वेद के मन्त्र प्रकट हुए हैं, जहाँ साम हैं, अथर्ववेद जिसका मुख है, वह स्कम्भ क्या है?" (वही, 14, 15 व 20) प्रश्नावली दार्शनिक रूप में भी रोचक है।"

प्रश्नों के उत्तर पठनीय हैं, "स्कम्भ में लोक, तप, ऋत समाहित हैं। (वही, 29) इन्द्र में सब लोक, तप, ऋत है। स्कम्भ में सब हैं–स्कम्भ सर्व प्रतिष्ठितम्।" (वही, 30) ऋग्वेद में हिरण्यगर्भ प्रथमा हैं। अथर्ववेद में "हिरण्यगर्भ को पहले स्कम्भ ने ही इस लोक में प्रतिष्ठित किया।" (वही, 28) इसी तरह 33 देवों को केवल ब्रह्मज्ञानी ही जानते हैं। (वही, 27) यहाँ ऋषि ने 33 देवों का वर्णन नहीं किया है। 33 देवों का विवरण और विवेचन वृहदारण्यक उपनिषद् में है। वृहदारण्यक शतपथ ब्राह्मण का भाग है। सम्भव है कि 33 देवों का दार्शनिक विवेचन अथर्ववेद के बाद की बात हो।

स्कम्भ सूक्त के कुछ मन्त्रों में ब्रह्म को ही सबका विधाता बताया गया है। कहते हैं, "भूमि जिसके पाँव हैं। अन्तरिक्ष उदर है, द्युलोक सिर है। उस ज्येष्ठ ब्रह्म को नमस्कार–तस्मै ज्येष्ठाय ब्रह्मणे नमः। सूर्य और चन्द्र जिसकी आँखें हैं। अग्नि मुख है। जो श्रम तप से प्रकट होता है– यः श्रमात तपसो। उस ज्येष्ठ ब्रह्म को नमस्कार।" (वही, 33 व 36) यहाँ ब्रह्म भी विश्वास या आस्था नहीं श्रम से मिलता है। यहाँ कर्म पर विश्वास की प्रगतिशील स्थापना है। कर्म पर विश्वास अथर्ववेद की मूलधारा है। जादू टोना जैसे अन्धविश्वास भी तत्कालीन समाज में थे। काव्य साहित्य समाज का दर्पण कहे जाते हैं। अथर्ववेद का रचनाकाल दीर्घकाल में पसरा हुआ है। इस काल और समाज में अस्तित्व रहस्यों की जानकारी के लिए दर्शन का विकास सुस्पष्ट है। तत्कालीन दर्शन में सम्पूर्णता के बोध की जिज्ञासा है। ऋग्वेद में सम्पूर्णता के पर्याय कई देव हैं। काल इन देवों के भीतर ही है। अदिति, पुरुष और अज ऐसे ही देव हैं। वरुण भी इस सूची में हो सकते हैं और लगभग इन्द्र भी हैं। लेकिन अथर्ववेद में ब्रह्म की अनुभूति में सबका समावेश है। उपनिषदों का मुख्य विषय ब्रह्म है। जान पड़ता है कि सर्वव्यापी ब्रह्म की धारणा का विकास अथर्ववेद के रचनाकाल में हो चुका था। तब उपनिषदों का ब्रह्म दर्शन इसी परम्परा का विकास हो सकता है।

अथर्ववेद (10.8) में ज्येष्ठ ब्रह्म सूक्त है। सामान्य बोलचाल में ज्येष्ठ का अर्थ वय श्रेष्ठ होता है। ज्येष्ठ अर्थात् उम्र में बड़ा, वरिष्ठ। इस अर्थ में ब्रह्म सर्ववरिष्ठ ज्येष्ठ हैं। वेदान्त में दो ब्रह्म प्रतीत होते हैं। अपर ब्रह्म और परमब्रह्म। अपर ब्रह्म सृष्टि का उद्भव, पालन व प्रलयकर्ता है। परम् ब्रह्म परमव्योम में आदि सर्जक है। अथर्ववेद का ज्येष्ठ ब्रह्म यही है। कहते हैं, "जो भूत, वर्तमान व भविष्यकाल के अधिष्ठाता हैं, जिनका केवल प्रकाशमय रूप है, इन ज्येष्ठ ब्रह्म को नमस्कार है।" (वही, 1) काल भी ब्रह्म के भीतर है। ब्रह्म से पृथक् काल का कोई अस्तित्व नहीं है। भारतीय चिन्तन में सर्वोच्च सत्ता प्रकाश रूप है। अष्टावक्र ने जनक की सभा में इसे 'ज्योतिर्एकं' एक ज्योति कहा था। वह एक है, उसके रूप अनेक हैं। ऋग्वेद व अथर्ववेद में भी उसे एकं सद् कहा गया है।

अथर्ववेद में ब्रह्म साक्षात् के लिए परस्पर विरोधी प्रतीक भी प्रयुक्त हुए हैं। कहते हैं, "वह दूर होकर भी निकट है। वह विश्व में योजित है। वह आगे पीछे सब ओर से योजित है। वह कम्पन करता है। गति करता हुआ स्थिर रहता है। प्राण धारण करता है, प्राणहीन भी है।" (वही, 8, 10, 11) ईशावास्योपनिषद् (4 व 5) में भी यही बात कही गयी है, "वह अचंचल है लेकिन मन से ज़्यादा गतिशील है। वह स्थिर है, सभी गतिशील तत्त्वों से दौड़ते हुए आगे रहता है। वायु जल उसके अनुशासन में हैं। वह कम्पन में है, अकम्पन में भी है। वह दूर है, अति निकट भी है। वह सबके भीतर है, सबको बाहर से भी आवृत करता है–तदन्तरस्य सर्वस्य तदु सर्वस्यास्य वाह्यतः।"

अथर्ववेद में ब्रह्म विद्या का तत्त्वज्ञान है। मुण्डकोपनिषद् (1.2) के अनुसार "ऋषि अथर्वा ने ब्रह्मा से ब्रह्म विद्या पायी थी।" अथर्वा ही अथर्ववेद के प्रमुख ऋषि कवि हैं। उक्त उपनिषद् के अनुसार अथर्वा ने ही अंगी ऋषि को इसी विद्या का उपदेश दिया। अंगी ने भरद्वाज गोत्री ऋषि को यही विद्या बतायी। भरद्वाज ने इसी ब्रह्म विद्या का उपदेश ऋषि अंगिरा को दिया। फिर बहुत बड़े विश्वविद्यालय के कुलपति शौनक अंगिरा के पास गये। उन्होंने उनसे विनम्रतापूर्वक प्रश्न किया, "कस्मिन्नु भगवो विज्ञाते सर्वमिदं विज्ञातं भवति–भगवन्। किसे जान लेने के बाद यह सम्पूर्ण जगत् और इसका ज्ञान जान लिया जाता है?" (वही, 3) प्रश्न बहुत बड़ा है। यहाँ ब्रह्म की जिज्ञासा है।

उत्तर वैदिक काल में विद्या के दो प्रकार थे। अंगिरा ने शौनक को बताया कि "ब्रह्मवेत्ता परा व अपरा नाम से ज्ञान की दो शाखाएँ बताते हैं।

ऋग्वेद, यजुर्वेद, सामवेद, अथर्ववेद, शिक्षा, कल्प, व्याकरण, निरूक्त, छन्द व ज्योतिष सब अपरा विद्या हैं। इसके अतिरिक्त जिससे अक्षर अविनाशी जाना जाता है, वह परा है।" (वही, 4 व 5) यहाँ ऋग्वेद अथर्ववेद सहित तमाम ज्ञान को ब्रह्म ज्ञान का उपदेशक नहीं माना गया है। परा और अपरा की तरह उपनिषदों में विद्या और अविद्या शब्द भी आये हैं। अविद्या अज्ञान नहीं है। अविद्या भौतिक सांसारिक ज्ञान है। वेद अविद्या है। विद्या परमज्ञान है। विद्या 'परा' है। बड़ी बात है कि दर्शन के मुख्य ग्रन्थों को परमज्ञान के प्रबोधन उपकरण से अलग रखा गया है लेकिन अथर्ववेद के तमाम हिस्सों में ब्रह्म का ऐसा ही वर्णन है। आगे परा विद्या से बोध में आने वाले अविनाशी का वर्णन है, "जो जानने में नहीं आता, अग्राह्य, अगोत्र, रंग रूप रहित, आँख, कान आदि इन्द्रिय रहित, कर्मेन्द्रियरहित, सर्वव्यापी सूक्ष्म और अनाशवान है, ज्ञानी जन ही उसे देखते हैं।" (वही, 6)

अथर्ववेद के ज्येष्ठ ब्रह्म सूक्त (10.8.16) में कहते हैं, "सूर्य जिससे उदित होता है, जिसमें अस्त होता है, हम उसे ज्येष्ठ ब्रह्म कहते हैं।" यह ब्रह्म सर्वव्यापी है, अजर–अमर है। कहते हैं, "वह एक देव है। वही सर्वप्रथम उत्पन्न हुआ है–प्रथमो जाताः। पूर्ण से पूर्ण उत्पन्न होता है। पूर्ण से पूर्ण सींचा जाता है।" (वही, 28–29) वृहदारण्य उपनिषद् में लगभग इसी शब्दावली वाले मन्त्र में अथर्ववेद की यही बात दोहराई गयी है। आगे कहते हैं, "एक वही इस पृथ्वी को आच्छादित करता है। वही अन्तरिक्ष के चारो ओर है। वही द्युलोक को धारण करता है।" (वही, 36) उसे जानने की पात्रता भी बताते हैं, "जो साधक प्राण को उत्तरोत्तर ऊर्ध्वगामी बनाते हुए गायत्री अमृत तत्त्व में गतिशील होते हैं, जो साम–जीवन संगीत से साम–अस्तित्व के संगीत को जानते हैं, वे जानते हैं कि कहाँ (कैसे) उस अजन्मा का साक्षात्कार होता है।" (वही, 41)

अथर्ववेद में ब्रह्म को समझने के लिए अनेक प्रतीक प्रयुक्त हुए हैं। स्कम्भ या सर्वभूत आश्रयदाता ब्रह्म का एक परिचय है। ज्येष्ठ ब्रह्म सर्वव्यापी है ही। इसी तरह एक प्रतीक उच्छिष्ट ब्रह्म भी है। भोजन करने के बाद अन्न फल आदि के शेष बचे भाग को उच्छिष्ट कहते हैं। विद्वानों के अनुसार उच्छिष्ट–उत् शिष्ट या शेष रहा हिस्सा है। भारतीय वैदिक दर्शन में सृष्टि संसार के अतिरिक्त भी अस्तित्व का तीन चौथाई भाग बचा रहता है। ऋग्वेद (10.90.2) में कहते हैं, "जो सृष्टि बन चुकी है और जो बनने वाली है, सब पुरुष ही है। इसके एक चरण में यह संसार

है शेष तीन चरण दिव्य लोक में हैं।" यही मन्त्र अथर्ववेद (19.6.4) में भी दोहराया गया है।

विद्वानों के अनुसार सृष्टि निर्माण से शेष यही तीन चौथाई उच्छिष्ट ब्रह्म है। अथर्ववेद का एक पूरा सूक्त (11.9) उच्छिष्ट ब्रह्म को अर्पित है। वैदिक ऋषि अपनी अनुभूति वाले प्रिय देवों की प्रतिमा नहीं गढ़ते। वे देवों की ससीम प्रतिमा को असीम बनाते हैं। आकार या प्रतिभा की सीमा है। दार्शनिक अनुभूति के बौद्धिक तल पर सम्पूर्ण अस्तित्व एक है। वे प्रत्येक प्रतीक को अनन्त विस्तार देते हैं। प्रतीक प्रारम्भिक चिन्तन में सहयोगी होते हैं। दार्शनिक चिन्तन के उच्च तल पर वे अस्तित्व के साथ एक रूप हो जाते हैं।

अथर्ववेद का उच्छिष्ट ऐसा ही प्रतीक है। अन्त में वह ससीम से असीम हो जाता है। कहते हैं, "उच्छिष्ट में ही सारे रूप व नाम व लोक–लोकान्तर हैं। इसी के अन्दर इन्द्र, अग्नि, विश्व, द्युलोक, जल, समुद्र, चन्द्र और वायु हैं। वरुण सोम भी इसी में हैं।" (वही, 1–3) यहाँ उच्छिष्ट की व्याप्ति समस्त अस्तित्व में है। आगे सत्, असत्, दिन–रात, सभी यज्ञ, व्रत तप भी इस उच्छिष्ट के भीतर बताये गये हैं। वेद ज्ञान गान हैं। दो मन्त्रों (वही, 5 व 24) में ऋग्वेद, सामवेद, यजुर्वेद, अथर्ववेद को भी इसी में अन्तर्निहित बताया गया है। एक अन्य मन्त्र (वही, 17) में "ऋत्, सत्य, श्रम, कर्म और राष्ट्र को भी इसी आश्रय में निहित कहा गया है। भूत में हुआ सब कुछ और भविष्य में होने वाला सर्वस्व भी उच्छिष्ट ब्रह्म में है।" इसी सूक्त के एक सुन्दर मन्त्र (वही, 26) में "आनन्द, मोद, प्रमोद प्रत्यक्ष सुख और देव भी इसी का सृजन हैं।" यहाँ आनन्द के कई तल हैं। ऋषि कवि ने आनन्द के साथ मुद, मोद, प्रमोद, का उल्लेख किया है। ऋषि संसार में विभिन्न रूप देखते हैं। रूपों के नाम होते हैं, वे सभी नाम रूपों में एक परम सत्य देखते हैं।

अथर्ववेद में रोहित ब्रह्म भी है। डॉ. कपिलदेव द्विवेदी ने वैदिक दर्शन (पृ. 53) में लिखा है, "रूह् (उत्पन्न होना) धातु से रोहित शब्द बना है। इसका अर्थ है–जिससे सब पदार्थों की उत्पत्ति होती है, वह शक्ति या ब्रह्म रोहित है।" अथर्ववेद का 13वाँ काण्ड रोहित ब्रह्म को अर्पित है। रोहित शब्द सूर्य के अर्थ में भी आया है। एक सूक्त (13.2) में रोहित आदित्य का वर्णन है। आदित्य यहाँ सूर्य हैं। स्तुति है कि "समस्त प्राणियों के द्रष्टा अनेक मुखों, हाथों और बाहुओं से विस्तृत हैं। वे अपनी प्रकाश किरणों से

द्युलोक व पृथ्वी उत्पन्न करते हैं। सबका पोषण करते हैं।" (वही, 13.2.26) 13वें काण्ड के 40 मन्त्रों वाले प्रथम सूक्त में रोहित ब्रह्म का सम्बन्ध 'राष्ट्र' से भी जोड़ा गया है। राष्ट्र की सीमा होती है। अथर्ववेद के ऋषि राष्ट्र को भी ब्रह्म में देखते हैं और ब्रह्म को राष्ट्र में।

अथर्ववेद में ब्रह्म का अनेकशः निर्वचन वर्णन है। ज्येष्ठ, ब्रह्म, उच्छिष्ट ब्रह्म, स्कम्भ ब्रह्म, रोहित ब्रह्म के साथ ही अनंगवान ब्रह्म, व्रात्य ब्रह्म और बृहस्पति ब्रह्म भी है। जान पड़ता है कि अथर्ववेद के रचनाकाल में प्रत्यक्ष भौतिक संसार के साथ ही सम्पूर्ण अस्तित्व के प्रति गहन जिज्ञासा थी। इसलिए ब्रह्म विवेचन की धूम थी। अथर्ववेद का ब्रह्म सांसारिक रूपों में व्याप्त है। इस ब्रह्म विवेचन में संसार त्याग की आवश्यकता नहीं दिखाई पड़ती। यह ब्रह्म सबमें व्याप्त बताया गया है लेकिन इसी ब्रह्म के सूर्य आदि प्रकट ऊर्जा केन्द्रों से भौतिक समृद्धि की स्तुतियाँ भी हैं। मुद, मोद, प्रमोद और आनन्द की इच्छा ब्रह्म चर्चा का भाग बनी रहती है। इसी ब्रह्म से सत्यनिष्ठ बने रहने की स्तुतियाँ हैं। ज़ोर सदाचार पर है। लोकमंगल की अभिलाषा है। समूचे विश्व कल्याण की प्रार्थना है लेकिन राष्ट्रचिन्तन की बात साथ–साथ चलती हैं।

आपदाएँ असहाय होने का भाव जगाती हैं। निराश करती हैं। निराशा मन की विशेष चित्तदशा है। स्वयं और सम्पूर्ण अस्तित्व पर विश्वास करने वाले लोग विपरीत परिस्थिति में भी निराश नहीं होते। वे निर्धारित कर्म करते हैं। अस्तित्व की नियति व पुरुषार्थ पर विश्वास रखते हैं। सोंचने–देखने की दो दृष्टियाँ सम्भव हैं। पहली है अपने कर्म व पुरुषार्थ पर विश्वास। यह अच्छी जीवनदृष्टि है लेकिन अस्तित्व के करोड़ों प्रपंचों का प्रभाव ब्रह्माण्डव्यापी है। पुरुषार्थ और अस्तित्व का साझा परिणाम ही यह विश्व है। प्रार्थना और आस्तिकता अज्ञात सम्भावना के प्रति विश्वास हैं। ब्रह्म वैयक्तिक सत्ता नहीं है। भारतीय चिन्तन में सम्पूर्ण अस्तित्व का नाम ब्रह्म है। इसके निर्वचन का ग्रन्थ ब्रह्मसूत्र है।

ब्रह्मसूत्र, ऋग्वेद, अथर्ववेद व उपनिषद् दर्शन का सार है। इसमें ऋग्वेद का अद्वैत भी है। यह असाधारण दार्शनिक रचना है। इसमें वेदों से लेकर उपनिषद् काल तक विकसित सभी विचारों पर एकात्मवादी टिप्पणियाँ हैं। टिप्पणियों में पूर्ववर्ती विचारकों का विस्तृत उल्लेख नहीं है। ब्रह्मसूत्र के रचनाकार ने संक्षिप्त सूत्रों में बड़ी–बड़ी बातें की हैं। ऐसी सूत्र शैली पतंजलि के योग सूत्रों में भी है पर योग सूत्रों में पूरी बात संक्षेप में

कही गयी है। ब्रह्मसूत्र में बड़ी बात के लिए भी अतिअल्प शब्द विन्यास हुआ है। पहला सूत्र ध्यान देने योग्य है–अथातो ब्रह्म जिज्ञासा। अब ब्रह्म की जिज्ञासा है। दूसरे सूत्र में दो शब्द ही हैं, "जन्माद्यस्य यतः। अनुवाद है–यहाँ जिससे जन्म आदि होते हैं।" अनुवाद से अर्थ पूरा नहीं निकलता इसलिए अनुभूति की सहायता से कहते हैं–वही ब्रह्म है। अब अर्थ पूरा हुआ "जिससे जन्म आदि होते है वह ब्रह्म है। 'जन्म आदि' का अर्थ भी बड़ा है–जन्म, युवा, बुढ़ापा, मृत्यु, सृष्टि, स्थिति, विकास और प्रलय। तीसरा सूत्र मात्र एक शब्द का ही है, "शास्त्रयोनित्वात्"–शास्त्र में वही कारण है। पूरा अर्थ है वह ब्रह्म ही वेदों शास्त्रों में जगत् का कारण कहा गया है। ब्रह्मसूत्रों में सृष्टि जगत् के रहस्य हैं, उपनिषदों में उल्लिखित दार्शनिक सूत्रों शब्दों की व्याख्या है। ब्रह्मसूत्र भारतीय दर्शन के ब्रह्म का शब्द प्रतिनिधि है। गीता सभी दर्शनों का अभूतपूर्व मिलन दर्शन है। इसीलिए उपनिषद्, ब्रह्मसूत्र और गीता को 'प्रस्थानत्रयी' की संज्ञा मिली। प्रस्थानत्रयी के बीज विचार अथर्ववेद में हैं।

ब्रह्मसूत्र में वेद उपनिषद् में आये तमाम शब्दों, प्रत्ययों, विचारों का विवेचन है। अथर्ववेद व उपनिषदों में प्राण शब्द आया है। यहाँ प्राण को ब्रह्म कहा गया है। (1.1.28–31) छान्दोग्य उपनिषद् में सम्पूर्णता के लिए 'भूमा' शब्द आया है। यहाँ भूमा को ब्रह्म बताया गया है। (1.3.8–9) सत्य तत्त्व इन्द्रियों की क्षमता से परे है। उसे प्रत्यक्ष नहीं देख सकते। अनुमान भी कठिन है। सत्य तत्त्व की व्याख्या वैसे भी कठिन है। श्वेताश्वतर (3.20), कठोपनिषद् (2.20) और तैत्तिरीय आरण्यक में एक साथ एक प्यारा सा मन्त्र/श्लोक आया है "अणोरणीयान महतो महीयान–अणु से लघुतम अणु और महान से महत्तर (वह है)"। श्वेताश्वतर (6.19) में इसी बात को और विस्तार देते हैं, "वह निरवयव है, निश्चल है, शान्त, निर्दोष और निर्लिप्त है।" यह भी ब्रह्म है। ब्रह्मसूत्र में 561 सूत्र हैं। सभी सूत्र ब्राह्मणों उपनिषदों का विश्लेषण है।

ब्रह्मसूत्र में ब्रह्म का निर्वचन है। यहाँ सांख्य दर्शन के कारणवाद का खण्डन है। (अध्याय 2.2.1–10) इसी तरह कणाद के परमाणुवाद से उठे भौतिकवादी प्रश्नों का भी परम ब्रह्म में निरूपण है। (वही, 11–17) सम्पूर्ण प्रत्यक्ष व अप्रत्यक्ष ब्रह्म में है। (ब्रह्मसूत्र : गीता प्रेस, पृ. 148–177) आगे सारी बातें गीता प्रेस से प्रकाशित ब्रह्मसूत्र की पृष्ठ संख्या के उद्धरणों से हैं। मधु विद्या अमूल्य है। अथर्ववेद में मधुविद्या की प्रतिष्ठा है।

लेकिन जैमिनि ने पूर्वमीमांसा में इसे देवताओं के योग्य नहीं बताया क्योंकि देवताओं को यह विद्या सहज प्राप्य है। वे ज्योतिर्मय लोकों में रहते हैं। (पृ. 77, श्लोक 1.3.31–32) इसके बाद के सूत्र में लिखा है कि 'वादरायण' को यह मत मान्य नहीं है।

अथर्ववेद में देव उपासना है, प्रतीक उपासना भी है। ब्रह्मसूत्र के चौथे अध्याय में प्रतीक उपासना व योग के स्पष्ट संकेत हैं। शुरुआत में बताते हैं, "श्रुति निर्देशित उपासना का आवर्तन (बारम्बारता)।" (4.1.1) यहाँ उपासना की पद्धति है। आगे कहते हैं, "न प्रतीके न हि सः"–प्रतीक में आत्मभाव नहीं करना चाहिए। प्रतीक में ब्रह्म दृष्टि करनी चाहिए, ब्रह्म ही सर्वश्रेष्ठ है। (पृ. 390–91) ब्रह्म को प्रतीक में स्थापित देखना चाहिए। देवता में प्रतीक की नहीं। ब्रह्मसूत्र मूर्ति पूजा–प्रतीक पूजा की विधि बताता है। आगे कहते हैं "आसीन सम्भवात्"–बैठकर ही ऐसा सम्भव है। (4.1.7) फिर कहते हैं, "ध्यानाच्य–ध्यान" (4.1.8) और "अचलत्वे चापेक्ष्य–शरीर की अचलता की अपेक्षा।" (4.1.9) यहाँ योग के सूत्र हैं। ब्रह्मसूत्रों पर तमाम भाष्य हैं। शंकराचार्य का दर्शन अद्वैत सिद्धान्त कहलाया। उन्होंने इसी की व्याख्या में ब्रह्म को सत्य और जगत् को मिथ्या बताया था।

विद्या प्राप्ति मानव जीवन की श्रेष्ठ उपलब्धि है। ब्रह्मसूत्र में विद्या का प्रकरण सबसे दिलचस्प है। तीसरे अध्याय के चौथे पाद के प्रथम सूत्र में विद्या के सम्बन्ध में कहते हैं, "पुरुषार्थ की सिद्धि इसी से (ज्ञान) होती है। शब्द (वेद) यही बताते हैं।" अगले सूत्र में कहते हैं कि पूर्वमीमांसा के द्रष्टा आचार्य जैमिनि यह बात नहीं मानते। उनका मत है कि "ज्ञान को पुरुषार्थ बताना अर्थवाद है। पुरुषार्थ प्राप्त किये जाने योग्य है। इसका साधन कर्म हैं। श्रेष्ठजनों के आचरण से यही सिद्ध होता है। छान्दोग्य उपनिषद् में भी कर्म को ही पुरुषार्थ का साधन कहा गया है। कर्म कर्त्तव्य है।" (वही, 2–7) 6 सूत्रों में जैमिनी के तर्क बताकर फिर वादरायण का मत है "श्रुति में कर्म की अपेक्षा विद्या की महत्ता है।" यहाँ बड़ी मज़ेदार लेकिन उचित धारणा है कि विद्या कर्म का भाग नहीं है। अध्ययन कर्म भाग है–"अध्ययन मात्रवतः।" (वही, 3.4.12) बताते हैं कि "विद्या से कर्मों का (कर्मफल) पूरा नाश हो जाता है।" (3.4.16) अथर्ववेद में भी विद्या की महत्ता है। विद्या प्राप्ति के लिए आचार्य का मार्गदर्शन व अध्ययन ज़रूरी है। विद्या मुक्त करती है।

वैदिक दर्शन में 'अक्षर' शब्द बहुत आया है। अक्षर अ–क्षर अर्थात् अनाशवान है। यह शब्द का भी मूल घटक है। वृहदारण्यक उपनिषद् (3.8.7) में 'अक्षर' की विवेचना है। गार्गी ने याज्ञवल्क्य से पूछा, "जो द्युलोक से ऊपर है, पृथ्वी से भी नीचे है। इन दोनों के बीच में भी है। जिसे भूत, भविष्य और वर्तमान कहते हैं वह काल किसमें ओतप्रोत है?" याज्ञवल्क्य ने कहा–आकाश में। गार्गी ने पूछा, "वह आकाश किसमें ओतप्रोत है?" याज्ञवल्क्य ने कहा, "उसे ब्रह्मवेत्ता 'अक्षर' कहते हैं, यह न सूक्ष्म है, न लघु, न बड़ा, न लाल, न पीला।" अक्षर समूची सृष्टि में विद्यमान है। दर्शन में रहस्यपूर्ण है। उसे ब्रह्मज्ञानी ही जानते हैं। ब्रह्मसूत्र (1.3.100) में अक्षर भी ब्रह्म है। सूत्र है "अक्षरम्बरान्त धृते–अक्षर आकाश पर्यन्त सबको धारण करता है।" छान्दोग्य उपनिषद् में आकाश के बारे में कहा गया– "निश्चय ही सभी प्राणी आकाश से ही उत्पन्न होते हैं।"

ब्रह्मसूत्र में आकाश भी ब्रह्म है। अथर्ववेद में भी आकाश की विस्तीर्णता ब्रह्म है। सृष्टि सृजन के सम्बन्ध में उपनिषदों में अनेक विचार हैं। उपनिषद् काल में पूर्ण विचार स्वातन्त्र्य था। छान्दोग्य उपनिषद् में तेज़, जल और अन्न का क्रमिक विकास है। माना गया कि आकाश सदा से है। तैत्तिरीय उपनिषद् में ब्रह्म से आकाश की उत्पत्ति है। फिर आकाश से वायु और वायु से तेज। लेकिन वृहदारण्यक उपनिषद् में आकाश अमृत है। अमृत का जन्म नहीं होता, मरण भी नहीं होता। अथर्ववेद का ज्येष्ठ ब्रह्म यही है। वादरायण ने ब्रह्मसूत्रों की अनुभूति व रचना में ऋग्वेद व उपनिषदों के मन्त्रों शब्दों के साथ अथर्ववेद से भी प्रेरक सामग्री ली हो तो आश्चर्य क्या है? ब्रह्मसूत्र में सारी शंकाओं, मतों का विवेचन है। फिर ब्रह्म को ही जगत् का कारण बताया गया है।

अथर्ववेद का ब्रह्म ऋग्वेद के पुरुष या अदिति देव जैसा विराट व पूर्ण है। यह ब्रह्म ऋग्वेद की दार्शनिक परम्परा का लोक संस्करण है। उपनिषदों का ब्रह्म ऋग्वेद के "एकं सद् विप्रा बहुधा वदन्ति" का विकास है। उपनिषदों के ब्रह्म में अथर्ववेद की भी अनुभूति है। लेकिन इसकी व्याप्ति अनन्त है। यह पूर्ण है। उपनिषद् अनुभूति में यह के साथ वह भी पूर्ण है। यह भी पूर्ण। वह भी पूर्ण। पूर्ण में पूर्ण घटाने पर भी पूर्ण बचता है। यहाँ दर्शन अनुभूति का शिखर है। भारतीय दर्शन ने इस शिखर तक की यात्रा में अनेक मंज़िलें पार की हैं। ऋग्वेद के बाद अथर्ववेद ऐसी ही मंज़िल है। इस मंज़िल पर थोड़ा ठहराव व विश्राम है। लेकिन अथर्ववेद के दर्शन की यह मंज़िल महत्त्वपूर्ण है।

कालचिन्तन

कालचिन्तन भारतवासियों का प्रिय विषय रहा है। ऋग्वेद के नासदीय सूक्त में दिन रात्रिविहीन दशा का उल्लेख है। काल की धारणा में दिन और रात्रि समय के ही चेहरे हैं। ऋषि के अनुसार तब न रात थी, न दिवस। मूलभूत प्रश्न है कि क्या तब काल था? वस्तुतः काल का बोध गति से हुआ। ऋषि के अनुसार "केवल 'वह' था। वह अपनी क्षमता के कारण वायुहीन स्थिति में भी स्पन्दित था।" स्पष्ट है कि तब काल नहीं था। आधुनिक विश्व में भी अनेक देशों में काल भिन्न–भिन्न प्रतीत होता है। भारत और अमेरिका या ब्रिटेन का काल अलग है। वर्ष, मास, दिवस, प्रहर, घंटा, मिनट, सेकेण्ड काल के विभाजन हैं। भारतीय कालगणना में पल, विपल के साथ मुहूर्त भी है। समय विभाजन में नववर्ष की चर्चा ज़्यादा होती है। नवदिवस, नव प्रहर व नये मिनट की कम। वस्तुतः काल की कोई इकाई नयी या पुरानी नहीं है। वर्ष भी नया या पुराना नहीं होता। हम सब ही अपने जन्म, यौवन और वृद्ध होने में नये या पुराने होते हैं।

अस्तित्व सदा से है, सदा रहता है। शाश्वत है प्रलय में भी रहता है, सनातन है। प्रलय में भी नष्ट नहीं होता। प्रलय में समूल नष्ट हो जाता तो सृष्टि उद्भव के लिए आदि–तत्त्व कहाँ से आता? शून्य से सृष्टि का उद्भव नहीं हो सकता। अस्तित्व के भीतर असंख्य अंगभूत हैं। वे गतिशील हैं। गति प्रत्यक्षतया एक बिन्दु से दूसरे बिन्दु की यात्रा है। गति से समय का अनुभव होता है। काल स्वतन्त्र निरपेक्ष यथार्थ नहीं हैं। गति दिखाई पड़ती है, काल दिखाई नहीं पड़ता। काल को महत्त्व देने वाले मनीषी गति को काल का परिणाम मानते हैं। वस्तुतः काल ही गति का परिणाम है। काल को इसीलिए गतिशील रथ या अश्व प्रतीक में कहा गया है।

अथर्ववेद में काल का सर्वव्यापी प्रभावशाली अस्तित्व गाया गया है। 19वें काण्ड के सूक्त 53 व 54 के 15 मन्त्रों के ऋषि कवि भृगु ने काल

की सुन्दर महिमा गायी है। बताते हैं कि "काल अश्व है। यह विश्व रथ है। काल अश्व इस विश्वरथ का वाहक है। यह सात किरणों व सहस्रों आँखों वाला है। यह कभी जर्जर या बूढ़ा नहीं होता। सभी लोक इसके चक्र हैं। इस पर कवि ही आरोहण करते हैं।" (वही, 53.1) यहाँ अश्व गति का पर्याय है। गति के कारण ही अश्व की प्रतिष्ठा है। कवि विद्वान को ही इस रथ पर बैठने का पात्र बताया गया है। काल की वास्तविक अनुभूति या कालबोध के लिए कवि जैसी संवेदनशीलता चाहिए। काल प्राचीन, अर्वाचीन या नूतन नहीं होता। संसार या प्रकृति के गोचर प्रपंच ही नये–पुराने होते रहते हैं। नया या पुराना सोचना मन की प्रकृति है। भृगु कहते हैं, "काल में मन है, काल में प्राण हैं और काल में ही सारे नाम हैं। काल की अनुकूलता में ही प्रजा को आनन्द मिलते हैं–कालेन नन्दन्त्यागतेन प्रजा इमाः।" (वही, 7) यहाँ काल की अनुकूलता और आनन्द की अनुभूति भी मन की ही तरंगें हैं।

ऋग्वेद में काल की दो प्रवृत्तियाँ जान पड़ती हैं। काल भी अस्तित्व का भाग है, इसलिए इसकी सत्ता अस्तित्व के सापेक्ष है। अस्तित्व की प्रत्येक गतिविधि में इसकी अनुभूति है। इसके कारण यह निरपेक्ष और नित्य भी है। ऋग्वेद (1.64.2) में कहते हैं, "तीन नाभियों वाला यह कालचक्र गतिशील, अजर और अविनाशी है। इसी के भीतर समस्त लोक विद्यमान हैं।" यहाँ पृथ्वी, अन्तरिक्ष और द्युलोक तीन नाभियाँ हैं। काल का पहिया इन्हीं धुरियों या नाभियों पर गतिशील है। धुरी मुख्य है, इनकी गतिशीलता का परिणाम काल है। इस दृष्टि से काल का अविनाशी तत्त्व पृथ्वी, द्युलोक और अन्तरिक्ष के परमाणुओं की ही अविनाशी गति है। काल स्वयंपूर्ण निरपेक्ष नित्य नहीं है। गति सभी लोकों में है, इसलिए काल भी सर्वत्र है। सभी लोकों के घटकों, ग्रहों आदि की गति भिन्न–भिन्न है। इसलिए सभी ग्रहों पर समय का आभास एक समान नहीं होता।

प्रकृति का अणु परमाणु गतिशील है। हम सबको गति से समय का बोध होता है। अनुकूल गति आनन्द देती है। प्रतिकूल गति व्यथा देती है। इसे ही हम सब अच्छा या बुरा समय कहते हैं। महाभारत के रचनाकार व्यास भी कालवादी थे। महाभारत की काल धारणा अथर्ववेद का विस्तार हो सकती है। व्यास भी अथर्ववेद की तरह शीत, ग्रीष्म आदि ऋतुओं को भी काल का प्रभाव मानते थे लेकिन उन्होंने राजा और काल के प्रभाव के प्रसंग में प्रश्नोत्तर के माध्यम से कहा है कि "क्या राजा काल का

निर्माता है या काल ही राजा का कारण है? उत्तर है कि राजा ही काल का निर्माता है।" यहाँ काल राजा के सापेक्ष लघुतर है। राजा काल का कारण है—राजा कालस्य कारणं। महाभारत में काल का विलय भी बताया गया है। व्यास शुक वार्ता में "काल का बल में और बल का काल में लय कहा गया है।" अथर्ववेद में भृगु ने मन को भी काल के अधीन बताया है। लेकिन कभी—कभी मन भी यान्त्रिक काल का अतिक्रमण करता है। मित्र या आत्मीय की संगति में काल छोटा लगता है और प्रतिकूल या विरोधी की संगति में दीर्घ। यहाँ काल की अनुभूति पर संगति का प्रभाव भी पड़ता है। काल अस्तित्वगत होता तो मित्र के साथ छोटा न होता और अप्रिय की संगति में दीर्घ न होता।

वैदिक देवों के नाम कतिपय विशेषताओं के कारण अलग—अलग हैं। लेकिन अपनी व्याप्ति में वे सम्पूर्ण लोकों को आच्छादित करते हैं। ऋग्वेद के इन्द्र पृथक् नाम है और वरुण भी। लेकिन इन्द्र वरुण अपनी व्याप्ति में सर्वत्र शक्तिमान सर्वसमुपस्थित हैं। अथर्ववेद में भी यही स्थिति है। काल भी ऐसी ही देव अनुभूति है। भृगु कहते हैं, "काल ने ही सृष्टि सृजन किया है। सूर्यदेव काल की प्रेरणा से ही तपते हैं—काले तपति सूर्यः। समस्त प्राणी काल आश्रित हैं। नेत्र भी काल आश्रित होकर देखते हैं।" (वही, 6) कहते हैं, "काल ने दिव्यलोक उत्पन्न किये। सभी प्राणियों की आश्रयदाता भूमि को भी उन्होंने ही उत्पन्न किया। भूत, भविष्य और वर्तमान काल के आश्रित हैं।" (वही, 5) कहते हैं, "काल में तप है—काले तपः। काल में वरिष्ठता है। काल में ब्रह्म भी समाहित है। काल सबका पिता है, पालक है, प्रजापति है और सबका ईश्वर है—कालो ह सर्वस्य ईश्वरो।" (वही, 8) इन तीनों मन्त्रों में काल ही स्रष्टा—द्रष्टा व विधाता हैं। यहाँ काल की व्याप्ति अनन्त है। यहाँ देवों की व्याप्ति को अनन्त बताने की शैली में काल की भी व्याप्ति अनन्त है। ऋषि कवि का कालबोध सम्पूर्णता के बोध तक विस्तृत है। कवि के सृजन में काल अनन्त व अपरिमेय सत्ता हो गये हैं।

सृष्टि सृजन के पूर्व काल का अस्तित्व विचारणीय है। दिक् और काल सृष्टि का भाग हैं। तब काल की उत्पत्ति भी सृष्टि के साथ या बाद में होनी चाहिए। भृगु के मत में "काल ने सबसे पहले प्रजापति का सृजन किया। फिर प्रजा का—कालः प्रजा असृजन, कालो अग्रे प्रजा पतिम्। काल स्वयंभू उत्पन्न हैं।" (वही, 10) बताते हैं कि "संसार काल प्रेरित काल द्वारा उत्पन्न है, काल में प्रतिष्ठित है।" (वही, 9) यहाँ काल स्वयंभू है।

सदा से है। तब सृष्टि की अव्यक्त दशा में भी काल का अस्तित्व होना चाहिए लेकिन ऋग्वेद की धारणा में अव्यक्त दशा में गति नहीं है। दिन व रात जैसे काल रूप नहीं हैं। भृगु सम्भवतः सृष्टि की अव्यक्त दशा में भी कालबीज को अव्यक्त सृष्टि का अंग मानते थे। उन्होंने इसी सूक्त (19.53.4) में कहा है, "वह काल समस्त भुवनों में व्याप्त है। सबका पोषण करता है। पहले सबका पिता है और बाद में वही सबका पुत्र है।" इस तरह वही भूत है और वही वर्तमान होता है। वर्तमान और भूत एक हैं। अलग–अलग इनका कोई अस्तित्व नहीं है।

जगत् का सम्पूर्ण द्रव्य और ऊर्जा सक्रिय हैं। हम सब जगत् का भाग हैं, सो हम सब भी गतिशील हैं। जान पड़ता है कि हम अतीत या भूत से वर्तमान की तरफ़ गति कर रहे हैं और भविष्य की ओर भाग रहे हैं। लेकिन सच ऐसा नहीं है। हम स्मृति में घटनाएँ एकत्रित कर रहे हैं। मन के खेल में भविष्य हमारी ओर आता प्रतीत हो रहा है। लगता है कि सारा अतीत पहले वर्तमान था। वर्तमान क्षणभंगुर है। इसलिए वर्तमान होते ही नष्ट हो जाता है। यहाँ अतीत के वर्तमान में परिवर्तित होने का भ्रम है। अतीत कभी वर्तमान नहीं होता। वर्तमान भी अस्तित्वगत नहीं होता। वह हमारे मन का खेल होता है। यह उसी अतीत का भाग बनता रहता है जो वस्तुतः होता ही नहीं। शेष रहा भविष्य। वह अस्तित्वगत नहीं होता। वह हमारी अभिलाषाओं द्वारा सृजित एक स्वप्न मात्र ही होता है और स्वप्नों का अस्तित्व नहीं होता। शाश्वत सदा से है। काल शाश्वत के भीतर है। शाश्वत काल को भी घेरे हुए है।

भूत और भविष्य काल का विभाजन जान पड़ते हैं। वे समय बोधक प्रतीत होते हैं। वस्तुतः सबका भूत काल सबकी अपनी स्मृतियाँ हैं। जिसकी जितनी स्मृति उसका उतना भूतकाल। लेकिन स्मृति का अस्तित्व वर्तमान में होता है। घटना हमेशा वर्तमान में घटती है। इसके बाद वह भूत हो जाती है। उसकी स्मृति वर्तमान में ही होती है। पूर्व घटित घटनाओं का वर्तमान स्मरण ही भूतकाल है। भृगु कहते हैं, "काल के द्वारा ही पूर्व में भूत व भविष्य को उत्पन्न किया गया है।" (वही, 19.54.3) भृगु के अनुसार काल ने किसी पूर्वकाल में भूत भविष्य को जन्म दिया है। इसका सीधा अर्थ निकलता है कि इसके भी पहले एक समय ऐसा है जब भूतकाल व भविष्यकाल नहीं थे। काल भी था या नहीं? यह बड़ी पहेली अनुत्तरित है।

वैदिक मन्त्रों में शाश्वत व तात्कालिक के सामान्य विभाजन हैं।

शाश्वत सदा से है, सदा रहता है। यह नित्य है। तात्कालिक उसी मनोभूमि में प्रकट होता है और भूत हो जाता है। भृगु कहते हैं "ऋग्वेद और यजुर्वेद के मन्त्र भी काल से प्रकट हुए हैं।" (वही, 3) इसका प्रत्यक्ष यथार्थ है कि सदा विद्यमान शाश्वत का विवरण और मन्त्र रूप प्रकटीकरण सदा से नहीं है। शाश्वत सदा से है। उसका मन्त्र गान बाद में हुआ है। भृगु ने ऋग्वेद और यजुर्वेद का उल्लेख किया है। दोनों अथर्ववेद के पूर्ववर्ती हैं। अथर्ववेद के रचनाकाल में ऋग्वेद व यजुर्वेद की अतिरिक्त प्रतिष्ठा थी। भृगु ने काल सूक्त की रचना में स्वाभाविक ही दोनों संहिताओं का उल्लेख किया है।

अथर्ववेद में सभी प्राणी और प्रकृति की शक्तियाँ भी काल आश्रित बताये गये हैं। वस्तुतः वे काल आश्रित न होकर गति गुण सम्पन्न हैं। काल इसी गति का अनुभव है। इसलिए काल अस्तित्व का एक अंश है। उपनिषदों में सम्पूर्ण अस्तित्व परम, ब्रह्म या अक्षर कहा गया है। उपनिषद् दर्शन ग्रन्थ है। उपनिषद् के ऋषि काल को नित्य निरपेक्ष नहीं मानते। वे ब्रह्म को परम विभु और व्यापक कहते हैं। मुण्डकोपनिषद् (2.1.6) में कहते हैं, "उस परम तत्त्व से ऋग्वेद, सामवेद व यजुर्वेद के मन्त्र प्रकट हुए हैं। काल संवत्सर और सभी लोक भी उसी से पैदा हुए हैं।" यहाँ काल सहित सारे लोक और मन्त्र भी ब्रह्म से उत्पन्न हैं। ब्रह्म का विस्तार हैं। काल का जन्म भी परम तत्त्व से हुआ है। काल सदा से नहीं है।

वृहदारण्यक उपनिषद् शतपथ ब्राह्मण का भाग है। इस उपनिषद् में परम अविनाशी का नाम 'अक्षर' है। इसी अक्षर के प्रशासन में निमिष, अहोरात्र, ऋतु, मास और संवत्सर है। (3.8.9) उपनिषद् के ऋषि ने 'प्रशासन' शब्द का प्रयोग किया है–एतस्य वा अक्षरस्य प्रशासने। (वही) यहाँ काल स्वतन्त्र सत्ता नहीं है। अक्षर अविनाशी के अन्तर्गत है और अक्षर प्रशासन के अधीन है। वैशेषिक दर्शन में नौ द्रव्य कहे गये हैं। काल भी इन्हीं नौ द्रव्यों में एक द्रव्य है लेकिन यह प्रत्यक्ष प्रमाण का विषय नहीं है। इसका निश्चय अनुमान से ही सम्भव है। ऐतरेय ब्राह्मण में गतिशीलता को श्रेय बताया गया है। यहाँ निद्रालु को कलियुग का, उठ बैठे को द्वापर का, खड़े हुए को त्रेता का व गतिशील को सतयुग का प्रतिनिधि कहा गया है। युग समय बोधक है। सक्रिय गति सत्युग है। ऐतरेय मधुमक्खियों का उदाहरण देते हैं। मधुमक्खियाँ गतिशील होकर मधु संचय करती हैं। चरैवेति–चलते रहो के मन्त्र सूत्र से समय मधुमय होता है।

आलसी गतिशील नहीं होते। गतिशील की तुलना में उनके समय को बुरा कहा जा सकता है। चरैवेति चरैवेति का मन्त्र गतिशील रहने का आह्वान है।

गीता में उपनिषद् दर्शन का प्रभाव है। भक्ति अंशों के अतिरिक्त यह सांख्य दर्शन प्रधान है। गीता में काल प्रकृति का नियन्ता नहीं है। सांख्य दर्शन के अनुसार गीता में "गुण ही गुणों के साथ खेलते बताये गये हैं।" श्रीकृष्ण जहाँ भगवत्ता हैं, वहाँ वे ही प्रकृति की गति के अध्यक्ष हैं। कहते हैं, "प्रकृति मेरी अध्यक्षता में ही गतिशील है।" गति से ही काल का अनुभव होता है। गीता की काल धारणा अथर्ववेद के काल तत्त्व के सामने महत्त्वहीन है। श्रीकृष्ण ने गीता (10.30) में स्वयं को गणना वाला काल बताया है "कालः कलयातामहम्।" आगे बताते हैं "मैं अविनाशी काल हूँ।" (वही, 10.33) गीता (4.2) में भी काल का उल्लेख है। लेकिन यह काल सबको प्रभावित करने वाला नहीं है। यहाँ प्राचीन ज्ञान का उल्लेख है। यह ज्ञान काल विशेष में नष्ट हो गया है–स कालेनेह मह्ता। गीता (11.7) में श्रीकृष्ण ने अर्जुन को विश्वरूप दिखाया। अर्जुन डर गया। उसने पूछा, "आप उग्र रूप कौन हैं?" (11.31) श्रीकृष्ण ने कहा "कालोऽस्मि–मैं काल हूँ। लोक नष्ट करने में संलग्न हूँ।" (वही, 10.32) यहाँ काल की शक्ति संहारक है।

अथर्ववेद के काल देव केवल संहारक नहीं हैं। यह आनन्ददाता भी हैं। लेकिन पृथ्वी, सूर्य, ग्रह, नक्षत्र की तरह काल का प्रत्यक्ष अस्तित्व नहीं दिखाई पड़ता। समय अच्छा या बुरा नहीं होता। समय की गणना प्रत्यक्ष भूतों की गति से होती है। इनकी गति के प्रभाव सभी ग्रहों पर पड़ते हैं। हम गति के परिणाम को काल कहते हैं। हम 'अब' को वर्तमान कहते हैं। इसके पूर्व को काल का एक अंग कहते हैं। पूर्व भी कालवाची है लेकिन प्रश्न है कि तब अपूर्व को क्या कहें? क्या अपूर्व काल से भिन्न है। अब से भिन्न शब्द 'जब' है। 'जब' भी कालबोधक है। 'जब' क्रिया के अनुसार बीते समय या भविष्य की सूचना देता है। अब, जब, तब काल अंश के सूचक हैं। काल की निरपेक्षता का प्रश्न फिर भी अनुत्तरित रहता है।

पृथ्वी गतिशील है। यूरोप के देशों में यह ज्ञान आधुनिक काल में हुआ। वे पहले पृथ्वी को स्थिर मानते थे। पृथ्वी को गतिशील बताने वाले वैज्ञानिक उत्पीड़ित किये गये। अथर्ववेद ईसा से लगभग तीन हज़ार वर्ष प्राचीन है। अथर्व के ऋषि पृथ्वी के गतिशील गुण से सुपरिचित थे। कहते हैं, "काल से ही पृथ्वी गतिशील है और दिव्यलोक काल के

आश्रय में स्थित हैं।" (वही, 2) अथर्ववेद का कालचिन्तन गम्भीर विचार के योग्य है। बड़ी बात है कि यहाँ हज़ारों वर्ष पहले काल धारणा थी। काल का विवेचन था। ऐसे जटिल दार्शनिक व वैज्ञानिक विषयों पर चिन्तन था। अथर्वा अंगिरा वैदिक समाज के प्रतिष्ठित दार्शनिक ऋषि कवि थे। वैसे अथर्ववेद की कालधारणा में समस्त लोक काल आश्रित हैं लेकिन भृगु ऋग्वेद व यजुर्वेद के मन्त्रों के साथ ही अथर्वा अंगिरा का पृथक् उल्लेख नहीं भूलते। वे इन दोनों दार्शनिक कवियों को भी काल में अधिष्ठित बताते हैं। (वही, 5) काल ब्रह्माण्ड का भाग है। इस तरह वह आस्तिक भाव में प्रकृति की महान भावशक्ति बन जाता है। आयु काल अधीन हो जाती है और जन्म व मृत्यु भी। अथर्ववेद की कालधारणा विचारोत्तेजक है।

कालशून्यता या टाइमलेसनेस भी एक विचारणीय विषय है। पतंजलि ने योग, प्राणायाम, ध्यान का गहन विवेचन किया है। चित्त चंचल है। उन्होंने चित्त प्रवृत्तियों की समाप्ति को योग बताया है–योगश्चित्तवृत्ति निरोधः। चित्त अपनी वृत्ति में गति करता है। वृत्तियों की गति के कारण समय का अनुभव होता है। इसलिए सुख और दुख का अनुभव है। सुख–दुख के अनुभव का मूल कारण चित्तवृत्ति या चित्त गति है। गति के लिए दिक् चाहिए। दिक् में ही गति सम्भव है। ध्यान में दिक् नहीं होता। इसलिए गति नहीं होती। पतंजलि कहते हैं, "यथाभिमत ध्याना द्वा–अपने अभिमत वाले विषय पर ध्यान करें।" (योगसूत्र, समाधिपाद, 39) पतंजलि ध्यान के विषय का विकल्प भी सुझाते हैं "अथवा ईश्वर पर प्राण केन्द्रित–ध्यान करें–ईश्वर प्रणिधाना द्वा।" (वही, 23) ईश्वर दिक् नहीं है। वे ईश्वर की परिभाषा करते हैं, "क्लेश कर्म, कर्मफल और वासना से असम्बद्ध चेतना का नाम ईश्वर है।" (वही, 24) कर्म कर्मफल व वासना काल का भ्रम देते हैं। हम कर्म करते, कर्मफल पाते, गँवाते हुए समय के आभास में होते हैं। पतंजलि इससे असम्बद्ध चेतना को ईश्वर बताते हैं। ईश्वर कर्म, दुख आदि कालवाची विषयों से परे हैं। वे आगे कहते हैं–"समय के पार होने के कारण वह गुरुओं का गुरु है।" ईश्वर समय से परे है। समाधि में समय नहीं होता। प्रश्न है कि क्या वास्तव में समय होता है? होता तो समाधि में भी क्यों न होता?

कालबोध और कालगणना एक नहीं है। गणना और गणित मनुष्य के आविष्कार हैं। अंकों का आविष्कार भारत ने किया। दिन, रात, मास, वर्ष, युग भारत की प्रज्ञा का चमत्कार हैं। यह सभी नाम रूप रहित हैं।

वर्ष का रूप नहीं होता। इसलिए दुनिया में 'वर्ष' की अनेक धारणाएँ हैं। दिन या रात्रि का भी रूप नहीं है। प्रकाश भी दिवस का पर्याय नहीं है। मुख्य बात है गति। विज्ञान मूलतः गति का अध्ययन है। पृथ्वी की गति से समयवाची दिन, रात, मास व वर्ष हैं। ग्रहों की गति का सूक्ष्म विवेचन व प्रभाव का अध्ययन ज्योर्तिविज्ञान है। विद्वान इसे कालगणना कहते हैं। वस्तुतः यह गति गणना है। ग्रहों नक्षत्रों की गति गणना के आधार पर प्रकृति का अध्ययन रोमांचकारी है।

इतिहास भी गति का आयाम है। विवेचक इतिहास संकलन में ईसा पूर्व या ईसा के पश्चात शब्द का प्रयोग करते हैं। इस विवेचन में ईसा महत्त्वपूर्ण है, वे कालगणना के एक बिन्दु हैं। भारतीय सभ्यता के विवेचन में सरस्वती नदी भी ऐसी ही है। हम सरस्वती सूखने के पूर्व और सरस्वती सूखने के बाद का गणित लेते हैं। कोरोना वैश्विक महामारी (2020) के पूर्व और उसके बाद का विश्व भी इसी तरह की काल रेखा है। दुनिया का कोई भी इतिहासकार सम्पूर्ण भूत का विवरण नहीं दे पाया है। इतिहासकार अलबेरूनी को शिकायत थी कि हिन्दू अपना इतिहास काल क्रम के अनुसार नहीं लिख सके। पुराणों के बारे में भी विद्वानों को शिकायत रही है कि इनमें समय का ठीक ध्यान नहीं रखा गया है। ऐसी बातों के कई स्पष्टीकरण दिये जा सकते हैं लेकिन सत्य एक है। पुराणों के रचनाकार तिथि वर्ष की तुलना में सदाचरण युक्त जीवनगति की व्याप्ति चाहते थे। पुराणों के अनुकरणीय पात्र पृथ्वी से लेकर आकाश तक गतिशील हैं। प्रत्येक स्थान का समय भिन्न–भिन्न है। इसलिए उन्होंने वर्ष मास को महत्त्वहीन माना। काल सर्वत्र एक जैसा नहीं है। पुराणों में भी पृथ्वी पर काल का अनुभव अन्य लोकों से पृथक् है। पृथ्वी का एक मास पितृलोक के एक अहोरात्र दिन–रात के बराबर है। पृथ्वी का एक वर्ष देवलोक के एक अहोरात्र या दिन–रात के समान है।

समूचा ब्रह्माण्ड एक इकाई है। यह पूर्ण है। इसी सम्पूर्ण को ऋग्वेद में पुरुष और अदिति नाम दिये गये हैं। दोनों प्रतीकों की एक सामान्य विशेषता है। दोनों सदा से हैं, सदा रहते हैं। दोनों के लिए एक सामान्य बात कही गयी है। पुरुष के लिए कहते हैं, "जो अब तक हो चुका है और जो आगे होगा, वह सब पुरुष है।" इसी तरह अदिति के लिए भी कहते हैं कि "जो अब तक हो गया है, जो आगे होगा, वह सब अदिति ही है।"

इस विवरण में भूत, वर्तमान, और भविष्य अर्थात् काल का अस्तित्व व्यर्थ हो गया है। पुरुष का ऐसा ही विवेचन अथर्ववेद में भी है। काल सूक्त के अनुसार अथर्ववेद के कालरथ पर ज्ञानी ही बैठ सकते हैं। सिद्ध ज्ञानियों को पता होता है कि सृष्टि सनातन निरन्तरता है। निरन्तरता अविभाज्य होती है। ब्रह्माण्ड के भीतर अंगों की गति है। सो उन गतिशील अंगों के सापेक्ष काल है। अखण्ड ब्रह्माण्ड एक जीवमान इकाई है। इस महासम्पूर्णता में काल का अस्तित्व कैसे अनुभवजन्य होगा?

काम भाव

जीवन प्रेरणा का मूल 'राग' है। राग अर्थात् अस्तित्व से स्वाभाविक प्रीति। अस्तित्व के भिन्न–भिन्न रूपधारी घटकों से लगाव। राग विराट् जगत् में उपस्थित सत्य के भीतर बैठे आनन्द का निमन्त्रण है। संगीत शास्त्र में भी राग होते हैं। अस्तित्व में सर्वत्र व्याप्त यह रागभाव ही अथर्ववेद में काम भाव है। काम भाव के प्रभाव में यहाँ सृजन है। काम के कारण हम अस्तित्व में हैं। काम या राग के प्रभाव में ही सारे सम्बन्ध हैं। इस प्रभाव में मनुष्य परिवारी और संसारी हैं। राष्ट्रवादी समाजवादी हैं। प्रसिद्ध ललित निबन्धकार कुबेर नाथ राय ने जयदेव के 'गीत गोविन्द' के उद्धरण से याद दिलाया है कि गीत गोविन्द पढ़ने के लिए कवि जयदेव ने महत्त्वपूर्ण शर्त रखी है, "यदि मन हरिस्मरण से सरस हो, कला विलास की उमंग हो। मन भक्त और सरस दोनों हो तभी इस मधुर कोमलकान्त पदावली के रूप में व्यक्त जयदेव की सरस्वती को सुने।" ठीक कहा है, भक्ति की पूर्व स्थिति प्रेम है। प्रेम की पराकाष्ठा भक्ति है। नारद भक्ति सूत्रों में भी भक्ति को उस परम के प्रति प्रेम कहा गया है। मन का रसपूर्ण होना जयदेव की दूसरी शर्त है। तैत्तिरीय उपनिषद् के ऋषि ने उस परम को ही सीधे रस बताया है–रसो वै सः। रस और प्रेम या प्रेम रस का प्राकृतिक प्रवाह काम है।

'काम' प्रकृति की सृजनशक्ति है। सृजन की प्रेरणा है। प्रत्येक प्राणी की काया के अणु परमाणु में सर्जक काम तरंगें हैं। मन संकल्प का केन्द्र भी काम ऊर्जा के प्रवाह से शक्ति पाता है। प्रकृति सृजनशील है। इसमें अतिरिक्त काम ऊर्जा है। यह प्रतिपल सर्जक काम ऊर्जा के तरंग प्रवाह से उफनाती रहती है। इसी ऊर्जा के प्रभाव में वह प्रतिपल सृजन करती रहती है। अनथक, सतत सृजनरत। वह सृजन कार्य से कभी विश्राम नहीं लेती। सो प्रकृति में प्रतिपल नव सृजन है। काम बीज से नया पौधा।

बीज की अपनी कामना ही वृक्ष हो जाती है। नव पल्लव, पत्ते फूल और बीज भी। प्रत्येक प्राण बीज में एक से अनेक होने की कामना का केन्द्र है–काम। यूरोप में इसके लिए 'सेक्स' शब्द है। यहाँ सेक्स का हिन्दी रूपान्तर 'यौन' है। इसी प्रभाव में काम का आधुनिक अर्थ यौन संवेग हो गया है। इसकी तुलना में शब्द प्रणय यौन से ज़्यादा प्रीतिकर है लेकिन सेक्स शब्द अपर्याप्त है। यह दैहिक है। काम की व्याप्ति सर्वत्र है। काम में व्यापकता है। काम सर्वव्यापी सृजन की अभिलाषा है। तुलसीदास ने रामचरितमानस बालकाण्ड में गाया है "सबके हृदय मदन अभिलाषा।" यहाँ मदन शब्द काम का पर्याय है।

कामना प्रकृति का अन्तर्भाव है। कामना कर्म की प्रेरणा भी है। सृष्टि का उद्‌भव भी कामना से हुआ। ऋग्वेद के सृष्टि सूक्त में कहा गया है कि सबसे पहले काम की उत्पत्ति हुई। काम प्रथमा है। ज्येष्ठा है–तत अग्रे काम सं अवर्तत। प्रथमा काम कारण है प्रकृति के विस्तार का। वैसे हम काम भाव लेकर ही पैदा होते हैं। अथर्ववेद में काम को देवता कहा गया है। कहते हैं, "सर्वप्रथम काम की उत्पत्ति हुई। यही मन का बीज बना। हे काम! आप सर्वव्यापी, तेजस्वी और सामर्थ्यवान हैं। आप शत्रुहन्ता योद्धा हैं। आप हमको ओज तेज युक्त बनायें।" (अथर्ववेद 19.52.1 व 2) काम के देव प्रत्येक जीव में कामना शक्ति के रूप में उपस्थित रहते हैं। कामना कर्म प्रेरित करती है। प्रत्येक कर्म की प्रेरक शक्ति काम है। कहते हैं, "हमारी कामना के कारण हमारी ओर काम का शुभागमन हुआ है। हृदय द्वारा हृदय की ओर काम का आगमन हुआ है। श्रेष्ठ जनों की मन–कामना हमारे पास आये।" (वही, 4) हम सबके अन्तर्जगत में काम पहले आया या कामना? यह प्रश्न बड़ा है। वैसे कामना काम अभिलाषा का पर्याय है।

अथर्ववेद के नौवें काण्ड का दूसरा सूक्त पठनीय है। इसे काम सूक्त कहते हैं। ऋग्वेद में काम ज्येष्ठ है। सबसे पहले हैं। ऋग्वेद की इसी परम्परा में अथर्ववेद में भी काम ज्येष्ठ है। यहाँ देवता भी काम को वरिष्ठ मानते हैं। इन देवों से कहा गया है, "हे काम को वरिष्ठ मानने वाले देवो! आप आहुति लें, प्रसन्न हों और हमें शत्रुरहित बनायें।" (वही, 9.2.8) इसी सूक्त में इन्द्र, अग्नि और वरुण देवों के साथ काम देवता की स्तुति है। (वही, 9.2.6) काम सभी प्राणियों में व्याप्त है। प्राण धारक सभी जीवों में काम तत्त्व है। यह पूरी प्रकृति में भी है। यह सृष्टि उद्‌भव के समय से ही है। कहते हैं, "सृष्टि उत्पत्ति के काल में प्रथम काम का उद्‌भव हुआ,

देवता, मनुष्य और पितर इसका रहस्य नहीं जान सके।" यहाँ बड़ी बात कही गयी है कि देवता भी काम का रहस्य नहीं जान पाये। काम अप्रत्यक्ष ऊर्जा है। दिखाई नहीं पड़ते लेकिन सबमें व्याप्त हैं। इनका रहस्य जानना स्वाभाविक ही श्रम साध्य है। नमस्कारपूर्वक स्वीकार करना ही विकल्प है। इसलिए आगे कहते हैं, "हे काम! आप श्रेष्ठ हैं। हम उन काम को नमन करते हैं। द्युलोक, पृथ्वी जहाँ तक विस्तृत और व्यापक हैं, जहाँ तक जल और अग्नि–ताप विस्तृत हैं, वहाँ तक सभी प्राणियों में आप उपस्थित हैं, व्यापक हैं। हम आपको नमन करते हैं।" (वही, 19 व 20)

काम ऊर्जा अदृश्य है, उसके प्रभाव प्रत्यक्ष हैं। अथर्ववेद के ऋषि कवि के लिए यह साधारण दैहिक आकर्षण या दैहिक मिलन नहीं हैं। दैहिकता को भारतीय चिन्तन में वासना कहा गया है। काम और मन का सम्बन्ध प्रगाढ़ है। मन ही संकल्प का केन्द्र है। संकल्प के पहले कामना है। काम सारी कामनाओं का बीज केन्द्रक है। मनः संकल्प की शक्ति पाकर यही काम सृजन की विराट सम्भावना में विस्तृत होता है। काम शक्ति का अधोगमन वासना है। कामशक्ति का ऊर्ध्वगमन सृजन की सम्भावना है। अथर्ववेद के ऋषि ने इस सम्भावना को प्रार्थना बनाया है। ऋषि कहते हैं, "जैसे इन्द्रदेव ने जल अवरोधक तत्त्वों को अन्धकार में धकेला और देवों ने आसुरी शक्तियों पर विजय प्राप्त की। ठीक वैसे ही हे काम! आप हमारी प्रगति में बाधक तत्त्वों को हटा दें।" (वही, 18) यहाँ काम मनुष्य की प्रगति में आने वाली बाधाओं को भी दूर करने वाली दिव्यशक्ति हैं।

वैदिक ऋषियों ने सभी जीवों में व्याप्त काम शक्ति को देवता की तरह सम्बोधित किया है, उसे दिव्य जाना है। काम शक्ति साहस का केन्द्र भी है। अथर्ववेद के ऋषि ने काम को 'मन्यु' कहा है। ऋग्वेद में भी 'मन्यु' एक देवता हैं। उन्हें नमस्कार किया गया है। मन्यु का अर्थ उत्साह है। लेकिन कुछ विद्वानों ने मन्यु का अर्थ क्रोध किया है। गीता में श्रीकृष्ण ने अर्जुन को बताया है कि क्रोध उद्भव का केन्द्र कामना है। अनेक विद्वानों ने मन्यु का अर्थ 'उत्साह' किया है। अथर्ववेद (वही, 25) में काम को मन्यु बताते हुए समुद्र से भी व्यापक बताया गया है। यहाँ ऋग्वेद की बोध परम्परा है। काम प्रकृति की सृजनशक्ति है। यह शक्ति सभी जीवों में विद्यमान रहती है। यही शक्ति भिन्न–भिन्न रूपों और आयामों में प्रकट होती है। जीव सृष्टि की निरन्तरता 'काम' के कारण ही सतत प्रवाहमान है। काम मनोवैज्ञानिक सिगमण्ड फ्रायड ने स्वप्न संसार का गहन विश्लेषण किया है।

मनोविश्लेषण पर उनकी लिखी किताब 'साइको एनालिसिस' काफ़ी महत्त्वपूर्ण है। अथर्ववेद का रचनाकाल फ्रायड से लगभग दो हज़ार वर्ष प्राचीन है। अथर्ववेद की स्वप्न स्थापना फ्रायड के स्वप्न विवेचन से काफ़ी मिलती–जुलती है। अथर्वा कामसूक्त (9.2.2) में काम से स्तुति करते हैं, "दुःस्वप्न हमारे मनः क्षेत्र और देखने की शक्ति के लिए श्रेयस्कर नहीं हैं। वे हमें आनन्दित भी नहीं करते। हम आपकी कृपा से उन्हें दूर भगाते हैं।" यहाँ स्वप्नों का केन्द्र 'काम' है। अथर्ववेद के अनुसार स्वप्न सृजन में कामना की भूमिका है। फ्रायड के विश्लेषण में भी स्वप्नों का केन्द्र लिविडो या काम अभिलाषा है। अथर्वा का 'काम' फ्रायड के लिविडो से बहुत व्यापक व वैज्ञानिक है।

काव्य गीत सरस वाणी का प्रसाद हैं। काव्य गीत का रस प्रवाह काम का विस्तार है। यह स्थापना फ्रायड की है। अथर्वा भी यही कहते हैं, "हे काम! वाणी आपकी पुत्री है। कवि इसी के माध्यम से काव्य सृजन करते हैं, गीत गाते हैं–यामाहुर्वाचम् कवयो विराजम्।" (वही, 5) फ्रायड ने सभी सृजन आयामों को लिविडो या काम भाव का परिणाम बताया था। इसके हज़ारों वर्ष पहले अथर्वा काम भाव को काम दिव्यता और देवता बता चुके थे। अथर्ववेद में काम प्रकृति का यथार्थ है। यहाँ उसकी शक्ति का दमन नहीं दैवी आन्तरिक रूपान्तरण है। यह अथर्ववेद का वैज्ञानिक अध्यात्मवाद है। काम भाव वर्ज्य नहीं। वैदिक परम्परा में इसका प्राकृतिक स्वाभाविक स्वीकार है। अथर्ववेद का 'काम' स्त्री पुरुष का सामान्य सम्बन्ध नहीं है। यह प्रकृति की संकल्प शक्ति है। जीवन का प्राकृतिक उल्लास और उत्साह है। स्त्री–पुरुष सम्बन्ध भी इसी का भाग हैं। सारे सृजन और संस्कार भी इसी उदात्त कामना का परिणाम हैं।

अथर्वा के रचे कामसूक्त की तरह अथर्ववेद में ऋषि भृगु का 'कामवाण सूक्त' भी मनोरम काव्य रचना है। यहाँ काम का उदात्त भाव है। स्त्री से प्रेम निवेदन है, "हे स्त्री ! तीक्ष्ण कामवाण से हम आपका हृदय भेदते हैं।" (3.25.1) यहाँ हृदय पर ज़ोर है। आगे बताते हैं कि यह वाण कैसा है, "इस वाण में मानसिक पीड़ा रूपी पंख हैं। प्रेम मिलन की इच्छा इस वाण का अग्रभाग हैं। इस वाण को धनुष पर चढ़ाकर कामदेव आपके हृदय का भेदन करें।" (वही, 2) यहाँ काम का रूपान्तरण प्रेम भाव हो गया है। आगे कहते हैं, "हे स्त्री काम देव द्वारा सन्धान किया गया यह वाण सरलगामी है। हम आपको आपके माता–पिता के निकट से अपने पास लाते हैं।

आप कर्म व विचार से हमारे अनुकूल हों।" (वही, 3, 4 व 5) यहाँ विवाह के संकेत हैं। ऋग्वेद में सूर्य पुत्री सूर्या के विवाह का प्रतीक है। यहाँ उसकी ध्वनि है। ऋग्वेद के विवाह सूक्त में कहते हैं—हे कन्या! हम आपको पितृकुल से मुक्त करते हैं और पतिकुल से युक्त करते हैं।

कामवाण का वैदिक प्रतीक तुलसीदास ने बालकाण्ड में सुन्दर ढंग से गाया है। कालिदास के सृजन में भी अथर्ववेद की परम्परा की सुगन्ध है। काम वाण मानसिक है। इसमें अध्यात्म और भौतिक का प्रणय है। अथर्ववेद के ऐसे विवरण में स्तुति, प्रार्थना और अपने सदाचरण पर विश्वास है। इस सूक्त में मित्र और वरुण देव से भी ऐसी ही स्तुति है। काम भाव प्रकृति का सत्य है। इसमें शिव और सुन्दर जोड़ने की ऋषि अभिलाषा भी काम अभिलाषा है। काम सत्य है। सत्य अभिलाषी हैं। अथर्ववेद के एक ऋषि जमदग्नि के कामात्मा सूक्त (6.8 व 9) में सुन्दर काव्य हैं। यहाँ स्त्री से प्रार्थना है– "जैसे बेल वृक्ष के सहारे ऊपर उठती है। उसी प्रकार तुम मेरी कामना करो—यथामन्नापगा असः।" (वही, 8.1) "इसी प्रकार तुम मेरी कामना करो" वाली पंक्ति तीन बार दोहराई गयी है। कहते हैं, "जैसे गरुड़ आकाश में उड़ते हैं, वैसे ही तुम्हें ऊर्ध्वगामी उड़ान के लिए मैं तुम्हारे मन को अपनी ओर लाता हूँ। तुम मेरी कामना करो।" (वही, 8.2) कहते हैं, "जैसे सूर्य पृथ्वी आदि लोकों को प्रकाश से भरते हैं, वैसे ही हम तुम्हारा मन आकर्षित करते हैं। तुम मेरी कामना करो।" (वही, 8.3) समूचे काव्य में उदात्त प्रेम भाव का रस प्रवाह है। इस काव्य में सत्य, शिव और सौन्दर्य का रस है। इसमें आनन्दमगन समाज के यथार्थ हैं। प्रेम भाव काम भाव को सहज स्वीकार है। अथर्ववेद का काव्य गुनगुनाने लायक ऐतिहासिक मन्त्र संहिता है।

काम कामनाओं का बीज है। यह प्रकृति में सर्वव्यापी है। प्राकृतिक है। प्रकृति की सृजनशक्ति है। प्रत्येक शक्ति का नियमन भी होता है। नियमविहीन शक्ति अराजकता में प्रकट होती है। फिर काम को विराट शक्ति जाना गया है। यही शक्ति हम सबके अन्तःकरण में अनन्त अभिलाषाएँ प्रकट करती रहती है। अभिलाषाएँ कभी तृप्त नहीं होतीं। वे रूप बदल कर बारम्बार अतृप्त भाव ही पैदा करती हैं। अतृप्ति व्यथित करती हैं। वह वर्तमान से सन्तुष्ट नहीं होतीं। लोभ पैदा करती हैं और क्रोध भी। अथर्ववेद में काम देवता हैं। वे नमस्कारों के योग्य हैं। कामनाओं का स्रोत हैं। लेकिन कामनाओं की अतृप्ति सदा सुखदाई है।

अथर्ववेद में काम धारणा के इस महत्त्वपूर्ण भाव पर भी विचार किया गया है। कवि ऋषि अथर्वा आधुनिक मनोवैज्ञानिकों की प्रतिभा वाली भाषा में कहते हैं, "यह कामना भाव हमारा स्मरण करें लेकिन हमें इसका ध्यान न आये। हे देवो! आप इस काम स्मरण को हमसे दूर रखें। यह हमें पीड़ित न कर पाने के लिए शोक करे—देवाः प हिणुत स्मरमसौ मामनु शोचतु।" (6.130.3) यहाँ 6 मन्त्रों के अन्त में यही पंक्ति प्रयुक्त हुई है।

आचार्य वात्स्यायन ने 'कामसूत्र' लिखा था। उन्होंने काम भाव प्रेरित मिलन के तमाम आयाम बताये हैं। वे काम का विज्ञान लिख रहे थे। लेकिन निष्कर्ष में उन्होंने इसके दुष्परिणाम भी बताये हैं। उन्होंने इसके प्रभाव से उत्पन्न गम्भीर बीमारियों का उल्लेख किया है। कामासक्त राजाओं के सर्वनाश की सूची भी दी है। सिगमण्ड फ्राइड विश्व प्रतिष्ठ मनोवैज्ञानिक थे। उन्होंने काम भाव को लिविडो कहा है। लिविडो सम्पूर्ण काम चेतना नहीं है। फ्रायड के अनुसार लिविडो मनुष्य की कामेच्छा है। यह बार—बार ध्यान भंग करती है और हमारे सम्पूर्ण व्यक्तित्व को प्रभावित करती है। फ्रायड इससे बचाव के उपाय से अपरिचित थे। भारतीय योग विज्ञानी पतंजलि ने चित्तवृत्ति पर गहन विचार किया था। उन्होंने ध्यान व धारणा द्वारा चित्तवृत्तियों द्वारा पैदा होने वाले दुख—सुख का विवेचन किया था। उन्होंने सुख—दुख और उत्तेजना की समाप्ति का वैज्ञानिक मार्ग सुझाया था। चित्तवृत्ति धारणाओं को व्यापक करती है। पतंजलि ने चित्तवृत्ति की ही समाप्ति को योग बताया है। तब धारणागत काम प्रभावित नहीं करता। अथर्वा का ध्यान काम प्रभाव पर है।

फ्रायड का लिविडो और पतंजलि की चित्तवृत्ति निकटवर्ती है। अथर्वा फ्रायड के विचार के निकट हैं लेकिन समाधान के लिए पतंजलि के क़रीब हैं। पतंजलि अथर्वा के बाद हुए। अथर्वा का कथन प्राचीन है लेकिन दोनों का तल एक है। कहते हैं, "यह काम भाव मेरा स्मरण करे। हमारा प्रिय हमें स्मरण करे। दे देवो! आप इस काम—स्मर को हमसे दूर करें। यह हमें पीड़ित न कर पाने के लिए शोक करे।" (वही, 2) अथर्वा की इच्छा बड़ी है। काम हमारे ऊपर प्रभाव डालता रहे लेकिन काम हमको प्रभावित न करे। वह ऐसा न कर पाने के लिए शोकग्रस्त रहे।

अथर्वा के मन्त्र सीधी स्तुतियाँ हैं। देव स्तुतियों से भौतिक परिणामों की प्राप्ति हमेशा विवाद का विषय रही है। देवों की कृपा से ही परिणाम पाने का विश्वास अन्धविश्वास कहा जाता है। उपनिषदों में भी यज्ञ की

नाव को छिद्रों वाला बताया गया है। लेकिन इस प्रसंग की स्तुतियाँ भिन्न प्रकृति की हैं। यहाँ 'काम भाव' के प्रभाव को दूर करने की प्रार्थना है। भाव का प्रभाव भाव जगत् पर ही होता है। प्रार्थना या स्तुति का प्रभाव भी भाव जगत् पर ही होता है। इसीलिए स्तुति का उपयोग है। स्तुति निरर्थक कर्मकाण्ड नहीं है। स्तुति भाव जगत् में रासायनिक परिवर्तन लाती है। इसीलिए किसी कार्य की शुरुआत में संकल्प लिए जाते हैं। प्रगाढ़ भाव से लिए गये संकल्प मनोबल बढ़ाते हैं। अथर्वा देवों से कहते हैं, "हे मरुत देवो! हमें उन्मत करो, चेतना को ऊर्ध्वमुखी बनाओ। हे अन्तरिक्ष आप उन्मत्त करो, हे अग्नि उन्मत्त करो। यह काम हमें प्रभावित न कर पाने के लिए शोक करे।" (वही, 4) यह मन्त्र काव्य की दृष्टि से भी सुन्दर है।

काम या कामना न पूरी होने की व्यथा मानसिक होती है। चित्त कामना के प्रभाव में होता है। मानसिक तनाव बढ़ते हैं। मानसिक व्यथा के प्रभाव शरीर पर भी पड़ते हैं। इसका उल्टा भी होता है। शरीर के कष्ट व्यथा भी देते हैं। अथर्वा कहते हैं, "जो व्यथा सिर पैर से आयी है। मैं उसे दूर भगाता हूँ। हे देवो! आप काम प्रभाव को हमसे दूर रखें।" (6.131.1) यहाँ स्तुति पर विश्वास है। प्रार्थना के प्रभाव पड़ते ही हैं। कहते हैं, "हे देव! हमारी प्रार्थना को सही मानें। हमारी विनय स्वीकार करें। काम विकार को हमसे दूर रखें। वह हमें प्रभावित न कर सकें।" (वही, 3) काम प्रभाव से मुक्ति के तमाम लाभ हैं। प्रशान्त चित्त सर्जक होता है। सुख और आनन्द का क्षेत्र है प्रशान्त मन। अशान्त मन दुख शोक बढ़ाता है। शान्त चित्त आनन्ददाता है। अशान्त चित्त का मुख्य कारण कामना भाव है। कामनाएँ असन्तुष्ट भाव बढ़ाती हैं। दिक्काल और भी तनाव देते हैं। अथर्ववेद में काम स्रोत और उसके प्रभाव पर सम्यक् विचार हुआ है।

वरुण शक्तिशाली देवता हैं। ये प्रकृति के संविधान के रक्षक व पालक हैं। प्रकृति के संविधान का नाम ऋत है, ऋत का अनुसरण धर्म है। वैदिक धर्म वरुण का नियम कहा जाता है। इन नियमों का पालन कराना वरुण का धर्म है। ऋग्वेद में वरुण सर्वशक्तिमान है। अथर्ववेद (4.16) में भी वरुण को सर्वज्ञ कहा गया है। कहते हैं कि "वरुण सब जानते हैं। वे स्थिर, गतिशील, गुप्त या प्रत्यक्ष के ज्ञाता हैं। वे दो मनुष्यों की गोपनीय वार्ता भी जानते हैं।" (वही, 1.2) अथर्ववेद के एक सूक्त (6.132) में काम प्रभाव को वरुण धर्म से तपा देने की स्तुति है। इस सूक्त के सभी मन्त्रों के अन्त में एक वाक्य समान है कि "मैं उस काम प्रभाव को वरुण धर्म से

तपाता हूँ–तं ते तपामि वरुणस्य धर्मणा।" यहाँ धर्म आत्म शुद्धीकरण का तप है। काम अस्वाभाविक नहीं है। यह प्रकृति में सर्वव्यापी है। इसे प्रकृति की शक्ति ने ही प्रवर्तित किया है। लेकिन इसका अस्वाभाविक प्रभाव दुख देता है। अथर्वा कहते हैं, "विश्वदेवों ने काम को जल में अभिषिक्त किया है। हम वरुण धर्म से इसे तपाते हैं–तं ते तपामि वरुणस्य धर्मणा।" (6.132.2) वरुण धर्म वैदिक समाज की आचार संहिता है।

सृष्टि का उद्‌भव जल से माना जाता है। वैज्ञानिक डारविन भी जल को मूलतत्त्व जानते थे। ऋग्वेद में जल को सृष्टि की माताएँ कहा गया है। यूनानी दर्शन के पितामह थेल्स जल को आदि तत्त्व मानते थे। सृष्टि सृजन की मुख्य ऊर्जा काम है। अथर्वा के अनुसार देवों ने काम को जल में अभिषिक्त किया है। वे इसे वरुण धर्म से ठीक ही तपाकर सांस्कृतिक बनाते हैं। जैसे देवों ने जल में काम को अभिषिक्त किया, वैसे इन्द्र और अग्नि ने भी। आगे कहते हैं, "इन्द्र और अग्नि द्वारा जल में अभिषिक्त काम को हम वरुण धर्म से तपाते हैं।" (वही, 4) इसी तरह सभी वैदिक देवों द्वारा काम को जल में अभिषिक्त करने के उल्लेख हैं और वरुण धर्म से तपाने का संकल्प।

स्वप्न रहस्य जटिल हैं। स्वप्नों का केन्द्र काम है। स्वप्नों की संरचना आश्चर्यचकित करती है। आधुनिक वैज्ञानिकों के लिए भी स्वप्न एक विचित्र पहेली हैं। अथर्ववेद के ऋषि के लिए भी वे आश्चर्यजनक हैं। कहते हैं, "स्वप्न का वार्तालाप पितृगण नहीं जानते हैं और देवता भी यह तत्त्व नहीं जानते।" (19.56.4) यहाँ बड़ी बात कही गयी है कि देवता भी स्वप्न का वार्तालाप नहीं जानते। सिगमण्ड फ्राइड स्वप्न का केन्द्र भी 'लिविडो' ही मानते थे। वे इसे मनुष्य की काम अभिलाषा का सृजन मानते थे। लेकिन वे अनेक स्वप्नों के बाद में सही हो जाने का कारण नहीं बता सके। स्वप्न के बाद जागने पर सही घटित होने वाली घटनाओं का रहस्य अज्ञात है। कुछ स्वप्न अच्छा या बुरा फल भी पैदा करते हैं। इसका रहस्य भी अभी अनावृत नहीं है। अथर्ववेद में दुःस्वप्नों पर कई सूक्त हैं। ऋषि स्वप्नों को महत्त्वाकांक्षा से भी प्रेरित बताते हैं, "तीव्र गतिशील और महत्त्वाकांक्षा से प्रेरित स्वप्न असुरों से देवों तक पहुँचा है।" (वही, 3) परिणाम देने वाले स्वप्नों के अलावा सभी स्वप्नों का केन्द्र काम है। ऋषि कहते हैं, "हे स्वप्न हम आपके मित्रों व परिजनो को जानते हैं। हम आपके अधिपति से भी परिचित हैं। तुम यमलोक से पृथ्वी पर आते हो। प्राणधारी जीवों के चित्त

में उनके मनोरथ पर बैठकर आते हो।" (वही, 6 व 1) यहाँ 'मनोरथ' शब्द ध्यान देने योग्य है। मनोरथ में मन ही गतिशील रथ है।

मन कामनाओं का वाहक है। यह स्वप्न सर्जक भी है। काम का सृजनात्मक संस्कार अथर्ववेद की अपेक्षा है। स्वप्न का अर्थ व्यापक है। स्वप्न निद्रा में ही नहीं आते। जागते समय भी आते हैं। बेशक निद्रा के समय आने वाले स्वप्नों पर मनुष्य का नियन्त्रण नहीं है लेकिन निद्रा और जागरण अलग–अलग स्वतन्त्र सत्ता नहीं है। जागरण के समय आने वाले स्वप्न या विचार भी हमारे नियन्त्रण में नहीं होते। हम जाग्रत अवस्था में तमाम इच्छाएँ अनुभव करते हैं। वे अच्छी या बुरी हो सकती हैं। राष्ट्र निर्माण या अन्य सृजनात्मक कार्यों की इच्छाएँ भी स्वप्न है। जाग्रत अवस्था में देखे गये ऐसे स्वप्न निद्रा में भी प्रवेश कर सकते हैं।

जाग्रत दशा में तमाम अशुभ संकल्प भी लिए जाते हैं। वे भी निद्राजगत् में प्रवेश कर सकते हैं। अथर्ववेद का ऋषि सम्भवतः जाग्रत अवस्था के दुःस्वप्नों से भी बचना चाहता है। स्तुति है, "हे स्वप्न! हमारी यशस्विता द्वारा दुःस्वप्नों से हमारी रक्षा करो–यशस्विनो नो यशसेह।" (वही, 6) यहाँ मनुष्य के समग्र चिन्तन को सृजनशील बनाने के सूत्र हैं। यहाँ कोरा मनोविज्ञान ही नहीं है। तथ्यगत मनोविश्लेषण के साथ ही अन्तर्जगत् के सभी क्षेत्रों को सुखकर बनाने की प्रतिभूति भी है।

अस्तित्व के आत्म को सत् चित् आनन्द या सच्चिदानन्द कहा जाता है। भक्त इसे रस चिद् कहते हैं। सत् उनके लिए रस के भीतर व्याप्त है। रस् सत् भी है और यही आनन्द भी है। यह ब्रह्माण्ड परम सत्ता का व्यक्त रूप भी कहा जाता है। इसका प्रकटीकरण रहस्य है लेकिन ब्रह्म संहिता में कहते हैं, "आनन्द–चिन्मय–रसात्मया मनः सू/यः प्राणिनां प्रतिफलन् स्मरता उपेत्य/लीलायितेन भुवनानि जयत्यजस्त्रं गोविन्द आदि पुरुषं तमहं भजामि–आनन्द, चित्त और रस की आत्मास्वरूप स्मरता या कामबोध का आश्रय लेकर जो सभी प्राणियों के चित्त में स्वयं को प्रतिफलित करते हैं, उन आदि पुरुष गोविदं का हम भजन करते हैं।" यहाँ सभी भुवनों में लीला रूप प्रकट होने का आश्रय स्मरता या काम बोध है। अस्तित्व में स्मरता या काम बोध का आश्रय सृजन का आधार है। काम अभिलाषा पर बहुत कुछ लिखा गया है लेकिन काम के मूल मनोविज्ञान पर विस्तृत विवेचन विश्व इतिहास में पहली बार अथर्ववेद में ही हुआ है। ऋग्वेद में काम भाव का वैसा मनोवैज्ञानिक विश्लेषण नहीं है। यह अथर्ववेद की अपनी विशेषता है।

जीवन, मृत्यु, पितर पूर्वज और श्रद्धा

जन्म और मृत्यु भौतिक सत्य हैं। इन दोनों का मध्यकाल आयु है। जन्म और जीवन के कारण अज्ञात हैं। जन्म, जीवन और मृत्यु मनुष्य का अपना चयन नहीं हैं। जीवन अपने आप मिलता है। शरीर के रूप, रंग, लम्बाई भी हमारी इच्छा से निर्धारित नहीं होते। लगता है कि पृथ्वी ग्रह में हमारा होना हमारी विवशता है। भारतीय ऋषि इस होने को सुन्दर अवसर मानते रहे हैं। भक्ति मार्गी जीवन को परमात्मा की कृपा कहते हैं। वे भगवान के भजन को जीवन का उद्देश्य बताते हैं। जीवन और मृत्यु काल अधीन भी कहे जाते हैं। कुछ चिन्तक जीवन और मृत्यु को पूर्व नियोजित भी कहते हैं। पुनर्जन्म की मान्यता भी है। जो भी हो, जीवन कर्म प्रधान है। जन्म, जीवन, बुढ़ापा और मृत्यु शाश्वत सत्य हैं। वे अपने आप आते हैं। वैदिक ऋषियों ने इस सत्य को सहज सहर्ष स्वीकार किया है। अमरत्व की इच्छा भी थी लेकिन ऋग्वेद अथर्ववेद में 100 शरद जीने की अभिलाषा है। यह वैदिक ऋषियों का यथार्थवाद है। शरीर जीर्णशीर्ण होता ही है। शरीर अजर–अमर नहीं हो सकता। कठोपनिषद् में यम नचिकेता से अमर होने का सूत्र बताते हैं, "जब सम्पूर्ण कामनाएँ छूट जाती हैं उस समय मर्त्य अमर हो जाता है। वह इसी शरीर से ही ब्रह्म भाव प्राप्त कर लेता है।" कामना मुक्ति अमरत्व की अनुभूति है।

वृद्धावस्था बड़ा कष्ट है। शरीर के अंग जीर्ण होते हैं। जीवन भार हो जाता है। लेकिन इससे बचाव का कोई उपाय नहीं। यह जीवन की सन्ध्या है। सन्ध्या का आगमन रोका नहीं जा सकता। प्रकाश का अवसान निश्चित है। जीवन भी ऐसा ही है। यह मृत्यु के पूर्व की स्थिति है। वृद्धावस्था मृत्यु के निकट होने की पूर्व सूचना है। मनुष्य लाचार होते हैं। लेकिन इसके सहज स्वीकार के अलावा दूसरा कोई विकल्प नहीं। मृत्यु सुनिश्चित है। यहाँ सभी शक्तियाँ निरुपाय हैं। महाभारत में व्यास ने

युधिष्ठिर से कहा, "कोई भी मनुष्य वृद्धावस्था व मृत्यु से नहीं बच सकता, भले ही वह समुद्र पर्यन्त सारी पृथ्वी का विजेता हो।" इसलिए मृत्यु की मानसिक तैयारी कर लेने पर भी भय नहीं रहता। जीवन के ध्रुव सत्य शाश्वत और अपरिवर्तनीय हैं।

शरीर जाता ही है। इस वास्तविकता का सहज स्वीकार अभय देता है। महाभारत में व्यास ने कहा है, "सभी संयोगों का अन्त वियोग है– संयोगा विप्रयोगांता, मरणांत हि जीवितम्।" आनन्दपूर्ण जीवन के लिए आदर्श जीवन की तैयारी ज़रूरी होती है। इसी तरह आनन्दपूर्ण उत्सव समृद्ध मृत्यु की तैयारी भी ज़रूरी है। प्रामाणिक जीवन का अवसान प्रामाणिक मृत्यु में होता है। मृत्यु जीवन का ही भाग है। इसका अनुभव जीवन के अन्तिम क्षण में होता है लेकिन तब अनुभव बताने के लिए जीवन शेष नहीं रहता। शरीर बचता है। शरीरी विराट में लीन हो जाता है। परिजन शरीर देखते हैं, शरीरी के स्मरण में रोते हैं।

मृत्यु अन्तिम विदाई है। ऋग्वेद से लेकर अथर्ववेद तक मृत शरीर की ससम्मान अन्त्येष्टि का वर्णन है। कहते हैं, "आपकी आँखों की ज्योति सूर्य से मिले। आपका प्राण विराट विस्तृत वायु से मिले। आप पुण्य कर्म फल प्राप्ति के लिए स्वर्ग, पृथ्वी या जल में निवास करें। अथवा सूक्ष्म रूप में वनस्पतियों में प्रवेश करें।" (18.2.7) यही मन्त्र थोड़े परिवर्तन के साथ ऋग्वेद में भी हैं। ऋग्वेद अथर्ववेद में मृत्यु के बाद भी प्राण यात्रा की निरन्तरता बतायी गयी है। अथर्ववेद में पिता की मृत्यु पर स्तुति है, "जिन मार्गों से पूर्वज पितरगण गये हैं, उसी मार्ग से आप गमन करें। वहाँ यम व वरुण के दर्शन करें।" (18.1.54) जान पड़ता है कि शवदाह वाले अन्त्येष्टि स्थल पर ऋषि कुछ बुरी शक्तियाँ भी देखते हैं। उन्हें चेतावनी है, "पूर्वजों पितरों ने मृतक के लिए यह अन्त्येष्टि स्थल निर्धारित किया है। यमदेव ने जल की सुविधा वाले इस स्थान को मृत देहों के लिए निश्चित किया है। तुम यहाँ से दूर जाओ।" (वही, 55) अन्त्येष्टि स्थल निश्चित थे। शव अन्त्येष्टि के कई रूप थे। भूमि खोदकर शव के ऊपर मिट्टी डालने की एक परम्परा थी। जल प्रवाह की भी एक विधि थी लेकिन अग्निदाह की प्रथा ज़्यादा थी। (18.2.34)

अग्नि में शवदाह को लेकर कई स्तुतियाँ हैं। स्तुतियों में मृत व्यक्ति के लिए भाव प्रवणता भी है। ऋषि अग्नि से कहते हैं, "हे अग्नि! इस मृत देह को जैसे सुख मिले, इसे उसी प्रकार भस्मीभूत करें।" (वही, 36)

अग्नि के साथ सोम से भी स्तुति है, "आप पुण्य लोक में जाने का मार्ग निर्मित करते हैं। देवों ने पुण्यकर्त्ताओं के लिए सर्वसुख सम्पन्न स्वर्ग की रचना की है। इस प्राणात्मा को सूर्य के निकट लोक में पहुँचाएँ।" (वही, 53) मृत आत्मा को पुण्य लोकों में ले जाने का काम अग्नि सोम करते हैं लेकिन मृत आत्मा को पूर्वजों पितरों तक पहुँचाने का काम पूषा देव करते हैं। एक मन्त्र (वही, 54) में कहते हैं, "हे मृतात्मा! पूषा देव आपको पृथ्वी लोक से ऊपर के लोक में अन्य पितरों के पास ले जायें।" अथर्ववेद में पृथ्वी से भिन्न लोकों की भी मान्यता है। मृत्यु के बाद भी प्राण व जीवन की निरन्तरता है। लेकिन यह भौतिकवादी दृष्टिकोण का खण्डन नहीं है। मृत्यु के बाद भी मनुष्य के सभी अवयव समाप्त नहीं होते। प्राण वास्तविकता है। यही शरीर को छोड़ता है। भारतीय सांख्य दर्शन व उपनिषद् शरीर से भिन्न तमाम अवयवों के विश्वासी हैं। विज्ञान भविष्य में इस विश्वास के रहस्य बतायेगा।

सूर्य प्रत्यक्ष हैं। पृथ्वी पर जीवन की गति का प्रमुख कारण सूर्य है। ऋषि मृत परिजन के लिए सूर्य के निकटवर्ती लोकों की कामना करते हैं, "हे मृतात्मन्! द्युलोक में जहाँ सूर्य हैं, वही आपका स्थान है, दूसरा नहीं।" (18.2.50) जहाँ सूर्य का तेज प्रभाव नहीं वहाँ जीवन नहीं। जीवन की निरन्तरता के लिए सूर्य ताप ज़रूरी है। यम को मृत्यु का देवता बाद में माना गया। अथर्ववेद (18.3.13) के अनुसार यम विवस्ववान सूर्य के पुत्र थे, "मनुष्यों में पहली मृत्यु यम की हुई। सभी प्राणी अन्त में यम को प्राप्त करते हैं।" यम जीवन मृत्यु के प्राकृतिक नियम के प्रतीक हैं। प्राकृतिक नियम के अनुसार मृत्यु सुनिश्चित है। अथर्ववेद में मृत्यु के बाद शव को अन्त्येष्टि स्थल तक ले जाने के लिए बैलगाड़ी पर ले जाने का भी उल्लेख है। (वही, 56) अन्त्येष्टि स्थल पर पुराने वस्त्र उतारकर नये वस्त्र पहनाये जाते थे। (वही, 57) पत्नी स्वाभाविक ही व्यथित होती थी, रोती बिलखती थी। उससे कहते हैं, "तुम मृत पति के निकट रो रही हो। यह उचित नहीं। इसे छोड़ो, संसार की ओर चलो। तुम पुत्रों–पौत्रों के निकट रहो। तुम इस संसार की वास्तविकता जानो। उत्तम मार्ग का अनुसरण करो।" (18.3.2 व 4) सबकी मृत्यु संसार की वास्तविकता है।

ऋषि 100 वर्ष जीवन के अभिलाषी थे। वे जीवन के विभिन्न कार्यों रहस्यों का परीक्षण निरीक्षण करते थे। सृष्टि रहस्यों का अध्ययन विश्लेषण करते थे। उन्हें आत्म विश्वास है कि दीर्घजीवी होने के रहस्य उनके पहले नहीं मापे गये। (18.2.38) कहते हैं, "हम जीवन की मात्रा

को भलीभाँति मापते हैं। हमें 100 वर्ष से पूर्व श्मशान कर्म न मिले।" (वही, 39) आगे के सभी पाँच मन्त्रों के अन्त में एक ही बात दोहराई गयी है–हमें 100 वर्ष से पहले मृत कर्म न प्राप्त हों। इन मन्त्रों में जीवन को जाँचने, मापने के कई दृष्टिकोण हैं। यहाँ मात्रा दोष को हटाकर जीवन को मापने और सम्यक् रूप में मापने के उल्लेख हैं। (वही, 40-44) जीवन यात्रा जटिल है। इसे साधारण पद्धति से जानना आसान नहीं। पद्धतियाँ अनेक हो सकती हैं। तब भी अनेक पद्धतियाँ थीं।

दीर्घ जीवन आसान नहीं है। इस लालसा को पूरा करने में आदर्श जीवनशैली की महत्ता है। जीवन में समय की लम्बाई या दीर्घकाल की आयु की महत्ता ही पर्याप्त नहीं है। जीवन की गुणवत्ता इससे भी ज़्यादा ज़रूरी है। अथर्ववेद के ऋषियों के लिए जीवन की गुणवत्ता के सूत्र कर्त्तव्य पालन में हैं। सदाचार और कर्तव्य पालन से ही 100 वर्ष के पहले मृत्यु नहीं आती। बड़ी बात है कि अथर्ववेद के ऋषि अन्त्येष्टि के समय भी जीवन की क्षणभंगुरता पर विचार नहीं करते। वे मृत्यु को प्रत्यक्ष देखकर भी 100 वर्ष के दीर्घकालीन जीवन के रहस्यों पर ही विचार करते हैं। अथर्ववेद दीर्घ जीवन का ज्ञान काव्य है।

अथर्ववेद में अन्त्येष्टि के बाद का अनुष्ठान आधुनिक काल के तेरहवीं या पुण्य सहभोज कार्यक्रम से काफ़ी मिलता प्रतीत होता है। यह विशेष प्रकार का यज्ञ है। इसमें सभी देवताओं, मृत पितरों व जीवित वरिष्ठ को भी आमन्त्रित किया जाता था। जीवित वरिष्ठों को परिजन निमन्त्रण देते थे। लेकिन देवों को लाने का काम अग्नि देव करते थे। ऋग्वेद में भी ऋषि विश्वामित्र ने अग्नि से स्तुति की है कि आप यज्ञ में 33 देवों को पत्नियों के साथ लायें। अथर्ववेद (18.1.25) में अन्त्येष्टि के बाद शान्तिपाठ–यज्ञ में अग्नि से कहते हैं, "आप अमृत रथ आयोजित करें। देवों के माता–पिता पृथ्वी द्यावा को लेकर हमारे यज्ञ में आयें। आप यज्ञ के समय यहीं रहें। देवों का स्वागत करें।" यहाँ पृथ्वी और अन्तरिक्ष देवों के माता–पिता हैं। अग्नि सभी देवों तक हविष्य अन्न भी पहुँचाने का काम करते हैं। स्तुति है कि "अग्नि देवों तक हविष्य पहुँचाएँ।" (वही, 30)

यह पितृयज्ञ है। पितर पुत्रों के प्रेम में आते हैं। (वही, 44) ऐसे यज्ञ का विशेष विधि–विधान है। यह विधान अथर्ववेद के रचनाकाल से बहुत प्राचीन है। कहते हैं, "हमने यज्ञ विज्ञान अपने पितरों से ही सीखा है। सभी पितर यहाँ कुश आसन पर बैठे।" (वही, 45) यज्ञ विधान ही क्यों राष्ट्रजीवन के

सभी कर्तव्यों के पालन की निष्ठा व विधि सांस्कृतिक निरन्तरता से प्राप्त हुई है। पितरों पूर्वजों के प्रति राष्ट्र की श्रद्धा भी प्राचीन है। कहते हैं, "सभी पितामह आदि पूर्वज, उसके बाद मृत्यु को प्राप्त सभी पितरगण और वैभव सम्पन्न वर्तमान वरिष्ठों को नमस्कार है–इदं पितृभ्यो नमो, अस्त्ववद्य ये पूर्वासो ये अपरास ईयुः।" (वही, 46) यह सूक्त ऋषि कवि अथर्वा का है। एक मन्त्र (वही, 58) में कहते हैं, "अथर्वा, अंगिरा और भृगु आदि पितरगण भी पधारे हैं।" अथर्वा की पितर रूप में उपस्थिति आश्चर्यजनक है। सम्भव है कि अथर्ववेद के इस भाग का सम्पादन अथर्वा के बाद का हो। पितरों के आह्वान में आश्चर्यजनक श्रद्धाभाव है। आहूत महानुभावों में यम भी हैं। कहते हैं, "हे यमदेव! अंगिरा आदि पितरों सहित आप इस यज्ञ में आयें। हम आपके साथ आपके पिता विवस्वान को भी आमन्त्रित करते हैं। सब कुश आसन पर बैंठे।" (वही, 59-60)

श्रद्धा

पूर्वजों के प्रति श्रद्धा का भाव अन्धविश्वास नहीं है। प्रकृति प्रवाह में निरन्तरता है। जो जाता है, वह प्रकट जीवन से अदृश्य हो जाता है। अदृश्य होना समाप्त होना नहीं है। वैदिक परम्परा में व्यक्त व अव्यक्त का उल्लेख है। व्यक्त प्रत्यक्ष है और अव्यक्त अदृश्य। अदृश्य अव्यक्त का भी अस्तित्व है। वैदिक ऋषि मृत्यु के बाद भी जीवन की निरन्तरता पर विश्वास करते हैं। वे मृत्यु को प्राप्त पितरों, पूर्वजों का अस्तित्व मानते हैं। इसी पितर परम्परा में अनेक ऋषि भी हैं। अथर्ववेद के कवि ऋषि "पूर्वजों, मार्गद्रष्टा, ऋषियों व पूर्वकाल में हो चुके सभी महानुभावों को नमस्कार करते हैं–इदं नमः ऋषिभ्यः पूर्वजेभ्यः पूर्वेभ्यः पथिकृद्‌भ्यः।" (अथर्ववेद 18.2.2) पूर्वजों के प्रति श्रद्धाभाव स्वाभाविक है। कहते हैं, "पूर्वज कवियों ने तपस्वी जीवन जिया है और श्रेष्ठ जीवन की सहस्रों विधियों का विकास किया है।" (18.2.18)

पूर्वजों के मृत्यु के बाद के अस्तित्व पर प्रश्न उठाये जा सकते हैं लेकिन पितरों पूर्वजों के प्रति श्रद्धा व आदरभाव का औचित्य है। श्रद्धा भाव है। पूर्वजों के प्रति श्रद्धा भाव से श्राद्ध कर्म का विकास हुआ। श्रद्धा भाव है। अमूर्त है। श्राद्ध श्रद्धा का व्यक्त कर्मकाण्ड है। श्राद्ध कर्मकाण्ड का विकास अथर्ववेद के अन्त्येष्टि यज्ञ से हुआ। पतंजलि ने श्रद्धा को चित्त की स्थिरता या अक्षोभ से जोड़ा है। श्रद्धा की अभिव्यक्ति श्राद्ध है। भारत में पूर्वजों पितरों के प्रति श्रद्धा की स्थायी भावना है। नवरात्रि उत्सवों के

15 दिन पहले से पूरा पखवारा पितर पक्ष कहलाता है। इस समय को पितरों के प्रति श्राद्ध के लिए श्रेष्ठ माना जाता है। लोक मान्यता है कि इस पक्ष में पूर्वज पितर आकाश लोक आदि से उतरकर धरती पर आते हैं। 15 दिन पितरों के प्रति गहन श्रद्धा भाव में रहने का सुख निराला है। वैदिक निरुक्त में श्रत और श्रद्धा को सत्य बताया गया है। पितरों का आदर प्रत्यक्ष मानवीय गुण है। हम पितृपंक्ति का विस्तार हैं। पितर और पूर्वज हमारे इस संसार में जन्म लेने का उपकरण हैं। वे थे, इसलिए हम हैं। वे न होते, तो हम न होते। उन्होंने पालन–पोषण दिया, स्वयं की महत्त्वाकांक्षाएँ छोड़ीं। उन्होंने हमारी महत्त्वाकांक्षाओं की पूर्ति के लिए तमाम कर्म किये। वे सदा सर्वदा नमस्कारों के योग्य हैं।

ऋषियों ने श्रद्धा भाव को श्राद्ध कर्म बनाया। पिता, पितामह और प्रपितामह के लिए अन्न भोजन जल आदि के अर्पण तर्पण का कर्मकाण्ड बनाया। विश्वास किया जाता है कि श्राद्ध कर्म में अर्पित भोजन पितरों को मिलता है। वे प्रसन्न होते हैं और सन्तति को सभी सुख साधन देते हैं। लेकिन ऐसे कर्मकाण्ड आधुनिक वैज्ञानिक चेतना की संगति में नहीं आते। वे अन्धविश्वास जान पड़ते हैं। लेकिन ऐसे कर्मकाण्ड निरुद्देश्य नहीं होते। सभ्य समाज में पितरों का आदर होता ही है, होना भी चाहिए। श्राद्धकर्म को लेकर चलने वाली बहस पुरानी है। मत्स्य पुराण (19.2) में प्रश्न है कि "क्या श्राद्ध का भोजन मृत पूर्वजों द्वारा खाया जाता है? जो मृत्यु के बाद अन्य शरीर धारण कर चुके होते हैं?" यह प्रश्न वैज्ञानिक है। बड़ी बात है कि पुराणों में भी भौतिकवादी प्रश्न हैं। इस प्रश्न का उत्तर भी दिया गया है, "पिता, पितामह और प्रपितामह को वैदिक मन्त्रों में क्रमशः वसु, रुद्र और आदित्य देव के समान माना गया है। वे नाम परिचय सहित उच्चारण किये गये मन्त्रों आहुतियों को पितरों के पास ले जाते हैं। यदि पितर सत्कर्म के कारण देवता हो गये हैं तो वह भोजन आनन्द रूप में उनके पास पहुँचता है, यदि पशु हो गये हैं तो भोजन घास हो जाता है यदि सर्प जैसे रेंगने वाली योनि में हैं तो यह भोजन वायु आदि के रूप में उन्हें मिलता है।"

मत्स्य पुराण के प्रश्न तत्कालीन समाज के यथार्थवादी तर्क हैं। पुराण में इनके उत्तर श्राद्ध समर्थकों के स्पष्टीकरण माने जा सकते हैं। श्राद्ध परम्परा पुरानी है। पुनर्जन्म पर विश्वास की बातें भी अथर्ववेद में हैं। सन्तानों द्वारा प्रेषित भोजन पितरों तक पहुँच जाने में पुनर्जन्म के सिद्धान्त से झोल पैदा हुई। पहले बात साफ़ थी कि मृतात्माएँ श्राद्धकर्म का भोजन पाती हैं।

पुनर्जन्म सिद्धान्त के कारण आत्मा के नये शरीर धारण की बात आयी। आर्य समाज श्राद्धकर्म के पक्ष में नहीं है। बेशक उसने वैदिक दर्शन को प्रतिष्ठा दी लेकिन उसके सामने ऋग्वेद में पितरों के उल्लेख की समस्या थी। आर्य समाज ने ऋग्वैदिक पितरों को मृत नहीं माना। उन्हें जीवित वानप्रस्थी बताया। समस्या शतपथ ब्राह्मण के रचनाकार के सामने भी थी। यहाँ मन्त्र है "यह भोजन पिता जी आपके लिए है।" याज्ञवल्क्य की व्यवस्था है "वसु, रुद्र और आदित्य हमारे पितर हैं। वे श्राद्ध के देवता हैं। पितरों का ध्यान वसु रुद्र और आदित्य के रूप में ही करना चाहिए।" वृहदारण्यक उपनिषद् में याज्ञवल्क्य ने शाकल्य को रुद्र और वसु का अर्थ समझाया है। यहाँ पृथ्वी, आकाश आदि वसु हैं, प्राण, इन्द्रियाँ मन आदि रुद्र हैं। आदित्य प्रकाश हैं। पितर श्रद्धा यहाँ प्रकृति की शक्तियों के प्रति ही दिखाई पड़ती है।

ऋग्वेद के दसवें मण्डल (सूक्त 14) में मृत पितरों पर रोचक विवरण हैं। कहते हैं, "यम (नियम) व्यवस्था को कोई बदल नहीं सकता। जिस मार्ग से हमारे पूर्वज गये हैं, उसी मार्ग से सभी मनुष्य जायेंगे। अन्ततः सबको यम के पास जाना ही पड़ता है।" मृत पिता से कहते हैं, "जिस पुरातन मार्ग से पूर्वज पितर गये हैं, आप भी उसी से गमन करें।" फिर यज्ञ कर्म की चर्चा है। यम से प्रार्थना है कि "आप अंगिरा आदि पितरजनों सहित हमारे यज्ञ में आयें।" आगे (सूक्त 15) पितरों को नमस्कार निवेदन करते हैं, "जो पितामह आदि पितर पूर्वज या उसके बाद मृत्यु को प्राप्त पितर हैं, या जो फिर से उत्पन्न हो गये हैं। उन सबको नमस्कार है–इदं पितृभ्यो नमः अस्त्वद्य ये पूर्वासो या उपरास ईयुः।" फिर कहते हैं, "हे पितरो! हमारे आवाहन पर आप आयें। यज्ञशाला में दक्षिण की ओर घुटनों के बल पर पृथ्वी पर कुश में बैठें।" यही सारी बातें अथर्ववेद में भी हैं। पूर्वजों पितरों का सम्मान और मृत होने के बावजूद स्मरण करना आनन्ददायी है। पूर्वज स्मृति मार्गदर्शी होती है।

ऋग्वेद के समय में अभिजनों ने प्रकृति का तमाम ज्ञान प्राप्त किया था। उन्होंने कठिन परिश्रम व शोध से प्रकृति के तमाम रहस्यों का अनावरण किया था। इसी निरन्तरता में इस ज्ञान यात्रा को यजुर्वेद के समाज ने आगे बढ़ाया। सामगान की भी परम्परा आगे बढ़ी। अथर्ववेद व उपनिषदों के माध्यम से ज्ञान व दर्शन का विकास जारी रहा। हज़ारों विद्यालयों, ऋषिकुलों व भौतिक विज्ञानी अनेक महानुभावों ने ज्ञान परम्परा

का लगातार समृद्ध किया है। जीवनशैली व संस्कृति में कालबाह्य को छोड़ने व कालसंगत को अंगीकृत करने की प्राचीन परम्परा सतत प्रवाहमान है। श्रद्धा में शक्ति होती है। ऋग्वेद में श्रद्धा को शक्ति सम्पन्न देवी कहा गया है कि "श्रद्धा श्रेष्ठतम विभूति है–भगस्य मूर्धनि। देवता और मनुष्य संकल्प पूर्ति के लिए श्रद्धा का आश्रय लेते हैं। हम श्रद्धा का आवाहन प्रातःकाल करते हैं, मध्याह्न काल में करते हैं। सायंकाल में भी श्रद्धा का आवाहन करते हैं। हे श्रद्धा! आप हम सबको श्रद्धा से परिपूर्ण करें।" (ऋ. 10.154.1–5)

श्रद्धा जीवित श्रद्धेय को और श्रेष्ठतम कार्य करने की प्रेरणा देती है। यह श्रद्धा करने वाले की मनोदशा बदलती है। पूर्वजों पितरों के प्रति श्रद्धा भाव हम सबकी मनोदशा को सृष्टि में अब तक हो चुके सभी पूर्वजों से भी जोड़ता है। इस तरह आइंस्टीन, स्टीफेन हाकिंग जैसे सभी वैज्ञानिक व गाँधी जी, मण्डेला, मार्टिन लूथर, आम्बेडकर, डॉ. हेडगेवार आदि समाजसेवी पूर्वज हैं। वैदिक दार्शनिक विश्वामित्र, वशिष्ठ, वामदेव, अथर्वा, अगस्त्य, याज्ञवल्क्य, कपिल, कणाद, गौतम, वादरायण, शंकराचार्य, पतंजलि, सायण आदि हम सबके पितामह हैं और थेल्स, सुकरात, प्लेटो, अरस्तू भी। विवेकानन्द, दयानन्द, वाल्मीकि, कम्ब हमारे पितर हैं ही। जर्मनी में जन्मे मैक्समुलर ने वैदिक दर्शन को विश्वव्यापी बनाया। यह सूची लम्बी है। इसमें हम स्वयं आदरणीय पूर्वजों के नाम जोड़ सकते हैं। तुलसीदास ने रामचरितमानस के प्रारम्भ में पूवर्ती कवियों का स्मरण किया है कि जो भी कवि उनके पहले हुए हैं, वे शुद्ध हृदय से सबको प्रणाम करते हैं। पूर्वजों से प्रेरणा लेकर हम विश्व को ख़ूबसूरत बना सकते हैं।

आधुनिक भारत में भी प्राचीन परम्परा के गुण सूत्र हैं। बेशक पूर्वजों पितरों के प्रति श्रद्धाभाव में कमी आयी है, इस भाव के कम होने के कारण जीवित वयोवृद्ध परिजनों के प्रति भी सम्मान का भाव घटा है। उन्हें वरिष्ठ नागरिक ही माना जा रहा है। सरकारें उनके अन्तिम दिनों के जीवन का सहारा बनकर सामने आयी हैं। सामाजिक संगठन भी सक्रिय हैं। घर के वृद्ध परिजनों की चिन्ता का भार पुत्रों आदि पर डालने के क़ानून बने हैं। यह दुखद स्थिति है। पिता को आकाश से भी ऊँचा और माता को पृथ्वी से भी भारी मानने वाले देश में परिजनों की उपेक्षा राष्ट्रीय व्यथा है। प्राचीन काल के सांस्कृतिक मूल्यों पर ध्यान दिया जाना अनिवार्य है। अथर्ववेद का चिन्तन इस चुनौती में भारत की प्रेरणा हो सकता है।

विश्व शान्ति की अभीप्सा

अस्तित्व एक जीवनमान संरचना है। लेकिन दुनिया राष्ट्र–राज्य की सीमाओं में विभाजित है। राष्ट्र–राज्य अपनी सम्प्रभुता को लेकर तनाव ग्रस्त रहते हैं। एक विश्वमानवता की बातें भी चलती हैं। विश्व मानवता अविभाज्य धारणा है। सभी मनुष्य पृथ्वी पुत्र हैं और पृथ्वी अखण्ड है। भारतीय चिन्तन में पूरी पृथ्वी एक परिवार है। हम सब सारी दुनिया के लोग परस्पर परिजन हैं। इस बृहद् परिवार में आकाश और अन्तरिक्ष भी हमारे परिजन हैं। लेकिन मनुष्य के अशान्त चित्त ने समूचे विश्व वातावरण को अशान्त बनाया है। पृथ्वी ग्रह का अस्तित्व ख़तरे में है। राष्ट्र राज्य आमने–सामने हैं। विनाश की आहट साफ़ सुनी जा रही है। हम सब भीतर–बाहर अशान्ति के आच्छादन में हैं। अशान्ति सत्य है और शान्त विश्व मानवता का विचार मिथ्या।

विश्व शान्ति सब की अभिलाषा है। लेकिन राष्ट्र–राज्य अशान्त है। हिंसा और रक्तपात के आधुनिक आयुध बढ़ रहे हैं। परमाणु हथियारों की बढ़त भयावह हैं। रासायनिक हथियारों को लेकर विश्व बेचैनी है। अनेक परमाणु हथियार तैयार हैं। पूरी दुनिया को अनेक बार जला देने की क्षमता वाले गोला, बारूद, जहाज़ व मिसाइल भी तत्पर हैं। विश्व शान्ति के प्रयास बेमतलब सिद्ध हो रहे हैं। देशों की शक्ति समृद्धि का पैमाना परमाणु हथियार हैं। हीरोशिमा नागासाकी के लोग परमाणु हमले के दुष्परिणामों से मुक्त नहीं हो सके हैं। भारत छोड़ अन्य देशों की शासक बिरादरी प्रायः युद्ध की भाषा बोलती है। ऐसे शासकों के मन अशान्त हैं। अशान्त चित्त विध्वंसक होते ही हैं।

सारी दुनिया तनावग्रस्त है। कहते हैं कि आधुनिक वैज्ञानिक अनुसन्धानों के चलते दुनिया ग्लोबल–विलेज या विश्व ग्राम बन गयी है। तकनीकी ने भौगोलिक दूरी को समय के आयाम में घटाया है। माना जाता है कि

समय की बचत हो रही है। लेकिन वास्तविक अनुभूति ऐसी नहीं है। तमाम सुविधाओं के बावजूद आधुनिक मनुष्य के पास समय की कमी है। चित्त की शान्ति का अता–पता नहीं। मानव मन बेचैन है। निद्रा घटी है। अनिद्रा के रोगी बढ़े हैं। अशान्ति भूमण्डलीय यथार्थ हो चुकी है। जो समृद्ध हैं वे समृद्धि के कारण अशान्त हैं और जो अभावग्रस्त हैं, वे अभाव की व्यथा में अशान्त हैं। वैदिक काल का समाज प्रकृति के निकट था। प्रकृति के प्रति आदर भाव से युक्त था। शान्ति सहज उपलब्ध थी। तब शान्त चित्त में ही रसपूर्ण ज्ञानपूर्ण वैदिक साहित्य व उल्लासपूर्ण समाज का उद्‌भव व विकास हुआ था। तत्कालीन समाज के चिन्तक भी शान्तचित्त थे।

अशान्त मन ध्वंस करता है। शान्त चित्त में सृजन के फूल खिलते हैं। सृजनात्मकता के लिए चित्त की शान्ति ज़रूरी है लेकिन शान्ति व्यक्तिगत ही नहीं होती। अशान्ति के कारण बाह्य जगत् में भी होते हैं। शान्त वातायन आनन्दित करते हैं। वन–उपवन अशान्त मनुष्य को भी शान्त करते हैं। वैदिक ऋषि इस तथ्य से अवगत थे। वे सम्पूर्णता में सोचते थे। अशान्त अन्तरिक्ष भी हमारी अशान्ति का कारण बन सकता है। पृथ्वी माता है। इसकी अशान्ति हम सबको अशान्त करेगी ही, करती भी है। यजुर्वेद के एक लोकप्रिय मन्त्र में समूचे वातायन को शान्तिमय बनाने की स्तुति है। 'शान्तिमन्त्र' के नाम से लोकप्रिय यह मन्त्र "द्यौशान्तिरन्तरिक्ष शान्ति, पृथ्वी शान्ति" से प्रारम्भ होता है। यहाँ द्युलोक, अन्तरिक्ष और पृथ्वी से शान्ति की भावप्रवण प्रार्थना है। आगे कहते हैं, "आपः शान्तिरोषधयः शान्ति, वनस्पतया शान्तिर्विश्वेदेवा शान्ति, ब्रह्म शान्ति, सर्व शान्ति शान्तिरेव शान्ति सा मा शान्तिरेधि–जल शान्ति दें, औषधियाँ वनस्पतियाँ शान्ति दें, प्रकृति की शक्तियाँ–विश्वदेव, सम्पूर्ण ब्रह्माण्ड शान्ति दे। सब तरफ़ शान्ति हो, शान्ति भी हमें शान्ति दे।" (यजुर्वेद 36.17) यहाँ शान्ति भी एक देवता हैं।

अशान्ति के अनेक कारण सम्भव हैं। पृथ्वी अशान्त है। सब तरफ़ उपद्रव हैं। पर्यावरण का नाश है। तूफ़ान है। भूमण्डलीय ताप है। ऐसे में हम सब शान्त प्रशान्त नहीं हो सकते। पृथ्वी से लेकर आकाश तक की शान्ति ज़रूरी है। वनस्पतियाँ पृथ्वी का भाग हैं। उनका प्रशान्त होना हम सबके लिए आनन्दवर्द्धन है। यजुर्वेद की तरह अथर्ववेद (19.9.14) का शान्तिपाठ अद्‌भुत है। ऋषि–कवि की शान्ति प्यास निजी नहीं है। इसमें सम्पूर्ण अस्तित्व से अस्तित्व के प्रत्येक घटक के लिए शान्ति की प्रार्थना है। कहते हैं, "पृथ्वी शान्ति। अन्तरिक्ष शान्ति। शार्तिद्यौ, शान्ति। आपः शान्ति।

औषधयः शान्तिर्वनस्तपयः–पृथ्वी अन्तरिक्ष द्युलोक, जल, औषधियाँ शान्ति पूर्ण हो।" यहाँ शान्ति समूचे अस्तित्व में व्यापक व विस्तीर्ण है। इसी मन्त्र में आगे कहते हैं, "विश्व की सभी दिव्य शक्तियाँ–देव हमारे अनुकूल शान्ति दाता हों।" यहाँ काव्य का शिखर है और शान्ति की अभिलाषा ब्रह्माण्ड व्यापी है। शान्ति की आवृत्ति अनेक बार की गयी है–"सर्वे मे देवाः, शान्ति, शान्ति शान्तिभिः।"

प्रशान्त चित्त उर्वर होता है। ऐसे चित्त में मधुप्रीति उगती है। यहीं मधुमयता की गाढ़ी अनुभूति मिलती है। कोई कह सकता है कि शान्ति एक अमूर्त विचार है। एक कल्पना या धारणा। मनोविज्ञान की दृष्टि में चित्त की एक विशेष दशा–स्टेट ऑफ़ माइंड का नाम शान्ति है। शान्ति किसी भी पदार्थ या वस्तु से अधिक मूल्यवान है। शान्ति सकारात्मक स्थिति है। अशान्ति का न होना शान्ति नहीं है। अशान्ति भिन्न चित्तदशा है। अशान्त लोग अपने प्रिय भौतिक पदार्थ और वस्तुएँ भी तोड़ने लगते हैं। वे अपना माथा भी पीटते हैं। प्रशान्त लोग कुर्सी, कप या मेज को भी प्रीति प्यार से सहलाते हैं, वस्तुएँ तब मित्र या जीवन्त प्राणी होती हैं। उनमें भी काव्य प्रत्यक्ष होता है। वैदिक ऋषि इसीलिए शान्ति से भी शान्ति की स्तुतियाँ करते थे। काल विभाजन में भविष्य का अस्तित्व माना जाता है। भविष्य की आशंका भी अशान्तिदायी होती है।

शान्त चित्त में काल या समय भी मधुमय प्रतीत होता है। भारतीय कालगणना के चैत्र, वैशाख, ज्येष्ठ आदि नक्षत्र आधारित 'मास–नाम' बाद में पड़े। वैदिक ऋषियों ने चैत्र को मधु व बैसाख को माधव कहा था। यहाँ चैत्र–वैशाख भी मधुमय है। यजुर्वेद (22.31) में दोनों महीनों के नाम स्वाहा आहुतियाँ हैं–मधवे स्वाहा, माधवाय स्वाहा। शान्त चित्त मधुप्रियता की प्रतिभूति है। शान्त चित्त में मधुधारा के प्रवाह होते हैं। सारी धाराएँ कभी–न–कभी क्षीण होती हैं। लेकिन यजुर्वेद (28.66) में स्तुति है, "जहाँ कभी न क्षीण होने वाली मधुधाराएँ प्रवाहित होती हैं, हमें उस स्थिति में ले चलें।" शान्ति ही न क्षीण होने वाली मधु धाराओं की मनोभूमि है। ऋषि मधु धाराओं के अविरल प्रवाह वाले शान्त स्थान के प्रेमी हैं। शान्तचित्त ही यहाँ गहन अभिलाषा है।

अथर्ववेद का शान्ति सूक्त (19.9) अद्वितीय है। अशान्ति का एक कारण मानसिक अपराध भी हैं। यह प्रत्यक्ष ग़लत कार्य से भिन्न है। मन–ही–मन ग़लत सोचना भी चित्त को अशान्त करता है। इसी सूक्त (19.9) के एक

मन्त्र (4) में स्तुति है कि "मन के द्वारा पैदा दुष्कर्म के प्रभाव वाली अशान्ति हमसे दूर रहे।" आगे (वही, मन्त्र 5) कहते हैं, ''मन के साथ 5 ज्ञानेन्द्रियों से उत्पन्न अपराधजनित अशान्ति भी शान्तिप्रद हो।'' ऋषि मानसिक ग़लती से उत्पन्न उद्विग्नता से भली–भाँति सुपरिचित है। यजुर्वेद के शिव संकल्प सूक्त में भी मन को शिव संकल्प से आपूरित करने की स्तुति है। मन ही शान्ति व अशान्ति का क्षेत्र है। मन प्रसन्न तो शान्ति, मन दुखी तो अशान्ति। शान्ति और अशान्ति वस्तुतः चित्त की ही भिन्न दशाएँ हैं। समय के भी अपने आयाम और प्रभाव हैं। ऋषि काल प्रभाव से भी सुपरिचित हैं। वे एक मन्त्र (वही, 2) में कहते हैं, ''भूत व भविष्य हमारे लिए शान्ति दाता बने–शान्त भूतं च भव्यं।" वे प्रत्येक क्षण शान्ति के अभिलाषी हैं।

आधुनिक वैज्ञानिक उल्कापात से परिचित हैं। यह विरल आकाशीय घटना है। लेकिन इससे जन धन की हानि होती है। अथर्ववेद के ऋषि भी उल्कापात से परिचित थे। वे धरती के कम्पन–भूकम्प से भी सुपरिचित थे। वे भूखनन से होने वाली क्षति के भी जानकार थे। कहते हैं, "काँपती पृथ्वी भी शान्ति दे। उल्कापात भी शान्तिप्रद हो। उल्कापात से पृथ्वी पर गिरने वाला पदार्थ शान्ति दे। भूमि उत्खन्न की क्षति व प्रभाव शान्तिप्रद हों। देश में होने वाले सभी विघ्न शान्त हों।" (वही, 8 व 9) वे आँधी के दुष्प्रभाव से भी शान्ति चाहते हैं। बड़ी बात है कि हज़ारो वर्ष पहले का वैदिक समाज आधुनिक विज्ञान जैसी जानकारी से समृद्ध था।

प्रिय कथन प्रीतिपूर्ण होते हैं। वैदिक साहित्य में वे 'सूक्त' हैं। सूक्त वस्तुतः सु–उक्त या सुन्दर कथन वचन हैं। अपशब्द का परिणाम अशान्ति है। यहाँ सरस्वती से प्रार्थना है कि हमारे द्वारा बोले गये अपशब्दों से हमारी रक्षा करें। शब्द शान्तिदाता हों। (वही, 3) आधुनिक भारत में शब्द अराजकता है। सोशल मीडिया में प्रतिदिन करोड़ों शब्दों की आवाजाही है। शब्द अपशब्द एक हो गये हैं। अथर्ववेद के अनेक प्रसंगों में वाणी की मधुरता पर ज़ोर है। 'मधुवचनों' जैसे शब्द कई बार आये हैं। कटुवचनों से समाज में कलह का वातावरण बनता है। शान्ति सूक्त में कटुवचनों के प्रभाव से बचने की प्रार्थना है। प्रार्थना का केन्द्र मन हैं और संकल्प का भी। प्रार्थना से संकल्प सिद्धि का यही रहस्य है। प्रार्थना मन का चरित्र बदलती है।

जीवन यात्रा में धन का सदुपयोग है। धन के अभाव में जीवन के सामान्य कार्य व्यवहार भी नहीं होते लेकिन धन लिप्सा तनाव और शान्ति देती है। बुद्धि का सार्थक उपयोग विवेक होता है। बुद्धि का निजी हित में

दुरुपयोग चतुराई है। धन और बुद्धि सार्थक व उपयोगी होने के बावजूद भिन्न रूप में अशान्ति के कारक हैं। अथर्ववेद (19.10.2) में कहते हैं, "बुद्धि व धन हमें शान्ति दें।" धन का अभाव अशान्तिकारक होता ही है। लेकिन धन का प्रभाव और भी अशान्तिकारक है। मधुर और शिष्ट वचन प्रेम बढ़ाते हैं। ऋषि की स्तुति है, "हमारे शोभन व शिष्ट कथन हमें शान्ति देने वाले हों।" (वही)

वैदिक समाज में सविता देव की प्रतिष्ठा थी। चर्चित गायत्री मन्त्र "तत्सवितुरवरेण्यं" में उनकी स्तुति है। अथर्ववेद में इन्हीं सविता से प्रार्थना है कि सविता हम सबको शान्ति दें। सूर्य सविता के उदय के पूर्व मुहूर्त ऊषा है। ऊषा से भी प्रार्थना है कि वे भी शान्तिदायी हों।" (वही, 10) चंचल मन बहुधा उपद्रव करता है। चित्त शान्ति भंग होती है। अन्धविश्वासी साम्प्रदायिक दुराग्रह भी शान्ति भंग का कारण बनते हैं। आधुनिक विश्व अन्धविश्वासी समूहों के कारण अशान्त है। भयावह रक्तपात हैं। मनुष्य ही नहीं मनुष्येतर प्राणी भी अशान्ति की गिरफ्त में हैं। प्रकृति के संगठक तत्त्वों का सन्तुलन गड़बड़ा रहा है। जैव विविधता नष्ट हो रही है। अनेक जीव प्रजातियाँ नष्ट हो चुकी हैं। अनेक नष्ट प्राय हैं। जंगलों में आग है। वनचर प्राणी मर रहे हैं। जल कुपित होते हैं। विनाशकारी बाढ़ें आती हैं। अथर्ववेद (19.10.1) में कहते हैं, "अग्नि, इन्द्र और वरुण कल्याण करें, शान्ति दें।"

इन्द्र, वरुण, अग्नि, सूर्य, जल, मरुद्गण, रुद्र–शिव प्रकृति की शक्तियों के भिन्न–भिन्न रूप आयाम हैं। नाम महत्त्वपूर्ण नहीं है। ये सब प्रकृति चक्र के नियमों के संचालक हैं। नियमबद्ध प्राकृतिक व्यवस्था में अशान्ति की गुंजाइश नहीं होती। शान्ति समृद्ध समाज मुद मोद प्रमोद और आनन्द पाते हैं। ऐसे समाज आनन्द के अनेक उपकरणों का विकास करते हैं। गीत काव्य वाद्य ऐसे ही उपकरण हैं। इसके लिए प्रकृति की सभी शक्तियों की अनुकूलता ज़रूरी है। अथर्ववेद के समय के समाज में कर्म पर विश्वास है लेकिन वे अपनी स्तुतियों के प्रभाव पर भी विश्वास करते हैं। शान्तिपूर्ण वातावरण के लिए वे प्रकृति की सभी शक्तियों की अनेकशः स्तुति करते हैं, "तेजस्वी, अग्नि, मित्र, वरुण, सूर्य, चन्द्र, अश्विनी कुमार, गमनशील वायु हमें शान्ति दें।" (वही, 19.10.4) स्तुतियाँ भी सत्कर्म हैं। वे चित्त में रासायनिक परिवर्तन लाती हैं।

भय अशान्तिकारी है। भय भविष्य के अनिष्ट की आशंका है। यह अनिष्ट घटने के पूर्व ही व्यथित करता है। उद्विग्न करता है, बेचैन बनाता है। अशान्त करता है। जो घटित नहीं हुआ, उसका प्रभाव ही भय है। भय भी मनुष्य को व्यथित करता है। भय की मनोदशा स्वयं में ही अतिरिक्त व्यथा देती है। अथर्ववेद में अभय की मनोदशा की प्राप्ति के लिए भी स्तुति की गयी है। अथर्वा रचित अभय सूक्त (19.16) में स्तुति है, ''हमारे सामने शत्रु न हों। हम पृष्ठ भाग से अभय रहें–पश्चान्नो अभयं कृतं। दक्षिण में सविता देव व उत्तर में इन्द्र हमारा संरक्षण करें।'' अनिष्ट किसी भी दिशा और सभी परिस्थितियों में सम्भव है। ऋषि अथर्वा अनिष्ट की सम्भावना वाले भय को मिटाने के लिए कृत संकल्प हैं। भविष्य की अनिष्ट कल्पना ही भय है और अभय अस्तित्व पर प्रगाढ़ विश्वास है। अस्तित्व ग़लती नहीं करता। अथर्वा अस्तित्व की सभी शक्तियों से प्रार्थना करते हैं, "आदित्य देव द्युलोक से हमारा संरक्षण करें। अग्नि देव कृपा करें। वे पृथ्वी पर हमारे अनिष्ट दूर करें। अश्विनी देव सब तरफ़ से सुख दें।" (वही, 2) भय अशान्ति का स्रोत है। अथर्वा स्वीकार करते हैं कि "वे भयग्रस्त हैं, हमें अभय करें–अभयं कृधि।" (19.15.1)

अथर्वा ज्ञानवान ऋषि थे। वे भय के मनोविज्ञान से परिचित थे। स्वयं भयग्रस्त नहीं रहे होंगे। वे लोकहित में ही अपना उदाहरण देकर स्वयं को भयग्रस्त बता रहे हैं। उनका ध्येय लोकजागरण और लोकमंगल है। भय अशान्ति का स्रोत है। अशान्ति जीवन की सामान्य गतिविधियों के संचालन में भी बाधक है। तब जीवन के लिए आवश्यक सत्कर्म भी सम्भव नहीं होते। अशान्त मनुष्य को संसार के भोग भी सुख नहीं देते। तप, योग, ज्ञान, उपासना भी अशान्त मन से नहीं सधते। अध्ययन चिन्तन मनन पवित्र कर्म हैं। अशान्त चित्त से अध्ययन चिन्तन भी असम्भव हैं। तब ऋचा मन्त्र भी अपना प्रभाव नहीं डालते। उपनिषद् ऋषि और शिष्य के मध्य हुए प्रबोधन संवाद हैं। इनमें दर्शन की गहराई है। उपनिषद् प्रबोधन के पूर्व शान्तिपाठ की परम्परा थी। प्रत्येक उपनिषद् के प्रारम्भ में शान्ति पाठ है। दर्शन और विज्ञान की समझ के लिए चित्त का शान्त और प्रशान्त होना ज़रूरी। शान्ति उपास्य है। शान्ति मनुष्य के सभी कर्मों को गति देने वाली प्रियतम मनोदशा है। प्रकृति हमको शान्ति मधु दे।

वैदिक समाज का चिन्तन वैश्विक था। इस विश्व चिन्तन में केवल मनुष्यों का ही कल्याण श्रेय नहीं था। इस चिन्तन के दायरे में मनुष्येतर प्राणी भी थे। अथर्ववेद में इसी विश्व चिन्तन का प्रवाह है। सोंचने की भारतीय दृष्टि में विश्व मनुष्यता निस्सन्देह केन्द्र में है लेकिन इस चिन्तन में प्रकृति के सभी घटकों की भी चिन्ता है। मनुष्य का कल्याण निरपेक्ष नहीं हो सकता। समूचे विश्व के स्वास्थ्य, ऐश्वर्य व समृद्धि में हम सब भी सम्मिलित हैं। पृथ्वी गृह की सर्वांगीण चिन्ता में हमारी चिन्ता अपने आप हो जाती है। भारत की विश्व दृष्टि का निर्माण ऋग्वेद, अथर्ववेद व उपनिषद् के ऋषियों ने किया है। बुद्ध, शंकराचार्य, दयानन्द, विवेकानन्द आदि महानुभावों की विश्व दृष्टि इसी परम्परा का समृद्ध उपहार हैं। गाँधी जी के राष्ट्रवाद में भी अन्तर्राष्ट्रीयता है। भारत के प्रधानमन्त्री पं. जवाहर लाल नेहरू, लाल बहादुर शास्त्री, अटल बिहारी वाजपेयी व सम्प्रति नरेन्द्र भाई मोदी के दृष्टिकोण में भारतीय सोच की विश्वदृष्टि है। विश्व शान्ति की अभीप्सा भारत के सभी महानुभावों का लक्ष्य रही है और वर्तमान में भी है।

नदी-नाद में जलतरंग और सरस्वती

प्रकृति सुकृति है। सुन्दर कृति। सृष्टि के पूर्व यह विश्व अप्रकट था। आधुनिक वैज्ञानिक भी अप्रकट के महाविस्फोट से सृष्टि का विकास बताते हैं। वैदिक श्रुतियों में अप्रकट के लिए 'असत्' शब्द आया है। कई उपनिषदों के अनुसार "सर्वप्रथम आत्मा था।" लेकिन ऋग्वेद के अनुसार सर्वप्रथम असत् या अव्यक्त था। तैत्तिरीय उपनिषद् (अनुवाक 7.1) में यही विचार है "असद्व इदमग्र आसीत/ ततो वै सदजायत– सबसे पहले असत् था। उसे सत् प्रकट हुआ।" यहाँ सत् प्रकृति की व्यक्त अवस्था है। आगे कहते हैं, "उसने स्वयं को जगत् रूप में प्रकट किया। इसलिए वह सुकृत कहा जाता है– सुकृतमुच्यत इति।" गीता प्रेस के अनुवाद में सुकृत का अर्थ कोष्ठक में "अपने–आप बना हुआ" कहा गया है। यही सही भी है। यह दार्शनिक यथार्थवाद है। आगे कहते हैं, "वह सुकृत रस है–यद्वै तत्सुकृतं रसौ वे सः।" इस रस को पाने वाला आनन्दी हो जाता है–लब्ध्वानन्दी भवति।

अस्तित्व रस आपूरित है। सरस है। गीता (7.8) में श्रीकृष्ण भगवत्ता की ओर से कहते हैं, "रसो अहम् अप्सु–जल में मैं रस हूँ।" मनुष्य शरीर में जल भी है। मनुष्य में भी रस है। अथर्ववेद के दीर्घायु प्रकरण में जल सम्पूर्ण वनस्पति जगत् व सर्वत्र रस रूप में व्याप्त है। रस विवेचन चरक संहिता में है। समूचा वैदिक वांग्मय मधुरसा है। साहित्य में भी रसों का प्रवाह है। साहित्य प्रेमी रसिक कहे जाते हैं। प्रकृति में इस प्रवाह का आश्रय जल है। जल जीवन है। वैदिक काव्य जल रस से भरापूरा है।

अथर्ववेद (3.13) में ऋषि कवि भृगु ने जल को कल्याणकारी–आपो भद्र भी बताया है। कहते हैं, "वह जल मधुरता से पूर्ण, तृप्तिदायक रसों व प्राण–वर्चस के साथ प्राप्त हो।" जल मधुमय है। विश्व के हरेक प्राणी के चित्त में मधुमय जल की ही अभिलाषा है। ऋग्वेद (10.30.7) में कवष ऐलूष

जल से कहते हैं, "इन्द्र आपके अवरुद्ध मार्ग खोलते हैं, आप उन्हें मधुर रस दें।" यहाँ इन्द्र को भी मधुर जल अभीप्सु बताया गया है। माना जाता है कि वृत्त जलप्रवाह रोकते थे, इन्द्र जल प्रवाहों को मुक्त करते थे। सोम वैदिक ऋषियों की सृजनशीलता का पर्याय हैं। लेकिन जल रस विहीन सोम बेकार है। रस प्रवाह का आधार है जल। ऐलूष कहते हैं,"जैसे युवक–युवतियों की ओर आकर्षित और शोभित होते हैं वैसे ही जल से मिलकर सोम।" सोम की सृजनशीलता की प्रीति हैं जल। ऋग्वेद के यम–यमी संवाद में यम अपनी बहिन यमी को बताते हैं, "जलों से ही गन्धर्व (गीत, संगीत में निणुण विद्वान) पैदा हुए हैं और जलों से ही नारी–माताएँ।"

जल से ही जीवन का विकास हुआ है। प्राचीन यूनानी दार्शनिक थेल्स भी जल को आदि तत्त्व मानते थे और चार्ल्स डारविन भी। इसके बहुत पहले यही विचार ऋग्वेद में भी है। ऋषि कवष ऐलूष कहते हैं, "हे यज्ञ प्रेमियो! आप सब जल को प्रतिष्ठा दें।" (वही, 10.31.14) जल आदरणीय है। ऋग्वेद के ऋषियों ने जल को बहुवचन में 'माताओं' कहकर आदर दिया है। जलों के कई रूप हैं। वशिष्ठ ने समुद्र को जलों में वरिष्ठ बताया है–समुद्र ज्येष्ठाः सालिलस्य। कहते हैं, "जल प्रवाह सदा अन्तरिक्ष से आते हैं, वे जल–माताएँ–देवियाँ हम सबकी रक्षा करें।" (वही, 10.49.1) स्तुति है, "जो दिव्य जल (आपो दिव्या) आकाश से आते हैं, नदियों में प्रवाहित हैं, जो खोदकर (कुआँ आदि) प्राप्त होते हैं जो स्वयं प्रवाहित, शुचिता लाते हैं वे जल देवी हम सबकी रक्षा करें।" (वही, 2) 4 मन्त्रों के इस सूक्त में हरेक मन्त्र के अन्त में जुड़ा हुआ है कि "आपो देवीरिह मामवन्तु–वे जल माताएँ हमारी रक्षा करें।" इस सूक्त में भी जल मधुश्र्चुतः शुचयो–मधुरसयुक्त पवित्र हैं। (वही, 3) ऋग्वेद में जलमाताओं से ही अग्नि व सभी जीवों का भी जन्म बताया गया है। जल सूर्य के निकटस्थ बताये गये हैं। अथर्ववेद में वे श्रेष्ठतम भिषक–वैद्य भी हैं। जल से अथर्ववेद के ऋषियों का आत्मीय सम्बन्ध है।

ऋग्वैदिक ऋषियों ने जल को माता कहा। स्तुति की। यजुर्वेद के ऋषियों ने इसी श्रद्धा को आगे बढ़ाया। अथर्ववेद में जल जीवन के सभी आयामों में वरिष्ठ बताया गया है। अथर्ववेद में यह स्वास्थ्यवर्द्धक रसों का आधार, श्रेष्ठ औषधि व रोग उपचारक भी बताया गया है। इसी परम्परा प्रवाह में प्राचीन भारत में रसपूर्ण जल संस्कृति थी। जल आचमनीय था, पवित्र करता था। प्राण और पोषण था। हम सबका संरक्षक था।

हम सब उसका संरक्षण करते थे। ऋग्वेद अथर्ववेद में जल संस्कृति प्रवाह है। अथर्ववेद में स्तुति है "वे जल माता–देवी हमारा कल्याण करें।" (अथर्ववेद, 1.6.1) ऋषि दीर्घ जीवन के अभिलाषी हैं। सूर्य की दीप्ति उन्हें प्रसन्न करती है। इच्छा है कि वे दीर्घकाल तक सूर्य देखें–ज्योक च सूर्यं दृशे। दीर्घजीवी होने के लिए पौष्टिक आहार के साथ उत्तम औषधियाँ भी चाहिए। इसलिए स्तुति है, "हे जल माताओ हमें आरोग्यवर्द्धक पुण्य औषधियाँ दें।" (वही) वे हरेक जल से स्तुति करते हैं, "सूखे प्रदेश का जल कल्याण दे, जल से भरे प्रदेश का जल सुख दे, भूगर्भ जल सुखप्रद हो, लोटा–गिलास का जल शान्ति दे और वर्षा जल भी सुख शान्ति दे।" (वही, 4) वे जल हमारा पोषण माँ की तरह करते हैं। कहते हैं, "जैसे वात्सल्य पूर्ण माताओं का स्नेह उमड़ता ही रहता है, उन्हीं माताओं की भाँति आप हमें अपने रस से पूर्ण करें।" (अथर्ववेद, 1.5.2)

नदियाँ धरती पर प्राकृतिक जल प्रवाह हैं। भारत की अन्तःप्रज्ञा नदियों के तट पर स्नान उपासना करते विकसित हुई। वैदिक सभ्यता और संस्कृति का विकास क्षेत्र नदियाँ हैं। वैदिक परम्परा के विस्तार में सिन्धु घाटी में हड़प्पा सभ्यता भी विश्वविख्यात् हुई। नदियों के प्रति ऋग्वैदिक ऋषियों का स्तोताबोध गहरा है। कहते हैं, "देवता रक्षा करें। पूर्वज रक्षा करें और जल से भरी प्रवाहमान नदियाँ भी हमारी रक्षा करें।" (6.52.4) यहाँ जल भरी नदियों से रक्षा की गुहार है। कहते हैं, "जल से उफनाती सरस्वती हमारी रक्षा करें।" (6.52.6) ऋग्वेद में भारत के अभिजनों का मूल निवास क्षेत्र नदीवाचक है। यहाँ मूल निवास क्षेत्र के लिए 'सप्तसिन्धव' (8.24.27) सात नदियों वाले क्षेत्र का उल्लेख है। मुख्य नदियाँ सात हैं पर सरस्वती और सिन्धु की स्तुतियाँ ज़्यादा हैं। अन्य पाँच नदियाँ सतलज (शुतुद्रि), व्यास (विपास), रावी (परूष्णी), चेनाब (अस्किनी) और झेलम (वितस्ता) हैं। गंगा यमुना हैं। यहाँ रसा (सीर दरिया), अनितमा (आमूदरिया) और कुभा (काबुल नदी) आदि का भी उल्लेख है। ऋग्वैदिक संस्कृति और सभ्यता के अभिजन पश्चिमोत्तर दिशा में अफ़ग़ानिस्तान तक विस्तृत थे। वैदिक इतिहास विवेचन में नदियों की महत्ता है, स्थानों के नाम कम हैं। नदियों के ज़्यादा हैं।

दुनिया की सभी सभ्यताओं का विकास नदी तट पर हुआ। भारत में सभ्यता के विकास के साथ–साथ दर्शन का विकास भी नदी तटों पर ही हुआ। वैदिक ऋषि बार–बार नदियों का उल्लेख करते हैं।

ऋग्वेद (1.121.13) में इन्द्र की प्रशंसा में कहते हैं, "हे इन्द्र आपने यज्ञ संस्कृति विरोधियों को नौकाओं से लाँघने योग्य 90 नदियों के पार फेंककर विलक्षण कार्य किया है।" यहाँ नदियों की संख्या 90 है। एक अन्य मन्त्र (1.32.14) में कहते हैं, "हे इन्द्र आपने 99 जलप्रवाहों–नदियों को बाज पक्षी की तरह सहज ही पार किया है।" यहाँ नदी संख्या 99 है। लेकिन ऋग्वेद (10.104.8) में इन्द्र से कहते हैं "आपने सात नदियों द्वारा शत्रुओं को नष्ट करके सागर को संवर्द्धित किया है। आपने देवों व मनुष्यों के हित में 99 नदियों के मार्ग खोल दिये हैं।" वैदिक अभिजनों के लिए सप्त सिन्धु सात नदियाँ महत्त्वपूर्ण हैं। शेष नदियाँ इन 7 की सहायक हो सकती हैं। इन्द्र सभी जल प्रवाहों के बाँध काटते हैं।

अथर्ववेद में भी 90 नदियों का उल्लेख है। (8.5.9) वे 90 थीं अथवा 99 या कम–ज़्यादा भी हो सकती हैं। विशाल भूखण्ड में प्रवाहमान नदियों की गणना साधनहीन प्राचीनकाल में व्यावहारिक नहीं थी लेकिन 7 नदियों की महत्ता ऋग्वेद और अथर्ववेद में एक जैसी है। अथर्ववेद (4.6.2) में ऋषि अपने मन्त्र प्रभाव का क्षेत्र बताते हैं, "जितने विस्तार में द्यावा पृथ्वी विस्तृत हैं और सप्त सिन्धु जहाँ तक फैले हैं वहाँ तक हम विष प्रभाव दूर करने के लिए मन्त्रवाणी का प्रयोग करते हैं।" इसमें उल्लिखित द्यावा–पृथ्वी के विस्तार में सम्पूर्ण दिक् सम्मिलित है। सप्त सिन्धु भी इसी के अन्तर्गत है। यहाँ सप्त सिन्धु का अलग से उल्लेख ऋषियों की 7 नदियों वाली प्रीति है। सप्त सिन्धु कवियों ऋषियों का प्रिय क्षेत्र है। अथर्ववेद में सप्त सिन्धु का उल्लेख कई बार (4.6.2, 6.61.3, 7.112.1 आदि) हुआ है। एक सूक्त **(6.61.3)** में रुद्र की स्तुति है। रुद्र कहते हैं "मैंने द्युलोक व पृथ्वी को अलग किया है। ऋतुएँ मैंने बनायी हैं।, मैंने पृथ्वी आदि लोक बनाये हैं। सप्त सिन्धु का उत्पादक मैं ही हूँ।" (वही, 2–3) इन 7 नदियों में भी सरस्वती विरल है। ऋग्वेद में उसे नदीतमा कहा गया है।

नदियों के तट पर विकसित सभ्यता ही सिन्धु घाटी तक विस्तृत थी। ऋग्वेद में सिन्धु नदी का अनेकशः विशेष उल्लेख है। सुप्रसिद्ध नदी सूक्त के द्रष्टा ऋषि सिन्धुक्षित् प्रैयमेध है। यहाँ कहते हैं, "नदियाँ सात–सात के समूह में तीन स्थानों– (पृथ्वी, द्युलोक और आकाश) में बहती हैं, इनमें सिन्धु ही सबसे ज़्यादा ओजस्वी है।" (10.75.1) फिर सिन्धु का क्षेत्र बताते हैं, "हे सिन्धु आप पहले तुष्टामा के साथ बहीं, चलीं। फिर सुसर्तु, रसा और श्वेत्या से सम्मिलित हो गयीं। आप क्रमु (कुर्रम), गोमती, कुमा और

मेहत्नु को भी साथ लेती हैं।" (वही, 6) फिर सिन्धु को वेगवती, अन्नदायिनी आदि बताते हैं। सरस्वती और सिन्धु की स्तुतियों के सांस्कृतिक तत्त्व एक जैसे हैं। नदी रूप में उनके भौगोलिक क्षेत्र भिन्न हैं। धन समृद्धि की दृष्टि से भी दोनों उपास्य हैं और प्रमुख हैं। सिन्धु की सहयोगी नदियों का भौगोलिक क्षेत्र अफ़ग़ानिस्तान और अब पाकिस्तान तक व्यापक है। पाकिस्तान की स्वात घाटी कट्टरपन्थी तालिबानी उत्पात का क्षेत्र है। इसी क्षेत्र में ऋग्वेदकालीन 'त्रसदस्यु' ने उपासकों की रक्षा की थी। ऋग्वेद (8.19.36) के अनुसार वे पुरूकुत्स के पुत्र थे– 'अदान्मे पौरूकुत्साः।' उन्होंने संस्कृतिमूलक स्तोताओं की रक्षा की–मंहिष्ठों अर्यः सत्पतिः। फिर बताते हैं, "सुवास्त्वा–नदी के तट पर दो सौ दस गायों और श्यामवर्ण बैल के स्वामी ने धन वस्त्र दिये।" (वही, 37)

अथर्ववेद में सिन्धु को भी विशेष महत्त्व मिला है। नदियों का उद्गम हिम आच्छादित पर्वत शिखर है। ये हिमालय से निकलकर समुद्र में मिलती है–हिमवतः प्रसृवन्ति सिन्धौ समह संगमः। (अथर्ववेद, 6.24.1) आचार्य श्रीराम शर्मा ने उपर्युक्त मन्त्र के 'सिन्धौ' का अर्थ समुद्र किया है। लेकिन पद्मश्री डॉ. कपिल देव द्विवेदी ने 'अथर्ववेद का सांस्कृतिक अध्ययन' (पृ. 40) में लिखा है कि "ये नदियाँ हिमालय से निकलती हैं और सिन्धु में मिलती हैं।" इसी तरह इसी सूक्त के एक अन्य मन्त्र (6.24.3) के अनुवाद में श्री शर्मा ने नदियों के सम्बन्ध में लिखा है, "आप समुद्र की पत्नियाँ हैं, समुद्र आपका सम्राट है।" मन्त्र में "सिन्धु पत्नीः सिन्धुराज्ञी" शब्द आये हैं। डॉ. द्विवेदी ने इनके अनुवाद में लिखा है, "ये सिन्धु की पत्नी हैं और सिन्धु इनकी रानी है।" (उपरोक्त) वैदिक साहित्य में सिन्धु शब्द के दोनों प्रयोग हुए हैं। जो भी हो, सिन्धु सरस्वती नदी के तट पर ही वैदिक सभ्यता का विकास हुआ था।

प्रकृति लयबद्ध है। यह लय, प्रलय में भी नहीं टूटती। प्रकृति का अन्तस् वैदिक काव्य में छन्दस् बना। विद्वान वैदिक भाषा को छन्दस् कहते हैं। प्रकृति भी छन्दस् में प्रकट होती है। सृष्टि उगी व्यापक जलों के हृदय में। ऋषियों ने जल को 'आपः मातरम्' कहकर प्रणाम किया। बताया कि ये जलमाताएँ विश्व की जननी हैं। जलमाताएँ धरती पर नदी रूप में निर्बाध प्रवाहमान हैं। उनके प्रवाह में नाद था। अथर्ववेद के ऋषि भृगु ने नदी नाद में जलतरंग की अनुभूति की थी। उन्होंने सीधे नदियों से ही कहा, "आप भली प्रकार से गतिशील रहती हैं। आप नाद करती हुई प्रवाहित हैं,

सो आपका नाम नदी पड़ा। आपको नमस्कार है। आप वरुण देव से प्रेरित होकर नृत्य जैसी प्रवाहमान हुईं। इन्द्र ने आपको प्राप्त किया। इसलिए आपका नाम 'आपः' पड़ा। इन्द्र ने आपका वरण किया। इसलिए आपका नाम 'वारि' भी पड़ा।" (3.13.1–13) जलमाताएँ ही रूपवती नदियाँ हैं। लेकिन इस प्रवाह में बाधाएँ भी थीं। जलमाताओं का प्रवाह रोका वृत्र ने। इन्द्र आगे आये, वृत्रों को मार भगाया। इन्द्र जल अवरोध हटाने वाले देवता हैं। ऋग्वेद के ऋषि ने इन्द्र की स्तुति की, "आपने वज्र से बाधाएँ हटाई हैं, नदियों का सदा प्रवाहित मार्ग खोला है।" (ऋ. 2.15.3) इन्द्र उपास्य हैं।

नदियाँ पार्थिव हैं। रूपवती हैं। सप्राण हैं। वे नाद करते हुए बहती हैं और नृत्यमग्न होकर भी। हरेक नदी का अपना व्यक्तित्व है। विश्वामित्र भरतवंशी थे। ऋग्वेद में उनके मन्त्रों को भरतजनों का संरक्षक बताया गया है। विश्वामित्र ने नदियों से आत्मीयता बनायी थी। नदियाँ लयबद्ध होती हैं। अथाह गहरी कविता जैसी। लयबद्धता ही छन्दस् में व्यक्त होती है। नदी और नाद दोनों की जिजीविषा लहरों की गति में है। नाद और नदी का रस प्राणों को गतिशील बनाता है। नाद का अपना अनुशासन है। यही छन्द बनता है। भरतमुनि ने नाट्यशास्त्र में बताया है कि "हरेक शब्द में छन्द है और हरेक छन्द में शब्द"। नदी नाद की हरेक ध्वनि छन्द है और हरेक छन्द नादपूर्ण। नाद नदी की भाषा है। उनकी रची असमाप्त काव्यधारा। यही नदी प्रवाह है।

सरस्वती

सरस्वती वैदिक अभिजनों की प्रिय नदी है। यह भरतों की भी प्रिय नदी है। भरतजन वैदिककाल के प्रतिष्ठित जनसमूह थे। भरतजनों ने सरस्वती तट पर उत्कृष्ट मानवीय मूल्यों वाली एक विशेष संस्कृति का विकास किया। भरतजनों द्वारा विकसित इस सांस्कृतिक भूक्षेत्र का नाम 'भारत' पड़ा। सरस्वती नदी की खोज हो चुकी है। सरस्वती कल्पना नहीं इतिहास है। सरस्वती को काव्य कल्पना बताने वाले लज्जित हैं। देवश्रवा और देववात भारत ऋग्वेद के ऋषि हैं। वे ऋग्वेद के सूक्त (3.23) के रचयिता हैं। यहाँ चौथे मन्त्र में दृषद्वती, आपया व सरस्वती के तटों पर रहने वाले मनुष्यों की समृद्धि की स्तुति है। ऋग्वेद के एक राजा सुदास का राज्य सरस्वती तट पर था। सरस्वती हिमालय से निकलकर दक्षिणी समुद्र में गिरती थी। इसके तटवर्ती निवासी आर्य समृद्ध थे। यहाँ यज्ञ चलते थे।

शोध होते थे। ऋग्वेद का बहुत सारा काव्य सर्जन/दर्शन यहीं उगा। इसीलिए सरस्वती ज्ञान और विद्या की अधिष्ठात्री देवी भी कही गयीं। ऋग्वेद में पूर्वजों को भी सरस्वती का आराधक बताया है। ऋग्वेद के छठे मण्डल के सूक्त 61 के देवता 'सरस्वती' हैं। यहाँ 14 सुन्दर मन्त्रों में सरस्वती "अन्नदायिनी, शत्रुनाशिनी, संरक्षक, पर्वत तट तोड़क और समृद्धि दायिनी हैं।" यहाँ सरस्वती समूची पृथ्वी को तेज से भरती हैं। वे तेज और महत के कारण अन्य नदियों में श्रेष्ठ हैं, गुणवती और ज्ञानवान भी हैं।

सरस्वती वैदिक ऋषियों की काव्य प्रेरणा भी थी। इसके तट पर ज्ञान, संसार बोध व यज्ञ आदि अनुष्ठान थे। यही मन्त्र काव्य सृजन भी होते थे। सरस्वती वाणी की देवी वाग्देवी बनी। अथर्ववेद (6.94.3) में भी वे वाणी की देवी हैं। यह भारत के मन अनुभूति का सृजन उल्लास बनी। ऋग्वेद के ऋषियों के लिए सरस्वती अन्नदायिनी है। अथर्ववेद (6.30.1) के अनुसार "सरस्वती तट पर देवों ने मनुष्यों को मधुर यव (जौ) दिया। मरुद्गणों ने कृषि की। इन्द्र देव हल जोतकर कृषि करने व भूमि से अन्न उपजाने के अधिष्ठाता बने।" एक मन्त्र (7.70.2) में प्रार्थना है कि सरस्वती के प्रभाव में हम मधुरतापूर्ण अन्न सम्पन्न हों।" दूसरे एक मन्त्र (7.71.1) में प्रार्थना है कि "वे हमारे रोग दूर कर दें।" अथर्ववेद में सरस्वती से तमाम भौतिक सुखों की प्रार्थना है ऋषि उनसे आशीष माँगते हैं। पूर्वज सरस्वती के कृतज्ञ हैं।

ऋषि सरस्वती को रक्षक, धनवान, धनदात्री, अन्नदात्री के रूप में भी देखते हैं। अथर्ववेद में अभाव की चित्तदशा का नाम है–अराति। वे देवी भी हैं। ऋषि अराति देवी के साथ सरस्वती की भी स्तुति करते हैं। कहते हैं, "हे असमृद्धे! हम आपको पीड़ा देने वाली जानते हैं। आप नग्न–वस्त्रहीन स्थिति देती हैं। आप हमसे दूर रहें। हम आपको नमस्कार करते हैं।" (5.7.7-9) अराति दरिद्रता है। दरिद्रता दुख देती है। यहाँ दरिद्रता से ही स्तुति है कि "वे हम सबसे दूर रहें। हम सब उनकी शरण में जाते हैं और उन्हें नमन करते हैं।" (वही, 3) फिर सरस्वती से कहते हैं, "हम सरस्वती, अनुमति व भग देवों की शरण में हैं। सरस्वती आदि को हर्षित करने वाली मधुवाणी का उच्चारण करते हैं।" (वही, 4) सरस्वती वाणी की देवी हैं। वाणी में प्रकट होने के पूर्व विषय मन में आते हैं। ऋषि कहते हैं, "हम मन से संयुक्त सरस्वती से सम्पदा की प्रार्थना करते हैं। वह सम्पदा सोम की कृपा से प्राप्त श्रद्धा से वरण करते हैं।" (वही, 5)

सरस्वती सभी अभिलाषाएँ पूरी करती हैं। वह एक विशाल भूक्षेत्र की जल आवश्यकता पूरी करती है, कृषि समृद्धि देती है, इसीलिए धनदात्री है। ऋषि इसी तट पर ज्ञानदर्शन की चर्चा करते हैं। सरस्वती उपासना की यह परम्परा वशिष्ठ से भी पुरानी है। ऋग्वेद में वशिष्ठ कहते हैं, "जैसे जमदग्नि ऋषि ने आपकी आराधना की थी वैसे ही वशिष्ठ भी आपकी स्तुति करते हैं।" (7.96.3) सरस्वती ऋग्वैदिक काल में ही नदी से माता, देवी, देवता, ज्ञान की अधिष्ठात्री और वाग्देवी बन चुकी थी। गृत्समद के रचे एक मन्त्र (2.41.6) में वे सर्वोत्तम माँ–अम्बितमे, श्रेष्ठतम नदी–नदीतमे और श्रेष्ठम देवी–देवितमे हैं। ऋग्वेद में 5 जन हैं, सरस्वती 'पंचजाता वर्धयन्ती' है। पाँचों जनों का संवर्द्धन करती हैं। इसी नदी तट पर भरतजनों का निवास था। विश्वामित्र भी भरत थे।

ऋग्वेद के नदी सूक्त (10.75) में नदियों की स्तुति है। इसमें वर्णित नदियाँ गंगा, यमुना, सरस्वती, शुतुद्रि (सतलज), परूष्णी (रावी), अस्किनी (चेनाब), वितस्ता (झेलम) मरुदवृद्धा, आर्जकीया और सुषोमा भारत के एक विशाल भूभाग में बहती हैं। इसी सूक्त में पश्चिम से आकर सिन्धु में मिलने वाली अथवा सिन्धु के परवर्ती क्षेत्र में बहने वाली नदियों क्रुम, गोमती, कुभा, तुष्टामा, सुसर्तु रसा, श्वेती और मेहत्नु की भी चर्चा है। पूरब में गंगा से लेकर धुर उत्तर पश्चिम में आज के अफ़ग़ानिस्तान तक की नदियों का यह उल्लेख वैदिक ऋषियों के निवास क्षेत्र की सूचना है। लेकिन सरस्वती की बात ही दूसरी है। ऋग्वेद, अथर्ववेद में सरस्वती स्तुति के अनेक मन्त्र हैं। सभी नदियों का जल पवित्र करता है लेकिन सरस्वती बुद्धि को भी पवित्र और तेजस्वी बनाती है। (1.3.4) कवि कर्म यश देता है लेकिन सभी कवि यशस्वी नहीं होते, सरस्वती अप्रसिद्ध कवि को भी यशस्वी बनाती है। (2.41.16) इन्द्र भी सरस्वती को पाकर आनन्दित होते हैं। (10.13.5)

वशिष्ठ के रचे दो सूक्तों (7.95 व 96) में सरस्वती की महिमा आकर्षण का वर्णन है। यह लोहे के परकोटे की तरह रक्षा करती है। (7.95.1) यह पर्वत से समुद्र तक बहती है। (वही, 2) यह धनवान है और धन देती है (वही, 4, 5) अन्न भी देती है। (7.96.2) इसका प्रवाह अबाध है। (7.96.3) इस तट के निवासी सरस्वती के कृतज्ञ हैं। डॉ. रामविलास शर्मा ने 'पश्चिमी एशिया और ऋग्वेद' (पृ. 148) में पुसाल्कर को उद्धृत किया है, "भरतों ने पूरे देश को अपना नाम दिया, ऋग्वैदिक गणों में वे सबसे महत्त्वपूर्ण थे।

किन्तु ऋग्वेदोत्तर (ऋग्वेद के बाद) काल में भरतों का गण के रूप में लोप हो जाता है।" लेकिन उनके द्वारा विकसित संस्कृति का लोप नहीं होता। अनेक विद्वानों के अनुसार भरतों के लोप के साथ ही वैदिक संस्कृति का केन्द्र भी बदल जाता है। पहले कालीबंगा इस क्षेत्र का केन्द्र था फिर वह कुरु पंचाल हो गया। भरतों का लोप या अवसान सामान्य घटना नहीं है।

दुनिया की सबसे बड़ी बाढ़ का समय ईसा पूर्व 3100 वर्ष माना जाता है। भारत में इसे जल प्रलय कहते हैं। जल प्रलय का उल्लेख ईरानी ग्रन्थ 'अवेस्ता' में है। बाइबिल और कुरान में भी है। अथर्ववेद में इसके संकेत हैं–"नाव उतार वाले हिमशिखर पर कुष्ठरोग की औषधि वनस्पति की प्राप्ति का स्थान है। यत्र नाव प्रमंशनं यत्र हिमवतः शिरः (अथर्व. 19.39.8) ब्लूमफील्ड ने इस मन्त्र के अंग्रेज़ी अनुवाद में कहा है, **"On the spot where the ship glided down on the peak of Himvant."** अथर्ववेद के कवि जल प्रलय और मनु की कथा से परिचित थे। इसीलिए उन्होंने औषधि का स्थान बताने के लिए नाव का संकेत किया है।

मनु एक अविछिन्न परम्परा है। ऋग्वेद में भी मनु हैं लेकिन जल प्रलय की कथा नहीं है। ऋग्वेद का मन्त्रोदय जल प्रलय के पहले की रचना है। ऋग्वेद वाले मनु जल प्रलय से पहले के मनु हैं। प्रलयकाल वाले मनु वैवस्त थे। जल प्रलय की कथा सुमेरी कथा में सभ्यता में भी है। सुमेरी कथा में देवताओं ने जल प्रलय के माध्यम से पापी मनुष्य जाति का नाश करने की योजना बनायी थी। नाव यहाँ भी है। सामी–कथा की जल प्रलय में नूह आस्तिक थे। वे बच गये। सुमेरी सामी कथा में सभ्यता का विकास नहीं है। उनके लिए प्रलय एक प्राकृतिक घटना नहीं है। उस कथा में सभी मनुष्य पापी हैं, केवल एक व्यक्ति धर्मात्मा है। इस कथा के अनुसार प्रलय ईश्वर की इच्छा से आती है। भारतीय कथा में जल प्रलय प्राकृतिक घटना है और सरस्वती तट पर घटित होती है।

हड़प्पा सभ्यता प्राचीन सरस्वती–सिन्धु सभ्यता का विस्तार है। हड़प्पा सभ्यता के ह्रास का समय 1750 ई.पू. के लगभग है। उस समय सरस्वती जलहीन हो रही हैं। कालीबंगा के उत्खनन से यह तथ्य सामने आया है। ऋग्वेद में सरस्वती जल से भरी पूरीनदी है। यजुर्वेद में भी वह जल से भरी है। ऋग्वेद की रचना हड़प्पा सभ्यता के ह्रास से, 1750 ई.पू. से बहुत पहले हुई थी।

डॉ. सत्यकेतु विद्यालंकार भी इस देश को भारत का नाम दिलाने का श्रेय सरस्वती तटवासी भरतवंश को देते हैं "जिस भरतवंश के नाम से हमारे देश का नाम भारत पड़ा, उसका राज्य सरस्वती नदी के प्रदेश में ही विद्यमान था।" ऋग्वेद के एक सूक्त (3.23.4) में भारत लोगों का वर्णन कर उन्हें सरस्वती दृषद्वती और आपया नदियों से सिंचित प्रदेश में बसता हुआ कहा गया है।" (प्राचीन भारतीय इतिहास का वैदिक युग, पृ. 121) वे सरस्वती क्षेत्र के बारे में लिखते हैं, "सरस्वती के प्रदेश को ही वैदिक साहित्य में देवयोनि कहा गया है। सरस्वती नदी का क्षेत्र ऋग्वेद के समय में वैदिक यज्ञों एवं कर्मकाण्ड का प्रधान केन्द्र था और वहाँ के भारत या भरतवंशी राजाओं ने कालान्तर में सम्पूर्ण आर्यावर्त पर अपना चक्रवर्ती शासन स्थापित कर लिया था।" (वही, पृ. 121-22)

डॉ. सत्यकेतु ने ऋग्वैदिक के समय के भारत की भौगोलिक रूपरेखा बनाने का प्रयास किया है, "ऋग्वेद के काल में भारत के जिस भाग में आर्यों का निवास था, उसकी सीमाएँ इसी वेद की अन्तःसाक्षी द्वारा जानी जा सकती हैं। आर्यों का यह प्रदेश उस समय चारों ओर समुद्रों से घिरा हुआ था।" (वही, पृ. 122) सरस्वती दक्षिणी समुद्र में गिरती थी और गंगा यमुना पूर्वी समुद्र में। डॉ. सत्यकेतु ने बताया है, "भारत की भौगोलिक दशा उस समय अब से बहुत भिन्न थी जहाँ वर्तमान समय में राजस्थान का मरुस्थल है, तब वहाँ समुद्र था। यह समुद्र उन देशों में भी फैला हुआ था, जहाँ अब बिहार, बंगाल, उड़ीसा हैं। सप्त सिन्धव देश के उत्तर में भी तब एक समुद्र की सत्ता थी जिसके अवशेष अब भी कैस्पियन सागर, काला सागर और अरब सागर के रूप में विद्यमान हैं। तब यह एक विशाल समुद्र था। भूगर्भशास्त्री यह स्वीकार करते हैं कि किसी प्राचीन समय में भारत की यही भौगोलिक दशा थी और इसके संकेत ऋग्वेद में विद्यमान हैं।" (वही, 122-23) लेकिन बाद में प्राकृतिक उथलपुथल हो गयी। डॉ. सत्यकेतु के अनुसार "सप्त सिन्धव देश के दक्षिण, उत्तर या पूरब में विद्यमान समुद्र या तो भूमि के रूप में परिवर्तित हो गये या उनके विस्तार में कमी आ गयी।"

भरतजनों के लोप का कारण जल प्रलय है। बेशक उनका लोप हो जाता है लेकिन वैदिक संस्कृति प्रवाहमान है। रामायण के अधिकांश पात्र परस्पर एक–दूसरे को आर्य पुत्र भी कहते हैं। वैदिक संस्कृति का विकास नदियों के नाद सुनते, नदी तटों पर हुआ। नदियों के तट पर आश्रम बनते रहे।

मानव बस्तियाँ बसती रहीं। भारत के सभी महानगर नदी या समुद्र तट पर हैं। यह आकस्मिक संयोग नहीं है। सारे तीर्थ भी नदी पर हैं। जल प्लावन के प्रभाव से हड़प्पा की क्षति हुई। साम्राज्यवादी शक्तियों के समर्थकों ने हड़प्पा के बहाने आर्य आक्रमण का फ़र्ज़ी सिद्धान्त गढ़ा। यह अंग्रेज़ीराज के औचित्य को सही ठहराने का प्रयास था। अन्तर्निहित तर्क था कि भारत विदेशी लोगों द्वारा पहले भी शासित था। पहले आर्यों ने आक्रमण किया। उन्होंने हड़प्पा सभ्यता नष्ट की। विजित भूमि पर क़ब्ज़ा किया। फिर इस्लाम आया। उन लोगों ने भी हुकूमत की। ब्रिटिश साम्राज्य सत्ता भी ऐसी ही है। ब्रिटिश समर्थक ज्ञानियों ने हड़प्पा को प्राचीन बताया और वैदिक सभ्यता को परवर्ती। आर्य आक्रमण के फ़र्ज़ीवाड़े की पोल खुल गयी है। सरस्वती मिल गयी है। ऋग्वेद सरस्वती के जल आपूरित होने के समय की रचना है। हड़प्पा सभ्यता के जल प्रलय सहित अन्य कारणों से नष्ट हुई। सरस्वती साक्षी है। नदियाँ भारतीय जीवन का प्रवाह हैं। लेकिन सम्प्रति विश्व ज्ञान को छन्दस् में गाने वाले भारत की नदियों के नाद शोकाकुल हैं। नदियाँ सूख रही हैं। जल प्रदूषण बढ़ रहा है। ऋग्वेद, अथर्ववेद का सांस्कृतिक प्रवाह मार्गदर्शी हो सकता है।

देवता

दुनिया की सभी प्राचीन संस्कृतियों में देव उपासना है। देवों के प्रति श्रद्धा है। सुख और कल्याण के लिए उनसे प्रार्थनाएँ भी की जाती रही हैं। देव स्तुतियों से होने वाले भौतिक लाभ का विषय अक्सर बहस में रहता है। वैज्ञानिक दृष्टिकोण को ही मान्यता देने वाले विद्वान देवों को अन्धविश्वास मानते हैं। यह विषय वास्तव में बहस का है, लेकिन दुनिया के बड़े हिस्से में देवोपासना है। भारतीय परम्परा में भी लाखों देवता हैं। भारत के लगभग हर गाँवों में ग्राम देवता भी हैं। महानगरों का आधुनिक समाज भी भिन्न–भिन्न देवों की उपासना करता है। ऋग्वेद में अनेक देवों के उल्लेख हैं। भारत में देवतन्त्र का लगातार विकास हुआ है। यूरोपीय विद्वानों ने भारत के वैदिक देवतन्त्र को पिछड़ा और अविकसित बताया है। उनके अनुसार यूनानी देवताओं की आकृतियाँ सुव्यवस्थित हैं और भारतीय वैदिक देवों की आकृतियाँ पूर्ण विकसित नहीं है। इसका कारण देवतन्त्र का अविकसित होना नहीं है। इसका मूल वैदिक दर्शन में है। वैदिक ऋषियों ने सृष्टि को एक अविभाज्य सत् देखा था। सो उन्होंने ससीम आकार और रूप वाले देवों की व्याप्ति भी असीम की है।

ऋग्वेद अथर्ववेद के देवता अपने ससीम रूप नाम के बावजूद असीम–व्याप्ति वाले हैं। भारत के आधुनिक काल के देवों में श्री गणेश, शिव, विष्णु, श्रीराम, श्रीकृष्ण, हनुमान आदि देव भिन्न–भिन्न अवसरों पर लाखों लोगों द्वारा अलग–अलग रूप में पूजे जाते हैं। लेकिन अपनी व्याप्ति में वे अनन्त हैं। सभी देव एक समान कार्य करते दिखाई पड़ते हैं। मूलभूत प्रश्न है कि वैदिक देवता क्या हैं? उनकी संख्या क्या है? क्या देवों का कोई वैज्ञानिक आधार है? क्या देव उपासना की कोई दार्शनिक अनुभूति भी है। ऋग्वेद में वर्णित देवतन्त्र प्राचीन है। यह ऋग्वेद के रचनाकाल से भी पुराना है। इसके पूर्व का समाज भी देव उपासक था।

ऋग्वेद के ऋषियों, कवियों को देव उपासना की परम्परा पूर्वजों से मिली है। यह परम्परा अखण्ड रूप में आधुनिक काल तक प्रवाहमान है। वाल्मीकि रामायण के श्रीराम वैदिक देवता रुद्र, शिव और इन्द्र आदि की उपासना करते हैं। श्रीकृष्ण ने भी शिव सहित अनेक देवों की उपासना की थी। वैदिक कवि ऋषि भी देवों की उपासना करते हैं उनके रूप आकार की प्रशंसा करते हैं। उनकी स्तुति करते हैं। वे देवों के उद्भव की भी खोज करने का प्रयास करते हैं। इसी तरह का देवों के उद्भव खोजने का प्रयास यूनानी दार्शनिक सुकरात ने भी किया था। इसी आरोप में मृत्युदण्ड दिया गया था।

ऋग्वेद (10.74.3) में क्रान्तिकारी घोषणा है कि ''हम देवों के उद्भव का वर्णन उत्तम वाणी से करते हैं।'' (वही, 1) यहाँ बड़ी बात कही गयी है कि देवता सदा से नहीं हैं। ऋषि उनका उद्भव जानने के इच्छुक हैं। बताते हैं, ''प्रारम्भ में असत् से सत् का जन्म हुआ। ऊर्जा का प्रवाह ऊपर की ओर गया। सम्पूर्णता की पर्याय अदिति से दक्ष आये। दक्ष से अदिति आये।'' यह बात ध्यान देने योग्य है कि अदिति से दक्ष आये और दक्ष से फिर अदिति। यहाँ सृष्टि का सतत प्रवाह है। आगे कहते हैं, "फिर अमृतबन्धु देवों का जन्म हुआ।" (वही, 2.5) इस विचार के अनुसार देवों का जन्म हुआ है। वे सदा से नहीं हैं। सृष्टि सृजन के पूर्व ब्रह्माण्ड का सार जड़ और चेतन अथवा भूत और ऊर्जा प्रकट नहीं है। सृष्टि की पूर्व स्थिति में सभी प्रपंच अव्यक्त हैं। अव्यक्त दशा में न दिन है और न रात। न मृत्यु है और न जीवन। इसलिए देवता भी नहीं है। ऋग्वेद के अनुसार देवताओं का उद्भव सृष्टि के साथ होता है। यह तथ्य वैज्ञानिक भी है।

वैदिक साहित्य में देव का अर्थ प्रकाशमान है। प्रकृति दिव्यता से भरीपूरी है। दर्शक को दार्शनिक अनुभूति में अनेक केन्द्रों पर दिव्यता की अनुभूति होती है। नदी का सतत प्रवाह ऋषि कवि को दिव्य लगता है। सो नदी देवता हैं। सूर्य प्रकृति की महाशक्ति है। उनके तेज प्रकाश और अनुकम्पा से पृथ्वी पर जीवन है। सूर्य दिव्य है सो देवता है। पृथ्वी हमारा भरणपोषण करती है। जीवन देती है। पोषण देती है। पृथ्वी माता है। दिव्य है। सो देवता है। यूनानी दर्शन के पितामह थेल्स जल को सृष्टि का आदि तत्त्व मानते थे। थेल्स के अनुसार यह सृष्टि जल से विकसित हुई। यही निष्कर्ष हज़ारों वर्ष पहले ऋग्वेद के ऋषि का है। ऋग्वेद, अथर्ववेद में जल को माताएँ कहा गया था। प्रकाश सर्वव्यापी है।

उसकी उपस्थिति और अनुभूति दिव्य है। भारतीय देवतन्त्र में प्रकृति की शक्तियाँ देवता हैं जहाँ–जहाँ दिव्यता वहाँ–वहाँ देवता। द्यौस, दिवस दिव्य और देव एक ही भाषा परिवार के शब्द हैं। भारतीय संस्कृति और प्राचीन संस्कृत में सहस्रों देववाची शब्द हैं। ये अधिकांश प्रकाशवाची हैं। देव कल्याण कर्म करते हैं। अथर्ववेद (18.3.24) में ''देव शक्तियाँ कल्याण कर्म की सुरक्षा करती हैं। वे विश्व कल्याण भी करती हैं।" देवता प्रत्यक्ष भी होते हैं और अप्रत्यक्ष भी। कुछ शरीर धारण भी करते बताये गये हैं। मनुष्य भी सत्कर्मों से देवता बनते हैं। अथर्ववेद में ज्ञानी ऋषि, विद्वान और श्रेष्ठ कारीगर व अच्छे मनोभाव भी देवता कहे गये हैं। (19.20.3)

भारत के लोक जीवन में देवों की संख्या पर मजेदार विवाद रहा है। कुछ लोग तैंतीस करोड़ देवता मानते रहे हैं और कुछ लोग तैंतीस। अथर्ववेद के अनुसार प्रारम्भ में कुल दस देवता उत्पन्न हुए–प्राण, अपान, आँख, सूँघने की शक्ति, ज्ञान, उदान, वाणी, मन, क्षय और अक्षय होने वाली शक्तियाँ। (11.8.4) यह दसों देवता मनुष्य शरीर के भीतर की प्राकृतिक शक्तियाँ हैं। इस तरह मनुष्य शरीर भी देवताओं का निवास है। अथर्ववेद में अन्यत्र देवों की संख्या तैंतीस बतायी गयी है। (19.27.10) ऋग्वेद (3.6.9) में विश्वामित्र ने अग्नि से प्रार्थना की है कि, "आप हमारे यज्ञ उत्सव में तैंतीस देवताओं को पत्नियों सहित लायें।" जान पड़ता है यहाँ सभी प्रमुख देवता विवाहित हैं। वैदिक समाज में विवाह आवश्यक रहा होगा। विवाह की प्रतिष्ठा के लिए देवों को भी विवाहित कहा गया है, लेकिन देवों की यह संख्या तैंतीस से ज़्यादा भी हो सकती है। ऋग्वेद में ही स्वयं विश्वामित्र एक अन्य मन्त्र (3.9.9) में कहते हैं कि 3,339 देवताओं ने अग्नि की पूजा की है। अग्नि बड़े देवता प्रतीत होते हैं। देवता भी अग्नि की उपासना करते हैं।

देवों की संख्या पर उत्तर वैदिक काल में भी वाद--विवाद रहे होंगे, अब भी कम नहीं हैं। शतपथ ब्राह्मण (11.6.3.5) में तैंतीस देवताओं की सूची है। इस सूची के अनुसार तैंतीस देवों में आठ वसु हैं। ग्यारह रुद्र हैं। बारह आदित्य हैं और इन्द्र व प्रजापति को मिलाकर कुल तैंतीस देवता हैं। वृहद्रण्यक उपनिषद् शतपथ ब्राह्मण का भाग है। इस उपनिषद् (3.9) में एक विद्वान शाकल्य और दार्शनिक याज्ञवल्क्य के मध्य देवों की संख्या सम्बन्धी प्रश्नोत्तर का रोचक विवरण है। शाकल्य ने पूंछा कि ''देवों की संख्या क्या है''? याज्ञवल्क्य ने बताया देवता 3,306 हैं–शाकल्य ने कहा कि

यह बात ठीक है। लेकिन कृपया देवों की सही संख्या बतायें। याज्ञवल्क्य ने कहा—कुल छह देवता हैं। शाकल्य ने फिर सही संख्या सम्बन्धी प्रश्न पूंछा। याज्ञवल्क्य ने अन्त में कहा कि देवता सिर्फ़ एक ही हैं। शाकल्य ने प्रश्न किया कि फिर वे 3,306 देवता कौन हैं। याज्ञवल्क्य ने कहा यह तो देव महिमाएँ हैं। देवता तो कुल तैंतीस ही हैं। वे आठ वसु हैं। ग्यारह रुद्र हैं। बारह आदित्य हैं। इन्द्र और प्रजापति मिलाकर तैंतीस ही हैं।

वसु कौन हैं? याज्ञवल्क्य ने बताया कि अग्नि, पृथ्वी, वायु, अन्तरिक्ष, आदित्य, द्युलोक, चन्द्रमा और नक्षत्र ये वसु हैं। समूचा विश्व इन्हीं के भीतर है, इसलिए ये वसु हैं। आठों वसु प्रकृति की शक्तियाँ हैं। शाकल्य ने पूंछा कि तब ग्यारह रुद्र कौन हैं? याज्ञवल्क्य ने बताया कि पुरुष के दस प्राण—इन्द्रियाँ और ग्यारहवाँ आत्मा—मन मिलाकर ग्यारह रुद्र हैं। फिर पूंछा बारह आदित्य कौन हैं—याज्ञवल्क्य ने बताया संवत्सर के बारह माह आदित्य हैं। फिर पूंछा, इन्द्र कौन हैं— याज्ञवल्क्य ने बताया सम्पूर्ण सृष्टि की आन्तरिक ऊर्जा ही इन्द्र हैं। शेष रहे प्रजापति को उन्होंने सृष्टि यज्ञ का संचालन बताया। इस तरह कुल तैंतीस देवता ऋग्वेद से लेकर अथर्ववेद उत्तर वैदिक काल तक प्रकृति की शक्तियों का दिव्यदर्शन है। यहाँ कुछ वैदिक देवों की पृथक् चर्चा करना उपयोगी है।

अग्नि प्रकृति की महाशक्ति हैं। वे प्रकृति के 5 महाभूतों में प्रमुख हैं। सर्वत्र व्याप्त है। अग्नि के अभाव में सृष्टि का संचालन सृजन असम्भव है। ऋग्वेद में सर्वाधिक मन्त्र इन्द्र की स्तुति के हैं। इसके बाद अग्नि की स्तुतियाँ हैं। इसी तरह अथर्ववेद में भी तमाम सूक्तों में अग्नि का उल्लेख हुआ है। अग्नि सर्वव्यापी है। अथर्ववेद (3.21.1—3) में "अग्नि को आकाश में घूमते मेघ, सभी मनुष्यों, औषधियों व वनस्पतियों में विद्यमान बताया गया है। अग्नि सोम लताओं, गौवों, सभी पक्षियों, चार पैर वाले पशुओं, मनुष्यों सहित सभी दोपायों में विद्यमान बताये गये हैं। वह यत्र—तत्र—सर्वत्र व्याप्त है।" ऋग्वेद और अथर्ववेद के अग्नि कवि और विद्वान भी हैं। ऋषि उन्हें यज्ञ में आहुति देते हैं और उन्हें यज्ञ का सम्पादक भी मानते हैं। (वही, 5) अग्नि ही अन्य देवताओं तक हवि ले जाते हैं। अथर्ववेद के ऋषि कहते हैं कि इस संसार में विद्यमान सभी तेजस्वी तत्त्वों के भीतर अग्नि का ही तेज है। (4.23.7) ऋषि ने अग्नि को दिव्यलोक, अन्तरिक्ष, पृथ्वी, विद्युत, वायु और सभी दिशाओं में भी व्याप्त बताया है। (3.21.7)

अग्नि के अनेक रूप हैं। वह भिन्न–भिन्न रूप धारण करते हुए सभी पदार्थों, प्राणियों में उपस्थित है। मनुष्य शरीर में भी अग्नि तेज रूप, स्फूर्तिरूप और पाचनशक्ति के रूप में विद्यमान है। वह पदार्थों के भीतर चिंगारी और वनस्पतियों में ताप ऊर्जा के रूप में है। (3.21.1-2) अग्नि की सर्वत्र उपस्थिति के सम्बन्ध में कठोपनिषद् में भी वैदिक परम्परा का विस्तार है। उपनिषद् में कहते हैं कि यह अग्नि ही सभी भूतों, तत्त्वों के भीतर उपस्थित होकर रूप–रूप प्रतिरूप है, "अग्नियर्थैको भुवनं प्रविष्टो रूपं रूपं प्रतिरूपो वभूवः।" दार्शनिक हेराक्लिट्स ने अग्नि को आदि तत्त्व बताया है। अथर्ववेद के अग्नि देव ऐसे ही हैं। अथर्ववेद की व्याख्या करते हुए ग्रिफिथ ने भी यही अर्थ लिया है। अथर्ववेद में अग्नि के पाँच निवास स्थान बताये गये हैं। वह दिव्यलोक में सूर्य है, पृथ्वी में प्रत्यक्ष अग्नि है, अन्तरिक्ष में बिजली है और वनस्पतियों में पोषकतत्त्व हैं। (19.3.1)

आदिम मनुष्य अग्नि से परिचित नहीं था। अग्नि की जानकारी के बाद विश्वसभ्यता में महत्त्वपूर्ण परिवर्तन आये। आदिम मनुष्य पशुओं का मांस भूनकर खाने लगा। अग्नि की खोज के बाद अन्न भी नये ढंग से उपयोग में आने लगा। अग्नि से सभ्यता और संस्कृतियों में बदलाव आया। अथर्ववेद के ऋषि ने बताया है कि अग्नि विश्व के सभी प्रपंचों में सक्रिय है। (2.34.3) अग्नि को सम्पूर्ण प्रजा का पालक भी कहा गया है। उनसे धन–सम्पदा भी माँगी गयी है। (3.20.2) अथर्ववेद में अग्नि वर–कन्या का मन मिलाते हैं। वे विवाह के साक्षी भी बनते हैं। अग्नि मनुष्य के स्वास्थ्य और जीवन के भी दाता विधाता हैं। अथर्ववेद (19.43.1) में कहते हैं कि "दीक्षा आदि सभी जीवन अनुशासनों के पालनकर्ता और तप साधना करने वाले मनीषी विशेष परम पद प्राप्त करते हैं। अग्नि से प्रार्थना है कि वह हमको उसी सृष्टि स्थिति में ले जाये।"

वायु भी अथर्ववेद के प्रतिष्ठित देवता हैं। वह भी प्रकृति की महाशक्ति है। वायु प्राण है। प्राण से हम सब प्राणी हैं। वायु से आयु है। इसी में जीवन है। वायु प्राणशक्ति का दाता है। वह प्राणस्वरूप है। सभी को जीवन देता है। जीवन शक्ति भी देता है। (19.43.2) वायु को अन्तरिक्ष का पुत्र भी कहा गया है। (4.39.4) वायु भी अति वेगवान चलकर आँधी का रूप धारण करता है। ऋषि के अनुसार आँधी के समय वायु की क्षमता के सामने सभी झुक जाते हैं। (4.39.3) ऋग्वेद के ऋषि ने वायु की अनेक रूपों में स्तुति की है। वह प्राकृतिक घटकों की महत्त्वपूर्ण शक्ति हैं।

लेकिन दिखाई नहीं पड़ती है। वायु का गुण स्पर्श है। उनकी उपस्थिति का अनुभव स्पर्श से होता है। वायु के कारण ही मेघ सर्वत्र वर्षा करते हैं। अनेक काम वायु और सूर्य मिलकर करते हैं। ऋषि कहते हैं, "शुद्ध वायु स्वशन क्रिया के माध्यम से शरीर के भीतर जाकर तमाम रोगों को नष्ट करती है साथ में सूर्य की किरणें भी रोग बढ़ाने वाले कृमियों को नष्ट करती है।" (4.25.1-7) तैत्तिरीय उपनिषद् में वायु को प्रत्यक्ष ब्रह्म कहा गया है। अथर्ववेद के ऋषि वायु देवता की अनेकशः स्तुतियाँ करते हैं। वायु प्रत्यक्ष देव है।

इन्द्र ऋग्वेद के प्रतिष्ठित देवता हैं। अथर्ववेद में भी इन्द्र की तमाम स्तुतियाँ हैं। अथर्ववेद के कुल मन्त्रों में इन्द्र स्तुतियों वाला हिस्सा छठा भाग है। इसका 20वाँ काण्ड लगभग इन्द्र से ही सम्बन्धित है। अथर्ववेद में ''इन्द्र को सम्पूर्ण प्रकृति सृष्टि का नियन्ता बताया गया है।'' (20.118.4) इन्द्र प्रत्यक्ष नहीं है। वह वैदिककाल के इतिहास के भी पात्र नहीं हैं, लेकिन प्रकृति की महाऊर्जा हैं। बताते हैं कि ब्रह्माण्ड के सभी प्रकाशयुक्त पदार्थों, प्राणियों को इन्द्र ने ही जन्म दिया है। (20.28.3) इसी तरह इन्द्र ने ही सूर्य और वर्षा को भी जन्म दिया है। (20.34.7) अथर्ववेद में इन्द्र को सम्राट बताया गया है। (20.44.1) ऋग्वेद में इन्द्र को सर्वव्यापी बताया गया है कि वह एक इन्द्र ही प्रकृति सृष्टि के सभी रूपों में प्रकट होता है। सभी भूतों पदार्थों में वही प्रविष्ट होता है और नानारूपों में दर्शन देता है।

ऋग्वेद और अथर्ववेद में इन्द्र का मानवीकरण भी हुआ है। प्रकृति की तमाम दिव्यशक्तियों को मनुष्य रूप चित्रित करना प्राचीन भारतीय काव्य परम्परा है। अथर्ववेद में बताते हैं कि इन्द्र की गर्दन बहुत लम्बी है। हाथ भी बहुत बड़े हैं। उसका पूरा शरीर स्थूल है। (20.5.2) ऋग्वेद, अथर्ववेद दोनों में इन्द्र को मूँछों वाला भी बताया गया है। अथर्ववेद में कहते हैं कि इन्द्र की मूँछें हैं, उनके बाल स्वर्णिम हैं। (20.31.3 तथा 20.73.5) इन्द्र के वस्त्रों को सुनहरा स्वर्णिम बताया गया है। (20.38.5) जान पड़ता है कि अथर्ववेद के समाज में मूँछ रखने का प्रचलन था। तत्कालीन समाज के ऋषियों ने इसीलिए इन्द्र देवता को भी मूँछ वाला बताया है। अच्छे वस्त्र धारण करना भी अथर्ववेद के समाज में प्रतिष्ठा का विषय रहा होगा। इसीलिए इन्द्र को भी स्वर्णिम वस्त्र धारण करने वाला कहा गया है। ऋग्वेद में भी इन्द्र की मूँछों का उल्लेख है। उनकी मूँछों में दही फँस जाने का उल्लेख किया गया है। अथर्ववेद के इन्द्र वर्षा के भी देवता हैं।

वे श्रेष्ठ राजा हैं। पुराणों वाले इन्द्र भिन्न हैं। वे तपस्वी से भयभीत होते हैं। राजसत्ता खो जाने के भय से तपभंग के लिए अप्सराएँ भेजते हैं। वैदिक इन्द्र पुराणों की काव्य कल्पना से भिन्न आर्यों के उपास्य देव हैं।

वरुण ऋग्वेद व अथर्ववेद के महत्त्वपूर्ण देवता हैं ऋग्वेद (6.70.1) के अनुसार पृथ्वी और अन्तरिक्ष वरुण के अनुशासन में हैं। आचार्य सायंण ने अथर्ववेद के भाष्य (1.1.3) में कहा है कि वरुण सम्पूर्ण जगत् को आवृत करते हैं। वैदिक देवताओं में वरुण का स्थान शासक होने के कारण सर्वोच्च माना जाता है। वह प्रकृति के नियमों का पालन कराने वाले विद्वान सम्राट हैं। सभी देवता उनके अनुसार नियम पालन करते हैं। ग्रीक और ईरानी देवताओं में भी वरुण देव की छवि है। ग्रीक में उनका प्रतिरूप ऊरानस देव है। इसी तरह ईरानी देव तन्त्र में आहुर्मज्दा भी वरुण जैसे हैं। वैदिक साहित्य में वरुण सर्वज्ञ माने गये हैं। उनके पास गुप्तचर भी होते हैं। ऋग्वेद के अनुसार उनके बुद्धिमान गुप्तचरों को कोई धोखा नहीं दे सकता है। डॉ. राधाकृष्णन ने वरुण को ईश्वर जैसा शक्तिशाली बताया है, लेकिन ऋग्वेद की परम्परा वाले शासक वरुण की छवि सम्भवतः अथर्ववेद के रचनाकाल के बाद सर्वोच्च शासक जैसी नहीं प्रतीत होती। जान पड़ता है कि सर्वोच्च शासक की उनकी छवि ईश्वर के कारण कमज़ोर हो गयी। बाद में उन्हें जलों का सम्राट कहा गया है। रामायण में उनके भव्य भवन का वर्णन है। यह श्वेतमेघ के समान हैं और कैलाश पर्वत की तरह ऊँचा और प्रकाशमान भी हैं। महाभारत में भी उनका उल्लेख है।

विष्णु ऋग्वेद, अथर्ववेद के समाज के लोकप्रिय देवता हैं। विष्णु का अर्थ होता है सर्व व्यापक होना। विष्णु के तीन पाद चर्चित हैं। वह तीन पदों से सम्पूर्ण विश्व नाप लेते हैं। अथर्ववेद (7.26.1) में कहते हैं, ''हम सर्वव्यापक विष्णु के सुखवर्धक पुरुषार्थ का वर्णन करते हैं। उन्होंने प्रशंसित तीन पदों द्वारा पृथ्वीलोक, स्वर्गलोक व अन्तरिक्ष लोक की सुन्दर रचना की है।'' आगे कहते हैं, ''विष्णु तीन पद चले और तीनों लोक इसमें आ गये। उन्होंने तीन पद चलकर तीनों लोकों को धर्म सहित धारण किया है''। (वही, 4 व 5) अथर्ववेद में लगभग 65 बार विष्णु का उल्लेख आया है। भारतीय देवतन्त्र की चर्चित देवत्रयी ब्रह्म, विष्णु, महेश में विष्णु पालनकर्ता श्रीदाता और संरक्षक हैं। वैदिक परम्परा के बाद पुराणों में भी विष्णु देवता की विस्तृत और व्यापक चर्चा है। महाभारत शान्ति पर्व में स्वयं विष्णु ने अपना परिचय दिया है, ''मैंने पृथ्वी और अन्तरिक्ष

को व्याप्त कर रखा है। जगत् को आच्छादित करना अथवा नाप लेने के कारण मेरा नाम विष्णु हुआ।" जर्मन विद्वान ग्यून्र्टट ने विष्णु की व्याख्या की है, "वह ऐसे देवता हैं जिन्होंने भूमि को विस्तृत किया है।" कुछ विद्वानों ने सूर्य और विष्णु को एक ही बताया है। ऋग्वेद (1.154.2) में कहते हैं कि विष्णु के तीन चरणों के भीतर सम्पूर्ण तीन लोक रहते हैं। बताते हैं, "विष्णु के तीन चरण मधु के अनन्त स्रोत हैं–विष्णोनः पदे परमे मध्वा उत्सः" (1.154.5)।

पौराणिक साहित्य में विष्णु के अनेक अवतार बताये गये हैं। श्रीराम, श्रीकृष्ण उनके ही अवतार कहे गये हैं। विष्णु पुराण के अनुसार सात द्वीप अपने ही बराबर विस्तार वाले मण्डलाकार क्षीर सागर से घिरा है। पौराणिक परम्परा के अनुसार विष्णु का यही क्षेत्र है। विष्णु से की जाने वाली अनेक स्तुतियाँ हैं। एक चर्चित स्तुति में कहते हैं कि "वह क्षीर सागर में साँपों की शैया पर विश्राम करते हैं। लक्ष्मी उनके पैर दबाती हैं। साँप शैया पर लेटे होने के बावजूद उनका आकार परम शान्त है–शान्ताकारं भुजग शयनं पदमनाभं सुरेशं।" इस विवरण में बड़ी बात है। साँपों की शैया पर होकर भी शान्त बने रहना कठिन है।

रुद्र शिव ऋग्वेद, अथर्ववेद के प्रतिष्ठित देवता हैं वे सम्पूर्ण वैदिक साहित्य के अलावा पुराणों और महाकाव्यों में भी हैं। मोहनजोदड़ों की मूर्तियों में तीन मुख वाले देव को मार्शल ने शिव का आदि रूप बताया है। ऋग्वेद के "त्र्यम्बकं यजा महे सुगंधिम् पुष्टिवर्धनं" मन्त्र में वे तीन मुख वाले देव हैं। पश्चिमी एशिया में रुद्र की उपासना बहुत दूर–दूर तक प्रचलित थी। रुद्र और शिव एक ही हैं। विद्वान रुद्र शब्द का अर्थ रुलाने वाला करते हैं। रुद्र संहार के देवता भी माने जाते हैं। वे आधुनिक काल में भी उपास्य हैं। यजुर्वेद का एक पूरा अध्याय शिव स्तुति है। श्वेताश्वतर उपनिषद् में वह परम सत्य है। अथर्ववेद के कई मन्त्रों में रुद्र से सुरक्षा की प्रार्थना की गयी है।

देवी उपासना प्राचीन है। वैदिक साहित्य माता की गहन अनुभूति व उपासना से भरापूरा है। ऋषि आनन्द उल्लास और आश्वस्ति के प्रतीक में माँ देखते हैं। वैदिक कवियों ने प्रकृति की अन्तस् चेतना को माता कहा। प्रकृति माता और देवी का हरेक अणु परमाणु माँ का ही विस्तार है। दुर्गा सप्तशती में–या देवी सर्वभूतेषु मातृरूपेण संस्थिता कहकर सभी तत्त्वों में माँ की उपस्थित बतायी गयी है। प्रकृति माता है। सदा से है। सदा रहती है।

ऋग्वेद, अथर्ववेद में 'जल माताएँ' आपः मातरम् हैं और देवियाँ हैं। अथर्ववेद में वाणी भी देवी हैं और वाक् भी। ऋग्वेद, अथर्ववेद में रात्रि भी एक देवी हैं। उनके आगमन पर हम सब गौ, अश्वादि और पशु–पक्षी भी विश्राम करते हैं। हम सब माँ का विस्तार हैं। माँ हमारे सम्भवन का माध्यम है।

माँ से सृष्टि है, सृष्टि प्रवाह का प्रत्यक्ष रूप ही माँ है। माँ उपासना वैदिक काल से भी प्राचीन है। अथर्ववेद में पृथ्वी माता हैं ही। इडा, सरस्वती और मही भी माता हैं, ये तीनों देवियाँ कही गयी हैं। ऋग्वेद में ऊषा भी देवी हैं। एक सूक्त (1.124) में "ये ऊषा देवी नियम पालन करती हैं। नियमित रूप से आती हैं।" (वही, मन्त्र 2) फिर कहते हैं, "ऊषा स्वर्ग की कन्या जैसी प्रकाश के वस्त्र धारण करके प्रतिदिन पूरब से वैसे ही आती हैं जैसे विदुषी नारी मर्यादा मार्ग से ही चलती है।" (वही, 3) ऊषा सतत प्रवाह है। आती हैं, जाती हैं फिर फिर आती हैं। जैसी आज आयी हैं, वैसे ही आगे भी आयेंगी। ऊषा देवी नमस्कारों के योग्य हैं। मन चंचल है। अथर्ववेद में मन की शासक देवी का नाम 'मनीषा' है। मनीषा और प्रज्ञा पर्यायवाची हैं। ऋग्वेद में श्रद्धा भी एक देवी हैं, "श्रद्धा प्रातर्हवामहे, श्रद्धा मध्यंदिन परि, श्रद्धां सूर्यस्य निम्रुचि श्रद्धे श्रद्धापयेह नः"– हम प्रातः काल श्रद्धा का आवाहन करते हैं, मध्याह्न में श्रद्धा का आवाहन करते हैं, सूर्यास्त काल में श्रद्धा की ही उपासना करते हैं। हे श्रद्धा हम सबको श्रद्धा से परिपूर्ण करें। (10.151.5) अथर्ववेद में भी श्रद्धा देवी हैं। यहाँ श्रद्धा से ही श्रद्धा की याचना में गहन भावबोध है। श्रद्धा प्रकृति की विभूतियों में शिखर है–श्रद्धां भगस्तय मूर्धनि। (10.151.1) देवी उपासना प्रकृति की विराट शक्ति की ही उपासना है। दुर्गा, महाकाली, महासरस्वती, महालक्ष्मी या सिद्धिदात्री आदि कोई नाम भी दीजिए। देवी दिव्यता हैं। माँ हैं।

विकासवादी सिद्धान्त के अनुसार देवी उपासना मातृसत्ताक समाज में विकसित हुई और देवता पुरुष सत्ताक समाज में विकसित हुए। ऋग्वेद, अथर्ववेद में दोनों उपास्य हैं। वैसे दिव्य शक्तियों की अनुभूति में स्त्रीलिंग या पुल्लिग का महत्त्व नहीं होता। अथर्ववेद में देवता हैं, देवी भी हैं। यहाँ अमावस्या, पूर्णिमा भी देवी हैं। इन्द्राणी, अग्नियानी, रोदसी, वरुणानी, ऊषा आदि से रक्षा की स्तुति है। (5.46.7) अथर्ववेद (3.20.3) के सायण भाष्य में देवी शब्द को इन्द्राणी व सरस्वती के साथ जोड़ा गया है।

अथर्ववेद में अभाव या गरीबी भी देवी हैं। उनका नाम 'अराति' है। उनसे स्तुति है कि वे उपासक से दूर रहें। देवी उपासना की वैदिक परम्परा का विकास तमाम लोकरीतियों के साथ आधुनिक काल में भी जारी है।

सूर्य भी प्रमुख देवता हैं। ऋग्वेद में सूर्य को सभी जीवों के कर्मों को देखने वाला बताया गया है। सूर्य जगत् की आत्मा भी बताये गये हैं। वे प्रत्यक्ष देव हैं। अथर्ववेद में सूर्य की स्तुति कई नामों से की गयी है। सबका प्रेरक होने के कारण "सूर्य को सविता भी कहा गया है।" अथर्ववेद (6.1.1) प्रसिद्ध गायत्री मन्त्र में सविता देव की स्तुति है। अथर्ववेद (6.1.1–3) में कहते हैं कि ''हम सब सविता देव की स्तुति करें। वह संसार सागर में सत्य की प्रेरक हो। वह सदैव युवा रहे। वह सविता देव हमें अमृत अनुकम्पा देते रहें।'' सूर्य को जगत् का संरक्षक व अभिभावक भी कहा गया है।

प्रकृति में दिव्यता का दर्शन वैदिक कवियों का स्वभाव है। वर्षा कवियों को रससिक्त करती है। ऋग्वेद, अथर्ववेद में **पर्जन्य** वर्षा के देवता हैं। अथर्ववेद में ये जल वर्षा के साथ प्राण तत्त्व से भी धरती का सिंचन करने वाले बताये गये हैं। उनके कारण वर्षा है। वर्षा से वनस्पतियों को पोषण मिलता है। पर्जन्य प्राणियों को शक्ति सम्पन्न भी बनाते हैं (4.15.1) एक अन्य मन्त्र में पर्जन्य को सृष्टि के सभी पदार्थों को पोषण करने वाला देवता भी बताया गया है। पर्जन्य का सम्बन्ध मेढकों से भी बताया गया है। ऋषि के अनुसार वे पर्जन्य देव वर्षा लाते हैं। मेढक प्रसन्न होते हैं। मेढक पर्जन्य को प्रसन्न करने वाली वाणी बोलते हैं (वही, 4.15.13) पर्जन्य का उल्लेख ऋग्वेद में भी आया है। उनके सम्बन्ध अग्नि, मरुत और इन्द्र के साथ भी हैं। वर्षा सभी प्राणियों को आनन्दित करती है। गीता में इसे यज्ञचक्र के रूप में समझाया गया है, मनुष्य का पोषण अन्न से है। अन्न का पोषण वर्षा से है और वर्षा का सम्बन्ध हमारे सत्कर्मों से है। पर्जन्य अथर्ववेद के महत्त्वपूर्ण देवताओं में से एक हैं। बताते हैं कि ये सत्य ज्ञान सम्पन्न पर्जन्य सबके सृष्टा त्वष्टा हमारी स्तुतियाँ सुनें और हमारे पोषक बल की रक्षा करें (वही, 6.4.1)

पशु वैदिक आर्यों को प्रिय रहे हैं। गाय और अश्व के विशेष उल्लेख के अलावा अथर्ववेद में कुत्ते, मृग आदि पशुओं के भी विवरण हैं। **पशुपति** भी अथर्ववेद के देवता हैं। अथर्ववेद (11.6.9) में रुद्र को पशुपति कहा गया है। बताते हैं कि उनके बाण स्तुतिकर्ताओं के लिए शुभ होते हैं (11.6.9) पशुपति को सभी द्विपदों व चार पैरों वाले पशुओं का स्वामी बताया गया है। उनसे प्रार्थना है कि वे द्विपदों और चार पैरों वाले पशुओं को होने वाले

कष्ट से रक्षा करें। (वही, 11.2.1) पशुओं की रक्षा की प्रार्थना अथर्ववेद के रचनाकाल में कृषि और पशुपालन की प्राथमिकता को रेखांकित करती है। यह मानवीय करुणा का भी प्रतीक है।

पितरगण हमारे पूर्वज हैं। अथर्ववेद में पूर्वजों व पितरों को भी देवता बताया गया है। पूर्वजों पितरों के प्रति तत्कालीन समाज का आदर व सम्बन्ध सर्वविदित है। आधुनिक काल में भी पितरों का सादर स्मरण होता है। यह अथर्ववेद के रचनाकाल की परम्परा है। यद्यपि वे सशरीर नहीं है लेकिन उन्हें श्रद्धापूर्वक यज्ञ में आमन्त्रित किया जाता था। (18.1.52) पितर देवों से प्रार्थना की गयी है कि "वे हम सब अपने वंशजों को हमारी गलतियों के लिए दण्डित न करें।"

पुरुष वैदिक समाज के दार्शनिक प्रतिष्ठित देवता हैं। पुरुष ब्रह्माण्ड सम्पूर्णता की दार्शनिक अनुभूति है। ऋग्वेद (10.90) में एक पूरे सूक्त में पुरुष का वर्णन किया है। थोड़े परिवर्तन के साथ यही पुरुष सूक्त अथर्ववेद में भी है। (अथर्ववेद 19.6) बताते हैं, "यह सहस्रों हाथों वाला, सहस्रों पैरों वाला और सहस्रों आँखों वाला पुरुष है। वे पुरुष देव सम्पूर्ण भूमि को आवृत करके भी दश अंगुल शेष रहते हैं। चार भागों में से इसके एक भाग में यह सारा संसार विविध रूपों में फैला हुआ है। इस पुरुष के शेष तीन भाग अनन्त अन्तरिक्ष में फैले हैं।" (वही, 1-3) यहाँ तक इस पुरुष की दिक्व्याप्ति है। विस्तार है। इसके बाद इस पुरुष की कालव्याप्ति का वर्णन करते हैं और कहते हैं, "अब तक जो सृष्टि बन चुकी है और जो आगे बनने वाली है वह सब यही पुरुष ही है।" (वही, 4) यह पुरुष देवता भूत, भविष्य और वर्तमान तीनों कालों को आच्छादित करता है।

अथर्ववेद की एक प्रमुख देवता **ऊषा** भी हैं। ऊषा सूर्योदय की ठीक पहले की दिव्य मुहूर्त हैं। ऋग्वेद में उन्हें पुराणी–युवती कहा गया है। वे जागरण की दिव्यता है। यह ऋग्वेद में भी प्रतिष्ठित देवता हैं। यास्क ने निरुक्त में ऊषा की व्याख्या की है कि "जगत् के पोषण के लिए अपनी किरणों से पोषक तत्त्व भरने वाला देव ऊषा है।" अथर्ववेद में ऊषा से पोषण की प्रार्थनाएँ की गयी हैं। गायों के पोषण के लिए प्रार्थना में ऊषा और वृहस्पति से कहा गया है कि वे गायें उत्पन्न करें और दूध, घी से ऐश्वर्यशाली बनायें। (3.14.2)

अथर्ववेद में **प्राण** भी एक देवता हैं। प्राण महत्त्वपूर्ण हैं। प्राण ही जीवन का आधार हैं। प्राण से प्राणी हैं। अथर्ववेद में प्राण को देवता कहा गया है।

कहा गया है कि सब कुछ प्राण में ही समाया हुआ है–प्राणाय नमोः यस्य सर्वतिदम् वशे। (वही, 11.6.1) कहा गया है कि आते हुए, जाते हुए स्थिर रहते हुए और चलते हुए सर्वत्र प्राण ही नमस्कारों के योग्य हैं। (11.6.7-8) एक सुन्दर मन्त्र में कहते हैं, "जिस तरह से पिता अपने पुत्र को संरक्षण देते हैं वैसे ही प्राण देवता सभी को आच्छादित करते हैं– प्राणः प्रजा अनुवते पिता पुत्रेव। अथर्ववेद की परम्परा में उपनिषदों में भी प्राण को महत्त्वपूर्ण देवता के रूप में नमस्कार किया गया है।

अथर्ववेद में बुद्धि को प्रेरित करने वाले देवता का नाम **मेधा** है। बुद्धि की धारणा शक्ति को मेधा कहते हैं। अथर्ववेद का विद्यार्थी ब्रह्मचारी स्तुति करता है कि "वे उसे मति और मेधा दें।" (6.133.4) मेधा सर्वत्र उपयोगी है। वैदिक कवि मेधावी थे। समाज को भी मेधावी बनाना चाहते थे। अच्छी मेधा से काव्यसृजन होते हैं। कलाकर्म और काव्य सहित सभी सृजन कर्म श्रेष्ठ मेधा से ही अच्छी तरह से सम्पन्न होते हैं। ज्ञान सम्पन्न व्यक्ति मेधावी कहे जाते हैं। मेधा यशस्वी बनाती है। अथर्ववेद में मेधा से प्रार्थना की गयी है कि "वे सूर्य किरणों की तरह हमारे पास आये।" मेधा उपयोगी प्राप्य है। देवरूप उपास्य हैं।

अथर्ववेद में **रात्रि** भी देवता हैं। ऋग्वेद में रात्रि को ऊषा की बहन कहा गया है। अथर्ववेद (3.10.3) में रात्रि को संवत्सर का प्रतिनिधि बताया गया है। रात्रि से प्रार्थना की गयी है कि वे हमें धन सम्पन्न बनायें और संसाधनों से समृद्ध करें। (3.10.7) रात्रि प्रकाश का अभाव मात्र नहीं है। निस्सन्देह दिवस और रात्रि का सम्बन्ध प्रकाश, सूर्य और पृथ्वी परिक्रमा से है लेकिन वैदिक ऋषियों की अनुभूति में रात्रि का अस्तित्व है। उनके संरक्षण में विश्राम है। विश्रान्ति काल अन्तस् ऊर्जा की पुनर्नवा मुहूर्त है। रात्रि को ठीक ही यहाँ देवता कहा गगा है।

अथर्ववेद में **सीता** भी महत्त्वपूर्ण देवता है। सीता कृषि की अधिष्ठात्री देवी है। सीता का सामान्य अर्थ हल से जोती जाने वाली खेती में बनने वाली नाली या रेखा का नाम है। ऋग्वेद में सीता से तमाम सम्पन्नता की प्रार्थना की गयी है (4.57.6) अन्न की उत्पादक होने के कारण अथर्ववेद में सीता को सुभगा कहा गया है। (3.17.8) सीता से प्रार्थना है कि "हम आपका वन्दन करते हैं। आप हमारे लिए कृपालु श्रेष्ठ फलदाता बने और कृपालु रहे। आप जल और मधु सिंचित हैं। आप हमको सभी प्रकार के फल देने की कृपा करें।" (वही, 8 व 9) अथर्ववेद में कृषि सूक्त (3.17)

की देवता सीता हैं। ऋषि विश्वामित्र उनसे अन्न और समृद्धि की प्रार्थना करते हैं।

सोम देवता का उल्लेख चारों वेदों में है। ऋग्वेद का 9वाँ मण्डल सोम का ही स्तुतिवाचन है। अन्यत्र भी उनका उल्लेख हुआ है। अथर्ववेद में सोम को वनस्पतियों का राजा कहा गया है (3.27.4) कुछ विद्वान सोम को नशीला पदार्थ भी कहते हैं, लेकिन सोम प्रतिष्ठित औषधि और पेय है। यह पवित्र है। पवित्र होने के कारण इसे पवमान कहा गया है। सोम वैदिक ऋषियों की रचनाशीलता के प्रेरक हैं। वे ज्ञानवर्धक बताये गये हैं। अथर्ववेद में कहा गया है कि जो लोग सोम औषधि को पीते हैं वस्तुतः वह सोम का वास्तविक पान नहीं करते। विद्वान लोग जिस सोम को जानते है उसको साधारण लोग नहीं जान पाते। उसका पान देवता ही करते हैं। यह सोम सामान्य नहीं है। यह विशेष आनन्द का तल है। कुछ विद्वानों ने सोम को मदिरा भी बताया है, लेकिन वेदों में सोम को दूध और दही के साथ मिलाकर पीने के उल्लेख हैं। सोमलता का उल्लेख भी अथर्ववेद में है।

अथर्ववेद में **वाक्** भी देवता हैं। वाक् का सामान्य अर्थ वाणी है। आचार्य सायण ने वाणी के चार प्रकार बताये हैं। परा, पश्यन्ती मध्यमा और वैखरी यह चार प्रकार की वाणी है। वाक् देवता से प्रार्थना है, ''हे वाक् देवता कुछ शब्द शिव शुभ होते हैं। वह कल्याणकारी होते हैं और कुछ अकल्याणकारी भी होते हैं। हम उच्चारण करने वाले के भीतर वाणी के तीन प्रकार–परा, पश्यन्ति और मध्यमा रहते हैं। प्रथम तीन भागों में सोचविचार का क्रम चला करता है और चौथा भाग वैखरी बाहर निकलता है।'' (7.44.3) स्तुति है कि यह हमारी सहायक बने।

संवत्सर सामान्यतया समय की इकाई है। संवत्सर का जन्म सृष्टि के साथ हुआ। अथर्ववेद में संवत्सर को भी देवता कहा गया है। (3.10.8) कालगणना के अनुसार यह 12 मासों में विस्तृत है। नव संवत्सर चैत्र मास की वर्ष प्रतिपदा से प्रारम्भ होता है। समय के अनुसार इसका कार्यकाल 12 माह का होता है। सम्भवतः वैदिककाल में नये संवत्सर का प्रारम्भ एकाष्टकः अर्थात् माघ कृष्ण अष्टमी की पूर्व रात्रि से होता रहा होगा। इसीलिए इस तिथि को संवत्सर का पति कहा गया है। एकाष्टकः से प्रार्थना है कि ''हे एकाष्टकः देव आपका पति संवत्सर आ गया है। आप अपने पति सहित हमारे पुत्रों, पौत्रों व सम्पूर्ण प्रजा को सुखमय जीवन दें,

धन सम्पत्ति भी दें।'' (3.10.8) यहाँ अथर्ववेद में संवत्सर को चौबीस पक्षों और बारह महीनों वाला बताया गया है। अथर्ववेद में संवत्सर भी देवता है।

विश्वकर्मा भी अथर्ववेद के महत्त्वपूर्ण देवता हैं। ऋग्वेद में भी उनका उल्लेख है। उन्हें सृष्टिकर्ता बताया गया है। यह पूरा संसार बुद्धि युक्ति से बनाया गया प्रतीत होता है। एक छोटा–सा घर बनाने के लिए भी कुशल अभियन्ता व वास्तुकार की आवश्यकता होती है। यह विराट सृष्टि बुद्धिमानी से गढ़ी गयी–इंटेलिजेंट डिजाइन दिखाई पड़ती है। अथर्ववेद में सभी निर्माण कार्यों के लिए विश्वकर्मा का स्मरण किया गया है। अथर्ववेद (2.35) के देवता विश्वकर्मा जीवन यज्ञ के भी संचालक हैं। प्रार्थना है कि ''विश्वकर्मा द्वारा आयोजित यज्ञ में उत्तम मन वाले देवता भी आये। महान विश्वकर्मा देव को हम प्रणाम करते हैं। आप हमारी सुरक्षा करें।'' (वही, 4 व 5) विश्वकर्मा प्रकृति की कलात्मक रचनाशीलता हैं।

अध्यात्म मनुष्य का अन्तःकरण भाव है। गीता में श्रीकृष्ण ने अर्जुन से अध्यात्म की परिभाषा बतायी है कि "स्वभाव ही अध्यात्म है"। अथर्ववेद में 9वें, 11वें व 13वें काण्ड के कई मन्त्रों में अध्यात्म को देवता कहा गया है। अध्यात्म भाव है। यह भाव से स्वभाव की अनुभूति है। स्वयं बोध है। स्वयं बोध के अन्तिम छोर पर हमारा आत्म परमतत्व से जुड़ा हुआ प्रतीत होता है। आत्मबोध और अनुभूति की यह यात्रा ही अध्यात्म है। अध्यात्म उचित ही उपास्य देव अनुभूति हैं। देवता हैं।

अथर्ववेद के दूसरे काण्ड के तीसरे सूक्त के देवता धनवन्तरि हैं। पुराणों के अनुसार धनवन्तरि को विष्णु भगवान का तेरहवाँ अवतार बताया गया है। इन्हें देवताओं का वैद्य भी कहा गया है। कहा जाता है कि वह समुद्र मन्थन के समय चौदह रत्नों के साथ प्रकट हुए थे। भाव प्रकाश के अनुसार इन्हें इन्द्र लोक कल्याण के लिए पृथ्वी पर भेजा था। वे भी अथर्ववेद में देवता हैं।

अथर्ववेद में पूरी रात चन्द्रमा प्रकाशित होने की रात्रि को **पौर्णमासी** कहा गया है। (7.85.1-2 व 4) इस सूक्त के देवता पौर्णमासी हैं। ऋषि कहते हैं, ''पूर्ण चन्द्र वाली तिथि को हम पूर्णमासी कहते हैं–पूर्णा पश्चादुत पूर्णा पुरस्तादुन्मध्यतः पौर्णमासी जिगाय। यह प्रकाशमान है।'' कहते हैं, ''हम इसके साथ रहते हुए स्वर्ग से भी श्रेष्ठ अन्नरस प्राप्त करें और आनन्दित हो।'' ऋषि पौर्णमासी को देवता मानकर स्तुति करते हैं। (वही) कहते हैं, ''हम अनन्त ऊर्जा व अन्नवाले पूर्णमासी देव का ध्यान करते हैं।

वह पूर्णमासी हम पर प्रसन्न हों और हमें न नष्ट होने वाला धन दें।'' ऋषि पूर्णिमा को देखकर आनन्दित होते हैं। पूर्णिमा का चन्द्र हम सबको भी आनन्दित करता है। शरद् पूर्णिमा आनन्द रस की वर्षा करती है। ऋग्वेद में चन्द्रमा को ब्राह्माण्ड का मन बताया गया है। ऋषि कहते हैं कि पूर्णमासी की तिथि दिन व रात उपासना के योग्य है। (वही)

पूर्णिमा की तरह **अमावस्या** भी अथर्ववेद (7.84) में देवता है। अमावस्या चन्द्र रहित रात्रि है। वैदिक कवियों के लिए अन्धकारपूर्ण रात्रि अति आकर्षक रही है। योग ध्यान के लिए भी इसका महत्त्व रहा है। कार्तिक की अमावस्या की रात्रि दीपोत्सव का पर्व होता है। अमावस्या ऋषियों को प्रिय है। ऋषि अमावस्या को समस्त सुख दिलाने वाली बल प्रदान करने वाली धनदाता मानते हैं। एक मन्त्र में कहते हैं कि ''ऐसी पुष्टिकारक प्रतीक्षित अमावस्या वाली रात्रि आयी है। हम इसके लिए हवि अर्पित करते हैं। वह अमावस्या हमें अन्न, दूध, रस और धन दे।'' (वही, 3 और 4) अमावस्या कहती है, ''श्रेष्ठतम कर्म वाले उसके भीतर रहते हैं। सभी देवता उसके समभाव में हैं।'' (वही, 2)

मृत्यु जीवन का अवसान है। उनका रहस्य कोई नहीं जानता। मृत्यु को भी अथर्ववेद में देवता कहा गया है। यह जीवन का अन्त है। अथर्ववेद में ही मृत्यु को यम का दूत भी कहा गया है। वह प्राण को पितरों के पास ले जाती है (18.2.27) मृत्यु को अनेकशः देव स्वीकार किया गया है। इसी पुस्तक के अन्य अध्याय में जीवन मृत्यु पर विस्तृत चर्चा है।

आधुनिक देवता

भारत में देव–मान्यता का इतिहास सहस्रों वर्ष प्राचीन है। दुनिया की अन्य सभ्यताओं में देवों के स्वरूप व विकास की ऐसी परम्परा नहीं है। भारत में इस परम्परा का सतत विकास भी हुआ है। गयाचरण त्रिपाठी ने 'वैदिक देवता उद्भव और विकास' से देवतन्त्र पर परिश्रमपूर्ण शोध ग्रन्थ लिखा है। त्रिपाठी ने प्रथम संस्करण (1962) की भूमिका में लिखा है, "संसार के अन्य किसी भी देश में देवों के स्वरूप के विकास का सहस्रों वर्ष लम्बा इतिहास और देवकथाओं के विकास की इतनी लम्बी परम्परा प्राप्त नहीं होती जितनी भारत में। सहस्रो वर्ष पूर्व वैदिक ऋषियों की सूक्ष्म अन्तर्दृष्टि, निरीक्षण क्षमता एवं कल्पना शक्ति ने जिन देवों की उद्भावना की थी, उनके स्वरूप का आने वाली पीढ़ियों के हाथों से क्रमशः परिवर्द्धन एवं

परिवर्तन होता चला गया और एक चित्रात्मक, वैविध्यपूर्ण तथा सजीव देवशास्त्र का जन्म हुआ। वैदिक देवों के विकास की इसी अविच्छिन्न परम्परा को ध्यान में रखकर ही प्राचीन समय में यह विश्वास था कि वेदों के वास्तविक तात्पर्य को जानने के लिए इतिहास (महाभारत) तथा पुराणादिकों का अध्ययन करना चाहिए। ठीक कहा है। भारत के सांस्कृतिक इतिहास में देव मान्यता की अविच्छिन्न परम्परा है।

वैदिक देवताओं की मान्यता का प्रसार भारत से बाहर जापान और कोरिया तक रहा है। दक्षिण पूर्व एशिया के बड़े भाग में इनका सांस्कृतिक प्रभाव पहुँचा है। कम्बोडिया का अंकोरवाट विष्णु मन्दिर विश्व प्रसिद्ध है। विष्णु ऋग्वेद, अथर्ववेद के प्रतिष्ठित देवता हैं। बैंकाक में प्रजापति ब्रह्मा के अनेक मन्दिर हैं। प्रजापति अथर्ववेद के अनेक मन्त्रों में उपास्य हैं। लंदन में मैंने स्वयं श्रीराम मन्दिरों के दर्शन किये हैं। भारतीय देवतन्त्र विश्व अध्येताओं का प्रिय विषय रहा है। वैदिक देवतन्त्र का विकास पुराणों में है। पुराणों में देवों का मानवीकरण ज़्यादा है। लेकिन पुराणों के बाद भी देवों के रूप स्वरूप का विस्तार जारी ही रहा है।

ऋग्वेद और मुख्यतया अथर्ववेद से कुछ देवताओं के परिचय देने का प्रयास यहाँ किया गया है। अनेक छूट गये हैं। भारतीय अनुभूति में तमाम देवता हैं। अनेक नये देव भी सम्भव हैं। आधुनिक अन्तरताना (इंटरनेट) तकनीकी ने जानकारी के नये स्रोत पैदा किये हैं। गूगल में अनन्त सूचनाओं का कोष है। क्या हम वैदिक ढंग से गूगल को देवता मान सकते हैं। गूगल की क्षमता देव जैसी है। प्रयोगकर्ता विस्मय नहीं देखते। इतिहास सामूहिक स्मृति का अजर–अमर कोष है। इतिहास भी आधुनिक देवों की सूची में हो सकता है। वैज्ञानिकों ने अति अल्प परमाणु में महाऊर्जा खोजी है। वैदिक इन्द्र ऐसी ही महाऊर्जा हैं। उनका काव्य मानवीकरण घटा दे तो इन्द्र प्रकृति की आन्तरिक ऊर्जा है। क्या हम परमाणु को आधुनिक देवता मान सकते हैं? अथर्ववेद में सभा समिति उपास्य हैं। इस तरह भारतीय संसद व विधानमण्डल सहित दुनिया के सभी जन प्रतिनिधि सदन भी देवता हैं।

अथर्ववेद के ऋषियों की तरह लेबनानी अमेरिकी चिन्तक खलील जिब्रान ने 1931 में 'दि अर्थगाड्स' नामक किताब लिखी थी। उन्होंने पृथ्वी में प्रवाहित तमाम भावनाओं को देवता कहा है। अन्तर्राष्ट्रीय स्तर पर आधुनिक काल में यह नयी देव अनुभूति है। उन्होंने दि प्राफेट, दि मैडमैन

और टियर्स एंड लाफ्टर आदि 12 पुस्तकों में ऐसी ही अनुभूतियाँ प्रकट की हैं। 'दि अर्थगाड्स' अथर्ववेद के पृथ्वी स्थानीय व भाववृत्त देवों से तुलनीय है। वैदिक देवता सत्य, शिव और सुन्दर की अनुभूति वाले केन्द्र हैं ही।

प्रकृति सृजनरत है। प्रतिपल नये जीव, नये शिशु, नये मेघ, नयी ऊषा, नया सूर्योदय। प्रकृति अपने सृजन कर्त्तव्य में संलग्न ही रहती है। न कभी अवकाश और न ही कभी विश्राम। प्रकृति रूप रूप प्रतिरूप व्यक्त होती है। इसके रूप विस्मय पैदा करते हैं। आनन्दित करते हैं। देखने सोचने की सबकी दृष्टि भिन्न है। किसी को वर्षा करते मेघ आनन्द से भरते हैं, किसी को विदा होती रात्रि के अन्तराल में पधारी ऊषा। किसी को वायु स्पर्श मुद, मोद से भरता है तो किसी को बछड़ा चाटती गाय। प्रकृति के सभी रूप केन्द्र–मुद, मोद प्रमोद और आनन्द के दाता हैं। भारतीय अनुभूति में ऐसे सभी केन्द्र देवता हैं।

आनन्द स्वयं दिव्यता है। 'आनन्द' सबसे बड़ा देवता है। संसार के सभी कर्मों का उद्देश्य आनन्द प्राप्ति है। उपासक सभी देवों से आनन्द माँगते हैं। योग, ध्यान, और कर्म आनन्द के ही उपकरण हैं। ईश्वर विश्वासी ईश्वर प्राप्ति के लिए भक्ति मार्ग चुनते हैं। ईश्वर भी अन्ततः आनन्द ही है। आनन्द दिव्य अनुभूति है। क्या हम आनन्द को अथर्ववेद के देवों की श्रेणी में आधुनिक देवता जान सकते हैं? उनसे स्तुति है, "हे आनन्द! आप आनन्द से भरेपूरे हैं। आप शोक तनाव से मुक्ति दें। हम सबको आनन्द से आपूरित करें।" दिव्यता प्रकाशवाची भी होती है। प्रकाश के माध्यम से हम जगत् देखते हैं। जगत् के रूपों से जुड़ते हैं। लेकिन आनन्दवर्द्धन भी होती है। आनन्द उपास्य है।

प्रकाश महत्त्वपूर्ण है। प्रकाश के सभी स्रोत व अभिव्यक्ति केन्द्र देवता हैं। वैदिक देवता अन्धविश्वास नहीं हैं। वे प्रकृति के अंग हैं, प्रकृति की ही दिव्यशक्ति हैं। सूर्य, अग्नि, जल, वायु आदि प्रत्यक्ष भूत अन्धविश्वास कैसे हो सकते हैं? वे ऋषियों की काव्य कल्पना नहीं हैं। अन्तःकरण में भाव उठते हैं। भावों के प्रतिवादी विचार भी उठते हैं। बुद्धि में तर्क प्रतितर्क का मंथन चलता है। इस मन्थन से विवेक का रस प्राप्त होता है। ऐसे भाव भी देवता हैं। श्रद्धा, मन्यु या साहस भी अथर्ववेद के देवता हैं। यास्क ने तर्क को भी देवता बताया है। वैदिक देव जीवन के व्यावहारिक पक्ष में सर्वत्र उपस्थित हैं। वे बोध यात्रा की आन्तरिक प्रस्थान ऊर्जा हैं।

जादू-टोना और अभिचार

जादू लोक प्रचलित शब्द है। प्रकृति की गति में कार्य–कारण साथ–साथ दिखाई पड़ते हैं। सूर्य उगते हैं। अन्धकार विदा हो जाता है। सूर्योदय अन्धकार की विदाई का कारण है। रात्रि प्रकाशहीन होती है। घटता बढ़ता चन्द्र प्रकाश देता है। यहाँ रात्रि के अन्धकार को प्रकाशित करने का कारण चन्द्र प्रकाश है। प्रकाश और अन्धकार सकारण हैं। अन्धकार में प्रकाश या प्रकाश में अन्धकार की उपस्थिति अकारण नहीं होती। प्रकृति की किसी भी गतिविधि में कारण न हो तो ऐसा हो तो हम विस्मय करते हैं। कहते हैं–कि जादू हो गया। हम सब सामान्यतया जादू को हाथ की सफ़ाई कहते हैं। हाथ की सफ़ाई भी एक कौशल है। इस कौशल में भी कुशलता या प्रवीणता होती है। पर यह कुशलता वैज्ञानिक यथार्थ नहीं होती। इसीलिए इसे जादू कहते हैं। जादू के लिए ऋग्वेद में 'यातु' शब्द का प्रयोग हुआ है और जादूगर के लिए यातुधान का।

वैज्ञानिक मन्त्र शक्ति का प्रभाव नहीं मानते। वैदिक वांग्मय में मन्त्र दो प्रकार के हैं। पहली कोटि के मन्त्र स्तुतियाँ या प्रार्थनाएँ हैं। दार्शनिक बोध को अभिव्यक्त करने वाले मन्त्र भी इसी श्रेणी में आते हैं। स्तुतियाँ अस्तित्व के प्रति आस्तिक अनुभव का परिणाम हैं। प्रार्थना और स्तुतिवाचन स्तोता की मनःशक्ति सुदृढ़ करते हैं। देवता स्तुतियों से प्रसन्न होते हैं कि नहीं होते? यह बात बहुत गम्भीर नहीं है लेकिन स्तोता को स्तुति से चित्त की निराशा हटाने की शक्ति अवश्य मिलती है। प्रश्न कई हैं। क्या केवल मन्त्र पढ़ने से भौतिक सांसारिक उपलब्धियाँ मिल सकती हैं? क्या मन्त्रपाठ से छात्र बिना विषय पढ़े ही परीक्षा में उत्तीर्ण हो सकते हैं? क्या मन्त्रों या टोटकों के प्रयोग से युद्ध पर विजय सम्भव है? ऋग्वेद और अथर्ववेद में यातुधानों की भी एक धारा है। ऐसे मन्त्र स्तुति और दार्शनिक यथार्थवाद से भिन्न हैं। लेकिन इनकी संख्या कम है। ऐसे मन्त्र वेदों की

मुख्यधारा नहीं हैं। ऋग्वेद (7.104) में इसकी स्थापना है। ऋषि कवि वशिष्ठ की प्रार्थना है, "यदि हम यातुधान (जादू टोने वाले) हैं, राक्षस जैसे हैं, सज्जनों की हिंसा करते हैं तो आज ही मर जायें। जो हमें यातुधान कहते हैं वे अपने दसों वीरों सहित नष्ट हों।" (वही, 15)

जादू–टोने का आरोप ऋषि के लिए अपमानजनक है। वशिष्ठ कहते हैं, "जो मायावी मुझे यातुधान कहते हैं उन्हें इन्द्र नष्ट करें।" (वही, 16) इसका अर्थ यह है कि तब जादू–टोने के प्रयोक्ता भी थे। समाज के एक छोटे वर्ग में इसके प्रति विश्वास भी था। वशिष्ठ ऐसे तान्त्रिकों को राक्षस कहते हैं, "हे इन्द्र सोम! आप कच्चा मांस खाने वाले, ज्ञान से द्वेष करने वाले राक्षसों को नष्ट करें।" (वही, 1-2) ऋग्वेद के ऋषि उन्हें राक्षस कहते हैं। वे आर्य संस्कृति नहीं मानते। राक्षस मायावी भी हैं। वैसे ऋग्वेद में राक्षसों का उल्लेख कम है। सुर–असुर का ज़्यादा है। रामायण में राक्षसों की बहुतायत है। श्रीराम आर्य हैं। रावण राक्षसराज है। अथर्ववेद, ऋग्वेद के बाद का है। इसमें तत्कालीन सभी विश्वासों को स्थान मिला है। कहते हैं, "जो अँधेरी रात में शिकार खोजते हैं, परमांस भोजी हैं, ऐसे पिशाचों को हम मन्त्र बल से पराभूत करते हैं।'' (अथर्ववेद, 4.36.3) मन्त्र बल की बात आगे भी है, "रक्तपिपासु दुष्टों, पिशाचों को हम मन्त्र बल से नष्ट करते हैं।" (वही, 4) मन्त्र बल विचारणीय है। कहते हैं, "हमारा मन्त्र बल जिस ग्राम में प्रवेश करता है, रहता है उस ग्राम के राक्षस नष्ट हो जाते हैं।" (वही, 8) केवल मन्त्र बल के प्रभाव से भौतिक परिणाम की बात मायावी या जादुई ही कही जा सकती है।

दर्शन में समूचे संसार को माया कहा गया है। भारतीय पुराण परम्परा में असुरों को मायावी बताया गया है। असुरों की साधनाएँ आश्चर्यजनक थीं। इसलिए भी उन्हें मायावी कहते थे। पौराणिक कथाओं में देव भी माया के कौशल से परिचित थे, वे असुरों या राक्षसों द्वारा फैलाई गयी माया के कृत्रिम जाल को काट देते थे। वैदिक देव इन्द्र भी मायावी थे। अथर्ववेद में उनकी माया को इन्द्रजाल कहा गया है। कहते हैं, "यह लोक इन्द्र का बड़ा जाल है। हम इन्द्रजाल से शत्रुओं को घेरते हैं।" (वही, 8.8.8) आधुनिक बोलचाल में भी जादू जैसे कृत्यों के लिए इन्द्रजाल शब्द का प्रयोग होता है। अथर्ववेद (8.8.6) में "शत्रुओं को इसी बड़े जाल से घेरने" का उल्लेख है। यह इन्द्र की व्यापक शक्ति का प्रतीक भी हो सकता है। लेकिन अनेक मन्त्रों की ध्वनि जादू–टोने अभिचार जैसी भी है।

कहते हैं, "हम मनुष्यों, वनस्पतियों, पशुओं को मन्त्र शक्ति से प्रेरित करते हैं कि वे शत्रु की सेना का संहार करने में सक्षम हों।" (वही, 14) आगे के मन्त्र (वही, 15) में "गन्धर्व, अप्सरा, सर्प व देवों को भी इसी प्रकार शत्रु सेना का विनाशक बनाने की चर्चा है।'' अगले मन्त्र (वही, 16) में इस मन्त्र शक्ति के लिए 'कूट' शब्द आया है, "अमुष्या हन्तु सेनाया इदं कूटं सहस्रशः–यह कूट (रहस्यपूर्ण अभिचार) शत्रु सेना का संहार हज़ारों तरह से करे।" असुरों द्वारा माया से रूप बदलने का उल्लेख भी है। (8.721) तब उनके टोटके से लड़ने के लिए देवों या धर्मप्राण मनुष्यों ने भी टोटके अपनाये होंगे।

अथर्ववेद में जादू–टोने की तमाम विधियाँ हैं। एक विधि में कृत्या प्रयोग करने वाला किसी वस्तु या पदार्थ पर टोटका करता है। वह अपने लक्ष्य वाले व्यक्ति का नाम लेता है। उसे क्षति होती है। (4.18.3) टोना के लिए कच्चे या पक्के मिट्टी के बर्तनों का प्रयोग होता था। कच्चे मांस पर भी टोना होता था। (4.17.4) आँख से भी टोना होता था। उन्हें ऐसा टोना करने वाले को चक्षुर्मंत्र कहा गया है। (2.7.5) आँख से टोना करने वाले की पिटाई का उल्लेख है। अंजन से टोने वाले को हानि पहुँचाई जा सकती थी। (19.45.1) अंजन या काजल सम्भवतः टोटकों से बचाता है। ग्रामीण क्षेत्रों में माताएँ शिशुओं को बुरी नज़र से बचाने के लिए काजल लगाती हैं।

पति को आकर्षित करने के लिए भी पत्नियों द्वारा कृत्या प्रयोग होते थे। औषधि भी प्रयुक्त होती थी। अथर्ववेद के एक सूक्त (7.38) को कुछ विद्वानों ने कृत्या प्रयोग बताया है। लेकिन इसमें (वही, मन्त्र 2) औषधि प्रयोग की बात कही गयी है। इसका नाम आसुरी औषधि है। अथर्वा रचित इस सूक्त में स्त्री कहती है, "मैं इस औषधि को खोदती हूँ। यह पति को अनुकूल बनाती है। इस 'आसुरी' नाम की औषधि द्वारा इन्द्र समस्त देवों में प्रभावशाली बने। मैं भी अपने पति को प्रभावशाली बनाकर उन्नति करूँगी।" (वही, 1-2) यहाँ इन्द्र के प्रभाव का कारण औषधि है। आगे के मन्त्र (वही, 3) में खेतों में उगने वाली शंखपुष्पी औषधि का उल्लेख है। पत्नी की अपेक्षा है कि पति वन या नदी पार भी जाये। यह औषधि उन्हें मेरे सम्मुख लाये। (वही, 5) आयुर्वेद के ग्रन्थ में दोनों औषधियों का उल्लेख है। यहाँ टोना नहीं है।

अथर्ववेद में कृत्या और टोने के मन्त्र भी हैं। सम्भवतः इसी आधार पर ब्लूमफ़ील्ड जैसे अनेक विद्वानों ने इसे जादू–टोने वाला वेद कहा है।

लेकिन अथर्ववेद में कृत्या, अभिचार कर्म या टोटके का ज़बर्दस्त विरोध है। यहाँ अभिचार को नष्ट करने की सामूहिक अभिलाषा है। कहते हैं, "अभिचारकों ने कृत्या प्रयोग मिट्टी के बर्तन व कच्चे मांस में किया है। आप अभिचारकों का नाश करें।" (4.17.4) फिर कहते हैं, "हम सत्य मार्ग पर चलते हैं। इससे हिंसक कृत्याएँ टोटके नष्ट हों।" (4.18.1) इसी सूक्त में आगे कहते हैं, "कृत्या या टोटके करने वाले पर ही कृत्या लिपटे।" (वही, 2) जादू–टोना निन्दनीय है। (5.31.10)

अथर्ववेद के अल्पअंश में कृत्या या अभिचार कर्म का उल्लेख है। आधुनिक वैज्ञानिक काल में भी जादू तन्त्र व तान्त्रिक अँगूठी आदि का बड़ा बाज़ार है। तान्त्रिकों का व्यापार बड़े लाभ का है। इसके बावजूद तन्त्र ताबीज़ व इस तरह के चमत्कारिक कृत्या उपकरण भारतीय आस्तिक भाव या भौतिक ज्ञान की मुख्य धारा नहीं है। लेकिन आधुनिक समाज के यथा तथ्य विवरण के ईमानदार चित्रण में तन्त्र, ताबीज़, अँगूठी को भी स्थान देना पड़ता है। ये लोकप्रिय इलेक्ट्रानिक मीडिया में भी जगह पाते हैं। प्रिंट में कम, इलेक्ट्रानिक में ज़्यादा। अन्धविश्वास का भाँडा फोड़ने का काम भी चला करता है। यही दोनों प्रवृत्तियाँ अथर्ववेद में भी हैं।

वैदिक साहित्य की मुख्य धारा दार्शनिक व सांस्कृतिक है। यहाँ समाज को सम्पन्न बनाने वाला इहलोकवाद है। अज्ञात के प्रति गहन जिज्ञासु भाव है। ऋग्वेद के मन्त्रों की एक बड़ी और व्यापक धारा दार्शनिक है। दूसरी धारा में राक्षसों आदि के प्रसंग भी हैं। ऋग्वेद में दूसरी धारा बहुत गौण है। अथर्ववेद में यही दूसरी धारा ऋग्वेद की तुलना में थोड़ी ज़्यादा है लेकिन अथर्ववेद में अन्य यथार्थवादी विषय भी ऋग्वेद की तुलना में ज़्यादा है। आयुर्वेद पर ऋग्वेद में सामग्री कम है। अथर्ववेद चिकित्सा विज्ञान का पितामह है। अथर्ववेद में लोकतान्त्रिक संस्थाओं का ख़ासा विकास हो चुका है। लोकतन्त्री समाज में कोई भी निष्कर्ष अन्तिम नहीं हो सकते। इसलिए अथर्ववेद में भी ऋग्वेद जैसा तार्किक प्रश्न प्रिय समाज है। तत्कालीन समाज में यातु या जादू पर भी विश्वास करने वाला अल्प भाग था। अथर्ववेद के लोकतान्त्रिक मूल्यों के कारण जादू–टोने वाले मन्त्रों को भी थोड़ी जगह मिली है।

जादू को मेस्मरिज्म कहा जाता है। वियना के विद्वान फ्रेडरिक एन्टोन् मेस्मर ने विचार शक्ति पर तमाम भौतिक प्रयोग किये थे। मेस्मर के नाम पर ऐसी गतिविधियों को मेस्मरिज्म कहा जाता है। अथर्ववेद के अनुसार

मनुष्य शरीर में प्रवाहित वायु के कई रूप हैं। वायु भीतर ले जाना प्राण है और बाहर आना अपान। प्राण की शक्ति का वर्णन अथर्ववेद के अलावा उपनिषदों में भी है। मेस्मर की स्थापना है कि प्राण शक्ति को स्पर्श द्वारा अन्य व्यक्ति में हस्तान्तरित किया जा सकता है। मेस्मर का जन्म 1734 में हुआ था। स्पर्श द्वारा स्नायु रोगों को ठीक करने की विधि पद्धति और ज्ञान का विकास अन्य विद्वानों ने भी किया है। अथर्ववेद में ऐसे अनेक प्रसंग हैं। रोगी को छूते हुए स्वस्थ होने के आदेश देने, मन्त्र पाठ करते हुए शरीर के रुग्ण अंशों तक विचार तरंग प्रेषित करने के अनेक विवरण हैं। इन्हें जादू–टोना नहीं कहा जा सकता।

'सोच विचार' की शक्ति बड़ी है। कुछ लोग सकारात्मक सोचते हैं। वे प्रकृति की घटनाओं में अपने लिए कल्याण देखते हैं। ऐसे मनुष्य सामान्य कार्यव्यवहार में भी शुभ की उपस्थिति सोचते हैं। वे अस्वस्थ दशा में शीघ्र स्वस्थ होने की गहरी आशा से भरेपूरे होते हैं। ऐसे लोग प्रायः ईश्वर या देव आस्तिक होते हैं। वे प्रकृति की हरेक घटना, आपदा या शुभदाता संयोग को ईश्वर या देव कृपा मानते हैं कि ईश्वर सब कुछ ठीक करता है। वे आशावादी होते हैं। इनसे भिन्न प्रकृति के लोग भी होते हैं। वे हर घटना में अशुभ की आशंका देखते है। अनावश्यक रूप से निराश रहते हैं। निराशा का वातावरण फैलाते हैं। विचार की शक्ति से मनोबल बढ़ाने की मनोवैज्ञानिक पद्धति काफ़ी प्राचीन है।

अथर्ववेद में प्राण की महत्ता है। प्राण है भी महत्त्वपूर्ण। प्राण के कारण ही प्राणी है। आगे उपनिषदों में भी प्राण की महत्ता है। कठोपनिषद् में प्रकृति–अदिति को प्राण से उत्पन्न बताया गया है। प्रश्नोपनिषद् में संसार धारण करने वाली शक्तियों में प्राण वरिष्ठ हैं–वरिष्ठः प्राणः। प्राण का ज्ञानी श्रेष्ठ होता है। अथर्ववेद के ऋषियों को प्राण शक्ति का ज्ञान था। उन्होंने मन्त्र, स्पर्श, आदेश, सुझाव आदि तमाम विधियों से प्राण शक्ति का जागरण व हस्तान्तरण सम्भव किया था। प्राण का अतिरेक सक्रिय जीवन गति में परिवर्तित होता है। प्राण की कमी रुग्णता में प्रकट रहती है। प्राण की नितान्त कमी की स्थिति में वेंटीलेटर उपकरण के माध्यम से आक्सीजन देते हैं। अथर्ववेद के रचनाकाल में वेन्टीलेटर नहीं था। ऋषि एक व्यक्ति से दूसरे व्यक्ति के शरीर में प्राण हस्तान्तरण के प्रयोग करते थे।

अथर्ववेद के अनेक मन्त्रों में रोगी से कहा जाता है कि हम आपके रोग को अमुक–अमुक अंगों से दूर करते हैं। रोगी को भी प्रेरित करते हैं कि

हम स्वस्थ हो रहे हैं। स्वयं को स्वस्थ होने का सुझाव स्वयं द्वारा ही देना भारत के बाहर भी प्रचलित था। लेकिन इसके प्राचीन सूत्र अथर्ववेद में हैं। उपनिषदों में भी हैं। मुण्डकोपनिषद् (3.1.10) में सोचने और प्रगाढ़ भाव से श्रेष्ठ की इच्छा करने से मिलने वाले फल का उल्लेख है, "वह भोगों की कामना करता है—यान कामान् कामयेत। वह लोकों का चिन्तन करता है—यं यं लोकं मनसा संविभाति। उसे वे भोग व लोक प्राप्त हो जाते हैं।" यहाँ सोच—विचार के प्रभाव से शत—प्रतिशत इच्छापूर्ति की घोषणा है। यह परिणाम जादू जैसा है। सोचने में प्रत्यक्ष भौतिक क्रियाएँ और उपकरणों का प्रयोग नहीं है। विचार की शक्ति का प्रभाव प्रत्यक्ष है।

विचार का प्रभाव प्राण पर पड़ता है। भय की स्थिति में प्राण श्वास की गति बदल जाती हैं। अभय और निर्भय विचार की मनोदशा में प्राण की गति सामान्य होती है। बेचैनी और मन उद्विग्न होने की मनोदशा में अतिरिक्त प्राण की ज़रूरत होती है। शरीर स्वयं इसका प्रबन्ध करता है। बेचैन लोग गहरी साँस लेते देखे जाते हैं। वे जानबूझकर ऐसा नहीं करते। यह प्राण की कमी को पूरा करने की शरीर की अपनी स्वचालित प्रतिक्रिया है। जानबूझ कर योजनापूर्वक प्राण शक्ति के संवर्द्धन की व्यवस्था ही प्राणायाम है। इससे विचार की दिशा बदलती है। स्पर्श करते, मन्त्र पाठ सहित सुझावो के माध्यम से अथर्ववेद के समाज में चित्त की मनोदशा बदलने की तकनीकी थी। बाह्य सुझावों के प्रयोग से आत्म सुझाव की प्रकृति का संवर्द्धन सम्भव है और आत्म सुझाव के द्वारा मनोबल की वृद्धि और भी ज़्यादा आसान है। मनोबल का उच्चस्तर शरीर बल का क्षय रोकता है। रोगमुक्त भी करता है। अथर्ववेद के अभिचार कर्म की यही मूल धारा है। इसे जादू—टोना और अन्धविश्वास की संज्ञा देना उचित नहीं है।

स्वयंबोध परम स्वास्थ्य है। लेकिन स्वयं के द्वारा ही स्वयं को जानने का काम कठिन है। आचार्य शंकर परम ज्ञान सिद्ध थे। उन्होंने भी स्वयं सुझाव या आटो सजेशन की पद्धति बतायी है। उनके द्वारा लिखित 'निर्वाण षटक' में स्वयं द्वारा स्वयं को सम्बोधित परिचय है। कहते हैं, "मैं मन, बुद्धि, अहंकार और चित्त नहीं हूँ। मैं कान, जीभ और आँख भी नहीं हूँ। मैं आकाश, वायु, अग्नि, पृथ्वी भी नहीं हूँ। मैं ज्ञान आनन्दरूप शिव हूँ— आनन्द रूपः शिवो अहम्।" यहाँ शिव परम आनन्द है। कहते हैं, "मैं प्राण नहीं हूँ। मैं शरीर में विद्यमान वायु नहीं हूँ। शरीर में स्थित मांस, मज्जा, अस्थि नहीं हूँ। मैं हाथ, पैर, वाणी नहीं हूँ। मैं ज्ञान आनन्द रूप शिव हूँ।

ऐसे 6 षटक हैं। इनमें स्वयं का एक ही परिचय है कि मैं ज्ञान आनन्द रूप शिव हूँ। यहाँ स्वयं के परिचय का मिथ्याभास देने वाले अवयवों का निषेध है। यहाँ दृढ़ निश्चय और संकल्प द्वारा सुनिश्चित सत्य की यात्रा है।

अथर्ववेद की शैली भी ऐसी ही है। आयुर्विज्ञान किसी पीड़ित से कहता है–"आप रुग्ण नहीं हैं। मृण्मय के साथ चिन्मय है। मैं आपको स्वस्थ करता हूँ। रोग के विषाणु को आपसे पृथक् करता हूँ।" इससे रोगी का मनोबल बढ़ता है। सशक्त मनोबल से रोग निरोधक बल भी बढ़ता है। ऋग्वेद की तुलना में रोगों व औषधियों के विवरण अथर्ववेद में ज़्यादा हैं। ऋग्वैदिक समाज प्रकृति के अन्तरंग है। मनुष्य का प्रकृति से टकराव नहीं है। अथर्ववेद के भूमि सूक्त में पृथ्वी की स्तुति है। पृथ्वी से लोक कल्याण की प्रार्थना है। पृथ्वी के प्रति आदर का भाव है। सम्भव है कि अथर्ववेद के रचनाकाल में प्रकृति का दोहन बढ़ा हो। समाज प्राकृतिक नियमों के अनुशासन से दूरी बना रहा हो। अथर्ववेद में रोगों व घातक विषों से रक्षा करने के लिए तमाम औषधियों वनस्पतियों के उल्लेख हैं। लेकिन औषधियों के उपचार के साथ–साथ मन्त्रों पर भी विश्वास व्यक्त किया गया है और देवशक्तियों से भी रोग दूर करने की स्तुतियाँ हैं। कई मन्त्रों में सीधे 'रोग' से ही मज़ेदार संवाद हैं। खाँसी रोग है। लगातार खाँसने के कारण गले के आसपास सूजन हो जाती है। ऋषि खाँसी से कहते हैं, "आपके कारण हमारी काँख–गर्दन हाथ के नीचे जो सूजन आ गयी है, उसकी औषधि मैं जानता हूँ।" (6.127.2) यहाँ अपने औषधि ज्ञान पर विश्वास है। खाँसी से संवाद सुन्दर काव्य है। ऋषियों ने इसी तरह अनेक रोगों से संवाद वाले मन्त्र रचे हैं। ऐसे मन्त्र जादू–टोने की श्रेणी में नहीं आते।

वशीकरण मन्त्रों की चर्चा बहुत होती है। स्त्रियों द्वारा पति को वश में करने या पुरुषों द्वारा पत्नी को वश में करने वाले तावीज़ या कर्मकाण्ड की चर्चा वैज्ञानिक दृष्टिकोण से सम्पन्न आधुनिक काल में भी होती है। अथर्ववेद में भी वशीकरण मन्त्र है लेकिन अथर्ववेद के वशीकरण मन्त्र श्रृंगार रस पूर्ण कविता जैसे हैं। अथर्ववेद में 'काम' देवता हैं। ऋषि कहते है, "कम्पन करने वाले काम तुमको कम्पित करें। मैं कामवाण से तुम्हारे हृदय को बेधता हूँ। इस वाण पर मानसिक पीड़ा रूपी पंख हैं। कामना रूपी वाण से काम आपके हृदय को बेध करें। (3.25.1-2) यहाँ शुद्ध सरस काव्य है। अन्धविश्वासी वशीकरण नहीं। युवा युवतियों को और युवतियाँ युवकों को ऐसे ही संक्षिप्त प्रेम सन्देश–एसएमएस आधुनिक काल में भी भेजती हैं।

अथर्ववेद में ऐसे अनेक सरस मन्त्र हैं। ऐसे मन्त्रों में तत्कालीन खगोल विज्ञान के भी उल्लेख हैं। कहते हैं, "जैसे द्युलोक और पृथ्वीलोक के बीच सूर्य का प्रकाश फैलता है, मैं उसी प्रकार आपके मन में व्याप्त हो रहा हूँ। हम दोनों परस्पर निकट रहें।" (6.8.1-3) यह अन्धविश्वासी वशीकरण मन्त्र नहीं, नेह निमन्त्रण है। 'करन अर्जुन' फ़िल्म के एक गीत में भी प्रकृति की अनेक शक्तियों की प्रीति के उदाहरण हैं और इसी आधार पर प्रेमबन्धन को दृढ़ कहा गया है। गीत में कहा गया है, "सूरज कब दूर गगन से/चन्दा कब दूर किरन से/ख़ुशबू कब दूर पवन से। ये बन्धन तो प्यार का बन्धन है।" अथर्ववेद का काव्य अन्धविश्वास नहीं रसपान का अक्षर सन्धान है।

भारत का दुर्भाग्य है। प्रत्यक्ष भौतिक विज्ञान, चिकित्सा विज्ञान व दर्शन से भरेपूरे अथर्ववेद को कुछ विदेशी विद्वानों ने अन्धविश्वासपूर्ण जादू–टोने वाला वेद बताया और हम भारतवासी उनके ज्ञान बोझ में दब गये। भारतवासियों के भी एक वर्ग न इसे जादू–टोने वाला वेद कहा। भारत की सांस्कृतिक परम्परा के ज्ञान–विज्ञान के सम्बन्ध में विदेशी विद्वानों के निष्कर्ष अपमानजनक हैं। उनके निष्कर्ष स्वीकार करते ही हम प्राचीन आयुर्विज्ञान की अमूल्य ज्ञान राशि से वंचित हो जाते हैं और प्राचीन दर्शन से भी।

संस्कृति के आधुनिक सन्दर्भ

अथर्ववेद भारतीय अनुभूति का मधुरस है। निस्सन्देह इसके पूर्व ऋग्वेद में दर्शन और विज्ञान के ज्ञान अभिलेख हैं, प्रकृति के प्रति गहन जिज्ञासा है। मनुष्य को आनन्दित करने वाली जीवनदृष्टि है। अथर्ववेद के द्रष्टा ऋषियों कवियों के पास ऋग्वेद की पूर्व संचित ज्ञान निधि है। अथर्ववेद के ऋषि उस निधि से लाभ उठाने में कोई संकोच नहीं करते। वे ऋग्वेद के तमाम मन्त्रों को मूल रूप में ही प्रयोग करते हैं। अथर्ववेद में कुल 5987 मन्त्र हैं। इनके लगभग 20 प्रतिशत मन्त्र अर्थात् 1200 मन्त्र ऋग्वेद से लिए गये हैं। ऋग्वेद भारतीय संस्कृति की काव्य अभिव्यक्ति का प्रथम चरण है। यजुर्वेद प्रायः यज्ञ और कर्म विधि से सम्बन्धित है और सामवेद ज्ञान गान है। इस तरह अथर्ववेद के रचनाकारों के पास भारतीय दर्शन व ज्ञान–विज्ञान की समृद्ध परम्परा है। अथर्ववेद के रचनाकाल में विकसित सांस्कृतिक परम्परा का प्रभाव आधुनिक काल में भी प्रवाहमान है।

अथर्ववेद में भरापूरा जीवन संगीत है। सांसारिक सुखोपभोग के विवरण हैं। इनके संयमन नियमन की जीवन दृष्टि भी है। संसार के प्रति दुखमय भाव नहीं है। संसार कर्मभूमि है। इसलिए संसार के प्रति आत्मीयता है। जीवन के प्रति उल्लास है। ऋषि 100 वर्ष के जीवन की इच्छा बार बार दोहराते हैं। वे 100 वर्ष स्वस्थ रहना चाहते हैं। इसके लिए वे तमाम रोगों की औषधियाँ खोजते हैं। वे औषधियों की खोज में वन पर्वत भटकते घूमते हैं। वे सहस्रों रोगों व उनके उपचार की औषधियों से सुपरिचित हैं। वे 100 वर्ष तक सांसारिक सामाजिक कर्त्तव्य पालन की इच्छा रखते हैं। वे परिवार के प्रति राग रखते हैं। परिवार के प्रति कर्त्तव्य पालन की मज़बूत अनुशासन रेखा खींचते हैं, कहते हैं, "हम पराक्रमी सन्तानों सहित 100 हेमन्त आनन्दपूर्ण जिएँ।" (20.63.3) उनका परिवार भाव पृथ्वी से अन्तरिक्ष तक व्यापक है। प्रकृति परिवार है। वे स्वयं को इसी वृहद् परिवार का अंग मानते हैं।

पृथ्वी माता है अथर्ववेद के कवि के लिए। इस माता का परिवार बड़ा है। औषधियाँ, वनस्पतियाँ, नदियाँ और समुद्र, पर्वत पृथ्वी का भाग है और सभी जीव भी। ये सब परिजन हैं। अथर्ववेद के कवि पृथ्वी परिवार के सभी सदस्यों के प्रति आत्मीय भाव रखते हैं। निस्सन्देह अथर्ववेद में देवोपासना है। देवता अनेक हैं लेकिन वे अपने प्रिय देव के आकार व प्रभाव की सीमा को बढ़ाते–बढ़ाते असीम करते हैं। एक परम सत्य उनकी जाँची–परखी अनुभूति है। सो वे बहुदेववादी नहीं हैं। वे बहुदेव उपासक हैं। एक ब्रह्म, विराट या परम सत्य ही उनकी आत्यन्तिक दार्शनिक अनुभूति है। वे दर्शन की तमाम धाराओं के यात्री हैं। बहुदेव उपासना उन्हें द्वैतवादी नहीं बनाती। देव उपासना भी उन्हें नियतिवादी नहीं बनाती। वे कर्म करते हैं। कर्म फल प्राप्ति के लिए कठोर परिश्रम करते हैं। बेशक अथर्ववेद में काल की स्तुति के सूक्त हैं। लेकिन अथर्ववेद का काल नियतिवादी विचार नहीं है। महाभारत के तमाम प्रसंगों में भी कालवाद है। गीता का कर्मयोग नियतिवाद का खण्डन है।

भारत का धर्म जीवनशैली है। वैदिक ऋषियों ने इस धर्म का विकास किया। धर्म को सत्य कहा और सत्य को धर्म बताया। यह धर्म प्रकृति के शाश्वत नियमों के अनुभव का परिणाम है। ऋग्वेद और अथर्ववेद में प्रकृति के शाश्वत नियमों का नाम ऋत है। ऋत या प्रकृति के नियम देवों द्वारा भी पालनीय हैं। अग्नि प्रकृति की महाशक्ति हैं। वे प्रतिष्ठित वैदिक देवता हैं लेकिन ऋत का पालन करते हैं। वरुण की स्थिति आधुनिक ईश्वर जैसी है। उन्हें 'ऋताव' कहा गया है। वे ऋत का अनुशासन मानते हैं। मनवाते भी हैं। ये नियम वरुण का धर्म कहे गये हैं। वरुण ने ही ऋत के अनुसार सूर्य का मार्ग निर्धारित किया है। मरुद्गण भी देव हैं। वे भी ऋत के अनुसार प्रवाहमान हैं। प्रकृति की सभी शक्तियाँ ऋत–नियम पालन करती हैं। ऋत नियम पालन करना ही धर्म कहा गया। मानव समाज के लिए धर्म का अर्थ ऋत नियमों की आदर्श आचार संहिता है। सातवीं शताब्दी तक भारत का परिचय इस्लाम या ईसाई पन्थों से नहीं था। इस्लाम और ईसाईयत भी भारत की धर्म धारणा से परिचित नहीं थी। वे 21वीं शताब्दी में भी भारत के धर्म से सुपरिचित नहीं हैं। ईसाई इस्लामी विद्वान धर्म, रिलीजन और मजहब को एक बताते हैं। सच यह नहीं है। रिलीजन और मजहब धर्म के पर्यायवाची नहीं हैं। रिलीजन और मजहब विश्वास है। धर्म गतिशील आचार संहिता है।

धर्म विवेचन और अनुशीलन के लिए खुला हुआ है। इसका विकास प्राकृतिक नियमों के विश्लेषण से हुआ है। धर्म पर यहाँ अथर्ववेद के रचनाकाल से ही वाद–विवाद–संवाद थे। भारत में जिज्ञासा और दर्शन से धर्म का जन्म हुआ। अथर्ववेद में दर्शन है। दर्शन का निष्कर्ष एक सत्य है। कहते हैं, "सत्य एक है। विद्वान उस एक ही सत्य का वर्णन इन्द्र, मित्र, वरुण और अग्नि रूप में करते हैं–एकं सद् विप्रा बहुधा वदन्ति।" (अथर्ववेद 9.15.28) यही 'एकं सद्'–एक सत्य अथर्ववेद के दर्शन का आधार है। वेदान्त दर्शन का आधार भी यही है। यही मन्त्रभाव ऋग्वेद से लेकर अथर्ववेद व उपनिषदों में गतिशील है। आधुनिक वैज्ञानिक भी इसी एक सत्य के निकट हैं। ऋग्वेद अथर्ववेद में इस एक ही सत्य के भिन्न नाम इन्द्र, वरुण आदि हैं। इनकी जगह पर हम आधुनिक काल के कोई भी नाम रख सकते हैं कि सत्य एक है हम उन्हें क, ख, ग, आदि नामों रूपों से वर्णन करते हैं।

डॉ. सत्यकेतु ने "भारतीय संस्कृति का विकास" (पृ. 106) में लिखा है, "ऋत और सत्य के विचार भारत के लोगों को सदा अनुप्राणित करते रहे। तुलसीदास ने 'साँच बराबर तप नहीं' कहकर इसी विचार को बल दिया। आधुनिक युग में महात्मा गाँधी ने सत्य की महिमा को और अधिक बढ़ा दिया। सत्य और परमेश्वर एक ही बात हैं, यह विचार प्रतिपादित कर गाँधी जी ने वैदिक युग के इस तथ्य को ही प्रकट किया, कि ऋत और सत्य ही ऐसे तत्त्व हैं, जो संसार का संचालन करते हैं। भारतीय संस्कृति की यह अनुपम विशेषता है कि उसमें जो विचार आज के भारतीयों को अनुप्राणित करते हैं, वे वैदिक युग से निरन्तर अबाधित रूप में इस देश में चले आ रहे हैं, उनका प्रवाह कभी अवरुद्ध नहीं हुआ।" ऋग्वेद, अथर्ववेद के समाज से आधुनिक काल तक संस्कृति का प्रवाह अविच्छिन्न है। काल बाह्य छूटता रहा। नव अनुभूति जुड़ती रही।

अथर्ववेद की मूलधारा पुरुषार्थ है। ऋषि कवि स्वयं के कर्म पर विश्वास करते हैं। अथर्ववेद के अनुसार देवता भी कर्म करते हैं। देवराज इन्द्र भी अपने पौरुष पराक्रम के कारण स्तुतियाँ और सत्कार पाते हैं। यह समाज कृषि करता है। पशुपालक है, तमाम अन्य उद्योग करता है। आर्थिक दृष्टि से आत्मनिर्भर है। उत्पादन के वितरण की समस्या नहीं है। अथर्ववेद (10.137.1) में कहते हैं कि 100 उपायों से धन अर्जन करें और 1000 उपायों से वितरण करें। इसका भाव यह भी है कि

100 लोग कमायें, हज़ारों पायें। श्रमिक और धनिक वर्ग भेद नहीं है। वामपन्थी वर्ग निर्माण की अनुपस्थिति को समाज का पिछड़ापन कहते हैं। लेकिन संवेदनशील समाजों के अर्थतन्त्र में वर्ग संघर्ष नहीं होते। अथर्ववेद के द्रष्टा कवियों ने एक संवेदनशील संस्कृति व समाज का विकास किया है। इस संस्कृति के मूल में एकात्म दर्शन है, आत्मीय सम्बन्धों का सुदृढ़ ढाँचा है। आत्मीयता का आधार दर्शन है। वैज्ञानिक विवेक और दर्शन से विकसित यह संस्कृति लोकमंगल प्रतिबद्ध है। लोकमंगल ही अथर्ववेद के समाज का नीति निदेशक तत्त्व है।

आधुनिक विश्व में मनोविज्ञान का ख़ासा विकास हुआ है। प्रसन्नता सबकी इच्छा है। भौतिक सुख प्राप्ति के सभी उद्यम व साधन प्रसन्नता के लिए ही हैं। पन्थिक विश्वास और इन विश्वासों से विकसित जीवनशैली का लक्ष्य भी प्रसन्नता है लेकिन विश्वमानवता असन्तुष्ट है। प्रसन्नता वस्तुतः मन की विशेष स्थिति है। इसलिए यह मनोविज्ञान का विषय है। भौतिक सुख–साधनों से प्राप्त प्रसन्नता तमाम आशंकाओं से घिरी रहती हैं। जीवन पर मृत्यु का भय स्थायी है। भय भविष्य की वर्तमान आशंका है। भविष्य में अप्रिय की आशंका से ग्रस्त मन भयभीत होता है। बहुत लोगों को ऊँचाई में भय लगता है। बहुत लोग ऊँचाई का आनन्द लेते हैं। बहुत लोगों को लिफ्ट में डर लगता है। भय के अनेक रूप हैं। मुझे अपने लेखन में तथ्य त्रुटि का भय बना रहता है। एक प्रतिष्ठित मनोचिकित्सक डॉ. कृष्णदत्त ने मेरी भय कथा सुनने के बाद कहा कि "यह भय नहीं सजगता है।" सजगता अच्छा गुण है लेकिन इसका भी केन्द्र मन है। मैं सम्भवतः अपनी सजगता पर पूरा विश्वास नहीं करता। इसीलिए मन की सजगता भय बन जाती है।

कोरोना महामारी ने (2020) विश्व को भयग्रस्त किया। बेशक इस वायरस से लाखों की मृत्यु हुई लेकिन संचार माध्यमों के धुआँधार प्रचार से करोड़ों लोग भयग्रस्त हुए। भयग्रस्तता से अवसाद बढ़ा। इसी भय प्रभाव में आत्मीय सम्बन्ध घटे। भयग्रस्त लोगों ने प्रत्येक व्यक्ति को सन्देह से देखा। सतर्कता और सजगता भयानक भय बनी। पूर्वज जीवन की क्षणभंगुरता जानकर दार्शनिक अनुभूति में जाते थे। चाणक्य सूत्रों में कहा गया है कि जीवन को क्षणभंगुर देखकर सभी अच्छे काम प्राथमिकता से कर लेने चाहिए। कोरोना ने जीवन की क्षणभंगुरता के दृश्य दिखाये। इससे भय बढ़ा।

जीवन की गति शिथिल हुई। आशावाद घटता रहा। कोरोना की तुलना में कोरोना के भय ने ज़्यादा अवसाद बढ़ाया। लैटिन भाषा में शब्द है–कोराना। इसका अर्थ है–माला। बताते हैं कि कोरोना वायरस माला या क्राउन–सिर पर बाँधे जाने वाला ताज जैसा होता है। इसके भय में पूरा मनस् तन्त्र बदला है। अभय होना जीवन का स्वर्ण सूत्र है। अथर्ववेद में इसी अभय की अभिलाषा है।

आस्तिकता भय दूर करती है। आस्तिकता अन्धविश्वास नहीं है। आस्तिकता का जन्म 'भूति की अनुभूति' से होता है। अस्तित्व भूति है। अथर्ववेद के दो सूक्त (19.15 व 16) अभय सूक्त कहे गये हैं। अथर्वा वैज्ञानिक दृष्टिकोण वाले ऋषि कवि थे। वे इन्द्र, सूर्य आदि देवों के प्रति आस्तिक हैं। सम्भवतः वे भी भयग्रस्त हैं। कहते हैं, "हे इन्द्र! हम भयभीत हैं, हमें निर्भय करें–यत् इन्द्र भयामहे ततो नो अभयं कृधि।" (वही, 19.15.1) कहते हैं, "हे इन्द्र आप ज्ञानवान हैं, सर्वज्ञ हैं। हमारे सामने आने वाली बाधाओं को दूर करें, अभय करें।" (वही, 4) भय का कोई स्थान नहीं होता। भय का प्रभाव किसी भी दिशा से सम्भव है। कहते हैं, "उत्तर, दक्षिण, पूर्व, पश्चिम सभी दिशाएँ हमारे लिए निर्भय हों। मित्रों–अमित्रों के मध्य, प्रत्यक्ष, अप्रत्यक्ष अनिष्टों से हमें निर्भय करो।" (वही, 5 व 6) भय का केन्द्र मन है। आस्तिक भाव भय सम्बन्धी मनोविकार का श्रेष्ठतम उपचार हैं। आधुनिक काल में मृत्युभय से मुक्ति के लिए महामृत्युंजय मन्त्र पढ़ा जाता है। इसके अलावा भय की मनोदशा में हनुमान स्मरण, देवी मन्त्रों के पाठ भी होते हैं। यह परम्परा अथर्ववेद के रचनाकाल से चली आ रही है। इन्हें अन्धविश्वास कहकर टाला नहीं जा सकता। इस तरह तो भय भी एक अन्धविश्वास है। लेकिन इसका प्रभाव बड़ा है।

भारत दुनिया का सबसे बड़ा जनतन्त्र है। भारत ने अपने संविधान की रचना (1949) की। संसदीय जनतन्त्र अपनाया। भारत की 130 करोड़ जनसंख्या संसदीय जनतन्त्र से प्रतिबद्ध है। यहाँ तर्क और विमर्श आधारित जनतन्त्र की परम्परा का विकास ऋग्वैदिक काल के समाज ने किया। ऋग्वेद में सभा समितियों के उल्लेख हैं। वैदिक जनतन्त्र की संस्कृति का विकास अथर्ववेद में है। अथर्ववेद की सभा और समिति में सभासद हैं। उन्हें सांसद भी कहा गया है। सभा में मूलभूत विषयों पर चर्चा होती है। अथर्ववेद साधारण जनमानस में भी जनतन्त्री मूल्यों व तर्क दर्शन आधारित दार्शनिक वैचारिक विकास का अभिलेख है। इस वेद ने भारतीय जनमानस

में विचार भिन्नता का महत्त्व रेखांकित किया। सभा समिति व्यावहारिक संस्थाएँ थीं। महाभारत की रचना अथर्ववेद के बाद की है। अथर्ववेद की सभा संस्कृति का विस्तार महाभारत में है। महाभारत में सभा पर्व है। यह बात अलग है कि महाभारत की सभा में अथर्ववेद की सभा जैसी गुणवत्ता व शक्ति नहीं है। महाभारत में सभा की शक्ति घटी है। इसीलिए महाभारत काल की सभा युद्ध रोकने में विफल रही।

भारतीय राष्ट्रवाद यूरोपीय राष्ट्रवाद से भिन्न है। यूरोपीय राष्ट्र राजनीतिक इकाई है। वैदिक राष्ट्रभाव सांस्कृतिक है। अथर्ववेद के राष्ट्रभाव में ऋग्वेद की सांस्कृतिक भावना है। अथर्ववेद में राष्ट्र को राजनीतिक इकाई के रूप में भी मज़बूत आधार दिया गया है। अथर्ववेद में लिखित राष्ट्र सत्ता का विकास यूरोपीय राष्ट्रवाद से बहुत प्राचीन है। अथर्ववेद के ऋषि जनकल्याण के ध्येय में डूबकर तप श्रम करते हैं। ऋषि के अनुसार इस श्रम तप से राष्ट्र का ओज तेज व बल जन्म लेता है। राष्ट्रनिर्माण असामान्य साधना है। सरकारें राष्ट्र नहीं बनातीं। अथर्ववेद के अग्रज़ों पूर्वजों ने निरन्तर श्रम किया। समाज के लिए अनेक जीवन मूल्य गढ़े। वे स्वयं इसी तप मार्ग पर चले। साथ–साथ रहने के कारण भूमि के प्रति माता का भाव बढ़ा। ऋषियों ने भूमि की प्रतिष्ठा के गीत गाये। सहमना जीवन से सहचित्त संस्कृति का विकास हुआ। अथर्ववेद का पृथ्वी सूक्त नये अवतार में वन्देमातरम् हुआ। यही भारत का राष्ट्रगीत बना। अथर्ववेद आधुनिक भारत में सर्वथा प्रासंगिक व उपयोगी है। अथर्ववेद का राष्ट्र स्वयंपूर्ण सत्य है। ऋषि बारम्बार राष्ट्र संवर्द्धन की स्तुति गाते हैं। अथर्ववेद का राष्ट्रभाव आधुनिक भारत तक विस्तृत है। अथर्ववेद राष्ट्रीय एकता व सम्पूर्ण विश्व की समृद्धि का ऋषि प्रदत्त शब्द उपहार है।

ऋग्वेद में शासन व्यवस्था का विस्तृत वर्णन नहीं है। अथर्ववेद में इस व्यवस्था का विकास हुआ। विश्व इतिहास में भारत में पहली बार शासन प्रणाली व राजव्यवस्था का विकास हुआ। यहाँ भौतिक संसाधनों का व्यापक उल्लेख हुआ है। कौटिल्य का अर्थशास्त्र बाद का है। मैक्यिावली की तद्‌विषयक रचना 'प्रिंस' भी अथर्ववेद के बहुत बाद आधुनिक काल की है। अथर्ववेद में अर्थशास्त्र, राजनीति विज्ञान व मनुष्य जीवन को सभी प्रकार के सुख देने वाले भौतिक उपाय हैं। अथर्ववेद में भौतिक सांसारिक समृद्धि का बहुत बार उल्लेख हुआ है। अथर्ववेद के कई सूक्त (6.62, 6.78 व 5.11) इसके साक्ष्य हैं। कृषि अन्नदायिनी है, समृद्धिदायिनी भी है।

तब कृषि आर्थिक स्वावलम्बन का आधार है। राष्ट्र अन्न के लिए आत्म–निर्भर था। स्वयं की खपत से अन्न अतिरेक भी था। सो कृषि उत्पादन के कार्य से भिन्न तमाम उद्योगों, शासकीय कार्यों व सांस्कृतिक प्रकल्पों से जुड़े लोगों के लिए अन्न की प्रचुरता थी। इसी में से अनेक सांस्कृतिक, दार्शनिक गतिविधियों का विकास हुआ।

अतिथि का सम्मान भारतीय संस्कृति व जीवनशैली की सर्वोत्तम गन्ध है। यह आधुनिक विश्व को भी भारतीय संस्कृति का उपहार है। अथर्ववेद के ऋषियों ने ही अतिथि सत्कार की जीवनशैली का विकास किया। अथर्ववेद के नवें काण्ड में अतिथि सम्मान पर 6 सूक्त हैं। तब यज्ञ सर्वाधिक पुण्य कार्य था। यहाँ अतिथि सत्कार को यज्ञ कर्म बताया गया है। अतिथि का दर्शन भी यज्ञ दर्शन है। कहते हैं, "गृहस्थ अतिथि को वैसे देखते हैं, जैसे देवत्व संवर्द्धक यज्ञ को देखते हैं।" (वही, 9.6.3) अतिथि घर आते हैं, उनसे ज्ञान–विज्ञान की चर्चा होती है। कहते हैं, "अतिथि से वार्ता करना यज्ञ कार्य में दीक्षित होना है। अतिथि के लिए प्रेषित जल यज्ञ जल ही है। अतिथि को समर्पित पदार्थ जैसे देवों वाले पदार्थ हैं। अतिथि का आश्रय यज्ञ में सद् के स्थान जैसा है। अतिथि के लिए वस्त्र, चादर सब यज्ञ उपकरण जैसे हैं।" (वही, 4-10)

अथर्ववेद में घर आये अतिथि से पूर्व भोजन करना ग़लत बताया गया है, "अतिथि से पूर्व भोजन करने वाले घर की श्री समृद्धि, दूध, घी, अन्न, पशु, कीर्ति व यश नाश करते हैं।" (वही, 9.8.2-5) सम्भवतः कुछ लोग अतिथि भोजन के पहले ही स्वयं भोजन करते थे। कुछ लोग ऐसे भी थे, जिनके यहाँ अतिथि भोजन नहीं करते थे। यहाँ उन्हें कड़ी चेतावनी है, "जिनके यहाँ अतिथि भोजन नहीं करते उनके ग़लत कर्म व पाप कभी नष्ट नहीं होते।" (9.7.9) अथर्ववेद अतिथि सत्कार की आदर्श आचार संहिता का प्रेरक ज्ञान अभिलेख है। तैत्तिरीय उपनिषद् में अतिथि को देवता कहा गया है–अतिथि देवोभव।

नारी का सम्मान आधुनिक काल का प्रतिष्ठित जीवन मूल्य है। इस परम्परा का विकास वैदिक काल में हो रहा था। महिलाओं को विचार अभिव्यक्ति का स्वातन्त्र्य था। वे अपने विवाह के लिए वर का चयन करती थीं। स्वयं–वर का अर्थ यही है। इसे 'स्वयंवर' कहा गया है। आधुनिक समय में वही, प्राचीन परम्परा प्रत्यक्ष है। विवाह के पूर्व कन्या वर के सम्बन्ध में अपना मत व्यक्त कर देती है। इस परम्परा का प्रेरक अथर्ववेद का समाज है।

कथित शूद्र और स्त्री को शिक्षा से वंचित रखने के विचार वैदिक साहित्य में नहीं हैं। लोपामुद्रा, अपाला आदि महिलाएँ वैदिक मन्त्रों की द्रष्टा हैं। गार्गी उच्चस्तर की तार्किक दार्शनिक महिला थी। स्त्रियाँ युद्ध में भी पुरुष योद्धा की तरह ही हिस्सा लेती थीं। विवाह बाध्यकारी बन्धन नहीं था। यह कर्तव्यपालन का अवसर था। देव शक्तियाँ अदृश्य होती हैं। भूमि सूक्त सहित अथर्ववेद के तमाम प्रसंगों में देव भी माता–पिता हैं। वे विवाह बन्धन में हैं। विवाह सूक्त में स्त्री सम्राज्ञी है। अनेक प्रसंगों में वे वाद–विवाद भी करती बतायी गयी हैं। इसी परम्परा में आधुनिक भारत की महिलाएँ राष्ट्रजीवन के सभी क्षेत्रों में अग्रणी भूमिका का निर्वहन कर रही हैं। वे सरकारों में हैं। विधायिका व न्यायपालिका में हैं। वे सेना में हैं, वैज्ञानिक हैं, आचार्य हैं। वे पत्रकारिता में हैं। वे सम्माननीय हैं। यह वैदिक परम्परा का विकास है। स्त्री आदर की परम्परा का संवर्द्धन हम सबका कर्तव्य है।

माता–पिता और उनसे भी वरिष्ठ अग्रज आधुनिक समाज में उपेक्षित हैं। हम सब पूर्वजों का ही विस्तार हैं। उन्होंने अपने श्रम द्वारा बहुत कुछ अर्जित किया है। उनके द्वारा अर्जित सम्पूर्ण सम्पदा हम सबको उत्तराधिकार में मिली है। इस सम्पदा में जीवनशैली के आदर्श भी हैं। वे वरिष्ठों के आदर सेवा की भी परम्परा दे गये हैं। इस परम्परा को आधुनिक काल में भी आदर के रूप में देखा जाता है। अथर्ववेद में प्रकृति की शक्तियों को माता–पिता जैसा देखा गया है। इसी परम्परा के विस्तार में उपनिषदों में मातृदेवोभव व पितृदेवोभव के मन्त्र हैं लेकिन ऐसे उत्कृष्ट आदर्शों के बावजूद व्यावहारिक आचरण में वरिष्ठों, वृद्धों की सेवा का भाव नहीं है। यह स्थिति दुर्भाग्यपूर्ण है। उन्होंने जीवन गढ़ा। शिक्षा दी। आचार शास्त्र दिया। जीवन सूत्र दिये। लेकिन वे उचित सम्मान नहीं पाते। अथर्ववेद मार्गदर्शक व प्रेरक हो सकता है। आधुनिक समाज व जीवनशैली के पुनर्गठन में अथर्ववेद के सूक्त मार्गदर्शी हैं।

अथर्ववेद में सांस्कृतिक आनन्द की तमाम गतिविधियाँ हैं। यज्ञ उत्सव ही थे। यज्ञों में विचार गोष्ठियाँ थीं। मन्त्र गान का विशेष विवरण सामवेद में है लेकिन सामगान की उपस्थिति अथर्ववेद में भी है। सामवेद में साम गायन करने वाले को उद्गाता कहा गया है। अथर्ववेद में इसके लिए 'सामग' शब्द आया है। (2.12.4) इसी मन्त्र में तीन छन्दों में 80 तरह के सामगान का उल्लेख है। महिलाएँ भी गायन में निपुण थीं।

अप्सराएँ हावभाव में निपुण थीं। (4.38.3–4) गीत संगीत की अथर्ववेद की परम्परा आधुनिक काल के देव प्रतीकों में भी है। श्रीकृष्ण का बाँसुरी वादन भारतीय आस्तिक भाव का शिखर है। शिव का डमरू ब्रह्माण्ड की गति संगति का प्रतीक है। वाल्मीकि रामायण के अनुसार श्रीराम चारों वेदों के साथ गन्धर्व विद्या में भी निपुण थे। सरस्वती भी वीणावादिनी हैं।

ज्योतिर्विज्ञान भविष्य के रहस्यों का शास्त्र है। इसका मूल आधार आकाशचारी ग्रहों की गति का बोध व इस गति के प्रभावों का विवेचन है। गति का सही बोध काल है। काल गणित से भूत और भविष्य का आकलन रोमांचकारी है। ज्योतिष ने आधुनिक विश्व को प्रभावित किया है। कुछ लोग ज्योतिर्विज्ञान को बिना जाँचे ही अन्धविश्वास कहते हैं। विवेचन और जाँच के बिना ही किसी ज्ञान अनुशासन को अन्धविश्वास बताना भी अपनी तरह का अन्धविश्वास है और बिना जाने विश्वास कर लेना भी। डॉ. कपिल देव द्विवेदी के अनुसार "अथर्ववेद में पहली बार नक्षत्र विद्या और ज्योतिष के मूल तत्त्वों का वर्णन है। इसमें काल का महत्त्व, काल विभाजन, वर्ष, मास, अयन आदि की गणना का उल्लेख है। इस प्रकार इसमें गणित ज्योतिष का मूल रूप विद्यमान है।" ज्योतिष का सतत विकास हुआ है। अथर्ववेद का रचनाकाल ज्योतिर्विज्ञान के विकास का महत्त्वपूर्ण प्राचीन चरण है। आधुनिक ज्योतिष की गणित पर्याप्त समृद्ध हो रही है। वैज्ञानिक दृष्टिकोण के आधार पर अपना मत बनाने वाले भी अपने निजी कार्यों में ज्योतिर्विज्ञान की शरण में जाते हैं। इस विज्ञान के विकास में अथर्ववेद की महत्त्वपूर्ण भूमिका अध्ययन योग्य है। इसी कारण ज्योतिष को वेदांग कहा गया है।

आधुनिक वैज्ञानिकों ने वृक्षों, वनस्पतियों को पर्यावरण संरक्षण के लिए महत्त्वपूर्ण बताया है। वनस्पतियाँ मनुष्य जीवन के लिए उपयोगी हैं। सरकारें वन संरक्षण व वृक्षारोपण पर तमाम धनराशि ख़र्च करती हैं। वैदिक परम्परा में वन संरक्षण जीवनशैली है। अथर्ववेद में वनस्पतियों औषधियों को नमस्कार किया गया है। यह नमस्कार उनके संरक्षण संवर्द्धन का मानवीय दायित्व है। ऋषि कवि वनसंरक्षण के प्रति सजग हैं। वृक्षों, वनस्पतियों को मनुष्य नष्ट करते हैं, तमाम कीट भी वनस्पतियों को क्षति पहुँचाते हैं। अथर्ववेद (4.37.4) में ऐसे सभी जीवों से प्रार्थना है कि "जहाँ पीपल, बरगद आदि महान वृक्ष होते हैं, वहाँ से आप अपने स्थान पर लौट जायें। गतिहीन होकर पड़ रहें।" आगे कहते हैं, "जहाँ हरेभरे अर्जुन

व श्यामल वृक्ष हैं, आप वहाँ से लौट जायें।" (वही, 5) ऋषियों को वृक्ष, वनस्पति आत्मीय लगते हैं। वे देवशक्तियों की ऊँचाई की तुलना वनस्पतियों की ऊँचाई से करते हैं, "जैसे तुम्बी, पीपल, पलाश विद्युत ऊपर विराजमान रहते हैं, वैसे ही स्तोता स्तुतियों द्वारा देवों को ऊपर उठाये रहते हैं।'' (अथर्ववेद, 20.135.3) वृक्षों, वनस्पतियों के आदर की परम्परा में आधुनिक काल में बहुत उपयोगी है। वृक्षारोपण, वनसंरक्षण आधुनिक काल का महत्त्वपूर्ण राष्ट्रधर्म है।

अथर्ववेद में ज्ञान–विज्ञान की प्रतिष्ठा है। यहाँ आचार्य ज्ञानदाता है। आचार्य केवल शब्द या नाम नहीं रटाते। वे अपने आचरण के द्वारा भी विद्यार्थी को प्रबुद्ध बनाते हैं। अथर्ववेद के समय के आचार्य धन के लिए ही शिक्षा नहीं देते। राष्ट्र के लिए सुयोग्य व उत्तम नागरिक तैयार करना तत्कालीन शिक्षा व आचार्य का उद्देश्य है। अथर्ववेद (11.7.14) में कहते हैं, "आचार्य यम है। वह वरुण और सोम देव जैसा है। वह दूध जैसा पोषक है। वह मेघ है।" अथर्ववेद के समाज में आचार्य दिव्य है। उसे देवता भी कहा गया है। एक मन्त्र (वही, 16) के अनुसार ''ब्रह्मचर्य से युक्त श्रेष्ठ विद्यार्थी ही आचार्य बनता है। ऐसा ब्रह्मचारी विद्यार्थी ज्ञान सम्पन्न होकर श्रेष्ठ शासक होता है। वह अनुशासन युक्त राज्य करता है।" एक अन्य मन्त्र (वही, 17) में कहते हैं, "आचार्य ज्ञान–निष्ठ शिष्य की कामना करते हैं। ऐसे ब्रह्मज्ञानी शासक राष्ट्र की रक्षा करते हैं–तपसा राजा राष्ट्रं रक्षति।" अथर्ववेद की आचार्य श्रद्धा परम्परा गीता में भी है। श्रीकृष्ण अर्जुन से ज्ञान प्राप्ति के लिए आचार्य के पास जाने का परामर्श देते हैं। कहते हैं कि सेवा करते हुए प्रश्न पूछना चाहिए–सेवया परिप्रश्नेन। आश्चर्य है कि हम भारतीय इतिहास के प्राचीन काल से प्रेरित नहीं होते। आचार्य के सम्मान की आधुनिक परम्परा अथर्ववैदिक काल का ही अधिशेष है। आचार्य वरेण्य हैं।

कुछ विद्वान आर्यों को विदेशी मानते हैं। कुछ उन्हें हमलावर भी बताते हैं, उन्हें सिन्धु सभ्यता को नष्ट करने का दोषी भी ठहराते हैं। उनकी बात अलग है जो योजनापूर्वक यह अभियान चलाते हैं, लेकिन जो साक्ष्य और तर्क आधारित विवेचन को महत्त्व देते हैं। उन्हें अथर्ववेद के भूमि सूक्त व राष्ट्र सूक्तों पर ध्यान देना चाहिए। डॉ. बी.आर. अम्बेडकर ने वैदिक साहित्य का अध्ययन किया था। उन्होंने वैदिक कवियों की नदी प्रीति का उल्लेख किया है। उनका तर्क है कि भारत की नदियों को ही

बारम्बार प्रणाम करने वाले ये आर्य विदेशी नहीं हो सकते। भारत के गीत गाने वाले आर्य भारत के ही अभिजन हैं। ऋग्वेद भारतीय संस्कृति व दर्शन का आदि स्रोत हैं। अथर्ववेद इसका विस्तार है। भारत भूमि के प्रति अगाध श्रद्धा भाव के विकास का श्रेय वैदिक साहित्य को ही मिला है। इस संस्कृति का आनन्द लेने वाले भारत के निवासियों के लिए भारत पुण्य भूमि है, जन्मभूमि है, कर्मभूमि है, पितृभूमि है, मातृभूमि है। यह अर्पण और तर्पण की भूमि है। यज्ञ भूमि है, यश प्राप्ति और मोक्ष प्राप्ति की भूमि है। ऐसी अनिर्वचनीय श्रद्धा व धारणा का विकास अथर्ववेद के कवियों ऋषियों द्वारा किया गया है।

विचार भिन्नता वैदिक साहित्य का गुण सूत्र है। भारत के मीमांसा, न्याय, वैशेषिक, सांख्य, योग और वेदान्त दर्शन भिन्न हैं। लेकिन सबकी निष्ठा वेदों में है। भिन्न विचार के बावजूद सभी दर्शन वैदिक चिन्तन परम्परा से जुड़े हुए हैं। उपनिषद्–दर्शन की भी यही स्थिति है। उपनिषदों की विचार भिन्न ऋग्वेद, अथर्ववेद के एकं सद् के प्रभाव में आन्तरिक एकता है। भारत के लोकमन की सहिष्णुता का विकास वैदिक संस्कृति का ही विस्तार है। आधुनिक भारत में विचार अभिव्यक्ति की स्वतन्त्रता एक उत्कृष्ट अपरिहार्य जीवन मूल्य है। भारत के संविधान में यह मौलिक अधिकार है। विश्व इतिहास के मध्यकाल में यूरोप में पन्थिक विश्वास को लेकर तमाम युद्ध हुए। ईसाई रिलीजन या पन्थिक अनुयायी साम्प्रदायिक समूहों में विभाजित होकर परस्पर रक्तपात करते रहे हैं। ईसाइयत और इस्लाम के आने के पूर्व भारत में कोई साम्प्रदायिक संघर्ष नहीं थे। यहाँ अनेक विचार थे। विचार आधारित साम्प्रदायिक समूह थे। सबकी अपनी उपासना पद्धति थी। लेकिन वैदिक संस्कृति के प्रवाह में सभी समूह परस्पर सहिष्णु भाव में रहते थे। आधुनिक भारत में बेशक हिन्दू–मुस्लिम समस्याएँ जब तब तनाव का कारण बनती हैं। यह राष्ट्रीय चिन्ता भी है। लेकिन वैदिक संस्कृति के प्रभाव में राष्ट्रीय एकता का ताना–बाना अक्षुण्ण बना रहता है।

संस्कृति के विकास में जीवन आदर्शों की भूमिका महत्त्वपूर्ण होती है। जीवन को उच्चतम मूल्यों से जोड़ने का प्रयास अथर्ववेद का सन्देश है। कहते हैं, "अग्नि के प्रकाश और सूर्य किरणों की तरह ऊपर उठो, चमको।" (8.1.4) वैदिक समाज ने भौतिक समृद्धि की प्राप्ति के लिए श्रम मार्ग चुना। लेकिन आत्मबोध और सत्यानुभूति के आदर्श भी दिये। सतत कर्म और

आत्मबोध के जीवन आदर्शों में कोई टकराव नहीं थे। उन्होंने धर्म के दो प्रमुख लक्षणों में समूचा जीवन समेट लिया। बताया कि "जिससे संसार में अभ्युदय व निःश्रेयस की प्राप्ति हो, वही, धर्म है।" केवल मोक्ष या स्वर्ग की कामना पर्याप्त नहीं है। इसी तरह सांसारिक सुखोपभोग ही उत्कृष्ट जीवन की प्रतिभूति नहीं है। जीवन संगीत में दोनों की भूमिका है। अथर्ववेद में दोनों हैं। यहाँ आनन्द से भरेपूरे जीवन की अभिलाषा है। प्रकृति सृष्टि का परमतत्त्व जानने की जिज्ञासा है। अथर्ववेद के ऋषि परमात्मा व संसार की साधना को एक साथ जोड़ते हैं। अथर्ववेद में संसार त्याग के उपदेश नहीं हैं। इसी परम्परा में ऐतरेय ब्राह्मण का सन्देश है "चरेवैति, चरेवैति। चलते रहो–चलते रहो के सन्देश में सतत गतिशीलता और मधुप्राप्ति का आह्वान है।" यहाँ राष्ट्रजीवन के सभी कर्त्तव्यों का अनुपालन श्रेय है। कर्त्तव्य पालन में ही कर्मफल की प्रत्याशा है। इस कर्मयोग का लक्ष्य आनन्दमग्न समाज है। वैदिक परम्परा के विस्तार में आधुनिक काल के मनीषी भी कर्मठ जीवन को उत्कृष्ट बताते हैं।

वैदिक समाज में पाप और पुण्य शब्द चलते थे। तब समाज विरोधी काम पाप कहे जाते हैं और लोककल्याण के कर्म पुण्य। आधुनिक काल में ये सही और ग़लत कहे जाते हैं। अपने परिणाम में दुख देने वाले सभी कार्य पाप थे। वैदिक समाज में पाप कर्म निन्दनीय और दण्डनीय थे। आधुनिक समाज में भी अपराध कर्म विधि और न्यायालय द्वारा दण्डनीय है। वैदिक समाज में अपराध कर्म के लिए प्रयुक्त शब्द पाप ज़्यादा गहरा है। अपराधी की तुलना में पापी ज़्यादा बुरा है। अथर्ववेद (11.8) में ग़लत कामों से बचने और समाज को अपराध मुक्त बनाने की गहन अभिलाषा है। इस सूक्त में 23 मन्त्र हैं। 20 मन्त्रों में देवशक्तियों से स्तुति है कि वे पाप से बचायें। इन सभी मन्त्रों के अन्त में एक ही बात दोहराई गयी है, "नो मुंचतत्वंहसः–हमें पापकर्मों से बचायें।" यहाँ "अग्नि, इन्द्र, बृहस्पति, सूर्य, अन्तरिक्ष व वनस्पतियों से यही स्तुति है। गन्धर्वों, अप्सराओं, वायु, मेघ, सभी दिशाओं, देवों से यही प्रार्थना है। सभी प्राणियों, पक्षियों, पशुओं के साथ ही रुद्र से भी पापकर्मों से बचाने की प्रार्थना है। सबसे रोचक प्रार्थना में ऋग्वेद, यजुर्वेद, सामवेद व अथर्ववेद के दो प्रमुख कवियों अथर्वा अंगिरा से भी यही स्तुति है।" (वही, 1 से 16) सत्कर्म भारतीय कर्म–साधना के आधार हैं। सत्कर्म पुण्य हैं। पुण्यवान सम्माननीय हैं। आधुनिक भारतीय संस्कृति के तमाम उदात्त तत्त्व अथर्ववेद की परम्परा हैं।

मनुष्य शरीर जटिल जैविक संरचना है। चिकित्साविज्ञानियों ने मनुष्य शरीर के तमाम रहस्य जान लिए हैं तो भी मस्तिष्क की सूक्ष्म गतिविधियों के अनेक रहस्य अज्ञात हैं। उत्तर वैदिक काल में मनुष्य के सम्पूर्ण रहस्य के प्रति जिज्ञासा थी कि मनुष्य को कौन जानता है। मनुष्य शरीर के भौतिक अंगों के ज्ञान साथ ही प्राण व चेतन का बोध भी ज़रूरी है। हम सब मनुष्य हैं। आधुनिक काल के मनुष्य ने प्रकृति के तमाम रहस्य जान लिए हैं लेकिन ग़लत या सही कार्यों की प्रेरक शक्ति का बोध अभी शेष है। मनुष्य आधुनिक काल में भी मनुष्य से पूरा परिचित नहीं है। सारांशतः तमाम उत्कृष्ट वैज्ञानिक प्रतिभा के बावजूद हम स्वयं से अपरिचित हैं।

अथर्ववेद में ऐसी अनेक जिज्ञासाएँ हैं। प्रश्न है कि "किसने जंघाओं, घुटनों, पैरों, सिर, हाथ, मुख, पसलियों को एक में मिलाया है? किसने शरीर पर चर्म आवरण व रंग चढ़ाया है?" (11.10.14-16) अनेक प्रश्न उठाकर कहते हैं, "सृष्टि के सर्जक आदि देव त्वष्टा ने नाक कान आदि छिद्र बनाये, तब प्राण अपान आदि देव मनुष्य शरीर को घर बनाकर प्रवेश कर गये। स्वप्न, निद्रा, आलस्य आदि देवों ने भी वृद्धावस्था में शरीर क्षरण करने वाले, बाल नष्ट करने वाले देवों के साथ शरीर में प्रवेश किया।" (11.10.18-19) यहाँ त्वष्टा कारीगर हैं। वे अथर्ववेद में लकड़ी आदि के उपकरण बनाने वाले कहे गये हैं। यहाँ कवि कल्पना है कि देह के अवयव बनाने व जोड़ने वाले आदि त्वष्टा हैं।

मनुष्य में सद्‌गुण और अवगुण साथ–साथ हैं। कवि ऋषि के अनुसार मनुष्य में ये दोनों पहले से नहीं थे। वे अच्छा आश्रय पाकर शरीर में प्रवेश कर गये। बताते हैं, "ऐश्वर्य, दरिद्रता, भूख, तृष्णा शरीर में प्रविष्ट कर गये। निन्दा स्तुति, आनन्द, शोक, श्रद्धा, अश्रद्धा भी मनुष्य देह में प्रवेश कर गये। इसी तरह ज्ञान, दर्शन, ऋग्वेद, साम व यजुर्वेद भी मनुष्य शरीर के भीतर जा पहुँचे।" (वही, 21-23) आगे काव्यात्मक ढंग से कहते हैं, "आनन्द, मोद, प्रमोद, हास्य–विनोद, हास्यवृत्ति, नर्तन के भाव भी मनुष्य देह में प्रविष्ट हो गये।" आनन्दा मोदाः प्रमुदोऽभीमोदमुदश्च ये शरीरं सर्वे प्राविशन्नायुजः प्रयुजो युजः।। (वही, 24) अथर्ववेद के रचनाकाल में मनुष्य की चित्तवृत्तियों का ऐसा विश्लेषण आश्चर्यजनक है। बताते हैं, "वार्तालाप, सार्थक–निरर्थक कथन आयोजन प्रयोजन भी मनुष्य देह में प्रवेश कर गये।" (वही, 25) इसी तरह अन्य तमाम वृत्तियों के उल्लेख हैं।

अथर्ववेद ने भारतीय साहित्य, कला व पुराण इतिहास पुरावृत्त को भी प्रभावित किया है। इसके प्रभाव में तमाम सांस्कृतिक विकास हुआ है। जन्म के समय मनुष्य शुभ और अशुभ नहीं होते। सारी वृत्तियाँ जन्म के बाद विकसित होती हैं। संस्कृति मनुष्य के प्रयासों से अर्जित शिव और सौन्दर्य का मधु है। सत्य, शिव–शुभ और सौन्दर्यबोध के अभाव में जीवन आनन्द का मधु नहीं मिलता। लेकिन इसके पहले स्वयं का सम्पूर्ण परिचय ज़रूरी है। अथर्ववेद के ऋषि कहते हैं, "इस प्रकार इन सभी बातों का ज्ञाता मनुष्य शरीर को ब्रह्मस्वरूप जान लेता है कि सारी शक्तियाँ उसके भीतर हैं।" (वही, 32) शुभ का संवर्द्धन ज़रूरी है। अशुभ का त्याग और भी ज़रूरी है। भारतीय संस्कृति के व्यावहारिक पक्ष की भूमिका अथर्ववेद के ऋषियों ने ही रच दी थी।

सन्दर्भ ग्रन्थ

1. ऋग्वेद संहिता, आचार्य श्रीराम शर्मा का भाष्य
2. अथर्ववेद संहिता, आचार्य श्रीराम शर्मा का भाष्य
3. वृहदारण्यक उपनिषद्, गीता प्रेस गोरखपुर
4. चरक संहिता
5. योगसूत्र, पतंजलि
6. कामसूत्र, वात्स्यायन
7. रामायण, वाल्मीकि
8. अर्थशास्त्र, कौटिल्य
9. रामचरितमानस, तुलसीदास
10. भारतीय दर्शन (खण्ड 1), डॉ. राधाकृष्णन्
11. भारतीय संस्कृति का विकास, डॉ. सत्यकेतु विद्यालंकार
12. प्राचीन भारतीय इतिहास का वैदिक युग, डॉ. सत्यकेतु विद्यालंकार
13. संस्कृति के चार अध्याय, डॉ. रामधारी सिंह दिनकर
14. अथर्ववेद का सांस्कृतिक अध्ययन, डॉ. कपिलदेव द्विवेदी
15. वैदिक देवता : उद्भव और विकास, गयाचरण त्रिपाठी
16. डिसकवरी ऑफ़ इंडिया, पं. जवाहर लाल नेहरू
17. भारतीय संस्कृति और हिन्दी प्रदेश, डॉ. रामविलास शर्मा
18. भारतीय नवजागरण और यूरोप, डॉ. रामविलास शर्मा
19. पश्चिमी एशिया और ऋग्वेद, डॉ. रामविलास शर्मा
20. वाणी का क्षीर सागर, कुबेर नाथ राय
21. प्राचीन भारतीय संस्कृति और सभ्यता, डी.डी. कोसम्बी (हिन्दी अनुवाद, गुणाकर मुले)
22. भारतीय राष्ट्रवाद की सामाजिक पृष्ठभूमि, ए.आर. देसाई

23. ह्वाट इंडिया कैन टीच अस, मैक्समुलर
24. दि थ्योरी ऑफ़ एवरीथिंग, स्टीफेन हाकिंग
25. साइकोएनालिसिस, सिगमण्ड फ्रायड
26. ताओ तेह चिंग, लाउत्सु
27. कम्पलीट वर्क्स ऑफ़ खलील जिब्रान, खलील जिब्रान